本书系教育部人文社会科学研究青年基金项目
"近代诗歌编年史"(批准号:13YJC751026)的阶段性成果之一

近代叙事诗研究

李亚峰 著

中国社会科学出版社

图书在版编目(CIP)数据

近代叙事诗研究/李亚峰著 . —北京：中国社会科学出版社，2015.10
ISBN 978-7-5161-6661-1

Ⅰ.①近… Ⅱ.①李… Ⅲ.①叙事诗—诗歌研究—中国—近代
Ⅳ.①I207.22

中国版本图书馆 CIP 数据核字（2015）第 166952 号

出 版 人	赵剑英
责任编辑	周晓慧
责任校对	无 介
责任印制	戴 宽

出　　版	中国社会科学出版社
社　　址	北京鼓楼西大街甲 158 号
邮　　编	100720
网　　址	http://www.csspw.cn
发 行 部	010-84083685
门 市 部	010-84029450
经　　销	新华书店及其他书店

印刷装订	三河市君旺印务有限公司
版　　次	2015 年 10 月第 1 版
印　　次	2015 年 10 月第 1 次印刷

开　　本	710×1000　1/16
印　　张	17.75
插　　页	2
字　　数	303 千字
定　　价	66.00 元

凡购买中国社会科学出版社图书，如有质量问题请与本社营销中心联系调换
电话：010-84083683
版权所有　侵权必究

序

亚峰仁棣《近代叙事诗研究》书稿杀青，嘱我写几句话为弁言。

西方文论讨论诗歌之体裁，常以叙事和抒情为限。缘此，他们对叙事诗有严格的标准，主要是强调叙事情节的完整性。以此衡量中国的古典诗歌，其实鲜有合规者。我们不能说西方的叙事诗排斥抒情的功能，但是，比之抒情诗，这种功能是相对弱化的，至少是隐现的。在中国古代，最初讨论诗歌，并不言叙事，《毛诗序》所谓"情动于中而形于言"，《文赋》所谓"诗缘情而绮靡"，都是突出诗歌的抒情性。而与缘情分庭抗礼者，则为言志，和叙事也并无直接的关联。因此，中国诗歌即使叙事，也只是抒情的帮衬。我们找到较早涉言叙事的北宋魏泰《临汉隐居诗话》，其中有云：

> 石延年长韵律诗善叙事，其他无大好处，《筹笔驿》、《铜雀台》、《留侯庙》诗为一集之冠。五言小诗如"海云含雨重，江树带蝉疏"、"平芜远更绿，斜日寒无辉"者，几矣。白居易亦善作长韵叙事，但格制不高，局于浅切，又不能更风操，虽百篇之意，只如一篇，故使人读而易厌也。

除了先前出现的乐府民歌外，唐代白居易可算是中国叙事诗作家的早期代表了。但是，魏泰对其作品评价不高，且没有列举具体诗篇。相对而言，对今天学界不太关注、读者也不太知晓的宋代诗人石延年的叙事诗却有较高评价。魏泰所举石延年相关作品，凡三首，今仅存吟咏诸葛亮出师伐魏的《筹笔驿》。除构思略承袭李商隐同题诗作外，通篇感叹多于叙述，按西方文论的标准，也是很难归入叙事诗行列的。

其实，当下讨论中国的古典诗歌，其与"事"联系在一起而成为诗学理论之概念者，常见的除"叙事"以外，尚有"用事"、"纪事"。所谓"用事",就是用典,即引用典籍中的故事。《颜氏家训》言"沉侯文章用事,不使人觉,若胸臆语也",《沧浪诗话》言"押韵不必有出处,用事不必拘来历"。可知,"用事"只是诗歌创作的一种修辞手法,甚至是其他文体,诸如古文创作亦可使用的修辞手法。

"纪事"的广为人知,起于一种诗歌总集之编纂方式。这种方式始由南宋计有功撰《唐诗纪事》奠定。说是"撰",因与一般的总集编纂不相类。其主要的工作是考稽诗人生平事迹,搜集诗歌散佚作品,发掘创作本事背景,以及荟萃有关诗人诗歌的评论。所以,所谓"纪事",其实是记录诗人创作之事,而非诗歌叙述之事,甚至许多文字与创作之事亦无多大关系。以后厉鹗《宋诗纪事》,陈田《明诗纪事》,均沿用其法,不脱此窠臼。唯陈衍辑撰《元诗纪事》,谓所录"必本事考据所在,其泛泛评品,概所不登",这多少可以让"纪事"名副其实。然强调的还是创作之事,其所收作品大多与叙事诗相去甚远。及仲联师率余辈编次《清诗纪事》,方始稍有改观。这种改观首先得益于中国古典诗歌发展至清代,其叙事功能有了长足的进步。《清诗纪事·前言》在列举了清代大量的叙事诗经典作品后称:"可以说,叙事性是清诗的一大特色,也是所谓'超元越明,上追唐宋'的关键所在。《清诗纪事》的作用,将会通过检阅清诗的独特成就来确立它在中国诗歌史上的恰当地位。"

当然,即使是清代,如果用叙事情节的完整性来要求,堪称叙事诗的作品还是凤毛麟角。《清诗纪事·前言》说《诗经》中叙事之诗"篇数不多,且大都篇制短小,不能同古希腊的《伊利亚特》、《奥德赛》或古印度的《罗摩衍那》、《摩诃婆罗多》那样的长篇史诗相比并",其实,在整个中国诗歌史上,包括清代,也没有可以相媲美的长篇史诗。这就给我们提出了一个问题,针对中国诗歌的特点,是否应该确定具有中国特色的叙事诗标准,并对此做出相应的研究,毕竟,中国是一个诗的国度。

本来,中国诗歌的叙事,并不强调对某一事件或某一人物的记述,而重在关注整个社会历史发展进程和特征。《毛诗序》云:"至于王道衰,礼仪废,政教失,国异政,家殊俗,而变风变雅作矣。"郑玄《诗谱序》进一步的阐释是:

及成王、周公致太平,制礼作乐,而有颂声兴焉,盛之至也。本之由此风雅而来,故皆录之,谓之诗之正经。后王稍更陵迟,懿王始受谮亨齐哀公,夷身失礼之后,邴不尊贤。自是而下,厉也,幽也,政教尤衰,周室大坏。……故孔子录懿王、夷王时诗,讫于陈灵公淫乱之事,谓之变风变雅。

由此可见,《诗经》定下的中国诗歌功能的基调,便是《礼记·王制》所说的"命大师陈诗,以观民风"。以后,孟棨《本事诗》谓杜甫"逢禄山之难,流离陇蜀,毕陈于诗,推见至隐,殆无遗事,故当时号为诗史"。杜甫作诗,重点不在客观的叙述,而在主观的感受。这种感受源于社会动荡和山河兴废,以及动荡兴废中百姓的艰难苦恨。或许,这就是西方的史诗和中国的诗史之根本差异,也就是我前面所说的西方是叙事隐现抒情,而中国则是叙事帮衬抒情。

以诗史的标准构筑中国的叙事诗评价体系,特别适用于近代。

首先,道光以后,中国就一直挣扎在内忧外患之中,鸦片战争、中法战争、中日战争、庚子事变,外强的入侵和掠夺从来没有间断过;太平天国运动、洋务运动、戊戌变法、义和团运动直到辛亥革命,内部的抗争并由此引发的内部矛盾的爆发,也从来没有消停过。李鸿章光绪元年所上《因台湾事变筹画海防折》称近代中国的历史"实为数千年未有之变局"。"国家不幸诗家幸,赋到沧桑句便工",文学的繁荣时期,一般不会是一个国家社会、政治、经济的繁荣时期。歌舞升平,升平的歌舞往往是没有价值的。钱谦益《纯师集序》云:

> 夫文章者,天地之元气也。忠臣志士之文章,与日月争光,与天地俱磨灭。然其出也,往往在阳九百六,沦亡颠覆之时。宇宙偏沴之运,与人心愤盈之气,相与轧磨薄射,而忠臣志士之文章出焉。有战国之乱,则有屈原之《楚词》,有三国之乱,则有诸葛武侯之《出师表》,有南北宋、金、元之乱,则有李伯纪之奏议、文履善之《指南集》。

近代诗人亲历了亘古未有的种种磨难,他们歌有思、哭有怀。同时,如此之多重大历史事件的爆发,他们或见或闻,甚至亲身参与其中。乱世总是充满着具有传奇色彩的故事,乱世也不乏横空出世的英雄,他们的诗笔,既记载着惊天地、泣鬼神的故事和英雄,也宣泄着他们的喜怒哀乐的情绪。所以,近代的历史在帮助诗人获取诗歌题材的时候,融合了西方的史诗和中国的诗史。

其次,近代以后,国门是闭不了也锁不住了。洋枪洋炮既然轰开了中国的国门,中国的士大夫在见识了洋枪洋炮的杀伤力的同时,也接触了西方的新异思想——这是比之洋枪洋炮更具威力的武器,也是制造洋枪洋炮的基础所在。所以,洋务派的"中学为体、西学为用",只是一种一厢情愿的美好愿望,或者说,只是保存旧制度的无可奈何的幻想。随风而入的,当然还有全新的西方文艺思想。梁启超《饮冰室诗话》以下的阐述,为我们找到了十分恰当的依据:

> 希腊诗人荷马,古代第一文豪也。其诗篇为今日考据希腊史者独一无二之秘本,每篇率万数千言。近世诗家,如莎士比亚、弥尔敦、田尼逊等,其诗动亦数万言。伟哉!勿论文藻,即其气魄固已夺人矣。中国事事落他人后,惟杜之《北征》、韩之《南山》,宋人至称为日月争光;然其精深盘郁、雄伟博丽之气,尚未足也。中国结习,薄今爱古,无论学问、文章、事业,皆以古人为不可几及。余生平最恶闻此言。……生平论诗,最倾倒黄公度,恨未能写其全集。顷南洋某报录其旧作一章,乃煌煌二千余言,真可谓空前之奇构矣。荷、莎、弥、田诸家之作,余未能读,不敢妄下比鹭。若在震旦,吾敢谓有诗以来所未有也。

此被梁启超"欲题为《印度近史》,欲题为《佛教小史》,欲题为《地球宗教论》,欲题为《宗教政治关系说》",并称"有诗如此,中国文学界足以豪矣"的诗篇,便是黄遵宪的《锡兰岛卧佛》。由此我们发现,梁启超的诗歌价值标准,明显受到西方的影响。其推崇西方的史诗作家,特别欣赏他们的长篇诗作,以此和中国的诗史作家杜甫等做比较,这种比较的结果,当然是希望中国的诗歌能够和西方的叙事诗拢近。还需要指出的,是中国近代对诗歌叙事的逐步重视,特别是从西方文学中汲取养分,促进了中国诗歌的现代转型。《饮冰室诗话》录《锡兰岛卧佛》说"以饷诗界革命军之青年",可知,《锡兰岛卧佛》就是他们革命的成果和典范。黄霖《近代文学批评史》说:"时代在变,文学及文学观念也在变。这时期的变,虽然未能冲决旧的罗网,未能呈现鲜明的新色彩,但却已经在走向新的未来。"旧的罗网终究是要冲决的，当不久之后的新文学运动兴起、白话诗成为20世纪主旋律，而众多长篇叙事诗涌现的时候，我们是否应该记得近代叙事诗在其过程中所扮演的特殊角色和所起到的关键作用呢？

最后，中国近代叙事诗创作之所以取得不菲成绩，究其原因，与传承和发展了中国古典诗歌的叙事特点不无关系。这种特点既包含着诗歌的风格，也涉及诗歌的体裁。近代叙事的诗歌，古体和近体、五言和七言，都是诗人的创作载体。当然，最引人关注并最有成就的是古风乐府、七言歌行和近体组诗。近代诗人学习古风乐府创作叙事诗，首先应该提到的是姚燮的《双鸩篇》。过去学者一般认为，此诗留有学习《孔雀东南飞》的痕迹，着眼点是篇幅之长。我以为，这种学习主要表现在题材的选择上，都是讲述自由的爱情在封建礼教的压迫下与不自由的婚姻之间发生矛盾的悲剧故事。《双鸩篇》以五言为主，穿梭交织杂言，这自然又是学习古乐府的另一经典名篇《木兰辞》。而以唐代新乐府的形式来反映社会的各种矛盾，也是近代叙事诗写作的一大亮点。姚燮、鲁一同、金和等早期作家和后期的金天羽等一大批诗人，都有名作传世。七言歌行的叙事源头，则是白居易和元稹。特别是《长恨歌》、《琵琶行》和《连昌宫词》三足鼎立，千百年来脍炙人口，被誉为"长庆体"。近代诗人学习《长恨歌》，主要演绎光绪帝与珍妃的故事，评价高者为金兆蕃《宫井篇》，郭则沄《十朝诗乘》谓其"追述宫史，兼及朝事……为妃惜，不仅为妃惜也"。仲联师《梦苕庵诗话》赞其"工丽无匹"，并言自己也曾以此为题材"少作《金井曲》长古一首，效香山之《长恨》，写哀蝉之凄吟，自以未工，刊集时已删去"。效仿《琵琶行》，近代诗人则以傅彩云的传奇故事加以传唱，如樊增祥的前后《彩云曲》、薛绍徽的《老妓行》等。而杨圻《檀青引》，借优伶蒋檀青的身世，感叹沧桑兴废。借鉴《连昌宫词》，尤以王闿运《圆明园词》和王国维《颐和园词》著名，其实，当时创作《颐和园词》同名诗作者，尚有张怀奇、饶智元、张鹏一、吴之英等，可见一时风气之盛。大型的近体组诗，起源于宋代。汪元量《湖州歌》九十八首、《越州歌》二十首，当时就有极高评价。李珏跋汪氏《湖山类稿》，说汪氏"纪其亡国之戚，去国之苦，间关愁叹之状，备见于诗"。又称"开元、天宝之事，纪于草堂，后人以诗史目之。水云之诗，亦宋亡之诗史也"。而仲联师《三百年来江苏的古典诗歌》，以为鸦片战争时期苏州诗人贝青乔，追随扬威将军奕经至浙东前线，据军中所见所闻，作《咄咄吟》七绝一百二十首，"竭尽辛辣讽刺的能事，每首都有详细的自注。这种写法，在古典诗歌领域里，是宋末汪元量《湖州歌》、《越州歌》以后所仅见的"。《咄咄吟》记咄咄怪事也。近代之近体组诗，几乎家喻户晓者，为龚自珍弃官离京南下途中所作《己亥杂诗》三百一十五首。诗歌全景式地反映了鸦片战争爆发前夜中国社会种种腐朽、混乱、没落的场面。按传统诗歌标准，近代堪称诗史者应是不少，但绝对不能遗漏龚氏《己亥杂诗》。到了近代后期，痛定思痛，诗人不再停留在揭露和埋怨的层面，而是提出了或维新，或革命的治国方略。因此，黄遵宪《日本杂事诗》一百五十四首也很有特点，很有价值。王韬作序，说其"叙述风土，纪载方言，借综事迹，慨感古今。或一诗但纪一事，或数事合为一诗。皆足以资考证。大抵意主纪事，不在修词"。作者《自序》，称出使东瀛日，"拟草《日本国志》一书，网罗旧闻，参考新政，辄取其杂事，衍为小注，弗之以诗"。谈到写作宗旨，则谓"中国士夫，见闻狭陋，于外事向不措意"，又谓日本"改从西法，革故取新，卓然能自树立"，而自己"久而游美洲，见欧人，其政治学术，竟日本无大异。今年日本已开议院矣，进步之速，为古今万国所未有"。感情上的排外，是不能成为战胜列强的法宝的。黄遵宪的叙事之诗，已不满足于记载历史成为诗史，而是要成为学习外国、维新变法的生动教材。

有感于近百年来近代叙事诗研究的相对薄弱，借题发挥，作了以上议论，就篇幅论，已经大大超过我以往为朋友和学生著作所写序言，似乎也不合序跋之类文体的规制。其实，仔细阅读亚峰的《近代叙事诗研究》，又觉得有些话成为狗尾续貂的多余了。

亚峰此书凡四章，分论近代叙事诗的主要内容、诗体分类及表现特征、表现技法以及近代诗人的诗歌叙事意识，可以说牵涉到了近代叙事诗研究的方方面面。《文心雕龙·知音》称"圆照之象，务先博观"，亚峰于此也是下了功夫的。本书最早是亚峰随我攻读博士学位的毕业论文。在苏州大学的三年中，亚峰的勤奋、刻苦和耐劳，是老师和同学有目共睹的。所以，一改再改的论文，及答辩之时，也得到了杨海明、谭帆、王英志、张寅鹏、马亚中等先生的一致好评。作为最早讨论近代叙事诗的专著，亚峰没有急于求成，没有赶忙出版。而是认真修改，仔细打磨。"凡操千曲而后晓声，观千剑而后识器"，古人云"十年磨一剑"，亚峰考取博士研究生至今,已经整整十年了。也就是说,此书从最初的准备开始,也有十个春秋了。在精雕细琢之下,亚峰现在呈献给学界和读者的这部心血之作,首先值得称道的,是在貌似朴拙的框架之下,蕴藏着既精巧而又完整的论证体系。具体说来,即以"叙事"为纲,不仅涵盖了近代诗歌的各个风格流派,而且对近代诗歌在艺术上的成就也作了索引钩玄的抉发,尤其是注意到了近代叙事诗与小说、戏曲之间的内在关联,实际上已经把握住了文学古今嬗变历史时期古典诗歌演进的关键所在。沿着叙事而融合俗文学的艺术精神与表现技法的方向,旧体诗向现代白话诗过渡的路径,清晰可见。也就是说,亚峰此书,不但对近代叙事诗有穷搜苞苴之功,弥补了近代诗歌研究的一块空白,更重要的是,亚峰在谨慎而扎实地试图从宏观层面对近代诗歌的发展作出规律性的总结,至少,是提供了一个新颖、独到的解读近代诗歌史的视角。当然,除此而外,本书还有很多其他的亮点,相信读者诸君,自能灼见精妙,毋须我再为哓舌了。作为当年亚峰的博士生指导教师,我为他这部书的出版以及他十年来在学术上的成就感到由衷的高兴,并期待他以此为新的起点,百尺竿头,放步而行。

是为序。

马卫中
乙未七月朔日于姑苏古胥门畔风云一片楼

目　　录

绪论 ……………………………………………………………… (1)
  一　选题缘起 ………………………………………………… (1)
  二　概念由来 ………………………………………………… (14)
  三　论题限定 ………………………………………………… (37)

第一章　近代叙事诗的主要内容 ……………………………… (51)
  第一节　历史时事的诗史 …………………………………… (52)
  第二节　社会民生的画卷 …………………………………… (64)
  第三节　人物命运的传奇 …………………………………… (71)
  第四节　经历见闻的实录 …………………………………… (81)
  第五节　其他内容的叙事诗 ………………………………… (86)

第二章　近代叙事诗的诗体分类及表现特征 ………………… (90)
  第一节　近代叙事诗的诗体分类及渊源 …………………… (91)
  第二节　乐府叙事诗的表现特征及创作 …………………… (101)
  第三节　五言叙事诗的表现特征及创作 …………………… (113)
  第四节　七言叙事诗的表现特征及创作 …………………… (125)
  第五节　叙事组诗的表现特征及创作 ……………………… (136)

第三章　近代叙事诗的表现技法 ……………………………… (146)
  第一节　"以文为诗"的技法 ……………………………… (146)
  第二节　白描刻画的技法 …………………………………… (165)
  第三节　借鉴小说、戏曲手法 ……………………………… (174)
  第四节　意象和用典叙事 …………………………………… (183)

第五节　寓言和神话叙事 …………………………………………（192）

第四章　近代诗人的诗歌叙事意识 ………………………………（198）
　　第一节　中国诗歌叙事意识探析 …………………………………（199）
　　第二节　汉魏六朝诗派的诗歌叙事意识 …………………………（214）
　　第三节　学宋诗派的诗歌叙事意识 ………………………………（229）
　　第四节　诗界革命派的诗歌叙事意识 ……………………………（242）
　　第五节　学唐诗派及其他诗人的诗歌叙事意识 …………………（246）

结语 …………………………………………………………………（259）

参考文献 ……………………………………………………………（261）

绪　　论

一　选题缘起

　　本书的选题既源于对研究对象价值的体认，又出于对研究方法路径的思索。今天的研究者是幸运的，社会进步和科技发展为我们的研究带来了空前的便利，古今中西的资料和信息可以信手拈来；今天的研究者又是不幸的，我们的思维和认识也因此常常被纷繁的材料所淹没，古今中西的矛盾和问题似乎也都集中到我们这里。当然，对古今中西的所有问题笔者自然是无力回答的，但有关学术研究中古今中西的矛盾，又是每个古代文学研究者都无法回避也应该思索的，这实际上是一个百年大话题。从20世纪初王国维先生倡导的"学无新旧"、"无中西"、"无有用无用"[①] 的崇高境界，到当今学人关于"失语症"的觉悟和"现代转换"的呼吁，似乎我们的学术研究不仅在规模、气魄方面有所缩小，境界也有所倒退了，个中滋味恐怕只有回到具体的历史境遇中才能真正有所体悟。

　　与王国维先生之提倡相发明，钱锺书先生也有"东海西海，心理攸同；南学北学，道术未裂"[②] 之说。两位先生所倡之所以至今仍让我们神往不已，不仅在于其中所蕴含的融汇古今中西的学术规模和气魄，还在于溢于言表的学术终极精神和境界的展示与追求。"学无新旧"、"无中西"、"无有用无用"，自然只有"学"自身，才能消除"东海西海"、"南学北学"之差异而达于代表人类终极价值的"心理"或"道术"，这是"求是"之学的价值指向和最高境界。这种境界我们可以向往，可以追求，

[①] 王国维：《国学丛刊序》，刘刚强编：《王国维美论文选》，湖南人民出版社1987年版，第169页。

[②] 钱锺书：《谈艺录·序》，中华书局1984年版。

但要真正、彻底地实现也不太可能。因为对立和统一是相伴而相生的,彻底的统一是不存在的。如果"学"真正地、完全地达于"道","学"就没有存在的必要了。所以学术之路恐怕也只能是寻寻觅觅、曲曲折折的。因而,笔者认为,清人章学诚关于学术的"持世救偏"之说,似乎更实际地描绘出学术发展的历程。章太炎先生也有类似的观点:"虽然,学术本以救偏,而迹之所寄,偏亦由生"①。实际上,王国维先生学术境界的体悟和提倡也是导源于现实生活,有所实指的。近代以来,清朝政府走向衰败,各种社会矛盾弊端丛生,加之西方帝国主义侵略,特别是随之而来的西学东渐的文化方面的影响,刺激、震撼了中国知识分子的心灵,他们开始思索中国的前途和命运,反思、更新乃至转换中国的传统文化。于是晚清学界出现了今古文之争、中西学之争、致用和求是之争,学派林立,众说纷纭。本来学术争鸣对文化发展来说应该是件好事,但是弊端也因此而生。争论各方往往各持己见,故步自封,甚至出现党同伐异,为政治服务的倾向。这又阻碍了学术的进一步发展。在这样的背景下,王国维先生秉持"无偏无党"的态度提出学之"三无"之说,体现了一代学人关于学术独立的追求和建立现代新学术的愿望,自有其价值和合理性。

但王国维先生的提倡并没能阻止中国学术发展之偏颇。中国知识分子在落后挨打、专制腐败的现实刺激下,发愤图强,为了民族独立和国家富强,他们越来越信奉和追寻西方的民主和科学。1917年,中国知识界开展了轰轰烈烈的新文化运动,确立了20世纪"别求新声于异邦"的"拿来主义"文化策略,自此中国学术走向了"西化"的道路。传统文化也开始一蹶不振,其间虽有国粹派和稍后新儒家等提倡国学,但终归势单力薄,而且也必须打着"中西会通"、"中西互为体用"的旗帜。五四期间,"西化"的代表人物胡适"整理国故"的行为,就引起同仁的不满。他只得强调自己钻进"烂纸堆",是为了"捉妖""打鬼"②。当时风气可见一斑。这种学风和研究倾向在整个20世纪的中国学界一直占据着主流地位,它有力地推动了中国学术的现代化转型,其成绩和贡献自然不会泯灭。不过,到了20世纪末,一些研究中国文论的学者突然觉悟,我们失语了。

---

① 章太炎:《致国粹学报社书》,汤志钧编:《章太炎政论选集》,中华书局1977年版,第498页。
② 胡适:《整理国故与"打鬼"》,《现代评论》1927年3月第5卷第119期。

"我们不是用别人的文学理论来丰富自己的文学理论,解决自己的问题,而是被迫用别人的话语来言说自己的生活,理论家言洋人之所言,想洋人之所想,中国大地成了各种外国理论武器大比武的场地,中国人自己的声音却消失了。……一旦我们离开别人的基本理论范畴,我们就无法思考,无法言说了。"① 这就是所谓的"失语症",曹顺庆先生的观点是否客观姑且不论,实际上也有许多学者对此持不同观点。但其观点一出,却是一石激起千层浪,在国内引起广泛的讨论。90年代后期,古代文论的"现代转换"成为一个最富有学者参与而又影响广泛的学术话题。学术界召开了古代文论现代转换的专门研讨会,《文学评论》组织了持续两年之久的专栏讨论,这一话题的影响可见一斑。至今,它仍是一个备受学界关注的问题。

20世纪末的学人为什么热衷于探讨这一话题呢,这是一个值得深究的问题。只要我们翻翻当时的论文就会发现,这一话题虽以讨论中国文论的建构为中心,但话题范围却绝不仅限于此,它指向了整个中国学术文化,甚至更多。这一点是非常明显的。提出"失语症"的曹顺庆先生在《东方丛刊》1995年第3辑上的论文题目就是《文论失语症与文化病态》。他认为"失语症"的成因就在于20世纪以来中华民族"别求新声于异邦"的文化选择,在于我们为了图强求新而实行的"拿来主义"的世纪策略。其起因是因为觉得自己传统的东西不能支持民族的自强,而其结果则是自强梦里的自我其实已经不全是本来的自我。② 既然把问题指向了"世纪性"的"拿来主义",那就不仅仅是文学理论的问题,它关涉到整个学术文化,乃至包含了关于指导民族自强的精神信仰和思想理念方面的内容。不仅是曹先生如此,参与那次讨论的学者几乎都具有这种倾向,例子太多,不一一枚举。可见,"失语症"话题的意义是不局限于中国文论建构的,如果放入学术发展进程中去审视这一话题,它也有自身的价值和意义。也就是说,20世纪末学者们的那次讨论,不仅仅是关注中国文论建构本身,深层次中是在思索中国学术自身的前途和命运。他们意识到中国学术发展的偏弊,力图为21世纪中国学术的研究和发展指出一条康

---

① 曹顺庆、李思屈:《重建中国文论话语的基本路径及其方法》,《文艺研究》1995年第3辑。

② 参阅曹顺庆的《文论失语症与文化病态》和《重建中国文论话语的基本路径及其方法》等文。

庄大道。

之所以拈出这个百年大话题,是因为希望通过学术发展史的回顾,为笔者自身的研究实践寻找方向感和思路。解决研究实践中的疑团和消除对研究本身的困惑,回顾历史、吸取经验无疑是一种好的方式。方向似乎不难把握,百年来中国学术发展的主要弊端在于过于"西化",这也是"失语症"备受关注的主要原因。但具体如何操作以推动中国学术的健康发展,这个问题就复杂了。

其实,笔者并不同意"失语症"的提法,因为它本身有点问题。但笔者认为,它的提出是很有意义的。就中国学术的发展而言,其意义在于提醒人们重新审视学术研究中的古今中西问题。自近代西学东渐以来,中国学人的学术研究除历代必须面对的古、今矛盾之外,又增添了新的中、西矛盾,任何研究者都必须在古今中西之间保持必要的平衡和张力。特别是新出现的中、西矛盾,从晚清至今,一直是中国学人的一块心病。"失语症"提醒我们,中国学术的发展在中、西矛盾处理方面出问题了,我们太西化了,失去了"中国的声音"[①]。如何解决这一问题呢?我们先看看那次讨论所形成的共识能给我们带来什么样的启示。"大家的共识是,我国古代文论必将成为新的文论建设的不容忽视的组成部分,因此应该充分继承古代文化优秀传统,不应再重蹈过去覆辙。"[②] 这样的共识实在有点让人失望。不过,仔细研读还是能看出点问题的。首先,旗帜是鲜明的,"不应再重蹈过去覆辙",也就是我们不能再这样"西化"下去了。其次,对待传统也有个基本的态度,即传统是"不容忽视的组成部分"。第一点应该没什么问题,至于第二点,恐怕就有点疑问了。仅仅是"组成部分"吗,为什么不能是全部呢,仅仅只能成为"资源"吗,为什么不是"理论本身"呢?我们不是要"中化"吗?

有关这一问题,蔡钟翔先生指出:"难点就在于,近百年来中国文化(不仅是文论)在传统与现代之间出现了断裂,今天要把这条断裂的线索再连接起来是有很大的难度的,而这种现象在西方文化发展中却没有发生。因此,我们不可能重走王国维那样不离传统、吸收西学、创造新学语的道路,如今谁要用道啊、气啊、意啊、象啊这一套范畴来构建当代文艺

[①] 黄维梁:《龙学未来的两个方向》,《比较文学报》1995 年第 11 期。
[②] 钱中文:《走向交往对话的时代》,北京大学出版社 1997 年版,第 324 页。

学,就会象突然穿上长袍马褂、戴上瓜皮帽一样令人无法接受。历史已演进到这个地步,是不可能倒转回去的。"① 以蔡先生的意见,我们不要说传统回不去了,就连像王国维先生那样,都不可能了。这实在有点让人难以接受,但却是事实。严格说来,任何理论都是特定时代的产物,它自产生之日起,就只能成为"资源"被别人运用。完全回复是不可能的,所谓的"回复"只能是当下式的。这一点,中唐、明代的复古运动可以证明。为什么会这样呢?原因在于"已演进到这个地步"的时代和那个要"回复"的时代不一样了。一句话,古、今之间存在着不可克服的矛盾。我们的古代文学理论是与我们的古代文化血肉相连的,而古代文化又是古人生活方式的写照。我们今天的生活方式和古人已经有了很大的差异,完全使用古人的话语或理论是不可能的,也是不合适的。就这个意义上说,"失语"是永恒的,"失语症"的提出是没有意义的。这样看,我们所有的研究只能是当下的。传统也只能成为"资源",成为"组成部分",无论它多么辉煌,我们多么舍不得,毕竟时代变了。不过,"若无新变,不能代雄"②,"变则通,通则久"。一代也自有一代之研究,我们大可释然,而不必悲观。

那么,当下所谓的中国学术的"失语症"现象到底应该怎么解决呢?笔者认为,要解决"失语症"问题,首先要弄清"失语症"的实质是什么。我之所以不同意"失语症"的提法,除了上文所谈到的严格意义上"失语症"是永恒的之外,更主要的原因是,这一提法把中国学术国际"失声"的问题和国内"西化"的偏弊纠缠在一起,混为一谈了,不利于问题的真正解决。这恐怕也是当时存在"失语"和"未失语"之争的问题所在。笔者绝不是凿空乱道,任意曲解"失语症"提出者的本意。我们只要换一思路来考虑,这一问题就很清楚了。中国文论为什么要"复语",难道只是为了"复语"而"复语"吗?如果是这样,这一话题就只剩下民族主义的成分了,而不再是学术问题了。显然,中国学术"复语"的目的是"发声",发出不同于西方的"中国的声音"③。这一点,我们也可以在刺激曹先生提出"失语症"问题的中国学界的现状中得到印证。

---

① 蔡钟翔:《古代文论与当代文艺学建设》,《文学评论》1997 年第 5 期。
② 萧子显:《南齐书·文学传论》卷 52,中华书局 1972 年版。
③ 黄维梁:《龙学未来的两个方向》,《比较文学报》1995 年第 11 期。

曹顺庆先生在描述"失语症"时引用了季羡林和黄维梁二位先生的话，我们来看一下，就能发现问题。季羡林说："我们东方国家，在文艺理论方面噤若寒蝉，在近代没有一个人创立出什么比较有影响的文艺理论体系……没有一本文艺理论传入西方，起了影响，引起轰动。"① 而黄维梁先生也说："在当今世界文论中，完全没有我们中国的声音。……中华的文评家无人争取到国际地位。"② 实际上，两位先生的感慨主要针对的是中国文论界"失声"的现状。"失声"和"失语"并不是完全相同的问题。我们再回忆一下20世纪末中国上下兴起的"创新"思潮。它几乎和"失语症"问题的提出是同步的，这也绝不是偶然现象。其实，那场世纪末讨论中也有学者意识到这一点："我认为造成中国当代文论'失语'更重要、更内在的原因，就在于我们当代文论及当代哲学、美学缺少原创精神。"③ 可见，"失语症"背后隐含着中国学术创新的要求和中华民族自强的意识。

至于中国学术如何创新，那只有在处理好古今中西矛盾的基础上不断提高学术水平和质量了。这实际上也是自王国维那代起甚至更早，直到现在的中国几代学人的共同愿望和努力方向。就文学理论而言，我们的成绩也是很显著的，那就是建立了中国现代文论传统。谁要说这个传统完全是西方的，那简直是痴人说梦。我们只要翻开现在的文学理论看看，就会知道从概念、范畴到理论框架，无不是不古不西、亦古亦西的，是地地道道的现代的、中国的。其中渗透的审美趣味和艺术理想等的"中国特色"是明摆着的。即使被"失语症"指责的话语方式和运思方式，中国特色也依然是很明显的。实际上，话语方式和运思方式是一而二，二而一的问题，话语是思维的外壳，归根到底还是思维方式问题。这方面"中国特色"也是很明显的。中国的经验主义——感悟、内省、归纳、直觉、类比等方法依然占据着主导地位。思维始终停留在纯粹抽象概念的世界，纯熟地运用西式的逻辑推论来结构全篇的文章、著作不能说没有，但绝非多数。这一点，我们会有明显的感觉。读中国的文章会有亲切感，因为其中有个活生生的言说者在，你可以感受到他的喜怒哀乐；而西方的文章似乎

---

① 季羡林：《东方文论选·序》，《比较文学报》1995年第10期。
② 黄维梁：《龙学未来的两个方向》，《比较文学报》1995年第11期。
③ 杨曾宪：《关于古文论"失语""复语"问题的冷思考》，《人文杂志》1999年第5期。

只有冷冰冰的逻辑与概念，言说者深藏其下。懂不懂还在其次，先就没有了亲切感。所以说，中国的现代文论与传统是打断骨头连着筋的。虽然它受到了西方的影响，但确是地地道道现代的、中国的，我们是可以也应该"接着说"下去的。虽然它现在可能比较简单、幼稚，不足以"发声"，但我们不能抛弃它，也抛弃不了，因为它和我们血脉相连。发展它、培养它，让它在世界上发出声音，正是我们今天学人的历史责任。

虽然，"失语症"的提法混淆了中国学术国际"失声"和国内"西化"的问题，有把"失声"原因简单地归结于"西化"的嫌疑。但它的提出也绝不是毫无道理。中国现代学术存在着"西化"偏弊，这是很明显的。就中国文论而言，自五四时期确立了"别求新声于异邦"的"拿来主义"文化策略后，20年代末30年代初，随着国内革命形势的推动和社会科学研究方法的介入，人们开始检讨五四时期引入的英美式文学观，一种以社会科学为基础的"科学的文艺论"逐步形成。40年代，马克思主义文论占据了主导。新中国成立后，我们又奉行"一边倒"政策，文学研究也主要学习借鉴苏联文论。直到70年代末，中国实施改革、开放政策，国门才再次打开。人们突然发现了一种亟待弥补的文化差距，于是外国的各种文艺思潮被介绍进来，一拥而入，使我们大开眼界。我们的文学研究也经历了"审美论转向"、"主体性转向"、"语言论转向"和现在正在勃兴的"文学的文化研究"等。在短短的一二十年里，我们仿佛经历了国外文学研究一个多世纪的历程。学习、借鉴本身没有什么问题，而且我们认为必要的学习、借鉴是不可或缺的，但如果忽视了传统资源的开发和利用、本地实际的检验和结合，那么必然会导致"中国声音"的缺失，乃至学术创新能力的衰退。这就是"失语症"得到学界普遍关注和广泛探讨的原因。"失语症"提出的意义在于提醒我们，今天的学术研究和理论建构要注重吸收和利用传统资源。这绝不仅是个民族问题，更是出于学术自身的考虑。学术发展道路上的一边倒或一元化是很可怕的，它会导致学术走向偏弊。学术的本质要求是在差异比较中辨伪存真，不断向前发展。差异的存在和多元的制衡是保障学术健康发展的必要前提。今天的学者过于迷信西方所谓"科学"的、"逻辑"的、"精确"的理论，不注重传统资源的吸收和消化，更缺乏自己的创新，实在是学界的一大偏弊。从这个意义上说，笔者认为"失语症"的提出更具有现实意义。

综上所述，"失语症"问题实际上涉及学术研究中的古今中西矛盾特别是中西矛盾问题。笔者认为,"失语症"提出的意义不在于引导我们放弃西方学术资源,转向中国的传统资源以建构我们的现代学术,而在于提醒我们重新审视学术研究中的古今中西矛盾问题。今天我们学术研究中所面临的古今中西矛盾与王国维那代学人所面临的古今中西矛盾比较类似,王国维先生提倡的融会中西的学术原则和独立自主的学术精神今天仍是适用的,那代学人开创的现代文论传统也是可以"接着说"下去的。但今天学人面临的古今中西与王国维那代学人所面临的又不尽相同,经过近百年的发展,我们的学术出现了"西化"的偏弊,我们忽视了对传统资源的开发和利用。这是今天的研究者必须高度警惕和努力改变的。只有这样,才能改变当下学术研究中的偏弊,解决"失语症"问题。由此看来,今天学人提出的"失语症"的呼声虽然在气魄、规模和境界方面似乎比不上前人,但它更实际,更有针对性,自有其价值和合理性。也正是基于上述认识,我才安然地选择了"叙事诗"研究以及相应的研究范式。

笔者把自己的选题和一个学术研究的百年大话题扯在一起,绝无拉大旗作虎皮、抬高自家身价之意。因为这一问题确实关涉方方面面,牵一发而动全身。而且上面所谈也确是笔者切切实实的亲身感受和思索。当然,这种去除枝枝叶叶的顺向叙述自然无甚惊奇之处,而其中逆向寻觅的曲折艰辛恐怕只有笔者自己心里清楚。

其实,笔者选择近代叙事诗研究的最初动机还是源于对其学术价值的体认。清诗研究权威钱仲联先生认为,叙事纪史是清代诗歌的一大特色,所谓"以诗歌叙说时政,反映现实成为有清一代诗坛总的风气,十朝大事往往在诗中得到表现,长篇大作动辄百韵以上。作品之多,题材之广,篇制之巨,都达到了前所未有之水平"。这一特征也是清代诗歌"超元越明,上追唐宋"①的关键所在。可见,清代叙事诗的研究对清诗乃至中国古代诗歌研究的意义和价值。清代叙事诗的成就主要集中在两头,即清初和近代,这也是学术界的共识。高永年先生认为:"明、清易代之交……沉寂了许多年的叙事诗创作,亦昂然崛起,取得了令人赞叹的成就。"②又说:"鸦片战争揭开了中国近代史的帷幕……叙事诗创作亦呈现出新的

---

① 钱仲联:《清诗纪事》,凤凰出版社2004年版,第1页。
② 高永年:《中国叙事诗研究》,江苏教育出版社2002年版,第126页。

面貌……"① 清初叙事诗虽然从整体、宏观方面加以研究整理的成果也不多，但因大家吴伟业叙事诗的存在，已经吸引了不少研究者的目光。而近代的叙事诗研究，除几篇有关黄遵宪、姚燮、金和等人的文章外，基本上还是不毛之地，更没人从宏观的、整体的视角去整理研究。而且，笔者对近代文学研究也一直比较感兴趣，因为近代是传统向现代转变的关捩所在。近代诗歌的研究也因此别具意义，日本学者吉川幸次郎认为："诗歌是中国人文学活动中最重要和自觉的东西。然而在近时的中国文学史上，诗歌研究似已稍稍被忽略了，在近代诗歌方面尤其感到如此。……中国诗的发展变迁的状态极为微妙，既难以捕捉，也难以叙述。但我确信由于勇敢地排除这种困难，对中国文学史或中国文化史就能达到较完全的认识。"② 这么一个充满价值而又无人问津的题目怎能不让笔者怦然心动？于是我毅然选择了这一课题。

然而一入手，问题就来了。中国古代并没有"叙事诗"之说，只有"纪事诗"的称谓，"叙事诗"的概念源于现代文论。而中国现代文论主要接受的是西方文论的影响。我用这个近乎西方的概念来研究中国古代文学，会不会被别人指为不地道或不纯粹呢，特别是处于学界正在反思"失语症"的今天。这倒还是其次，我真正担心的是，自己是不是在用一个近乎西方的东西来裁剪中国古代文学。毕竟现代文论和古代文论存在着较大的差异。这种差异说起来比较复杂，不过，文学观念是文学理论的基础与核心，它可以牵一发而动全身，比较易于说明问题。我们可以略作比较。

中国传统观念中"文"的含义远远超出了"文章"的界限，甚至也超出了"著于书帛"的范围，它依附于礼乐制度的概念，它的价值取决于它在整个礼乐制度中的作用和位置。故孔子曰："兴于诗，立于礼，成于乐。"③ 即便"文"的含义集中于"文章"之后，其功能依然是对原始之"文"的延续，"文以载道"的思路根深蒂固，而"别材别趣"之说始终没有占据主流地位。用现代通行的话语来说，中国传统的文学观念是一种泛文学观念。在这种观念影响下，产生"纪事诗"的称谓也就不难

---

① 高永年：《中国叙事诗研究》，江苏教育出版社2002年版，第149页。
② 吉川幸次郎著，高桥和已编：《中国诗史》下册，日本筑摩书房1981年版，第249页。
③ 孔子：《论语·泰伯》，杨伯峻：《论语译注》，中华书局1980年版，第81页。

理解了。这一称谓突出诗歌的"史"的性质,传统文学观念注重的是诗与史的相通性。实际上,纪实性也是中国叙事诗最主要的特征之一。而且中国也有自己关于诗、事关系的研究——"诗本事"。这种研究范式从晚唐一直延续到近、现代,自成系统。它最初是为了帮助人们理解诗歌,内容非常驳杂,近似文化笔记。后期这种研究与"诗史"思想合流,多搜罗一代文献,述而不作,大有存人纪史的意味在里面。显然这种研究范式也是传统泛文学观的产物。是不是这种研究范式更适合中国的古代文学研究呢?

而我们现在的文学观念主要源于西方。西方现代文学观念固然是其长期文学活动经验的总结,是启蒙运动和浪漫主义思潮的重要理论成果,但其形成的更广阔背景却是西方现代学科体系的发展和形成。十七八世纪以来,科学以其高度的实用性,冲垮了原来经院神学影响下的知识体系,并逐渐取得学科独立。科学的独立及其实用性的挤压又推动了现代学科体系的形成和发展。"'人文科学'是 20 世纪对那些遭排拒在自然科学和社会科学之外的学科的简便总称。现代哲学是由科学形成时清除出来的东西界定的,其它现代人文学科则首先以古典语文的形式出现,其后衍生出历史、现代语言甚至艺术史。""克雷格认为从牛顿到达尔文到孔德,每次近代科学的发展中,文学研究都以跟科学遥遥对立来厘定本身的边界。科学研究物质性、追寻普遍定律和生产'真理';而文学研究则探索人类的灵魂、欣赏独一无二的杰作和变化气质。"[①] 在这种背景下,文学标举其审美特征以与科学自异就不难理解了,情感、虚构和想象等因素也就成了文学的本质特征。其实,笔者也不完全同意这种文学观念,因为感觉它的西方成分还太多。把情感作为文学的本质特征,笔者基本同意。至于把虚构和想象也作为文学的本质特征,笔者认为值得商榷。比如说,中国叙事诗的一大特征就是纪实性,而且它确确实实是诗,是美的,难道我们把它排除在文学之外吗?再说,中国文人历来推举"史迁之文",而这种文章也是纪实的,你能说它没有文学性吗?虚构和想象大概是西方人根据"史诗"特征总结出来的,笔者感觉将其作为文学特征可以,作为本质特征则有点过。不过,作为当今的一名古代文学研究者(中国古代是不尊崇"专家",而是崇尚"通人"的),笔者还是基本相信文学是审美的。

---

① 华勒斯坦等:《学科·知识·权力》,三联书店 1999 年版,第 16 页。

文学应该独立，它有自己的本质特征。至于其本质特征是什么，那是另外的问题。我们现在的"叙事诗"概念自然是与这种文学观念相适应的，它也强调文学的独立性。你千万不要小看这些文学观念的细微差别，它关系到文学研究的方方面面。举个例子来说，晚清出现的考据诗，以我们现在的文学观念看，它自然没什么价值。但是如果把它放入泛文学观念中去考察，它又何尝不是为诗歌的发展开辟了一个新的领域呢？

"叙事诗"概念是否适用于中国的古代文学研究？现代研究范式或理论体系是不是适合中国的古代文学研究？从对概念的担忧发展到对研究范式或理论体系的质疑，问题是越来越大了。于是我开始翻阅各种中西文论及学术发展史方面的书籍，开始了艰难的寻觅过程。最后才得出前文论述的"现代文论传统是可以接着说下去的"和"一代自有一代之研究"的粗浅道理。一代人自有一代人关于文学的看法，我们今天认为是绝对真理的东西，难保不被后来人推翻和超越，就像我们今天自信地推翻前人的看法一样。我们大可不必、也不可能超越这个时代。有了这样的认识，笔者才安心地选择了"叙事诗"研究。其实，这已经是一年后的事了，笔者转了一圈，似乎又回到了原地。你可以嘲笑、指责笔者寻觅行为的幼稚、思维方式的简单，但你不能否认一个研究者"求是"的真诚、学术态度的严肃认真，以及试图为自己的研究对象寻找最适合的研究范式而作出的努力，尽管它可能是非常蹩脚的。而且，笔者认为，自觉地选择和被动地接受，其间差别还是很大的。

一个问题解决了，另一个问题又来了。如果"一代自有一代之研究"的话，那么每代学人不是在自说自话吗？那么历史不就真的成为任人打扮的小姑娘了吗？我们学术研究的价值和意义何在呢？上述的疑问似乎也不仅是笔者个人的，西方的历史哲学、哲学阐释学都有类似的观点。从克罗齐的"一切历史都是当代史"、柯林伍德的历史的"构造性"及"历史就是思想史"之说，到海德格尔的"前理解"、伽达默尔的"效果历史"与"视界融合"、利科尔的"间距化"与"解释框架"，再到海登·怀特的"喻说理论"，这些阐释观点都倾向于强调阐释的主观建构性，甚至文本的独立性，而对于是否存在历史的"本来面目"则表示怀疑。于是，中国一些研究者受到这些观点的影响，开始放弃学术研究本真的追求，追求学术的"当代性"、"当代价值"、"理论建构"等。应该如何看待这些问题呢？我们的学术研究又该何去何从呢？

其实，这不仅关涉到学术研究中所面临的不可避免的古今矛盾问题，也关涉到个人的学术追求。关于学术研究中的古今矛盾，我们是有很多历史经验可以借鉴的。中国自古就有古文经学和今文经学之争，有"我注六经"和"六经注我"的不同研究方法，其中的是非曲直着实难以说清。就笔者个人看，不同的研究对象，不同性质的研究，乃至不同的历史时期，学术研究也应有不同的要求，并不能简单地、笼统地一概而论。就个人的研究实际而言，笔者把古代文学研究定位于以"求是"为目的的历史性研究，这也是笔者个人的学术追求。笔者坚信"历史真实"是存在的，它具有客观性。我们亲身经历的实实在在的今天就是明天的历史。否定历史，否定昨天，也就是否定了现在，这是我们不能同意的。其实，西方的历史哲学和哲学阐释学也不否认这一点。他们只是认为历史实际上都是存在于文本中的，也是一种叙事，是话语的建构，过去发生过的事情不是未曾存在，而是无法复现。可见，他们只是强调纯粹的客观阐释活动是不存在的，并非要否定"历史真实"的存在。而且，他们的观点也并非绝无道理。纯粹的客观研究活动也的确是不存在的，任何研究或阐释都难免带有主观性，也都很难完全恢复"历史真实"。但是，以"求是"为目的的研究还是能相对减少许多不必要的失误，以尽可能保持研究的客观性。我们并不能因为完全的"历史真实"的难以复现而放弃自己的探求努力。尽可能地靠近历史，还原历史的本来面目，这正是学术研究自身的意义和价值所在。其实，阐释学并不否定阐释主体具有接近阐释对象的可能性，否则阐释活动本身也就没有意义了。

当然，笔者并不是要反对学术研究中的理论建构，只是不太赞同当下研究活动中出现的对这种建构的刻意追求。陈寅恪先生所说"其言论愈有条理统系，则去古人学说之真相愈远"① 就是这个道理。笔者认为，学术研究的理论建构应该在充分尊重客观事实的基础上自然而然地形成，应当法从例出。笔者不是要否认学术研究所具有的当下价值，只是不太赞同以当下价值为指归的研究活动。这种研究必然会造就浮躁的学风，最终导致学术研究独立性的丧失和学术自身价值的瓦解。章太炎先生认为："学

---

① 陈寅恪：《〈中国哲学史〉上册·审查报告》，冯友兰：《中国哲学史》（附录一），华东师范大学出版社 2000 年版。

者在辨名实，知情伪，虽致用不足尚，虽无用不足卑。"① 与此说类似，王国维先生的"学无新旧也，无中西也，无有用无用也"，真是至理名言，可谓道尽千古学人之心。学术应当以"求是"为目的，以达"道"为指归，追求的是"无用之用"②，而不仅是当下之用。

你千万不要以为笔者在自语式的梦呓，上述言论实在渗透着笔者对当今学界学风的反思，特别是对时下盛行的阐释学理论以及对当下中国文学研究产生重要影响的新历史主义阐释方法的反思。新历史主义又称文化诗学，中国今天盛行的文学的文化研究显然接受了它的影响。当然，笔者不是要否定这种研究方法的合理性，实际上，笔者的研究实践也时常借鉴这种方法，并窃认为这种研究方法对中国的古代文学研究具有特别的意义。不过，这种方法运用不当，也会带来穿凿附会、任意曲解研究对象的弊端，这是我们应该高度警惕的。而且这种阐释方法特别关注文学与文化之间的联系，而强调过度则有冲垮中国现有文学理论的危险。说白了，就是文学自身具不具有独立性的问题，就是文学到底是什么的问题。那文学到底是什么呢？尚无终极圆满的回答，我们只能接受当今大体公认的说法。这个问题的真正答案可能要由我们今天和以后的研究者去寻觅了。只有在这个层面上，我们才能对前辈学人章学诚的话有更深的体悟，"所贵君子之学术，为能持世而救偏"③。只有真正的大"道"，才可以"持世而救偏"。

至此，笔者的研究思路总算勉强地过了自己这一关，难产般地"诞生"了。笔者的研究思路是这样的：广泛学习和借鉴中西一切合理的文学理论和方法，特别是中国传统的理论和思维。因为笔者认为它可能更适合中国古代文学的实际情况。以此为基础，形成自己基本的文学观念和理论架构，锻造自己独立的学术眼光。这一步是必需的，也是必要的。它既是避免人云亦云的条件，又是进入下一步研究的基础。然后以这种独立的学术眼光去审视和考察自己的研究对象，但并不拘泥、迷信于这种眼光，而是根据自己研究对象的实际情况，时时调整和发展自己的学术眼光，完善和纠正基本的理论架构和文学观念，力图如实地、客观地描绘研究对象

---

① 《章太炎全集》第 4 卷，上海人民出版社 1985 年版，第 151 页。
② 王国维：《国学丛刊序》，刘刚强编：《王国维美论文选》，湖南人民出版社 1987 年版，第 169 页。
③ 章学诚：《原学下》，《文史通义校注》，中华书局 1985 年版，第 154 页。

的原貌。在此基础上，法从例出，希望能发现和形成一些有价值的东西。这和科学实验有点类似，首先要做一个实验设计，这个实验设计就是研究者在基本的文学观念和理论架构基础之上形成的学术眼光的体现。这一步是必需的，没有实验设计是不可能从事实验活动的。然后进行实验，整个实验过程遵循科学、客观的原则，在实验中调整、修改自己的实验设计，最后写出实验报告。笔者的研究思路大体如此。笔者认为，只有这样的研究，才能真正回到中国文学的实际，才有可能发出"中国的声音"。当然，笔者的研究活动也努力按照这一思路进行。至于笔者的研究实践是否真正，或在多大程度上贯彻、实施了这一思路，实现了笔者的目的和理想，那就得由读者来评判了。

二 概念由来

按照惯例，行文开篇要介绍作者的选题依据、研究现状、理论设计、论题限定等内容。上文在交代选题缘由时，顺带介绍了笔者的研究思路以及关于学术研究的一些看法。之所以要"顺带"，是因为一方面实感笔者的研究思路与时下那些总能找到"新的"、"合适的"研究理论或方法的诸君相比，无甚新鲜之处；另一方面也希望以这种特有的叙述方式，打破目前习见的以破为立、破立对举的叙事模式，从而凸显笔者对学术研究的思索过程，而不是指点江山，妄自尊大，随意立说。并且，作为绪论的开篇部分，笔者也力图做到让人能读得下去。如果说，以上所言主要是从大处着眼，蹈空不实的话，那么下面就力图从小处入手，逐步展开论述，进入研究操作过程。

既然本书的题目为《近代叙事诗研究》，那么如何界定叙事诗，首先就是一个不可回避的问题。我们不妨先从发生学的视角考察一下这个概念的由来。而且，"叙事诗"概念的形成过程从某种意义上讲也是中国叙事诗研究的历史，准确点说，是现代学者关于叙事诗研究的历史。对于这段历史的爬梳和整理至少有两方面的意义：一是便于我们了解"叙事诗"这一概念的来龙去脉，更好地理解和把握这一概念；二是为我们当下叙事诗研究寻找历史坐标，使之在前人的研究基础上，向着合理的方向发展和推进。

就现有文献资料看，"叙事诗"一词是中国固有的。它大概最早见于南宋，胡仔《苕溪渔隐丛话·前集》卷32引《隐居诗话》云："白居易亦善作长韵叙事诗，但格制不高，局于浅切，又不能更风操。虽众篇之意，只如一篇，故使人读而易厌也。"① 可见，这一词语的出现与中唐以来叙事文学的兴盛，特别是白居易等人叙事写实的诗歌创作有着密切的关系。当时人们已经认识到白氏诗歌的与众不同，虽然对它们评价不高。稍后的朱熹更有"生民诗是叙事诗，只得恁地。盖是叙，那首尾要尽。《下武》、《文王有声》等诗却有反复歌咏底意思"②，这俨然有把叙事诗与抒情诗对比分析的倾向，并指出各自不同的特征，叙事诗需"首尾要尽"，抒情诗要"反复歌咏"。不过，这种以文体内部特征为标准对诗歌分类的倾向，在注重文章的社会功用和外部特征的传统分类中并未产生多大的影响。此外，南宋尤袤《遂初堂书目》中记有《叙事诗话》的书目，但此书已失传，具体内容不得而知。"叙事诗"一词在明清两代几乎无人问津，直到晚清，受西方文学思想的影响，这一词语才被再度注入新的活力，并逐步演变成现代文论话语中的"叙事诗"概念。

现代"叙事诗"概念的形成大体经历了三个阶段。20世纪最初的20年大体是"叙事诗"文体意识萌芽时期。鸦片战争后，特别是中日甲午战争以后，国人"天朝大国"迷梦被打破，开始向西方学习，逐渐形成西学东渐的风气。先进的知识分子也开始接触西方文学，并逐渐萌发了"叙事诗"的文体意识。戊戌变法失败后逃亡日本的梁启超，在1902—1905年所作的《饮冰室诗话》中就谈道：

> 希腊诗人荷马（旧译作和美耳），古代第一文豪也。其诗篇为今日考据希腊史者独一无二之秘本，每篇率万数千言。近世诗家，如莎士比亚、弥尔敦、田尼逊等，其诗动亦数万言。伟哉！勿论文藻，即其气魄固已夺人矣。中国事事落他人后，惟文学似差可颉颃西域。然长篇之诗，最传诵者，唯杜之《北征》，韩之《南山》，宋人至称为日月争光，然其精深盘郁雄伟博丽之气，尚未足也，古诗《孔雀东南飞》一篇，千七百余字，号称古今第一长篇诗。诗虽奇绝，亦只

---

① 胡仔：《苕溪渔隐丛话》，人民文学出版社1962年版，第221页。魏泰《临汉隐居诗话》仅有"叙事"而无"诗"字。

② 黎靖德：《朱子语类》，中华书局1986年版，第2129页。

儿女子语，于世运无影响也。①

其后在《小说丛话》中又说：

> 吾昔与黄公度论诗，谓即此可见吾东方文家才力薄弱，视西哲有惭色矣。既而思之，吾中国亦非无此等雄著，可与彼颉颃者。吾辈仅求之于狭义之诗，而谓我诗仅如是，其谤点祖国文学，罪不浅矣。……若取其最广义，则风词曲之类，皆应有谓之诗。数诗才至词曲，则古代之屈宋，岂让荷马、但丁？而近世在名鼎之类家，如汤临川、孔东塘、蒋藏园其人者，何尝不一诗累数成万言耶？其才力又岂在摆伦、弥尔顿下耶？②

无论梁氏对传统文学是贬低还是褒扬，都是以称赞西方"长篇之诗"为前提的。而这种对泰西长诗的称赞和推崇，实际上是和梁氏试图改造中国诗歌传统的动机紧密相关的。中国诗歌历来以抒情言志为宗，所以两千多年来抒情短章一直在诗坛占据统治地位。但这种诗体到了晚清，已经过长期发展，因盛极而弊病百出，主要表现为结构简单，格局狭小，气魄卑弱，风格柔靡。故梁氏推崇泰西长诗的"精深盘郁"，"雄伟博丽"，"气魄""夺人"和关乎世运，以推动中国"诗界革命"，疗救传统诗歌之弊。当然梁氏这种对西方诗体的最初体认还不是着眼于诗歌内部性质和表现方式，而是着眼于诗歌的外部形式，即诗歌的篇幅长短。这种以"长篇之诗"来区分指称诗体的思维，还是源于中国历来以五言、七言、绝句、律诗等外部形式区分诗体的习惯。虽然梁氏所说的"长篇之诗"未必都是叙事诗歌，但从其文章内容和所举的例子看，当主要是指西方叙事性的宏大史诗。梁启超这种观点是颇有影响的，20世纪20年代初，"短诗"与"小诗"泛滥，其"感伤的情调和柔靡的风格，正和旧诗词和散曲里所有的一样"，为此朱自清提倡"有丰富的生活和强大的力量的人能够多写些长诗，以调剂偏枯的现势"③。吴世昌也认为，长诗有助于新诗摆脱

---

① 梁启超：《饮冰室诗话》，《饮冰室文集全编》，上海新民书局1933年版，第443页。
② 夏晓虹：《饮冰室合集·集外文》，北京大学出版社2005年版，第149—150页。
③ 佩弦：《短诗与长诗》，《诗》月刊1922年4月第1卷第4号。

"旧诗中今体和小令的习气",开拓"中国的诗境"①。这些都与梁氏的主张不无关系。

而真正为"叙事诗"文体意识的自觉作出杰出贡献的人当属稍后的王国维,其1906年的《文学小言》说:

> 上之所论,皆就抒情的文学言之。(《离骚》诗词皆是。)至叙事的文学,(谓叙事诗、史诗、戏曲等,非谓散文也。)则我国尚在幼稚之时代。元人杂剧,辞则美矣,然不知描写人格为何事。至国朝之《桃花扇》,则有人格矣,然他戏曲则殊不称是。要之,不过稍有系统之词,而并失词之性质者也。以东方古文学之国,无一足以与西欧匹者,此则后此文学家之责矣。②

王国维在比较中西文学特点的基础上,把文学分为抒情的文学和叙事的文学两大类,并认为中国的叙事文学尚在幼稚阶段。他进而把叙事文学分为"叙事诗、史诗、戏曲等",第一次明确提出了"叙事诗"这种诗体,并准确选取了"叙事诗"一词加以概括,从而拉开了具有现代意义的叙事诗研究的帷幕。更可贵的是,王国维已经把"叙事诗"与"史诗"并举,显然认识到了二者的同中之异了。可惜,王氏本人没有进一步深入这方面的研究,而他的理论在后来的文学革命中也没有得到很好地继承。

随后文学革命中的"写实主义"思潮进一步促进了"叙事诗"文体意识的形成。20世纪初期的中国,内忧外患,千疮百孔,在救亡图存的时代背景、革故鼎新的社会变动和中西思想的相互碰撞中,胡适等人为启发民智,选择了与梁启超近似的功利主义文学观,提倡"写实"文学。早在新文学革命口号正式提出之前,胡适就高度评价白居易的"新乐府"诗歌及其诗论,认为白居易和杜甫是"实际的文学之泰斗",而他的《与元九书》是"写实派""文学家宣告主义之檄文"③。新文学革命发生以后,胡适又多次称赞"老杜香山之'写实'体诸诗"④,还高度评价《孔

---

① 吴世昌:《新诗和旧诗》,《吴世昌全集》第3卷,河北教育出版社2003年版,第4—5页。
② 王国维:《文学小言》,《王国维文集·观堂集林》,燕山出版社1997年版,第230页。
③ 吴奔星等编:《胡适诗话》,四川文艺出版社1991年版,第44页。
④ 胡适:《文学改良刍议》,《新青年》1917年1月第2卷第5号。

雀东南飞》《木兰辞》《上山采蘼芜》《石壕吏》《新丰折臂翁》《长恨歌》等"韵文短篇小说"① 高度的艺术技巧。不仅如此，胡适还指出中国叙事诗的不足，"韵文只有抒情诗，绝少纪事诗，长篇诗更不曾有过"，主张"翻译西洋名著做我们的模范"②。

在西方文学的影响下，在启蒙主义思潮和现实主义创作方法的推动下，顺应叙事文学发展的潮流，20世纪初，叙事诗的文体意识逐渐走向自觉。但是叙事诗的概念还没形成，这主要表现在关于这类诗歌称谓的复杂多样上，当时除了叙事诗的称谓外，还有"纪事诗"、"新乐府"、"大史诗"、"神诗"、"正史诗"、"半乐诗"、"有情节的诗"、"韵文小说"、"写实诸诗"、"长诗"等，概念使用的随意及无序，无疑是一种理论或思维不成熟的表现。而"叙事诗"的概念是伴随着外国文学及文学理论的进一步引入和新文学运动的发展而最终形成的。

20世纪二三十年代可以看作叙事概念的初步形成期。文学革命之初，胡适等人提出"诗体大解放"的口号，要求打破"那些束缚精神的枷锁镣铐"③，从而代表新诗的白话诗体和自由诗体盛行一时。但这种诗歌取消了诗与文、诗情与感情的区别，必然导致非诗化的倾向，为新诗的发展带来困扰。这也引发学者重新思索新诗的发展，从古今中外汲取资源规范建设新诗。二三十年代，学者们翻译了大量外国诗歌"以资练习"④，掀起了诗歌翻译热潮，特别是史诗翻译热潮。如沈雁冰、沈泽民、傅东华、郑振铎、性天、林孖、徐志摩、卜士、田汉、钱稻孙等人，分别在《小说月报》《文学周报》《晨报副刊》《现代评论》《创造月刊》等刊物上翻译、介绍了不同国家和地区的史诗，这对"叙事诗"文体意识的形成和概念的草创产生了重大影响。

除了引进经典名著为新文学树立典范以外，现代学者还从世界文学的视角着眼，借鉴西方文学理论来建构新文学体系，初步显示出建设民族文学，并使之与世界文学对话的气魄和努力。这种努力与"叙事诗"概念的形成密切相关的，就是他们关于诗歌分类的论述和研究。1920年，田汉等直接按照外国文论的分类法，从广义的"诗学"出发，首先将文学

---

① 胡适：《论短篇小说》，《新青年》1918年5月第4卷第5号。
② 胡适：《建设的文学革命论》，《新青年》1918年4月第4卷第4号。
③ 胡适：《谈新诗》，《星期评论》1919年10月10日。
④ 傅东华：《参情梦·译者的话》，《小说月报》1925年10月第16卷第10号。

分为"纯文学"和"杂文学"两类;其次,又在"纯文学"中,按形式的是否有"韵",划分出所谓的"律文诗"与"散文诗";再次,把"小说"及"散文"等归类为"散文诗",而在"律文诗"中,又分出"客观的律文诗"、"主观的律文诗"及"主客观的律文诗"三类;最后才将所谓的"叙事的叙事诗"与"抒情的叙事诗"文类划归为"客观的律文诗",将抒情诗、剧诗分别归在"主观的律文诗"及"主客观的律文诗"①之内。同时,闻宥也根据外国学者的文学分类方法,将"叙事诗"称为"客观的律文诗",剧诗称为"主客观之律文诗",置之与"散文诗"相对的"律文诗"类型中。② 这种僵硬、庞杂及繁琐的理论表述,虽然让人感到最初阶段借鉴西方文论时的力不从心及思想粗糙,但显示出建构现代诗学体系及叙事诗概念的努力和信心。

在此基础上,郑振铎先生在1923年,为了"使初与文学接触的人,于文学的形式,得一种较明显的观念"③,在研究中西文学的基础之上,先后在《文学》杂志上发表了《文学的分类》《诗歌的分类》《抒情诗》《史诗》等文章,介绍文学的一些基本知识。他在《文学的分类》中把文学分为诗歌、小说、戏曲、论文、个人文学、杂类六种,又把诗歌分为抒情诗和叙事诗两类,初步创立了诗歌的二分法,确立了"叙事诗"的概念。至于郑振铎先生二分法是如何形成的,我们可以在其《诗歌的分类》一文中窥见一斑。该文先粗略介绍了中国诗歌的传统类别及历史,然后介绍西欧诗歌,说"大概他们的诗体,总不出:(一)抒情诗、(二)史诗、(三)剧诗三种",又说"史诗为长篇的叙事诗歌",还说"关于剧诗的一切问题,拟放在《戏曲论》里叙述,下一期只说到抒情诗和史诗"。由此可见,郑振铎先生诗歌二分法源于西方诗学的三分法。西方三分法将叙事诗、抒情诗、剧诗各分为一类,但郑振铎先生鉴于中国文学的实际,把剧诗独立出来,别为一类戏曲,于是诗歌便只有抒情和叙事两类别了,这便是诗歌两分法的由来。诗歌二分法的形成至少有两点需要注意:一是诗歌二分法的出现标志着现代文论话语中叙事诗概念的初步形成;二是现代文论话语中的叙事诗概念在很大程度上脱胎于西方文论话语的"史诗"。

---

① 田汉:《诗人与劳动问题》,《少年中国》1920年2月15日至3月15日第1卷第8—9期。
② 闻宥:《白话诗研究》,上海梁溪图书馆1920年版。
③ 西谛:《文学的分类》,《文学》1923年8月第82期。

郑振铎就认为"叙事诗一名史诗",这使中国现代意义上的叙事诗从一开始就具有以西方文学为标准和本位的特征,具有西化的特点。

郑振铎先生这种文学观及诗歌分类在当时虽然产生了重要影响,但还没有被普遍接受。这不仅表现在"叙事诗"的称谓还不完全统一上,如1928年初,俞平伯先生还采用"诗的小说"的说法来归纳、概括中国古代那些"虽为诗型而实含小说之质素"①的叙事诗作品;而且"叙事诗"概念本身内涵的差别也很大,如1927年,郁达夫在《文学概说》第六章"文学表现体裁之分类"中借鉴"莫尔顿教授的意见,先把纯文学视作创造文学,使和记述文学相对立",然后把纯文学又分为抒情诗和叙事诗两类,而他的"叙事诗"指的却是"小说和短篇小说"②,相当于我们现在所说的"叙事文学"。

三四十年代是"叙事诗"概念的形成、规范和普遍接受时期。这一时期,诗歌的二分法已经大体上被认可和接受,进而转入内涵的详细探讨之中。大革命的失败和抗日战争的爆发,使社会革命和民族救亡成为中国社会的使命。与之相应,文学的主流也由五四时期比较自由的个性解放转向社会革命和抗日救亡。为了适应时代的要求,反映时代精神,补救20年代以来"感伤主义"、"滥情"的创作倾向,许多诗歌理论家提出创作长诗、史诗的口号。梁实秋在《论诗的大小长短》中说,"诗的价值原不必以篇幅长短而定",但"没有相当的长度,作者便没有周旋的余地",要求作家"在诗里只认得几首抒情诗,这实在是不够的,应该再多用些功夫去读一读别种的诗。纪事诗,戏剧诗,也该着实的见识见识"③。蒲风在考察并总结了五四以来的新诗创作及其发展经验以后,指出"现今惟一的道路是'写实',把大时代及他的动向活生生的反映出来。我们要记住:这是产生史诗的时代了。我们需要伟大的时代了。我们需要伟大的史诗呵"④。石灵也认为:"我们现在所处的时代,是动荡的激越的伟大的时代吧,我们的诗人,呼吸在这样的氛围气里,所感受得的东西,纵使短诗,也能够断片的反映一些,但是要喊出巨灵般的声音,就非长的叙事诗

---

① 俞平伯:《谈中国小说》,《小说月报》1928年2月第19卷第2号。
② 郁达夫:《文学概说》,上海商务印书馆1927年版,第50—51页。
③ 梁实秋:《论诗的大小长短》,《新月》1930年第3卷第10期。
④ 蒲风:《五四到现在的中国诗坛鸟瞰》,杨匡汉等编:《中国现代诗论》(上),花城出版社1985年版,第223页。

（史诗）不可了。"① 茅盾分析当时诗歌发展的方向是"从抒情到叙事，从长到短"，并认为这种趋向可说是"新诗的再解放和再革命"②。

在这种背景之下，"叙事诗"这种文体受到社会的普遍重视，其文体特征也引起理论家的广泛探讨，从而使"叙事诗"概念渐趋规范并被普遍接受。1930年，钱歌川在《文艺概论》中就把文学分为诗歌、小说、戏曲三类，又把诗歌分为抒情诗和叙事诗两类，并对叙事诗的文体概念作了详细的探讨。钱歌川认为"以言语意义为主的东西，就是叙事诗，以言语的音调为主的东西，就是抒情诗"③，并引用贡末尔的观点对叙事诗的文体特征进行了界定。而孙席珍在《叙事诗》一文中旁征博引韩德生、贡末尔、黑智尔、都德里、莫尔顿等人的观点，首次对叙事诗的内涵、特征、起源、发展等做了系统详细地介绍，指出"叙事诗的解释有广义狭义之分。广义地解释起来，凡以客观法表现或叙述人生的经验之一切作品，都可称为叙事诗，所以小说戏曲，皆为广义的叙事诗，狭义的叙事诗只是诗歌的一种"④，这在无意间完成了西方诗学话语与现代文论话语的对接。但孙席珍所讲的"叙事诗"指的就是现在所说的"史诗"，这与当时"要求着伟大史诗的出现"⑤的社会风气密切相关。稍后张泽厚《抒情诗与叙事诗》一文更是典型地代表了这种倾向与思想。张泽厚在介绍完抒情诗与叙事诗的意义和区别后，又论述了诗歌发展的方向，他认为，"抒情诗自然与这雄厚的，愤怒的，强大的，斗争的时代的情绪绝缘了"，现代生活需要"叙事诗的复活"⑥。这一时期，老舍开始注意到中西文学分类方面的差异，指出"中国人对于史诗，抒情诗，戏剧的分别向来未加注意"，"因此提起诗的分类，中国人立刻想到五绝、五律、七律、五古、乐府与一些词曲的调子来"，"中国人心中没有抒情诗与叙事诗之别"，"作诗的人的眼中只有一些格式，而没有想到他是要把这格式中所说的成个艺术的单位"⑦，这为现代诗歌分类的转型奠定了基础。

抗日战争爆发以后，"史诗"情怀进一步被强化，并与现代中国的

---

① 石灵：《新诗歌的创作方法》，天马书店1935年版，第76页。
② 茅盾：《叙事诗的前途》，《文学》1937年2月1日第8卷第2期。
③ 钱歌川：《文艺概论》，中华书局1930年版，第56页。
④ 孙席珍：《叙事诗》，《文艺创作讲座》第2卷，上海光华书局1932年版。
⑤ 柳无忌：《为新诗辩护》，《文艺杂志》1932年9月第1卷第4期。
⑥ 张泽厚：《抒情诗与叙事诗》，《文艺创作讲座》第3卷，上海光华书局1933年版。
⑦ 舒舍予：《文学概论讲义》，北京出版社1984年版，第151页。

"民族国家"相结合,掀起"建立民族革命史诗"① 的风潮。围绕"如何建设民族史诗"、"叙事诗与小说的区别"以及"诗与感情"等问题,批评家展开了深入的讨论,进一步明确了叙事诗的艺术特征,强化了叙事诗的概念。穆木天认为,"我们的现代的叙事诗(史诗),是不能依样画葫芦地去模仿古代,乃至中世的史诗的形式",而应当是"民族革命的叙事诗的新形式的建立";努力探索或实践如何"去把大鼓书,道情等等的形式和西洋近代的叙事诗的形式综合起来,造成为一种新的叙事诗的形式"②。因而,当时运用民歌、民谣及通俗韵文形式写作的鼓词、弹词、唱本等所谓的"通俗叙事诗"作品备受文学及诗歌理论批评界的关注和推崇。这种"谣曲"体诗歌被看作"一种可以弦歌的叙事诗"③,是实践"民族革命的史诗"的形式之一,有可能"发展为新时代的史诗"④。"谣曲"体叙事诗创作的利弊姑且不论,这种"民族史诗"的建构标志着中国本位叙事诗意识的自觉,它推动了西方"史诗"概念向现代文论话语中"叙事诗"概念的转化。40 年代的学者还展开了小说与叙事诗区别的思考,"同样一个故事,一个人物,由诗表现出来的必不同于小说和剧本,而表现的价值也绝对不会弱于小说和剧本"⑤,叙事诗"能够委曲婉转传达小说所表达不出的情绪,而小说却能深刻精细叙述诗所不能叙述的琐碎的事实"⑥。柳倩在《中国新诗歌的检讨及其前途》一文中详细探讨了"叙事诗处理故事与小说处理故事"的区别。此外,当时诗歌理论批评界还开展了诗中"抒情"与"叙事"的关系及作用等问题的讨论。其实,出于对新诗的成长、发展及前途的思考,这一问题在抗战爆发之前就引起了理论界的广泛探讨和关注。抗战爆发后,一些批评家认为,中国民族解放斗争的史实,"必然要求着英雄的史诗的产生","作为诗歌的另一门类的叙事诗,它的存在和提倡也是有必要"⑦ 的。他们对那种"认为诗只有主'情'的诗"的观点表示反对,认为"还是没有打破旧传统

---

① 穆木天:《民族叙事诗时代》,《时调》1937 年 11 月创刊号。
② 穆木天:《建立民族革命的史诗的问题》,《文艺阵地》1939 年 6 月第 3 卷第 5 期。
③ 茅盾:《关于鼓词》,《茅盾文艺杂论集》(下),上海文艺出版社 1981 年版,第 704—705 页。
④ 穆木天:《建立民族革命的史诗的问题》,《文艺阵地》1939 年 6 月第 3 卷第 5 期。
⑤ 《诗的光荣,光荣的诗》,《诗》1942 年 12 月第 3 卷第 4 期。
⑥ 张刚:《小说和其它文艺的关系》,《文学修养》(重庆)1943 年第 2 卷第 2 期。
⑦ 柳倩:《中国新诗歌的检讨及其前途》,《新华日报》1942 年 1 月 1—6 日。

的看法"；强调不仅"抒情诗外当仍有诗存在，因为抒情可以不是诗的决定因素"，而且"抒情以外的诗表面上看来是毫无感情的，殊不知那感情早是经过了极高温度的燃烧而冷却下来的利铁"①。而"七月派"作家则认为，"在诗的创造过程上，客观事物只有通过主观精神的燃烧才能够使杂质成灰，使精英更亮，而凝成浑然的艺术生命"②，即使"题材怎样好，怎样真有其事"，"但如果它没有作者底情绪融合，没有在作者底情绪世界里面溶解，凝晶，那你就既不能够把撮它，也不能够表现它的。因为，在实生活上，对于客观事物的理解和发现需要主观精神的突击！"③无论如何，这些关于诗歌艺术规律的探讨，特别是关于诗歌中抒情和叙事地位、作用及关系的思索，有力地促进了"叙事诗"概念的发展和成熟。

1942年10月，茅盾在《诗创作》第15期上发表了《〈诗论〉管窥》一文。文章一开始就对诗歌研究中概念、范畴的混淆杂乱进行了澄清和"正名"，认为以"长与小之界限"，将"那些以叙事为主的诗篇"称为"长诗"，将"那些以抒情为主的诗篇"称为"小诗"的理论表述，是让人"简直摸不着头脑"的理论现象，明确提出并要求"何不改称叙事诗和抒情诗？何取乎长小！"强调"诗篇之有抒情和叙事，大概是很古的罢？""抒情诗虽然大多数是'小诗'，然而'小'这形式并不与'抒情'的内容发生固定的关系"，而"叙事诗之长短，亦不能有定"，即使"若谓有了'典型性的人物与故事'的诗篇即为叙事诗，似亦未必尽然"。并且指出"中国是抒情诗与叙事诗一向同样地发展，各有千秋的呵！"认为"'长诗'比'小诗'难写，这是我的看法；然而'长诗'之有伟大的前途，当无疑义"④。至此，在西方文学和文论的冲击下，中国的诗歌分类最终打破了传统的思维方式和惯性，完成了现代性转换。从梁启超等人延续传统思维用"长篇之诗"指称西方"史诗"，到郑振铎等学者引入西方文论以确立中国诗歌的"二分法"，再经过三四十年代诗人、学者们关于诗歌创作的表现手法、艺术规律的深入探讨，茅盾先生最终纠正了诗歌分

---

① 胡明树：《诗之创作上的诸问题》，（桂林）《诗》1942年1月第3卷第2期。
② 胡风：《涉及诗学的若干问题》，《诗创作》1942年10月第15期"诗论专号"。
③ 胡风：《关于题材，关于技巧，关于接受遗产》，《胡风全集》（3），湖北人民出版社1999年版，第80—82页。
④ 茅盾：《〈诗论〉管窥》，《诗创作》1942年10月第15期"诗论专号"。

类中的混乱驳杂,改变了传统上依据诗歌外部形式分类的习惯,确立了现代文论以诗歌内在特征为依据的分类方法。"叙事诗"概念也经历了文体意识的觉醒,到西方概念引入的初步确立,再经诗歌艺术规律的思索和探讨而中国化的几个阶段。

可见,"叙事诗"的概念是20世纪以来,在中西比较的文学视野下,在与世界文学对话的过程中,在受西方叙事文学的影响和近代中国风云变幻历史的推动下,在中国文学告别古代杂文学体系而努力建构现代新文学系统的进程中形成的。它是新文学者借鉴西方文学资源,补救传统诗歌弊病,建构新诗体系的产物。它直接脱胎于西方文学的"史诗",在指导和规范新诗的创作中逐渐形成,从形成之初就具有西方化和功用性的特点。但是现代文论话语中的"叙事诗"概念绝不是对西方文论的简单引进。无论以新理论来解读传统,还是以传统为新理论张目;也无论对西方文论的无意误读,还是有心选择,"叙事诗"概念的形成过程始终伴随着中西比较的学术性追求和以新理论、新方法来研究和重估传统的中国化的努力。1934年,李长之在《论研究中国文学者之路》中就指出:"西洋文学上许多公认的范畴,是要确切地在中国文学的领域内适用一下的。"比如"什么是抒情诗(Lyric),什么是史诗(Epic)……都需要先把这些概念澄清,把这些成分把握,来看中国文学里是不是有这些东西,并估价中国文学的形式,以谋中国文学的建设基础"[①]。现代文论关于"叙事诗"概念引入的准确性和适用性的思考、选择与检验主要表现在两个方面:一是关于"中国有无史诗及其原因"的讨论和思考;二是运用新的学术思维和学术视角对传统文学的研究与重估。

"中国有无史诗及其原因"是中国文学史上的一个谜,也是20世纪学者特别关注的一个话题,今天仍然有很多学者思索、探讨着这一问题。20世纪初期的学者热衷于探讨这一问题的原因是极其复杂的。它既关涉到当时的民族文化心理,是弱势文化遭遇强势文化挤压时民族自尊心受挫的下意识反应,"史诗这么好,为什么我们没有",甚至"史诗这么好,我们怎么可以没有";又关涉到当时学术发展的要求,是先进知识分子在引入西方叙事文学传统改造传统文学过程中主动比较、反思中西文学差异的一种折射。出于对中国诗歌"温柔敦厚"抒情传统和"柔靡"、"卑

---

① 李长之:《论研究中国文学者之路》,《现代》1934年1月第5卷第3期。

弱"风格的不满,梁启超、王国维、周作人、周树人等几乎异口同声地呼唤"雄浑"、"刚健"的诗风,呼唤"诗界之哥伦布、玛赛郎"①及"精神界之战士"②,要求创作出"足以代表全国民之精神"③的文学作品。在这种审美趣味的引导和当时风起云涌的时代风云的推动下,20世纪初的学者把目光集中到西方"史诗"那里就是很自然的事了。而这种全新的事物一旦进入学者的视野,以之为标尺来比较、反思传统文学也就不难理解了。

最早使用"史诗"概念的大概是章太炎先生,他于1904年的文章中指出:中国古代的史诗及叙事诗艺术发展和西方相比,是"征之吾党,秩序亦同",具体说来,"夫三科五家,文质各异,然商、周誓诰,语多磔格;帝典荡荡,乃反易知,彼直录其语,而此乃裁成有韵之史者也。盖古者文字之兴,口耳之传,渐则亡失,缀以韵文,斯便吟咏而易记忆;意者苍、沮以前,亦直有史诗而已。下及勋华,简篇已具。故帝典虽言皆有韵,而文句参差,恣其修短,与诗殊流矣。其体废于史官,其业存于矇瞽"④。可见,章太炎先生对中国有无史诗基本上是持"存在说"的。而稍后的王国维先生则认为:"至叙事的文学,(谓叙事诗、史诗、戏曲等,非谓散文也。)则我国尚在幼稚之时代。"⑤鲁迅先生在谈及中国神话传说时也说:"然自古以来,终不闻有荟萃熔铸为巨制,如希腊史诗者,第用为诗文藻饰,而于小说中常见其迹象而已。"⑥郑振铎也认为,根据西方文论的"严格的史诗定义",在中国古代,"伟大的个人的史诗作者,也同民族的史诗一样,完全不曾出现过"。但同时,他又承认,事实上还存在着一些所谓的"短史诗"及"短促"、"零星的叙事诗"⑦。然而,李开

---

① 梁启超:《夏威夷游记》,《饮冰室合集·文集二十二》,中华书局1936年版。
② 鲁迅:《摩罗诗力说》,《坟》,人民文学出版社2006年版。
③ 王国维:《文学与教育》,刘刚强编:《王国维美论文选》,湖南人民出版社1987年版,第128页。
④ 章太炎:《訄书·重订本·订文·正名杂义》,《章太炎全集》(3),上海人民出版社1984年版,第226页。
⑤ 王国维:《文学小言》,刘刚强编:《王国维美论文选》,湖南人民出版社1987年版,第107页。
⑥ 鲁迅著,周锡山释评:《中国小说史略》(释评本),上海文化出版社2005年版,第12页。
⑦ 西谛:《文学的分类》《诗歌的分类》《史诗》,分别载《文学》1923年8—9月第82—87期。

先则明确反对那种中国无史诗的"否定说","认为中国是有叙事诗的",只不过没有如荷马、但丁、弥尔顿"那种伟大的叙事诗罢了",并初步提出并论述了影响中国叙事诗产生发展的"抒情说"、"载道说"和"失传说"等观点。① 李开先的这种中国"没有那种伟大的叙事诗"的观点在当时颇有影响。稍后,朱光潜又从中西文学创作与审美观的特质及差异入手,重申"抒情说",并指出:"长篇叙事诗何以在中国不发达呢?抒情诗何以最早出呢?因为中国文学的第一大特点就是偏重主观,情感丰富而想象贫弱。文人大半把文学完全当作表现自己观感的器具。很少有人能跳出'我'的范围以外,而纯用客观的方法去描写事物。"认为"这类文学在中国究竟还是新境界,很值得开辟的"②。随后,郭绍虞又进一步强调了现在见不到中国"古代最初的叙事诗"的两个原因。其一,中国"古代的民族心理,早已重在质实,不喜欢神话、传说种种荒唐的故事"。所以,质与量上都不出好的史诗、叙事诗,"遂没有永久的价值而不能流传到后世"。其二,由于"后世儒家偏重实际",并"以'子不语怪力乱神'之故",诗书经孔子删定之后,便使"古来的叙事诗亦遂以失传"③。然而胡适在《白话文学史》中关于这一问题的态度则极其暧昧。胡适认为:"故事诗(Epic)在中国起来的很迟,这是世界文学史上一个很少见的现象。要解释这个现象,却不容易。我想,也许是中国古代民族的文学确是仅有风谣与肇祸祀神歌,而没有长篇的故事诗。也许是古代本有故事诗,而因为文学的困难,不曾有记录,故不得流传于后代,所流传的仅有短篇的抒情诗。这二说之中,我却倾向于前一说。"④ 接下来胡适先生又"尝试"依据并运用文艺社会学的实证方法,从地域气候及种族宗教等方面,对此进行了一番"小心求证"。他得出这样的结论,由于我们民族"朴实而不富于想象力",以及生活在"温带与寒带之间,天然的供给远没有南方民族的丰厚",因而没有物质及精神上的余裕与闲暇,产生不出"白日见鬼,白昼做梦"般的神话。所以"我们很可以说中国古代民族没

---

① 李开先:《叙事诗之在中国》,《民国日报·文学旬刊》1923 年 8 月 16—26 日第 5—6 期。

② 朱光潜:《中国文学之未开辟的领土》,《东方杂志》1926 年 6 月第 23 卷第 11 号。

③ 郭绍虞:《中国文学演进之趋势》,《小说月报》1927 年 6 月第 17 卷"中国文学研究"号外。

④ 胡适:《白话文学史》,岳麓书社 1986 年版,第 75 页。

有故事诗,仅有简单的祀神歌与风谣而已"。然而下文胡适先生却用一句"但小百姓是爱听故事,又爱说故事的"一转,论述了"纯粹故事诗的产生不在于文人阶级而在于爱听故事又爱说故事的民间"。然后大力介绍了汉代以后的《悲愤诗》《秦女休行》和《孔雀东南飞》等叙事诗歌。这种前后的矛盾和出入似乎只能用胡适先生开篇的一句"故事诗(Epic)在中国起来的很迟"来解释。我们大致可以这样理解,汉以前中国是没有故事诗的,汉以后才发展起来,但此"故事诗"又非彼"故事诗"了(这一点,我在后文中还有详细分析)。胡适先生关于"中国有无史诗"的暧昧态度反映出其面临东西文学差异时的严谨与尴尬,也折射出其于学术"求是"与"致用"之间的徘徊与选择。实际上,胡适先生基本还是延续了郑振铎、李开先以来的学术思路,即严格意义上的"史诗"中国是不存在的,但中国的确存在独有特色的叙事诗。我们再来看陆侃如、冯沅君作于1925—1930年的《中国诗史》中的一些观点。他们认为将《诗经·大雅》里的《生民》《公刘》《绵》《皇矣》及《大明》5篇,组合起来"可成一部虽不很长而亦极堪注意的'周的史诗'",同时还认为《大雅》中叙写宣王朝史迹的《崧高》《民》《韩奕》《江汉》《常武》等篇,"也都是史诗片断的佳构"。在此基础上他们断言:"我们常怪古代无伟大史诗,与他国诗歌发展情形不同,其实这十篇便是很重要的作品。它们的作者也许有意组成一个大规模的'周的史诗',不过还没有串成一个长篇。"① 20世纪初,中国学者寻找中国史诗的风气可见一斑。

关于"中国有无史诗及其原因"这一问题,20世纪初的学者们虽然根据不同的标准提出了"存在说"、"否定说"、"失传说"乃至"折衷论"等不同看法,但他们之间的共识还是隐约可见的。中国不存在发达的"史诗",它们没有形成或者失传了,但中国确实有自己独具特色的叙事类诗歌。这种共识,我们可以从三四十年代关于"中国有无史诗及其原因"的讨论中觉察出来。三四十年代的学者对这一问题的关注点由"有无问题"转向"中国史诗不发达"原因的探讨,这折射出中国学者在理性认知的基础上对中西文化差异的深度思考。

1934年,朱光潜先生发表了《长篇诗在中国何以不发达》一文,重申了造成中国古代"长篇诗""不发达"的诸多原因,如"哲学思想的平

---

① 陆侃如、冯沅君:《中国诗史》,人民文学出版社1956年版,第48页。

易和宗教情操的浅薄";崇拜"圣人"而非"英雄"的"人生理想";"偏重主观,以抒情短章见长";"中国诗偏重抒情,抒情诗不能长"①,等等。林庚先生1935年发表的《中国文学史上一个谜》一文指出:"中国文学史上有一个谜,许多人因为猜不透,因此便不了了之","中国这时为什么没有史诗,也没有戏剧留给我们呢?这就是谜。"他认为"问题的症结当不在文学的内容上,而是其工具了",中国是符号式的象形文字,制造书写都比较困难,所以不便于记录用丰富口语吟诵的史诗,"史诗我们是没有的……这并非中国民族特别,也不是中国文学史有什么神秘处,它是有一个当然的因果,这因果则在于中国的文字上;在于中国'文'、'言'自始即不一致,这符号式的文字的特质,遂决定了中国文学史的路线"②。不过,林庚先生又在这一时期出版的《中国文学史》中直接称《诗经》中反映周人历史的诗歌为"周人史诗",可见,他还没有严格区分"史诗"与"叙事诗"之间的差别。而1937年5月16日,冯沅君发表于《大公报·文艺》上的《读〈宝马〉》一文讲道:"《诗经》里颇有几首近于史诗的篇章……这些诗未尝不穆穆皇皇。但读起来,我们却觉得它们不够味。古英雄的面目并不曾细微而生动地被描绘出来。他们都像个影子。反过来,读Homere(荷马)的Ilidos(伊利亚特),便觉得其中的人物……都是有血有肉的。他们给我们的刺激强而深。"这或许可以视为对写作《中国诗史》时提法的修正,表明中国学者开始逐渐关注中国叙事诗与"史诗"的差别。

1941年,秦佩珩《又是叙事诗的问题》一文在承认"中国的史诗在形式上与西洋的史诗有着极不同的分野,它常在较小的形式上存在着。这种倾向直到现在还没有改变"的前提下,力图"证明"中国古代"史诗"及叙事诗独特的发生、发展路径。他特别指出"自宋以后因为语言文字的进步,以及国家民族的惨痛衰亡却训练成许多最成功的史诗作家"等事实,推崇汪元量、吴梅村等人,认为他们"身经国家之破灭因此有好些作品都是有时代的意义"的。重申"不独不能说"中国古代"没有史诗","还不应当说现在没有史诗"③。秦佩珩先生的观点是20世纪初学者

---

① 朱光潜:《长篇诗在中国何以不发达》,《申报月刊》1934年2月第3卷第2号。
② 林庚:《中国文学史上一个谜》,《国闻周刊》1935年4月第12卷第15期。
③ 秦佩珩:《又是叙事诗的问题》,《辅仁文苑》1941年8月第6辑。

们观点的合理延伸。他在承认"中国的史诗在形式上与西洋的史诗有着极不同的分野"时,实际上也就否认了中国具有严格意义上的"史诗",他的"史诗"概念更接近于传统文论中的"诗史"。不过,他的观点却开启了"史诗"中国化的进程,后来学者关于"中国有无史诗"问题的探讨也多转向了关于中国特色"史诗"成因的思索。稍后茅盾在《〈诗论〉管窥》中也认为:"我们倘若心目中先有了《失乐园》等等巨著而去看中国的古体诗中的'歌''行',自不免如论者所太息,叙事诗在中国太不发达。"然而"倘从三百篇看下来",大量"可举名的叙事诗"证明了"谁又能断言中国诗史是被小诗支配着?中国是抒情诗与叙事诗一向同样地发展,各有千秋的呵!"在此基础上,作者对当时叙事诗理论批评及研究活动领域内的所谓"封建势力促成了小诗的发展",以及将叙事诗艺术看成与"庙堂文学"对立的"民间文学之路"等观点,进行了一番认真回应及辨析。认为既不能简单地"从社会经济之发展阶段"说明"诗之史的发展",因为"封建时代何尝没有长的叙事诗";又不能机械理解艺术形式的演变,"把叙事诗视为'民间文学之路'"。相反,"中国叙事诗之发展,实始于六朝"。只不过由于魏晋六朝时期"思想上的贫乏,内容的空虚,在形式上就走到了精研声病,讲究对仗等等形式主义",结果"使那时开始的'长诗'的前途就此断送"。因为就叙事诗艺术来说,"精研声病与注重排偶等等规律,对于需要纵横挥洒的长诗,是致命伤!"于是,茅盾通过对"中国叙事诗之发生、发展,及其终于停滞的过程"的考察分析,得出了"形式主义"才是导致"中国叙事诗发展的停滞"[①]的一个根本性原因的观点及结论。而姚雪垠从"士大夫的文学趣味说"入手,对影响及限制中国叙事诗发展的"原因"进行了针对性的考察和分析。姚雪垠认为,由于"地主士大夫的诗着重于内心表现,再加之儒家的平实思想,温柔敦厚之教,一方面反对诗人接触深刻的现实问题,一方面反对用神话材料以丰富想象",结果,不仅使"中国多产生短的抒情诗,不产生伟大的叙事诗",而且"'温柔敦厚'的教义,和老庄思想相结合,就产生了一般士大夫们的文学趣味"[②]。在此基础上,姚雪垠进一步指出造成中国古代叙事诗不能够"发展"的几方面基本原因:一是

---

① 茅盾:《〈诗论〉管窥》,《诗创作》1942年10月第15期"诗论专号"。
② 姚雪垠:《略论士大夫的文学趣味》,《大公报·战线》1943年5月23—30日。

"伟大的叙事诗需要具有伟大的创造魄力的诗人才能写出,这诗人决不会产生在'小趣味主义'的士大夫群中"。二是"主观诗人是以我观物,以客观事物作我主观情思的表现工具,故其为抒情诗人;至于客观诗人是由物见我,其出发点为忠实于表现客观事物,而客观事物自然而然的渗透进我的灵魂,故其为叙事诗人"。中国诗人多"是抒情圣手而不是叙事健将"。三是"儒家的'诗教'思想,平实思想,功利主义,限制了诗的发展",是"中国不产生伟大叙事诗的第三个重要原因",也是这种"中国作风"和"伟大的叙事诗不相容的"关键问题之所在。① 再如李念群从"文学即人学"的立论出发,在"写诗是人的道路不是笔的道路"的理论前提下,指出限制中国叙事诗艺术发展的根本性原因在于"士大夫阶级的形成,人间的墙建立起来,这是人的苦难,因此也是诗的灾祸,从这儿开始,笔渐渐代替了人,写代替了生活,歌唱变成了职业"②。关于"中国史诗不发达的原因"探讨的文章还有许多,这里不一一胪列。直到现在,这仍是一个中西文学比较的热门话题,许多学者仍在从不同角度进行探讨。不过就"中国(主要指汉民族)有无严格意义'史诗'"而言,笔者认为,这个问题基本解决了。在没有新材料发掘的情况下,中国没有严格意义上的"史诗"基本上得到了学术界的公认。③ 这也是中国现代文论没有直接选用西方经典的"史诗"概念,而是选择了内涵较为宽泛、表现特征突出的"叙事诗"概念来概括中国诗歌中以诗叙事现象的重要原因之一。

除了有关"中国有无史诗"问题的探讨之外,现代文论对"叙事诗"概念的选择和检验还表现在运用新的学术思维、方法或视角来研究、重估传统文学,力图使这一概念中国化而付出的艰辛和努力方面。在叙事诗文体意识形成初期,先贤们都是在中西文学的比较视野中理解、认识叙事体诗歌的,初步显示了运用新的研究视角审视、理解传统文学的意图与努力。如前文所述,梁启超和王国维先生都是这样。章太

---

① 姚雪垠:《中国作风与叙事诗》,《文学》1943年6月第1卷第3期。
② 李念群:《人的道路——抒情诗与叙事诗》,《中原》1944年3月第1卷第3期。
③ 现在仍有少数学者认为,汉民族有自己特色的"史诗",见李谷鸣、李明珠《关于中国有无史诗的讨论综述》一文。这实际上是中国20世纪二三十年代"史诗"概念中国化论调的一种重复,它改变、扩大了目前世界范围比较公认的"史诗"概念。承认中国"史诗"独具特色,实际上也就承认了中国没有严格意义上的"史诗"。

炎先生也是如此，他在比较中西文学后指出，中西文学大体经历了类似的发展过程，都是"韵文完具而后有笔语，史诗功善而后有舞诗"。它们大体经过了"一，大史诗，述复杂大事者也；二，裨诗，述小说者也；三，物语；四，歌曲、短篇简单者也；五，正史诗，即有韵历史也；六，半乐诗，乐诗、史诗混合者也；七，牧歌；八，散行作话，钍于街谈巷语者也"等这样所谓的"先史诗，次乐府，后舞诗"的文学史演变阶段。稍后的胡适在新文学运动之前，就非常关注古代叙事诗如《诗经》、汉魏乐府、《琵琶行》等作品中的"对话体"结构形式。新文学革命后，他又一再推崇《石壕吏》《上山采蘼芜》等诗歌是讲究"剪裁"、"布局"的范例①，《孔雀东南飞》《木兰辞》《新丰折臂翁》等作品是一种"韵文短篇小说"或"有情节的诗"，把它们作为新文学或新诗"模仿"的一种"范式"②。即使一些坚守传统学术思想及方法的学者，叙事诗的文体意识对他们也产生了影响，如谢无量的《诗学指南》通过对《孔雀东南飞》《木兰辞》《长恨歌》等的分析，论述了"盖叙事体最是乐府之可式者也"，以及"合来叙事诗，大抵本古乐府"，故"近世以歌行纪事者，莫如吴梅村，又因元白之体势也"③等发展轨迹。这些都初步显示了学者们以新思维、新视角研究、探讨中国文学，力图使这种新思维、新视角中国化的努力。

二三十年代，伴随着"国故整理"运动的开展，以新思维、新视角研究、重估中国文学成为学界一种普遍风气，形成一种研究趋势和潮流。许多学者对中国古代叙事诗作了探讨和研究，如关于《孔雀东南飞》，梁启超、陆侃如、胡适、张为骏等人对其产生年代作了认真的考证，他们还就其与印度佛教文学的关系等方面进行了多方面的讨论，肯定了这首作品作为"中国古代第一首最长的叙事诗"，"虽然在当时不为一般文人所重，但在千百年后，已有多数人替他估定价值了"④的学术事实。姚大荣、彭善彰、徐中舒、张为麒、罗根泽、曲滢生等学者对《木兰诗》作了研究，他们就木兰从军的时地、《木兰诗》产生的年代及其作者等问题作了思索

---

① 胡适：《建设的文学革命论》，《新青年》1918年4月第4卷第4号。
② 胡适：《论短篇小说》《谈新诗》，《新青年》1918年第4卷第5号；《星期评论》1919年第5号。
③ 谢无量：《诗学指南》，中华书局1918年版，第62页。
④ 伍受真：《论〈孔雀东南飞〉》，《现代评论》1928年6月第7卷第182期。

和考证。王国维、Lionel Giles、郝立权、黄仲琴、陈寅恪等学者对《秦妇吟》作了研究和考订。俞平伯先生对《长恨歌》及《长恨歌传》、陈寅恪先生对《连昌宫词》提出质疑。张寿林《吴梅村叙事诗》一文对吴传业的叙事诗进行了分析研究。石君探讨了金和的《兰陵女儿行》，指出"字数的限制，音韵的拘束"是"中国叙事诗之不发达"的原因之一，中国古代"叙事诗的工具，我们可以说是些笨而且钝的斧凿，运用丝毫不能自由。因此，无天才的作家不能打破这难关，就是有大天才的有形与无形中也要受其牵肘"①。而闻一多先生认为："戏曲诗（Dramatic）中国无之。叙事诗（Epic）仅有且无如西人之工者。抒情诗（Lyric）则我与西人，伯仲之间焉。如叙焦仲卿夫妇之事，盖非古诗莫办。故古诗叙事之体也。"②"学衡派"理论家胡先骕也通过对《孔雀东南飞》《木兰辞》《长恨歌》到《圆圆曲》等"叙事之作"的考察分析，强调诗性叙事"贵婉转尽致，因之章节亦尚谐婉"，所以古代诗歌的五七言古诗体，也是"叙事之良好工具"；并以之佐证"中国诗之体裁既已繁殊，无论何种题目何种情况，皆有合宜之体裁"，因而"无庸创造一种无纪律之新诗体以代之"③。此外，梁启超先生还就古代叙事诗的表现方法作了分析，他指出，中国古代诗歌"写实派的表情法"主要有三种形式："纯用客观态度写别人情感"；"将客观事实照原样极忠实地写出来，还要写得详尽"；"专替人类作断片的写照"。以此为基础，他认为，《诗经》中的叙事诗作因"以温柔敦厚为主，不肯作露骨的刻画，自然不能当这派的模范"。而汉乐府中的《孤儿行》客观直叙，"并不下一字批评"，所以是"写实派的正格"。并且还从《孔雀东南飞》《卖炭翁》等作品的比较分析中进一步强调，"写实派"叙事的"技术上的手段"就是"专用冷酷客观，不搀杂一丝一毫自己情感"。因而他指出白居易的"讽喻诗"，尽管"可以说完成写实派壁垒，替我们文学史吐出火焰万丈。但他的作风，与纯写实派有点不同，每篇之末，总爱下主观的批评，不过批评是'微而婉'罢了"④。

---

① 石君：《金和的〈兰陵女儿行〉》，《民国日报·文艺旬刊》1923年8月16日第5期。
② 闻一多：《律诗底研究》，孙敦恒编：《闻一多集外集》，教育科学出版社1989年版，第158—159页。
③ 胡先骕：《评〈尝试集〉》，《学衡》1922年1—2月创刊号第2期。
④ 梁启超：《中国韵文里头所表现的情感》，刘梦溪主编：《中国现代学术经典·梁启超卷》，河北教育出版社1996年版，第680—685页。

俞平伯先生也从叙事文学的角度对"本题为叙事诗"的"诗中小说"进行了研究和探讨。他认为诸如《诗经》中的《氓》,《楚辞》中的《山鬼》《渔父》,《孔雀东南飞》,唐代的《石壕吏》《长恨歌》,清季之《圆圆曲》及《彩云曲》等,"其风格辞采虽各个不同,所含有的小说成分亦自有多少,但按其本质却有一点相同,就是虽为诗型,而实含小说之质素"①。

这一时期,除了上述关于中国古代某些叙事诗和叙事诗各种现象与特征的关注与探讨外,学者们还从不同角度挖掘中国诗歌的叙事传统,显示出试图建构古代叙事诗发展史的意图和努力。1923年,李开先发表的《叙事诗之在中国》就对中国的叙事诗作了初步整理。杨鸿烈在《晨报副刊》上连载的《中国诗学大纲》中列有"中国诗的分类"专章,将"欧美诗学家分诗的种类的标准""采用"与"改动"之后,用来描述和阐释中国古代"史诗"、"抒情诗"及"剧诗"等文学类型的演变,由此试图构建出新的中国诗学的体系。胡怀琛的《中国民歌研究》也具有这种系统研究的倾向,力图描述中国古代叙事诗的演进史。他认为,早在"《孔雀东南飞》之前,叙事的五言诗,就已经有了",不过篇幅较短罢了。汉代以降,随着诗歌形式"由五言或七言的诗,变为长短句的词,由整齐而变为不整齐,由束缚而变为活泼","叙事诗为诗的一种,当然也要跟着诗变的。于是就有了叙事的词了"。并且,由于"五七言诗,一首可以扩充至任何长,没有限制的。词的调子,是有一定长短的。一首词,不足以叙一件事,不免发生困难,然也有法,就是拿十首八首词,来叙一件事。因此,叙事词竟出现了"。宋元前后,"叙事长歌递变为戏剧",包括"弹词"、"传奇剧"等。再后则演变成"近代的叙事长歌",以及"有纯然是唱的,有夹着说白的"各种不同形式的叙事诗歌。其中"第一就是唱本了",再者是所谓的"鼓儿词"、"大鼓书"②等。胡怀琛先生关于中国叙事诗形式演变的分析透露出其"民间文学"的立场,这一点在胡适的《白话文学史》中表现得更为突出。胡适先生在《白话文学史》中设有"故事诗的起来"一章,介绍了中国叙事诗初期的发展状况,再结合胡适对其他历史时期的叙事诗的分析,构成了支

---

① 俞平伯:《谈中国小说》,《小说月报》1928年2月第19卷第2号。
② 胡怀琛:《中国民歌研究》,上海商务印书馆1925年版。

撑其文学史论及价值阐释的重要内容之一。谷凤田《中国叙事诗通论》对叙事诗的含义、中西叙事诗的发展态势、中国有无叙事诗及其原因、中国叙事诗的概况等问题作了分析和介绍，目的是表现"中国诗坛上的叙事诗整个真实的面目与历史进展的过程"。他认为，"在中国文学史上诗坛中，最缺乏的是叙事诗"，与西方不同，中国"叙事诗出现很迟"。"纯粹的叙事诗就发生在民间"。"按着韵文演进的程序和现代文学上的趋势来看，中国叙事诗的前途日趋于暗淡了，因为叙事诗的构成比抒情诗为难，抒情诗可以脱口而出；叙事诗则非有本事，有意匠，有经营不可。且现在抒情诗方面正在方兴未艾，决不至于再回头走到叙事诗这条路来；更因为近代诗体的解放，诗歌的势力已侵入散文方面，许多具体叙事诗材料，经文人笔墨的渲染，都变成了小说，趋势是如此的，是无法避免与挽回的。"陈钟凡通过对汉魏乐府体叙事诗的整理研究，认为古代叙事诗"约为两派：一为蔡琰之《悲愤诗》，感时伤事，语质实而意沉痛，开唐人杜甫之先声，是为悲愤派；一若《孔雀东南飞》，记述一事，委婉往复，令人发生疑问，为唐人白居易之所祖，是曰问题派"。他还进一步归纳了古代叙事诗八个方面的艺术特点，即所谓"长篇"；"以批评人生为其正鹄"，"质朴而沉痛"；"繁复而清晰"；"纪事诗以事实为主"；"令人发生种种疑问"；"史学化"；"散文化"[①]。其他还有像胡云翼的《中国文学概论》（1928）、江恒源的《中国诗学大纲》（1929）、钟琦的《中国叙事诗》（1929）、张世禄的《中国文艺变迁论》（1930）、铃木雄虎的《论唐代叙事诗》（1931）、施畸的《中国文体论》（1933）、范况的《中国诗学通论》（1935）等著作，都专门探讨或列出专章专题，对中国古代不同历史时期的叙事诗创作及其文体形式，进行了分别整理和讨论研究。二三十年代，以新的学术思维或视角整理、重估中国文学的风气可见一斑。

抗战爆发后，这种在中西比较视野、传统文学基础上建构现代学术的中国化的学术性研究，受到战争的干扰而趋于衰落。直到新中国成立以后，情况才有所好转，很多学者在这方面作出了进一步的努力，如游国恩、余冠英、王运熙、安旗、萧涤非、傅庚生、霍松林等。新时期以来，传统文学中的叙事诗研究进一步呈现出多元化的态势，陈平原、程

---

① 陈中凡著，姚柯夫编：《陈中凡论文集》，上海古籍出版社1993年版，第461—464页。

向占、王荣、高永年等先生及一些台湾学者在这方面作出了重要贡献。

可见，"叙事诗"一词虽然源于中国本土，但作为现代文论话语中一个诗学概念，它却是在中西文化碰撞与融合，西学东渐的学术背景下形成的。"叙事诗"概念的形成既是现代学者引入西方"史诗"及其理论以实现中国现代新文学想象，规范指导当下新文学创作的过程，又是其在比较研究的视野中，从传统文学的实际出发理解接受、选择消化西方叙事文学的研究方法和视角，以整理重估经典传统文学、建构现代文论体系的过程。正是在这种西方化与中国化、功用性与学术性的矛盾与张力中，中国文学才没有采用西方经典的"史诗"概念来概括有别于抒情诗的叙事体诗歌，而最终选择了内涵较为宽泛、表现特征突出的"叙事诗"概念。这一概念的形成过程也从一个侧面折射、反映了中国现代文论绝不是西方文论的简单移植，它是中国近、现几代学人在中、西文学比较的视野中，吸收、借鉴西方文论对传统文论进行创造性改造和转换的结果。虽然它在形成过程中具有西方化、功用性的偏弊，但它并没有脱离中国文学的实际，还是可以"接着说"下去的。

不过，现代文论或文学研究中所存在的西方化和功用性偏弊也是显而易见的，这种状况至今仍没有发生改变。如前文所述，"失语症"的提出实际上就是对当下学术研究中西方化现象的一种反思。就功用性而言，晚清乃至五四以来，我们的文学研究在很大程度上是在政治形势推动下进行的，是服从于革命斗争需要的。从晚清梁启超的文界革命，到五四时期的新文化运动，再到新中国成立后以"阶级斗争为纲"的文学研究，都真实地说明了这一问题。新时期以来，这种状况虽然有所改变，但功用性学风仍然很严重。五四以来，科学及其方法和精神的引入，大力推动了中国社会的文明进步，其贡献是有目共睹的，但其弊端也不容忽视。如前文所述，科学是以其高度的实用性获取学科独立并取得其现代学科中主导地位的。其价值和精神一旦在全社会范围内获得高度推崇和不加辨别的认可后，很容易导致工具理性的泛滥和价值理性的缺失，这也是今天世界范围内普遍关注的问题。这种工具理性的张扬加之市场经济的刺激，自然会导致学风的浮躁和学术的功利化倾向。今天中国的一些学者片面追求学术的"现代性"、"当下性"，以致理论建构的完整性和系统性，都是这种功用性学风的具体表现之一。

就叙事诗研究而言，当下叙事诗研究和理论建构中的西方化和功用性偏弊依然很严重。就西方化来说,只要翻翻相关研究就可以看出,我们今天依然大力引入国外理论来建构中国的叙事诗理论。特别是对叙事学方面的理论和方法的借鉴和引入,几乎成为当下叙事诗研究的主流倾向。当然,笔者不是反对学习与借鉴西方理论和方法,而且笔者的叙事诗研究也时常借鉴叙事学方面的理论和方法。笔者只是不太赞同那种不经消化的西方理论的简单引入和机械运用,特别是那种裁剪中国文学实际以证明西方理论式的研究。笔者希望中国叙事诗研究能从中国的文学实际出发,更多地注重传统资源的开发和利用,建构中国的叙事诗理论体系。就功用性而言,当下叙事诗理论建构中的功用化倾向仍很突出,这主要表现在我们今天叙事诗理论的建构在很大程度上仍然以新诗的创作和探索为主要推动力上。新中国成立后,沿袭三四十年代的风习,现代叙事诗和民间叙事诗作品受到文坛和学术界的广泛关注,并围绕田间、李季、郭小川等作家的叙事诗开展了广泛而持续地讨论。进入新时期之后,尤其是 80 年代初期以来,许多主流的文艺刊物相继就"发展叙事诗创作"问题及一些有影响的叙事诗作品展开了笔谈和讨论。① 这也是今天叙事诗理论建构和发展的主要动力,与之相比,前文所提到的那种以传统文学为基础,单纯性总结、建构中国诗歌叙事理论的研究倾向就相形见绌了。如果就新诗的创作和发展而言,这种理论建构方式自然无可厚非。但如果就中国叙事诗理论的建构而言,这种过分关注现实创作而忽视文学传统的理论建构方式很容易导致功利化倾向,而且这种缺乏传统根基和传统检验的理论建构的可行性和合理性也很难得到保证。合理的理论建构必须在传统与现代之间、古与今之间保持必要的张力,因而,从传统文学的实际出发,努力描绘、揭示中国叙事诗的真实状况,开发、利用传统资源,以确保叙事诗研究和理论建构的正确发展方向,是一名古代文学研究者不可推卸的责任和使命。也正是基于这种认识,力图纠正和避免叙事诗研究中的西方化和功利化的偏弊,尽量让叙事诗研究向中国化和学术化方向靠拢,努力营构中国的叙事诗理论体系,是笔者叙事诗研究的自觉追求。

---

① 参阅《广东作协组织对叙事诗创作专题讨论发言》,《广州日报》1978 年 5 月 14 日;《诗刊》1982 年第 12 期,1986 年第 7—9 期;《文学评论》1983 年第 4 期,1984 年第 2 期;《叙事诗丛刊》1980 年第 1—4 期;《诗探索》1981 年第 4 期等。

三 论题限定

前文在交代"叙事诗"概念由来的过程中介绍了中国叙事诗的研究现状,并由此确立了笔者叙事诗研究的努力方向。不过,这似乎也只是实现了前文提到的"叙事诗"概念所追溯的两个基本意义之一。至于"叙事诗"的具体内涵或界定问题似乎依然没有给出一个正面的回答。这是一个极为复杂而又不容回避、必须交代的问题,因为它是本书研究的基础或逻辑起点。笔者查阅了相关资料和研究,有关"叙事诗"的界定可谓众说纷纭。

  叙事诗:诗歌的一种。有比较完整的故事情节和人物形象。一般包括史诗、英雄颂歌、故事诗和剧诗等。①

  叙事诗:诗歌的一种。以叙述历史或当代的事件为内容的诗。有比较完整的故事情节和人物形象。我国古典诗歌中著名的叙事诗有《木兰诗》、《孔雀东南飞》等。②

  叙事诗:诗体名。有比较完整的故事情节和人物形象的诗歌。一般篇幅较长,如史诗、英雄颂歌、故事诗等。我国古代著名作品有《孔雀东南飞》、《长恨歌》、《圆圆曲》等。③

  叙事诗(Epic peotry):一称史诗,以记录人物事件为主之诗也。在西洋多运用历史、传说及神话,结构复杂,而含有戏剧性质,如荷马之易利亚德、奥德赛是。我国《诗经》叙事之作颇多,但意含讽刺者,皆隐约其词,未能确定其何指耳。杜甫诗善陈时事,有诗史之目,是其诗亦多属叙事诗也。惟其皆实录,与西洋叙事诗兼有神话、含戏剧性质者不同。④

  叙事诗就是以记叙事物为主的一种诗。⑤

  狭义的叙事诗则专指记事类诗歌。⑥

---

① 《辞海》缩印本,上海辞书出版社1979年版,第495页。
② 《汉语大词典》第5册,汉语大词典出版社1990年版,第443页。
③ 钱仲联等:《中国文学大辞典》,上海辞书出版社2000年版,第1989页。
④ 《中文大辞典》,中国文化研究所1968年版,第6120页。
⑤ 苏添穆:《历代故事选》,台北神州书局1956年版,第5页。
⑥ 路南孚:《先秦两汉魏晋南北朝时期的叙事诗》,《中国历代叙事诗歌》,山东文艺出版社1987年版,第1页。

叙事诗，诗歌的一种，以写人叙事为主，一般有比较完整的故事情节和鲜明的人物形象。叙事诗虽然要写人物和事件，但与小说相比较，在人物塑造方面，并不那样精雕细刻，在情节故事方面，并不那样具体、丰富。他在写人记事方面要求更集中、概括、允许跳跃式地展开，在一唱三叹、反复歌咏中塑造形象，表现主题。①

叙事诗是叙事与抒情的结合。作为诗歌的一种形式，它具有诗歌的一切特征，同时又有叙事的成分，并往往以叙事写人构成作品的主要内容。与抒情诗不同，它有着完整的故事和鲜明的人物形象，以及对社会生活和历史事变所作的客观描述。在叙事诗中，诗人一般不是直接抒发自己的感情，而是把自己的思想感情融化在他所描述的形象和故事中。在这一点上，它跟小说比较接近。但它不仅始终具有诗的形式和有节奏、有韵律的诗的语言，而且始终贯注着诗的激情，又与小说不同。同时，由于叙事写人并非诗歌的特点和专长，所以叙事诗在写作中，一般总是选择比较单纯的故事或事件，人物不多，情节简括，层次分明，因而语言也远较小说凝练概括。②

叙事诗是具有较完整的故事情节的韵文或韵散结合的民间诗歌。其中较少神话因素，普遍运用比兴、夸张、排比、拟人、重叠、复沓等修辞手法，而且一般都有鲜明生动的人物形象。③

叙事诗多以个人或家庭的不幸为主要内容，以爱情悲剧为主题，他们的产生晚于创世史诗。……在人物塑造上，很少有心理描写，往往用日常生活中的各种事物和人物进行模拟，在简洁的叙述和曲折的情节中，刻画人物性格，使人物性格更接近生活现实。④

中国古代叙事诗是应该包括文人叙事诗和民间叙事诗两大组成部分的。⑤

类似的观点还有很多，限于篇幅，这里不一一枚举。可见，关于

---

① 朱子南：《中国文体学辞典》，湖南教育出版社1988年版，第27页。
② 《中国大百科全书·中国文学Ⅱ》，中国大百科全书出版社1986年版，第725页。
③ 姜彬主编：《中国民间文学大辞典》，上海文艺出版社1992年版。
④ 马学良、梁庭望、张公瑾主编：《中国少数民族文学史》上册，北京中央民族出版社1992年版。
⑤ 陈来生：《史诗·叙事诗与民族精神》下篇《叙事诗与民族精神》，上海社会科学院出版社1990年版，第83页。

"叙事诗"的界定问题，学者各持己见，都有其合理性与局限性。彼此间差异也很大，我们很难作出一个比较统一、精确的概括界定。作为一名研究人员，遇到简单的问题，我们不妨复杂化，这样才便于认识问题的实质所在；而遇到复杂的问题，我们不妨简单化，这样才便于提纲挈领地解决问题。面对这么多观点或界定，我们实在无从下手，不妨选一些有代表性的观点认真分析，这样便于深入问题，了解问题的主要分歧所在。

我们发现，有关"叙事诗"概念的理解和界定大体可以分为前后两期。中国学人对"叙事诗"的最初理解，是以"史诗"概念为借鉴和参照的。如前文提到的，胡适先生关于中国有无史诗问题的态度是暧昧不清的，这种现象出现的主要原因就在于胡适先生概念使用的矛盾性。胡适用"故事诗"（Epic）来描述中国的诗歌叙事现象，但他的"故事诗"的内涵却在"故事诗"与"叙事诗"之间滑动。胡适在《白话文学史》中认为："也许是中国古代民族的文学确是仅有风谣与祭祀神歌，而没有长篇故事诗。"然后他又尝试着对这种现象进行了解释，"古代的中国民族是一种朴实而不富于想象力的民族"，"所以三百篇里竟没有神话的遗迹"。这里胡适先生运用了"Epic"的标准或概念。西方"史诗"一般具有下列基本特征：长篇的叙事诗歌体，英雄人物，描写有关整个民族、时代的历史命运，神话性强，口传累积而成。胡适先生的"民族的文学"、"长篇"、"故事诗"、"神话"等标准显然是对"史诗"这些特征的概括。如果以这种严格的定义或标准来衡量的话，中国自然"没有长篇故事诗"。不过，胡适先生并不甘心，还是找到了一些并不完全达标的"风谣与祭祀神歌"。显然，这些诗歌只符合"史诗"定义的一部分。而胡适先生在下文中又说："故事诗的精神全在于说故事，只要怎样把故事说的津津有味，娓娓动听，不管故事的内容与教训。这种条件是当日的文人所不能承认的。所以纯粹故事诗的产生不在于文人阶级，而在于爱听故事又爱说故事的民间。"胡适先生虽然一直使用"故事诗"一词，但由上段引文可知，这里的故事诗是指以说故事为主的诗，近于我们现在所谓的"叙事诗"。这样的定义显然比之前所提的史诗定义宽松多了，其内涵主要集中在"说故事"上，而且胡先生认为，这种诗歌主要产生于"民间"。按照这种定义或标准，胡适认为《孔雀东南飞》正是"古代民间最伟大的故事诗"。可见，胡适运用的"故事诗"概念具有两种定义或标准。他运用"史诗"的定义寻找相应的古诗，找不到完全相对应的中国诗歌时，就滑向较宽松的叙事诗的定义,取半个史诗的定义来找寻,于是他发现了汉代《悲愤诗》《孔雀东南飞》就是故事诗,以呼应他之前所说的"故事诗起来的很迟",而不是没有。胡适先生"故事诗"内涵的滑动现象既反映出"叙事诗"概念形成初期与"史诗"不分的含混现象,又折射了西学东渐时期的民族情绪,也与胡适先生的"白话文学史观"有着密切联系。

且不论胡适的"故事诗"是对"史诗"的误译,还是自觉有意地滑动,其"故事诗"内涵的滑动却预示了学界对这个问题的认识走向,这个走向就是从西方式史诗到中国式叙事诗,甚至是诗史。而且胡适关于中国"故事诗"的理解影响也很大,为后人"叙事诗"内涵的界定奠定了基础。胡适认为,"故事诗的精神全在于说故事","说故事"实际上是强调"叙事诗"的"叙事"特质,这一点下文还要详细分析。除此之外,胡适先生的中国"故事诗"还隐含了另外一个限定,那就是"民间"性。胡适认为"纯粹故事诗的产生""在于爱听故事又爱说故事的民间"。有些文人也因感染到这样的风气而创作故事诗,如蔡琰《悲愤诗》、左廷年《秦女休行》等,最后他认为经过民间流传、民间增减删削的《孔雀东南飞》是"古代民间最伟大的故事诗"。胡适对中国"故事诗"这种隐含的限定固然受"史诗"口传累积特点的影响,但更主要的原因还在于其尊白话贬文言的文学史观。类似的观点影响很大,如前文提到的胡怀琛、郑振铎等学者,他们都把目光投向质朴无华、一向不被人注意的民间文学,显示出重新挖掘、重新定位的企图和雄心。这种白话的、民间的、通俗的文学观念有其合理性,至今余音宛然,它的盛行也与五四时期反对专制、颠覆传统的社会风气有关,是时代使然。这种文学观念对叙事诗的界定也产生了影响,如刘大杰在讨论《悲愤诗》《孔雀东南飞》时认为,叙事诗在中国诗歌史上并非主流,作品少、发达得迟,而《生民》等几篇是"略具叙事诗的规模",又言:"叙事诗也是来自民间,如《孤儿行》、《妇病行》、《东门行》一类作品,可称是民间叙事诗的先声。……到了东汉末年,出现了长篇叙事诗的杰作,那就是蔡琰的《悲愤诗》和无名氏的《孔雀东南飞》,这两篇诗具有深刻的思想内容和卓越的艺术成就,可称为长篇叙事诗的双璧。"[①] 刘先生并不推崇《生民》等诗为中国叙事诗的正宗,而称赞《悲愤诗》和《孔雀东南飞》为双璧,民间文学趣味和

[①] 刘大杰:《中国文学发展史》,复旦大学出版社2006年版,第146页。

眼光是显而易见的。

与这种观点不同,陆侃如、冯沅君《中国诗史》指出,《诗经·大雅》中的《生民》《公刘》《绵》《皇矣》《大明》5篇可以形成一部虽不很长而极堪注意的周之史诗,连带地叙述周王朝史迹的《崧高》《民》《韩奕》《江汉》《常武》5篇也是史诗片断的佳构。所以他们认为:"我们常怪古代无伟大史诗,与他国诗歌发展情形不同,其实这十篇便是很重要的作品。它们的作者也许有意组成一个大规模的'周的史诗',不过还没有串成一个长篇。"① 可见,陆、冯两位先生也是运用半个史诗概念来理解中国叙事诗的,他们保留了"史诗"的"民族历史的"、"叙事的"两大要素,舍弃了"长篇"、"口传累积"、"神话"等特征。而这一观点与胡适等学者的差别主要在于强调叙事诗的"民族历史性"而非"民间性"。这种看法也颇有影响,绝非空穴来风,它与中国的传统"诗史"观相通。就中国传统诗歌而言,叙事纪史的诗歌恐怕要远多于具有民歌特征的叙事诗。

随着研究的深入,学者们关于叙事诗的认识逐渐摆脱了"史诗"的影响,形成了如实面对中国文学实际、寻索中国的叙事诗传统、不妄比附以厘清"叙事诗"定义的认知。如洪顺隆在研究六朝叙事诗时说:"所以以'各民族远古时期对自然、人类的起源和发展的解释,以及关于民族迁徙等重大事件的经历'为条件,到我所论'六朝叙事诗'中找成员,是走错了地方……甚而以'一般的世界背景,神和命运的指引'要求我所论的'六朝叙事诗'内容,也是找错对象。……这篇论文的目的是依据六朝叙事诗材料类析、诠释,从各类材料的现象中去发现规律,概括定义,归纳各类型叙事诗典型性、普遍性、突现各类型叙事诗的个别性,从而综合而成六朝叙事诗的特性(共性和个性)。"② 洪氏很清楚地点出抛开史诗的纠葛的立场,不以西方史诗定义来圈限叙事诗,直接以中国古典诗的材料来找寻叙事诗,加以类析,一方面找出(六朝)叙事诗的规律、定义、典型;另一方面突现各类型的特色。这种观点自然是对中国叙事诗认识的深入,显示出叙事诗研究进入了一个新的阶段。但这并不意味着"叙事诗"含义探求的结束,而恰恰是新的开始。

---

① 陆侃如、冯沅君:《中国诗史》,人民文学出版社1956年版,第48页。
② 洪顺隆:《论六朝叙事诗》,《华冈文科学报》1995年第4期。

洪顺隆先生认为："叙事诗的本质有三个因素，就思维的方式说，它是叙事的；就题材性质说，它是具有时间性，有情节发展的事；就文学体裁说，它必是诗歌。"① 可见，洪先生有关叙事诗的限定主要集中在两点：一是诗；二是叙事。这两点也是我们现在有关叙事诗理解的主要分歧所在。洪顺隆先生的概括似乎比较准确，实际上也是比较模糊的。

就第一点而言，现在学术界主要有两种看法：一种是广义的诗；一种是狭义的诗，其来龙去脉也是非常复杂的。简言之，关于广义诗的理解，大概也受到了西方文论的影响。西方文论中的诗大体相当于我们现在所谓的文学，它除了指抒情诗以外，还指剧诗、史诗（乃至小说）。这种文学观念流入中国以后，又与传统的文、笔观念搅在一起，这一点在梁启超那里就有表现："吾辈仅求之于狭义之诗，而谓我诗仅如是，其谤点祖国文学，罪不浅矣。……若取其最广义，则风词曲之类，皆应有谓之诗。数诗才至词曲，则古代之屈宋，岂让荷马、但丁？而近世在名鼎之类家，如汤临川、孔东塘、蒋藏园其人者，何尝不一诗累数成万言耶？其才力又岂在摆伦、弥尔顿下耶？"② 这样，大体讲求音韵的文学都可以称之为诗了。这种认识再加上五四以来民间文学、俗文学的推波助澜，对叙事诗的界定也产生了很大影响，如陈来生先生就认为"中国古代叙事诗是应该包括文人叙事诗和民间叙事诗两大组成部分的"，词、曲、弹词、民歌都可以称为叙事诗。不过，就传统文学而言，中国诗含义是比较确定的，它是与词、曲、赋、弹词、传奇乃至文相区别的一种文体。

就第二点而言，就复杂了，也是当下我们叙事诗研究需要解决的问题。关于"叙事"，古今中外有不同的理解。而最麻烦的是，现在这些理解又搅在一起。这里要把它们的来龙去脉交代清楚恐怕颇费周章，而且没有必要。笔者还是采用复杂问题简单化的方式，把影响叙事诗界定的相关理解分门别类、提纲挈领地介绍一下，以帮助我们理解"叙事诗"的界定。

当下对叙事诗界定产生影响的"叙事"理解大体可分为三个层面。第一个层面的理解是一种基本理解，这在中西方都能找到依据。在中国古文字中，"叙"与"序"通，《周礼·乐师》曰："凡乐掌其序事，治其

---

① 洪顺隆：《论六朝叙事诗》，《华冈文科学报》1995年第4期。
② 夏晓虹：《饮冰室合集·集外文》，北京大学出版社2005年版，第149—150页。

乐政。"唐代贾公彦疏:"掌其序事者,谓陈列乐器及作之次第,皆序之,使不错谬。"可见,"序事"在最初表示的是对礼乐仪式的安排,已经涉及空间的位置和时间的顺序了。后来"序事"向"叙事"的转化过程中,更强调时间的顺序,逐渐指向"讲故事"的意义了。刘勰《文心雕龙》称蔡邕的诔碑"其叙事也该而要,其缀采也雅而泽",赞潘岳的哀吊"叙事如传,结言摹诗"。这里的"叙事"就比较接近西方的"narrative"了。但仔细体味一下似乎也不尽相同。刘勰把"叙事"和"缀采"、"结言"对举,可见他的"叙事"更多强调作品的内容;而西方"narrative"本是"narrate"的形容词,它虽具有名词"故事"的含义,但主要意义是指"叙述性的"。也可以这么说,"叙事"的意指可有两种偏向:一种强调"叙",指一种表达方式;一种强调"事",指作品内容。这两种理解都会影响叙事诗的界定。冯景阳主编的《文学概论》认为,诗歌"从内容上看,可以分为抒情诗和叙事诗两大类"①。《中国大百科全书·中国文学 II》亦云:"从内容上分,主要有抒情诗和叙事诗。"② 可见,这些学者关于"叙事"的理解侧重于作品的内容。而一些学者关于"叙事"的理解则比较偏重于表达方式,如以群主编的《文学的基本原理》称:"从叙写内容的方式分,则可分为抒情诗和叙事诗。"③ 钱仓水的《文体分类学》也说:"根据诗歌内容表现方式上的差异,可以将诗歌分为两类:……抒情诗;……叙事诗。"④ 也有学者将两方面结合起来理解叙事诗,如前文提到的洪顺隆先生认为,叙事诗"就思维的方式说,它是叙事的;就题材性质说,它是具有时间性,有情节发展的事"。再如张涤云认为:"从诗歌的内容性质及基本的表达方式出发,将中国诗歌分为抒情诗、叙事诗、说理诗、写景状物(景物)诗四大类别是适当的。"⑤ 张涤云先生的观点大概受到"叙述、描写、说明、议论、抒情"五种表达方式说的影响,它实际上挑战了我们现行的文学理论体系,说到底,就是对我们现行的文学观念提出了怀疑。在中西文学传统的影响下,叙事和抒情的文学性基本得到了公认。纯粹的说理或写物具不具有文学性,这确实是一个令人

---

① 冯景阳:《文学概论》,辽宁人民出版社1985年版,第219页。
② 《中国大百科全书·中国文学 II》,中国大百科全书出版社1986年版,第725页。
③ 以群:《文学的基本原理》,上海文艺出版社1980年版,第366页。
④ 钱仓水:《文体分类学》,江苏教育出版社1992年版,第211页。
⑤ 张涤云:《论中国诗歌的分类》,《浙江海洋学院学报》2003年第3期。

深思的问题。

"叙事诗"之"叙事"的第二个层面的理解是指叙事文学,这种理解也是有根据的。中国唐人刘知几指出"盖叙事之体,其别有四"①,这里的"叙事"显然是指一种文学类型。到了南宋年间,朱熹的再传弟子真德秀在编选《文章正宗》时把文章分为辞命、议论、叙事、诗赋四类。真德秀所谓的"文章"相当于我们现在的"文学",他的文章分类也和现在文学分类颇为相似。古时是泛文学观,真德秀的文章分类包括辞命、议论是很自然的事,我们现在一般不把它们放入文学之内了。而其叙事和诗赋已经和我们现在所说的叙事文学和抒情文学比较接近了。真德秀所谓的"叙事"指的就是中国由历史叙事发展起来的叙事文学,其自言曰:"按叙事起于古史官,其体有二:有纪一代之始终者……有纪一事之始终者……又有纪一人之始终者……"② 只是真德秀的研究颇具道学家味道,通俗文学没能纳入其视野,这不能不说是一种遗憾。不过,自《文章正宗》以后,叙事作为文类概念开始受到承认。明代王维桢《史记评钞》说:"文章之体有二,序事议论,各不相淆,盖人人能言矣。然此乃宋人创为之,宋真德秀读古人之文,自列所见,歧为二途。"③ 吴讷《文章辨体·凡例》也说:"独《文章正宗》义例精密,其类目有四:曰辞命,曰议论,曰叙事,曰诗赋。古今文辞,固无出此四类之外者。"西方的"narrative"也指叙事文学。西方文学的三大类型就是"lyric, drama and narrative",翻译成中文就是"抒情诗、戏剧和叙事文学"。其实,"narrative"一词的主流意义是"叙述性的",但我们的前辈学人没有用"叙述"却用"叙事"来翻译它,其着眼点恐怕就是在文学类型上,隐含了他们以中国的叙事传统与国外文学类型对接的比较意识。如王国维先生曰:"叔本华曰:'抒情诗,少年之作也;叙事诗及戏曲,壮年之作也。'余谓:抒情诗,国民幼稚时代之作;叙事诗,国民盛壮时代之作也。"④ 王国维先生以本国文类对应西方三分法的痕迹是很明显的。

---

① 刘知几:《史通》,参见浦起龙《史通通释》,江苏广陵古籍,第80页。
② 真德秀:《文章正宗·纲目》,王筱云等编:《中国古典文学名著分类集成》(文论卷),百花文艺出版社1994年版,第549页。
③ 凌稚隆:《史记评林》卷首《四库未收书辑刊·壹辑·拾壹册》,第36页。
④ 王国维:《〈人间词话〉拾遗》,姚淦铭等编:《王国维文集》(1),中国文史出版社1997年版,第181页。

这种理解对叙事诗的界定影响也很大，不过，关于"叙事文学"特征的理解和表述倒很是个问题。笔者见到的有关"叙事文学"的概括以美国浦安迪教授的表述最为简单清楚，也比较合理。浦安迪教授在与抒情诗和戏剧的比较中从表达方式和内容两方面对叙事文学作了界定。就表达方式而言，他认为"叙事文侧重于表现时间流中的人生经验，或者说侧重在时间流中展现人生的履历"，即以"讲故事"的方式或在"叙述"中表现内容。而"抒情诗直接描绘静态的人生本质，但较少涉及时间演变的过程。戏剧关注的是人生矛盾，通过场面冲突和角色诉怀来传达人生的本质"。就内容而言，他认为："假定我们把'事'，即人生经验的单元，作为计算的出发点，则在抒情诗、戏剧和叙事文三种体式之中，以叙事文的构成单元为最大，抒情诗为最小，而戏剧则居于中间地位。抒情诗是一片一片地处理人生经验，而叙事文则是一块一块地处理人生的经验。"由此，浦安迪得出叙事文学的简易定义，"叙事文是一种能以较大的单元容量传达时间流中人生经验的文学体式或类型"。虽然浦安迪先生关于叙事文学的界说是比较精当的，但这也只是一个纯理论上的描述。浦安迪先生自己也承认："我们事实上很难找到纯抒情诗，纯戏剧或者纯叙事文的作品。在具体的文学现象中，同一部作品往往可以同时包含上述三方面的因素，它们互相包容，互相渗透，难以分解。"

而叙事诗恰恰就是这么一种文学作品。它既具有抒情诗的特征，又具备叙事文学的特点；它既非纯抒情诗，又非纯叙事文学。因而，叙事诗的文学特质似乎应该在抒情诗和叙事文学之间寻找。这种特质应该既是抒情诗的，又是叙事文学的；既非纯抒情诗，又非纯叙事文学。就"叙事诗"的"叙事"特质而言，它应当隶属于叙事文学，与以小说为代表的叙事文学相通。胡适在论述短篇小说时就曾举《孔雀东南飞》《新丰折臂翁》等叙事诗做例子。① 其实，早在西方叙事文学观念影响中国文学的初期，叙事诗就常被归入"说部"，这一点我们可以从梁启超、严复等人的著述中得到印证。② 稍后的学者也常把叙事诗称作"韵文小说"。而俞平伯先生更是通过对"诗中小说"的研究和探讨，指出中国的各类叙事诗"其风格辞采虽各个不同，所含有的小说成分亦自有多少，但按其本质却有一

---

① 胡适：《论短篇小说》，《新青年》1918年5月第4卷第5号。
② 参阅严复《本馆附印说部缘起》、梁启超《中国唯一之文学报〈新小说〉》等文。

点相同，就是虽为诗型，而实含小说之质素"①。如前文所引，今天的学者常用"有比较完整的故事情节和人物形象"来界定叙事诗，其起源大概就在于此。但是叙事诗之"叙事"又非纯粹的叙事文学，以叙事文学之代表小说的叙事特征要求或界定叙事诗是否合适还很值得商榷。这一点，茅盾先生早就产生过疑问："若谓有了'典型性的人物与故事'的诗篇即为叙事诗，似亦未必尽然。"② 实际上，中国现在一般把小说、戏剧、叙事散文和叙事诗都笼统地归为叙事文学，但不同类型的叙事文学的叙事特质又不尽相同。我们一般认为小说是叙事文学的典型，它的叙事侧重于叙述故事情节，刻画人物形象，而戏剧的叙事侧重于展示戏剧冲突，散文的叙事侧重于突现人生感悟。那么叙事诗的叙事特质又是什么呢？这正是今天我们学者应该详细探讨的。

第三个层面的理解就是把"叙事诗"之"叙事"理解为"叙事学"之"叙事"。西方叙事学是 20 世纪新兴的活力四射的一门学科，它是对叙述的本质、形式、功能、艺术、技巧和过程等加以研究的一门学问。叙事学理论理解的"叙事"是人类的一种文化精神现象，它包罗万象。当代文论家罗根巴特这样说道：叙述是在人类开蒙、发明语言之后，才出现的一种超越历史、超越文化的古老现象。叙述的媒介不局限于语言，可以是电影、绘画、雕塑、幻灯、哑剧等，也可以是上述各种媒介的混合。叙述的体式更是十分多样，或神话，或寓言，或史诗，或小说，甚至可以是教堂窗户玻璃上的彩绘，报章杂志里的新闻，乃至朋友之间的闲谈。……古往今来，哪里有人，哪里就有叙述。③ 可见，西方"叙事学"之"叙事"主要是"叙述"之义，"叙事学"也主要是对叙述活动的研究。因而，叙事学的文本分析也主要是运用西方结构主义语言学的方法。"过去，人们在分析叙事作品时，注意的是小说的情节、人物、主题等等。而叙事学的文本分析，是从文本语言的有机构成开始的"④。可见，叙事学的文本分析是将焦点指向语言文字的有机构成方面的探索。而且，各种文类、语言、艺术等的表达，对心灵来说，基本上都是一种说明、投射和表

---

① 俞平伯：《谈中国小说》，《小说月报》1928 年 2 月第 19 卷第 2 号。
② 茅盾：《〈诗论〉管窥》，《诗创作》1942 年 10 月第 15 期"诗论专号"。
③ 详参 Brathes "Introduction to the Structural Analysis of Narrative", Brathes, Image-Music-Text, Fontana, 1979, p.79. 此处为意译。
④ 罗钢：《叙事学导论》第一章《叙事文本》，云南人民出版社 1994 年版，第 1 页。

现，如又稍微沾上点事件（故事），即可分析其是如何说明，亦即如何叙事的。这一点在文本分析中表现得更为突出，通过探讨文本中语词运用的种种方法，即可整理出不同的叙事方式、层次、视角等。人类的感受都是心灵与境物相触的产物，所以表现出来发为文字时都会有或多或少的境、物、事。而以前的叙事主要还是指向有情节的故事，并不仅仅是几个境、几件物或单纯事就可以成其为叙事的，但如今当把焦点放在较细微的文本语言构成上时，就自然会在几个境或几件物上找寻其内在联系和有机组合的模式。这样叙事的概念就扩大了，受其影响的叙事诗的范围也随之扩大了。这种"叙事"含义对叙事诗的界定也产生了一定的影响，一些学者的叙事诗界定就呈现出这种倾向。如程向占先生就从语言活动入手对叙事诗作出了界定："'叙事诗'就是在一定用意的支配下，用押韵的语言将事件安排得具有一定顺序、头绪的文学作品。"① 程先生关于"叙事诗"概念的描述本没什么大问题，不过这样一来，"用意"很容易凌驾于"叙事"之上，"叙事"本身不再成为关注的重点，而成为表达"用意"的方式和方法。"叙事"的"含义"也随之发生变化，因而程先生认为："我们可以将先秦、两汉民歌当作叙事诗来研究，因为它们具有一个根本性的特征：都有'事'可以发掘、概括。"② 这种将"缘事而发"的诗歌都归入叙事诗的观点显然受到了叙事学理论之"叙事"的影响。这种观点发展到极端会模糊抒情与叙事的区别，把以抒情为主体的诗歌误判为以叙事为主体的诗歌，使本来在抒情与叙事上就难以分割的中国诗歌变得更为扑朔迷离。如果以抒情与叙事对举的视角看，这种"叙事"理解已产生了位移，有捡择太泛之失。

那么叙事诗之"叙事"含义到底应该作何理解呢？我们认为"叙事"的含义应该指向"叙事文学"。这一点，无论从叙事诗概念形成的过程，还是其建构的理论逻辑方面都可以加以印证。就叙事诗概念的形成过程而言，如前文所述，无论王国维"抒情的文学"和"叙事的文学"的对举，还是郑振铎诗歌二分法的形成，叙事诗概念的形成明显受到了西方文论"三分法"的影响，去除"剧诗"的"三分法"是抒情诗和叙事诗对举的由来。而与叙事诗相对应的西方早期文论中的"Epic"（史诗），在现

---

① 程相占：《中国古代叙事诗研究》，广西师范大学出版社2002年版，第6页。
② 同上书，第30页。

代文论中演变为"narrative"（叙事文学）。也就是说，"Epic"就是西方现代文论中"narrative"的前身，"narrative"是"史诗"取消散韵界限的结果。西方文论由传统诗学发展为现代文学，其演进的过程是一脉相承、自然而然的，所以更能清楚地说明问题。由此可见，中国的"叙事诗"本应该对应"叙事文学"。但由于中国传统诗歌概念的根深蒂固，"诗"的内涵并没有像西方那样向"文学"泛化，最终形成了我们现在的"叙事诗"概念。所以，"叙事诗"之"叙事"含义应该指向"叙事文学"。

不仅从"叙事诗"的形成过程看，"叙事"的含义应该指向"叙事文学"，即使从理论上分析也是如此。"叙事诗"之"叙事"是不能指向叙事的基本义的，因为并非所有的叙事都具有文学性。运用"叙述"表现方式或蕴含事件的文本并不都是文学作品，只有内容和表现和谐配合、具有审美价值的作品才属于文学的范畴。"叙事诗"之叙事也不能指向"叙事学"之"叙事"，因为这种理解模糊了抒情与叙事的区分，有取消抒情和叙事对举的可能。"叙事学"之"叙事"实际上是叙事基本义之"叙"方面的深入化和理论化，换句话说，叙事学是有关人类叙述活动的理论，其"叙事"的含义实际上指向了人类的表现方式。中国传统中很少有以单纯的表现方式来区分文类的现象。不过在西方柏拉图和亚里士多德时代，基本上是以文本的陈述方式为分类标准的：酒神赞美歌属于纯叙事，史诗属于混合叙述，悲剧和喜剧属于舞台模仿叙述。到了近现代，西方文论也基本上不再把陈述方式作为区分文类的简单标准，而是将抒情诗、史诗和戏剧作为独立的文学体裁来考察。笔者认为，这实际上是文学独立自觉的表现，体裁是真正意义上的文学类型，它包含内容和表现两个方面；而陈述方式则属于语言学的类型。叙事学关于文学的研究实际上是语言学研究对文学研究的侵入。当然笔者并不是要反对学科之间的交叉和借鉴，只是认为文学研究还应保持自己的独立性。如果我们站在抒情文类与叙事文类对举的角度看，以"叙事学"之"叙事"来界定"叙事诗"显然不太合适。

所以，本书认为"叙事诗"之"叙事"应该指向"叙事文学"。至于诗的理解，本书取狭义之诗，因为它较符合中国古代文学的实际，也是现代文论大体承认的一种说法（本书的诗也是不包括新诗的）。这样，本书关于"叙事诗"的界定就相对清楚了，叙事诗是一种诗歌，一种具有叙事文学特征的诗歌。

除此之外，笔者在叙事诗概念之外有时还会运用准叙事诗的概念。所谓准叙事诗是指一些具备叙事诗特征，与叙事诗关系密切，但又不太符合叙事诗概念的诗歌。引入和运用这么一个概念还是出于中国诗歌的创作实际考虑。中国古人并没有抒情、叙事对举的意识，其叙事诗创作基本上处于非自觉状态。因而中国的叙事诗与抒情诗关系十分密切，并非界限分明。可以这么说，中国的一些叙事诗实际上是抒情诗的变形或附庸。运用准叙事诗概念是为了更好地考察叙事诗发展演变的脉络和实际。比如说，杜甫的《丽人行》和《兵车行》，就诗体和艺术手法而言，这两首诗歌区别不大，显然是一脉相承的。《兵车行》是叙事诗没有问题，《丽人行》则主要是对贵妃出行场面的大肆夸饰，能否算做叙事诗，有待斟酌，我们不妨把其归入准叙事诗，纳入研究视野。恰恰正是这种准叙事诗更能让我们发现《兵车行》与《长安古意》等初唐歌行之间的渊源关系。再如，中国古人常写一些记游诗，这类诗歌我们一般不归入叙事诗范围。但这类诗歌如果以纪叙作者的行踪为主，就变成了纪行诗，也就可以归入叙事诗了。在这二者之间的一些诗歌，我们可以称其为准叙事诗。考察这些诗歌便于我们发现中国叙事诗的演变轨迹。再如，魏源的一些叙事歌行与其山水诗之间的关系，也要借助这类准叙事诗才便于观察与考查。

在"叙事诗"限定完后，关于本书的选题，还有一个方面需要进一步限定和说明，即"近代叙事诗研究"的"近代"两字。在现在研究中关于年代的划定常用三种方法：一是运用历史的断代；二是沿用学术界的一些说法；三是根据研究对象，结合历史分期和学术界的观点自行断代。这三种方法都有其合理性，不过，笔者倒不必为选用哪种方法而大费周章。本书对"近代"的限定基本上采用历史分期，这也是近代文学研究关于"近代"限定的一个主流看法，它基本符合笔者研究对象发展的实际情况。近代叙事诗创作第一个高潮的出现恰恰是由于鸦片战争的直接刺激，而其衰败也伴随着新诗的产生、古体诗的衰败。因此，就年代而言，本书的研究范围基本上是1840年左右到1919年前后。

在选题限定清楚后，还有一个问题需要说明。近代历史虽仅有80年，但诗人诗作甚夥。我们要网罗搜尽几乎不太可能，也没有必要。本书选取张维屏、龚自珍、张际亮、魏源、汤鹏、陆嵩、姚燮、贝青乔、金和、朱琦、鲁一同、曾国藩、郑珍、何绍基、江湜、王闿运、邓辅纶、高心夔、刘光第、陈衍、陈宝琛、郑孝胥、陈三立、袁昶、范当世、张之洞、樊增祥、易顺鼎、曾广钧、张鸿、孙景贤、黄遵宪、康有为、梁启超、丘逢甲、金天羽、许承尧、黄人、黄节、诸宗元、秋瑾、杨圻、夏敬观、陈曾寿、陈去病、高旭、王国维等50多位诗人的诗歌作为研究对象。对这些诗人诗作的选取既考虑到他们叙事诗的创作实际，又考虑到近代诗歌发展的不同流派，还照顾到道、咸、光、宣等不同时期的诗人分布，笔者相信，他们的诗作基本上可以代表近代叙事诗的发展状况。下面，笔者拟从四个方面对近代叙事诗加以分析探讨。

第一章

近代叙事诗的主要内容

关于文学与社会的关系，勒内·韦勒克有这么一段论述："讨论文学与社会的关系，通常是以波纳德的'文学是社会表现'这句话为起点。可是这句话究竟有什么含义呢？如果它假定文学在任何特定的时代都'正确地'反映当时的社会状况，那它就是错误的；如果它的意思仅指描绘社会现实的某些方面，则只是一句平凡、陈腐和含糊的话。要是说文学反映或表现生活，那就更是模棱两可的了。一个作家不可避免地要表现他的生活经验和他对生活的总的观念；可是要说他完全而详尽地表现整个生活，甚至某一特定时代的整个生活，那就显然是不真实的。"① 我们当然不能把文学认作对社会或生活的如实表现或"模仿"，但我们也不可否认文学与社会或生活存在着千丝万缕的联系。就中国近代叙事诗的内容主题而言，这种联系恐怕更为紧密。这不仅是因为文学与社会的关系在内容主题方面表现得较为明显，而且是因为中国叙事诗具有不同于西方的"写实性"特征。

在东西文化的碰撞和内忧外患的考验中，中国近代社会经历了千年未有之变局。不仅两千多年的封建帝制被瓦解和推翻，而且维系国人价值和信仰的传统文化也遭到质疑和挑战。伴随着这一变化过程，人们的文化思想和生活方式也都发生了深刻的改变。近代叙事诗以它特有的方式较为全面地反映了近代社会生活嬗变的历史。不管这种表现或反映是否真实正确，或者它们的作者出于何种态度和创作意识，近代叙事诗的内容确因近代中国社会所经历的千年未有之变局而丰富多彩。

---

① 勒内·韦勒克、奥斯汀·沃伦：《文学理论》，江苏教育出版社2005年版，第101页。

第一节　历史时事的诗史

中国近代历史虽然只经过了 80 年的时间，但这 80 年却是风云变幻的 80 年。自鸦片战争揭开近代历史的帷幕后，太平天国运动、中法战争、甲午海战、戊戌政变、义和团运动、庚子事变、辛亥革命等一系列重大历史事件此起彼伏地登上历史的舞台。近代叙事诗几乎对这一系列的重大历史时事都作了不同程度的反映。

其实，在鸦片战争爆发以前，清政府已经陷入了内忧外患之中。自白莲教起事以后，各地起义连绵不断。汤鹏的《兵车行》就描绘了鸦片战争前夕湘粤地区瑶民大起义的情景。诗人张际亮在《食肉叹》中由市豚不得小事，结合张格尔叛乱和当前的时事，发出"鬼子番人总易叛"① 的感慨。然而历史不幸被张际亮言中了，1840 年，因林则徐的虎门销烟，英国借机发动了鸦片战争。由于清政府的腐败无能，战和不定，战争以失败而告终。自此清政府被迫签订了《南京条约》《北京条约》等不平等条约，中国开始沦为半殖民地半封建社会。但是外国的侵略却激发了中国人民空前的爱国热情，诗人也从"格调"、"性灵"的遗风中惊醒，开始直面血与火的社会现实。抵御外侮、救亡图存成为当时诗坛上压倒一切的声音，由此掀起了鸦片战争时期的爱国诗潮。这次爱国诗潮中产生了很多描写鸦片战争的叙事诗，其中最为人们熟知的就是张维屏的《三元里》：

> 三元里前声若雷，千众万众同时来；因义生愤愤生勇，乡民合力强徒摧。家室田庐须保卫，不待鼓声群作气。妇女齐心亦健儿，犁锄在手皆兵器。乡分远近旗斑斓，什队百队沿溪山。众夷相视忽变色，黑旗死仗难全还。夷兵所恃惟枪炮，人心合处天心到。晴空骤雨忽倾盆，凶夷无所施其暴。岂特火器无所施，夷足不惯行滑泥。下者田塍苦踯躅，高者岗阜愁颠挤。中有夷酋貌尤丑，象皮作甲裹身厚。一戈已摏长狄喉，十日犹悬郅支首。纷然欲遁无双翅，歼厥渠魁真易事。不解何由巨网开，枯鱼竟得倏然逝！魏绛和戎且解忧，风人慷慨赋同

---

① 张际亮：《思伯子堂诗集》卷 11，同治八年姚濬昌刻本。

仇。如何全盛金瓯日，却类金缯岁币谋！①

这首诗歌颂了三元里人民英勇抗击侵略者的事迹，屈向邦评曰："乡民神勇，活现纸上。其如政府之阘茸误国何？诚历代诗史中最光荣最热烈最悲壮之作。"②梁信芳的《牛拦冈》也是描写三元里抗英战争的叙事诗，诗歌叙述了人民大众奋起抗击英国侵略军获得的辉煌胜利。以叙事诗描绘记录鸦片战争这一重大历史事件的著名诗人还有朱琦，其主要诗歌有《感事》《狼兵收宁波失利书愤》等。朱琦的《感事》诗从1838年禁鸦片开始写起，到1841年10月英军北上攻陷定海、宁波为止，几乎反映了鸦片战争的全过程。诗歌长达700言，叙事层次分明，错落有致，兼以议论和抒情，语言流畅，气势融贯，充满反抗侵略、讴歌战争、指斥投降的强烈爱国主义精神，可称为鸦片战争中有代表性的史诗。林昌彝认为此诗"为集中大篇"③。魏秀仁称其"洋洋洒洒，曲尽时事，韵语中有此巨制，叹观止矣"④。朱琦还有《狼兵收宁波失利书愤》：

> 城头黯澹城门关，天狼星堕声如雷。赤发狰狞遽突出，飞炮如雨从天来。我兵直入不畏死，前军失陷后军止。妖童喷雾作狡狯，截江阑杀火又起。回军与角者为谁？巴州郡士幽并儿。手中剩有枪半段，大呼斫阵山为摧。危哉衔枚误深入，一贼横刀势将及。抽刀断贼抶其马，挥鞭疾渡水没踝。背后但闻号呼声，狼兵三五奔至城。可怜此辈号骁敢，手搏鲛鱼口生啖。奈何一炬付烬灰，勾余山头鼓声惨。将军失计空顿足，溃军两岸罾且哭。断后尚有牛松山，强弓百石力能弯。不然三百虎士无一还。⑤

描绘了清军收复宁波之战。"壬寅春正月，杨威将军至浙东，八省大兵云集。二十五日祭旗，二十八日寅时收复宁波，误用间谍，为敌所绐，师燹

---

① 张维屏：《花地集》，《松心诗集》，嘉庆二十五年本。
② 屈向邦：《粤东诗话》，香港龙门书店1964年铅印本。
③ 林昌彝：《射鹰楼诗话》，上海古籍出版社1988年版，第281页。
④ 魏秀仁：《陔南山馆诗话》，《魏秀仁杂著抄本》，江苏古籍出版社2000年版。
⑤ 朱琦：《怡志堂诗集》卷4，民国二十四年（1935）桂林排印《岭西五家诗文集》本。

焉"①。张际亮也有很多表现鸦片战争的叙事诗,如《定海哀》《镇海哀》《宁波哀》《后宁波哀》《奉化县》《东阳县》等。《东阳县》是其纪宁波英夷之乱的代表性诗篇。诗歌借从宁波逃生的难民之口,哭诉了英夷进入宁波城的残暴行径。老妇幼女均遭轮奸,公私钱物搜掠一空,杀戮之惨令人发指。诗歌借助妇女的不幸遭遇来激发对外敌入侵的同仇敌忾,这是以往诗歌所少见的内容。姚燮也有一系列描写鸦片战争给人民带来灾难的叙事诗,如《速速去去五解八月二十六日郡城纪事作》《惊风行五章》《冒雨行》《后冒雨行》《独行过夹田桥遇郡中逃兵自横山来》《闻皋儿在城中阻夷军不得出同弟向长春门冒刃入城至寓馆觅得之薄暮始乘间出城》《戺塘火》《太守门》《兵巡街》《捉夫谣》等。其《速速去去五解八月二十六日郡城纪事作》记述了浙东战役中宁波守军在不战而弃城逃跑,英国侵略军侵占镇海后,诗歌以其父亲的亲身经历为线索,细致地描绘了当时宁波城里慌乱逃生的情况,生动地反映甬东战役给人民造成的巨大灾难。此外,魏源的《秦淮灯船行》《金焦行》,金和的《围城纪事六咏》,徐时栋的《乞儿曲》,孙义钧的《前定海行》《后定海行》《宝山行》,顾云的《过报恩寺感成四十韵》等都从不同方面描绘、展现了鸦片战争这段历史。

鸦片战争失败后,列强的侵略进一步加剧,中国的农村经济逐步走向破产。加之清政府的巨额军费和战败赔款,国内矛盾进一步激化。1851年1月,广西爆发太平天国金田起义。这次农民起义历时十几年,影响了大半个中国,它不仅动摇了清王朝的统治基础,而且对中国近代的历史进程也产生了重要的影响。近代的叙事诗对这一重要历史事件也多有反映。太平天国兵围杭州时,贝青乔一家被困于城中,其《十一月二十七是夜起书愤》描写了作者的所见所闻所感,城中饿殍遍地,守城将官闭城不战,宁被困死,激起了诗人万丈怒火,厉声痛斥"无如豢肥狗,骨尽遭反噬"。江湜的《志哀九首》叙述了太平天国占据江南时的战争情况,反映了战乱给人民带来的苦难。其自序:"江宁大营溃败,贼连陷苏、常、嘉、松四郡。湜家苏州,既避地葑门外四十里之角直镇。五月初,贼党四出焚掠,各村几无免者。老亲分两子留守,命挈八弟澄冒险脱身,冀存宗祀。从平望贼营后乘夜偷渡,道湖州以达杭州。自绝消息,已及三月。述

---

① 魏秀仁:《陔南山馆诗话》,《魏秀仁杂著抄本》,江苏古籍出版社2000年版。

所悲痛，令八弟书之，凡得九首。"《志哀九首》其三曰：

> 贼据江宁城，已阅岁七周。谁钦秉军政，拥兵不好谋？用围而弗攻，日凿濠与沟。濠成内贼困，外贼为分忧。内外夹攻我，一溃军难收。沛然贼东下，俄陷三四州。可哀哉江南！地穰财赋稠。国家恃以富，历岁二百秋。一朝窟豺虎，岂独苍生愁？淼淼吴淞江，曲抱空村流。贼来四野静，何处呼扁舟？不如去岁死，棺衾恒易求。吾悲一家事，方与今生休。①

诗歌描写了太平军攻占江南的经过和征战所引起的民生凋敝，指责了清军的无能，抒发了痛不欲生的悲情。诗人金和也创作了一系列反映太平天国运动的叙事诗。其《原盗一百六十七韵》一韵到底，描写了太平天国运动的由来、发展并发表了自己对时局的看法。在《痛定篇十三日》中作者用近乎日记的形式记录、描写了在太平军攻占南京时的痛苦经历和所见所闻。诗歌虽多指责太平军之言，然亦反映了清军的罪恶。我们看一段金和关于太平军的描写：

> 初十至十九，略定杀人性。打门喧相传，贼亦有贼令。令人占口籍，书年与名姓。老年可从略，意在壮者劲。大半署为兵，加伪号曰圣。其旧操何业，及时许更正。苟所甚需者，则亦队伍并。惟男与妇分，不得室家庆。贼妇实掌之，违者致祸横。我姑避其锋。兽肯自投穽。江东大如海，差异蕞尔邦。往从数亲知，南北脚力竞。黄昏不敢归，直待月悬镜。平明又出门，东食西眼竟。有时骤遇贼，所赖日适病。单福与张禄，随意我为政。亦尝受贼拘，尺寸手无柄。赂之复得免，始信钱胜命。置身如此危，幸不为贼诇。②

作者是战争的见证者，当时具体情事颇具史料价值。《初五日纪事》描写清军在作战中百般拖延，贻误战机事，指责了他们的腐败无能。《兵问》以反问形式描绘清军的腐败行为，勉励他们英勇杀敌。此外，王闿运的

---

① 江湜：《伏敔堂诗录》卷15，同治元年至二年刻本。
② 金和：《秋蟪吟馆诗钞》卷2，民国五年（1916）上元金氏刻本。

《独行谣》30 章对太平天国运动也多有反映。诗歌长达 448 韵，共 4485 字，作于同治十一年（1872）。此诗的创作起因，似源于友朋之间的一次玩笑。据闿运弟子杨钧记载："邓弥翁笑湘绮不能作长诗，湘绮于是竭数日之心力，作《独行谣》五百韵，次日专人送去，邓不答。"① 杨钧当作趣事记之，然王闿运当时却是非常认真的，并非仅为邓辅纶所激而作。诗前有一小序，自叙作诗缘起说："弥之见过山中，除夕设饮，追语二纪前娱园之会，后历安危，宜有纪述，要与连句，谦退固辞。岂将激发鄙情，亦时远事众，诚非率尔所操。因及暇时，辄缀数语，积日所得，总为一篇，命曰《独行谣》。《诗》曰：'聊以行国。'又曰：'我歌且谣。'盖明于得失之迹，达于事变，怀其旧俗，国史之志也。故综述时贤，详记大政，俟后世贤人君子。兴起除夕，因以除夕发端。"可见王闿运是本着一种对历史负责、对后人负责的态度，有意将亲见亲闻的重大历史事件，发诸笔端，形于诗篇。此诗以王闿运经历为经，纬以洪杨起义、湘军之兴、太平天国失败、回捻又起、庚子事变、慈禧垂帘听政等军国大事，描绘记录晚清之际的军政得失、时局安危、民生艰困、吏治腐败等，如珠贯线，繁而不乱，实可补史之失。故邓弥之亦谓其"笼牢韩白，陶铸汉魏，其关于国家掌故、湘中旧俗，尤非一时一事之比。殆视《北征》有过焉"②。黄遵宪的《乙丑十一月避乱大埔二河虚》《古从军乐》等诗都写太平天国起义。

1883 年，中法因越南问题爆发战争，近代叙事诗对这一历史事件也多有反映和表现。著名诗人黄遵宪有长篇五古《越南篇》，追溯越南的历史渊源，描述了法国对越南的逐步吞食，揭示了中法战争之起因。王蘧常先生称"归狱于乾隆时之姑息。不能夷越南为郡县，被之声教，致启法人之觊觎，尤为有识"③。徐兆玮认为其与《朝鲜叹》《流球歌》一起，"直可作《三藩纪事本末》读也"④。许銮写了许多新乐府诗反映中法战争时期时事，如《马尾江》《基隆山》《战台北》《谅山寺》《黑旗团》

---

① 杨钧：《草堂之灵》卷 1，岳麓书社 1985 年版，第 11—12 页。
② 王代功：《湘绮府君年谱》卷 2，沈云龙：《近代中国史料丛刊》，台北文海出版社 1970 年版，第 75 页。
③ 王蘧常：《国耻诗话》卷 2，上海新纪元丛书，民国三十六年（1947）版，第 48 页。
④ 徐兆玮：《北松庐诗话》，钱仲联主编：《清诗纪事》，凤凰出版社 2004 年版，第 3118 页。

《云南兵》《美公使》《汉通事》《美公文》《奏西乐》等，揭露了法国的侵略本质和美国的帮凶嘴脸，讽刺、指责了清政府无能、投降、无耻的行径。如其《马尾江》一诗描写了马尾战役的经过和失败原因：

  无诸野老吞声哭，冬日愁过马江曲。一军猿鹤与沙虫，水族蛟龙俱荼毒。无人薄我失机宜，张侯安足持世局？同时应策尽书生，大敌猝惊空瑟缩。兵家易言古所忌，韬略不娴岂约束！五材并用创既奇，以火腾金惨尤酷。彭名大节自觥觥，失律丧师愆难赎。几等管钥盗发扃，非仅过书言举烛。曹沫纵有复仇心，三败不死名已辱。天心悔祸事难知，旧将还应推颇牧。涛头厉鬼作忠魂，一湾江水生春绿。①

此诗自序曰："光绪十年秋七月庚辰，法人袭击我军于马尾江，全军尽没。先是中、法以越南开衅，海疆戒严，朝命通政司吴大澂赴北洋，内阁学士陈宝箴赴南洋，侍读学士张佩纶赴福建，会办军务。张至闽，驻扎马江船政。时总督何璟、巡抚张兆栋俱书生，无筹策，一意主和，不为备，法轮船入口不敢击，遂为所乘。我军铁船九艘，红单船二十余艘，悉击沉于水，无一得脱，船厂灰烬。自构衅以来，丧师未有若此之甚者，而南洋战船略尽矣。幸法人未登岸，将军穆图善得整军固守。事闻，得旨：何璟、张兆栋革职去任。张专守江口，致其侵轶，议罪过轻，呼吁不已。因命广东督师兵部尚书彭玉麟查办，复援他事革职，后乃科罪发往军台。"

中法战争后10年，日本又借朝鲜问题于1894年挑起战端，这次战争史称"甲午中日战争"。近代诗人们也创作了许多叙事诗对此战争进行了描绘和记录，抒发自己的愤慨之情。其中最杰出者就是著名诗人黄遵宪了，他的《人境庐诗草》是一部重要的诗史，其第8卷就收录了很多反映甲午中日战争的叙事诗歌。王蘧常先生曰："甲午之役，我陆军一败于牙山，再败于平壤，海军一败于大东沟，再败于旅顺，三败于威海，遂至一蹶不振，铸成今日之大错。黄公度按察于牙山外，皆有长歌当哭。"②黄遵宪的《悲平壤》《东沟行》《哀旅顺》《哭威海》和《台湾行》等一系列纪事之作，全面而真实地记述了平壤战败、旅顺陷落、大东沟和威海

---

① 阿英编：《中法战争文学集》，中华书局1957年版，第23页。
② 王蘧常：《国耻诗话》卷2，上海新纪元丛书，民国三十六年（1947）版，第55页。

海战败绩、北洋水师覆灭、割让台湾等甲午战争从发生到结束的历史进程，热情地礼赞了保卫祖国的英勇将士，尖锐地讽刺了腐败无能的清军官僚，猛烈抨击了日本侵略者的罪行，鲜明地体现了诗人忧国伤时的沉痛情怀，堪称甲午战争的悲壮"诗史"。如《悲平壤》：

> 黑云草山山突兀，俯瞰一城炮齐发。火光所到雷硠磕，肉雨腾飞飞血红。翠翎鹤顶城头坠，一将仓皇马革裹。天跳地踔哭声悲，南城早已悬降旗。三十六计莫如走，人马奔腾相践踩。驱之驱之速出城，尾追翻闻饿鸱声。大东喜舞小东怨，每每倒戈飞暗箭。长矛短剑磨铁枪，不堪狼藉委道旁。一夕狂驰三百里，敌军便渡鸭绿水。一将囚拘一将诛，万五千人作降奴。①

诗歌描绘了平壤战役的恶战惨象，并将浴血奋战的左宝贵等英烈与撤军败逃的叶志超等败类对照写来，褒贬自明。再如《台湾行》，诗歌开篇先声夺人："城头逢逢需大鼓，苍人苍人泪如雨，倭人竟割台湾去！"接着叙述"我高我曾"开辟台湾的历史以及宝岛的富饶，表明台湾人民誓死抗日、爱国保台的决心："亡秦者谁三户楚，何况闽粤百万户。成败利钝非所睹，人人效死誓死拒，万众一心谁敢侮！"最后批评扬言守台而又仓皇内渡的台湾巡抚唐景崧等人，谴责少数投降日寇的民族败类。王蘧常评曰："咏台湾之亡，其辞甚痛。……末数语，尤发人深思。"② 此外，袁昶的《哀旅顺》《哀威海卫》也描写了甲午海战。樊增祥的《书台南事》描写了刘永福率台民抗击日本侵略者的事迹。曾广钧《谭提督桂林有格林炮四尊，从余假炮兵百人。牛庄之败，谭君殉焉。百人者生还二十六人，其中伤重仍死者七人，伤轻残废者四人，惨极哀之》极力描写了抗日战争牛庄战役的惨烈。

甲午中日战争的失败引起国内的强烈反响。如果说与西方列强作战失败还情有可原的话，拥有两千多年文明的中华泱泱大邦竟被一向臣服于华夏的变法不久的蕞尔小国打败，这严重地刺激了国人的心灵，也引起了国人的彻底反思。这不仅促使中国思想文化界发生深刻变化，而且在政治领

---

① 黄遵宪：《人境庐诗草》，日本铅印本，第184页。
② 王蘧常：《国耻诗话》卷2，上海新纪元丛书，民国三十六年（1947）版，第69页。

域变法图强的呼声也越来越高。在这种历史背景下，1898 年，由光绪帝主持的戊戌变法维新应运而生了。但光绪帝和维新派大变、全变的激进变革主张，造成整个社会结构的强烈震荡，严重动摇了清政府的统治。慈禧因而出面发动政变，戊戌变法维新宣告破产了。对于这一历史变故，也有很多叙事诗作了记录和反映。康有为的《东事战败，联十省举人三千人上书。次日美使田贝索稿，为人传抄刻遍天下，题曰公车上书记。是时主和者为军机大臣孙毓汶，众怒甚。孙畏不朝，遂辞位》记录了当年公车上书的情景，并描绘了这次事件在当时的巨大影响。十多年后，诗人在《题梁任甫海桑吟画寄林献堂》一诗中还念念不忘追忆此事。诗歌云：

> 东败昔割台，吾方在公车。孝廉三千人，伏阙哭上书。鸣鼓守台官，连轸塞巷间。台湾有人士，血泪洒大夫。吾时从旁观，恻痛切肺肤。终为秦桧阻，行成割地图。人士绝往来，旌节亦已无。衰念吾种人，驱为亡囚奴。……①

这首诗真实地描写了公车上书的情景，展现了当时一部分士大夫的政治热情。《马关条约》要割让台湾给日本，当时反响很大。台湾省举人汪春元等上书都察院，满纸血泪，极为沉痛，他们表示"如其生为降虏，不如死为义民"。诗中"台湾有人士，血泪洒大夫"即写此事，着重表现了台湾人民的满腔义愤。卖国的清政府不顾全国人民的抗议，最终批准和约，将台湾割让给日本。"终为秦桧阻，行成割地图。"这里所云"秦桧"指李鸿章、孙毓汶之流。我们再结合他的《东事战败，联十八省举人三千人上书……》，便可对历史上这次著名的公车上书活动有一个较为详细的了解。梁启超的诗歌对维新运动也有反映，其五言长排《南海先生倦游欧美，载渡日本，同居须磨浦之双涛阁，述旧抒怀敬呈一百韵》介绍康有为事迹及戊戌变法的经过。此外，陈三立的《崝庐述哀诗五首》之二对维新变法也有描绘，王赓认为："'平生'以下，亦可作戊戌诗史读也。"②

---

① 康有为：《万木草堂诗集》，上海人民出版社 1996 年版，第 231—232 页。
② 王赓：《今传是楼诗话》卷 3，张寅彭：《民国诗话丛编》第 3 册，上海书店出版社 2004 年版，第 276 页。

戊戌变法失败后，光绪皇帝被幽禁在中南海瀛台，慈禧出面主持中国的政局。但外国对其行为多有掣肘和指责，引起慈禧的不满和怨恨。此时，在外国列强和清政府的双重压迫下，不堪重负的中国民众不断进行反抗，最后形成了声势浩大的"义和拳"运动。在载漪和刚毅等人的鼓动下，慈禧决定借"义和拳"之力打击外国侵略者的气焰。又因刚毅和启秀伪造英国照会的挑拨，慈禧决定对外宣战，从而招致八国联军的入侵，慈禧携光绪帝仓皇西逃。这一历史事件因发生在庚子年，故史称"庚子事变"。林鹤年有《鬼联军乐府》《红灯照乐府》描写当时的情景。其《红灯照乐府》高度赞扬了"义团"中的女子英勇杀敌、视死如归的气概，诗曰：

  瓜分图，胡为乎？红毛炮，日本刀。乱华者五胡，当关者一夫。四百余兆民，未甘为羊为犬为夷奴。请看红灯照，帕首椎胸杂悲笑。忠义喷薄死如归，寒食梨云依野庙。桃花马上粉娇儿，甘心碎首李陵碑。钗裙一旅纲常赖，半壁江山手护持。我告夷酋且休矣，狼吞蚕食只如此。鬼雄跳啸五洲来，不敌中华一女子。擎天只手势扶清，藉甚男儿事请缨！他日青州吊荒岛，千秋重见女田横。①

诗人自序曰："北直红灯照，视军事为儿戏，复借神道设教，中外震骇，不能无罪；惟时局瓜分，变在目前，疑谋国者不得已，藉入卫宿将，决一死战，以明孤注……为之子，为之女者，又何遽出此？惟平居受教民凌逼，近胶州某军复毁室侮予，情极难堪。……津商入闽，历言目极红灯女儿，一入兵阵，视死如归，惟恐落后。中外各报，亦历历称述。天生忠义，成此国殇。……夫天下亦惟忠义之气，可以固结人心，维持不敝，彼执干戈以卫社稷者，不独有千古欤？因作红灯照乐府。"② 关于"义和拳"，张鸿的《猛虎行》似乎持了另外的态度，在诗中作者从统治阶级的立场出发，以猛虎隐喻"义和拳"运动，叙写载漪等人欲资其力以排外，谋废帝事，含义曲隐，最后发出"虎死不足惜，人惜为虎误。养虎必贻患，吁嗟不敢语"的叹息和忠告。巴里客延清子登的《纪事杂诗三十首》

---

 ① 林鹤年：《福雅堂诗集》，《台湾文献汇刊》第4辑。
 ② 同上。

对庚子年的战役情景记之甚详,如:

> 夜半炮声起,听之心骇然。初疑我军发,几欲轰塌天。晨兴即起视,弹落如珠联。无屋不掀破,有垣皆洞穿。争路勇已溃,守阵兵非坚。加以火药罄,势难张空拳。生不丽谯据,死多沟壑填。陡闻辘轳转,不断声连连。虏炮隔城击,环攻东北偏。相持未终日,城阙难保全。①

此外,倪在田的《北直隶》14首也记录了庚子年事,《巨鱼篇》《独滩篇》描写、记录其间战役的激烈。其《六言诗》以形象的语言描绘了《辛丑和约》的结果,抒发了作者的愤慨。邵孟《宝天彝斋清史乐府》中也有很多叙事诗描绘、记录庚子事变,其《西幸陕》云:

> 庚子七月廿一日,联军蓦地入燕京。太后挈帝避寇去,乘舆西幸太仓皇。寒透葛衣怯单薄,饥求豆粥谁奉盛,三晋云山皆惨淡,二陵风雨益凄凉。回首都城见尘雾,风声鹤唳苦频惊。红巾十万今安在?扈军只余五百名。追原祸始嗟何及?罪己诏书墨数行。最是令人肠断处,魂召妃子鬼无灵。②

此诗描写光绪二十六年七月联军入京师,太后微服挈帝出德胜门,奔宣化事。其《銮舆返》写和约成,太后挈帝自西安启跸,由开封回京事。公之癭《燕市吟》5首描写回銮后,都人崇礼外人、醉生梦死的社会风气,自云:"其诸辛壬之际燕都风俗韵史,或者近耶。"

庚子事变以后,清王朝的统治日趋式微,终于1911年爆发了辛亥革命,结束了在中国延续两千多年的封建帝制。其后虽然上演了袁世凯称帝、张勋复辟等历史闹剧,但终不能阻挡中国历史的现代化进程。1919年5月,五四爱国运动爆发,中国历史走进了现代时期。对于这段历史,叙事诗也多有反映。王国维的五言排律《隆裕皇太后挽歌辞九十韵》以

---

① 阿英:《庚子事变文学集》,《中国反侵略文学集》(四),中华书局1959年版,第79页。

② 同上书,第146页。

隆裕太后的事迹经历为主线，讲述了自光绪亲政到辛亥革命、清帝逊位的晚清历史。诗歌虽多有对隆裕太后歌功颂德之词，但萧艾先生认为："诗中所叙，如'大内更筹转，中宵禅草颁'，'生原虚似寄'，'流言秽史繁'……皆纪实也"①。金天羽的乐府《嵩山高》以含蓄的笔法讽刺袁世凯窃取革命胜利果实之事。因袁为河南人，故题名为《嵩山高》。曾广钧《纥干山歌》记述张勋复辟事。钱仲联认为："复辟之役，昙花一现。湘乡曾重伯广钧有《纥干山歌》纪之。以美人香草之词：寓隐文谲喻之义，盖诗史也"②。

近代还有一些描绘一段历史的叙事诗，如王闿运《圆明园词》以圆明园变迁为主线，叙述清王朝后期的兴衰变化，堪称诗史。王国维的《颐和园词》借颐和园盛衰述有清一代兴亡史，探求清朝兴亡的原因。陈三立的《除夕被酒奋笔写所感》则为我们描绘了晚清政局：

纪年三十日已除，儿童鹅鸭相喧呼。高烛照筵杂羹饼，被酒突兀增长吁。国家大事识一二，今夕何夕能追摹。西南寇盗累数载，出没蹂躏骄负嵎。东尽黄海北岭徼，蛟鲸搏噬豺虎趋。雌雄彼此迄未决，发祥郡县频见屠。群岛万酋益瞡我，阴阳开阖方龃龉。当今事势岂不瞭，奈何余气同尸居！自顷五载号变法，卤莽窃剽滋矫诬。中外拱手徇故事，朝暮三四绐众狙。任蒿作柱亦已矣，僵桃代李胡为乎！宏纲矩目那曾省，限权立宪供挪揄。何况疲癃塞钧轴，嗫嚅渜涩别有图。剜肉补疮利眉睫，举国颠倒从嬉娱。公然白日受贿赂，韩愈所愤犹区区。吾属为庤任公等，神明之胄嗟沦胥。极念禹域数万里，久掷身命凭鞭驱。朋兴众说有由致，欲扫歧异归夷涂。士民复幕出至痛，地方自治营前模。事急既无万一效，终揭此义开群愚。岁时胸臆结垒块，今我不吐诚非夫！闻者慎勿嗤醉语，占滴泪血沾衣襦。③

而曾广钧《天运篇》则是以自己的经历见闻为主线，描绘晚清的历史变迁。郭则沄曰："重伯是篇，追慨光、宣旧事，有云'娲皇遗憾辞华

---

① 萧艾：《王国维诗词笺注》，湖南人民出版社1984年版，第59页。
② 钱仲联：《梦苕庵诗话》，齐鲁书社1986年版，第98—99页。
③ 陈三立：《散原精舍诗》卷上，民国二十五年（1936）商务印书馆排印本，第104页。

裔,……五百童男渡海还.'语挟阳秋,洵为一代诗史。又云:'挑灯重话兴亡史……不及书生数行字.'则词意别有所指。"①

近代叙事诗除对国内历史事件多有表现之外,对国际上的一些重大历史事件也有反映和描写。如黄遵宪《流球歌》描写了流球历史及其被日本吞并的经过,表达了作者的悲愤和无奈。《朝鲜叹》描写了朝鲜面临列强瓜分的悲哀。康有为的《缅甸哀》则由缅甸的灭亡联想到中国的命运。梁启超的《秋风断藤曲》写朝鲜安重根刺杀伊藤博文之事。特别是金天羽的组诗《虫天新乐府》。诗歌作于1922年,共10首。金的弟子高圭云:"《虫天新乐府》十章,则括欧战以来各国大事,以诙谐之笔出之,而断制谨严,目光如炬。"② 作者创造性地以奇妙多趣的动物昆虫形象,折射出第一次世界大战中的种种风云变幻,以虫天兽界的风波,借喻人世间的矛盾冲突,寓庄于谐,奇谲多姿,讽人之意宛转可见。如《飞蝶南》写"奥储皇及妃被刺于玻斯尼亚,欧战遂起";《比目鱼》记德军进攻法国,假道比利时,"鲁酒薄,邯郸围,城门之火池鱼及",乘机将比国颠覆;《分水犀》记1917年英德为争夺海上霸权,在北海进行大战,"德潜艇横行,吉青纳大将死于海","分水犀"即指德国"入海如平地"、"海王亦怕"的潜艇;《杜鹃啼》写"德皇军败,入荷兰为俘";《蜂课蜜》记"和议成,志德人之赔款也";《官私蛙》"测太平洋会议之将来也",展望战后世界局势,"嗟尔群蛙休阁阁,世界安有太平乐",就是作者得出的犀利的结论。从第一次世界大战爆发写到战后和约的签订,记录了大战中的一些重要事件,可以说,这是一部较为完整的关于第一次世界大战的诗史。如其《蜂课蜜》:

蜂课蜜,课蜜输香田。当初猎艳摧花丛,花粉狼藉随东风。香桃瘦损棠梨泣,紫罗兰小矜标格。姝紫花片蝶黏香,姹紫嫣红半萧瑟。高张十万护花铃,羯鼓春雷打未停。酿得春阴如酿蜜,绿章夜奏告行成。行成几日商量妥,花裹擒王兵已挫。问君何物媚花神,还种花田供蜜课。故园依旧开蜂房,蜜脾乍满蜂颠狂。厚颜芳杜倾朝醑,蠋悠

---

① 郭则沄:《十朝诗乘》卷23,张寅彭:《民国诗话丛编》第4册,上海书店出版社2004年版,第766页。

② 高圭:《天放楼诗集跋》,《天放楼诗集》,上海有正书局壬戌年(1922)刻印本。

萱苏闹晚妆。由来崖蜜多风味，紫燕黄鹂并欢喜。鸟劝提壶为饷耕，虫鸣促织思兵馑。细腰官里露桃开，岁岁花农进蜜材。口蜜终须防腹剑，妒花风起骇兵来，从来贡祸防轻起，虿蠆花心蜂有尾。金缯流涕说和戎，虫天亦有伤心史。①

此外，作者还有《黑云都》批判和讽刺墨索里尼在意大利建立法西斯统治；《花门强》歌颂土耳其民族英雄凯末尔领导人民反对外来压迫，建立共和国的英雄事迹；《桃花宫》写英王温莎公爵的风流韵事；《海王愁》讽刺英国的海上争霸，等等。

第二节　社会民生的画卷

近代叙事诗不仅记录、反映了近代风云突变的重大历史事件，而且描绘、刻画了近代的社会百态、民生疾苦，展现了一幅丰富生动、五彩斑斓的社会生活画卷。它不仅与时代风云紧密相连，而且与社会生活息息相关。

大约从乾隆晚年起，大清帝国开始衰落，民生经济也渐趋凋敝。到了近代，各种社会矛盾开始激化，很多地方出现了民不聊生的景况。诗人张维屏在做知县时，作《县言》12篇，包括《蝇头篇》《雀角曲》《衙虎谣》《驿马行》《盐枭乐》《狱卒威》《田家叹》《沙田》《豁粮歌》《吹箫引》《盘仓吟》《收漕辞》等诗。这些诗歌有的揭露科场腐败，有的抨击讼师兴讼牟利，有的直书官吏骄横凶残、以权谋私，有的写盐枭无法无天，有的记农民争田相斗，有的述水、沙肆虐，有的言鸦片为患……反映了相当广阔的社会生活，具有深刻的社会内容。大约在1831—1837年，魏源旅居苏州，创作了乐府组诗《江南吟》十首，对鸦片战争前江南人民的苦难生活作了描述。如其《江南吟》其八：

阿芙蓉，阿芙蓉，产海西，来海东。不知何国香风过，醉我士女如醇醲。夜不见月与星兮，昼不见白日，自成长夜逍遥国。长夜国，莫愁湖，销金锅里乾坤无。涸六合，迷九有，上朱邸，下黔首，彼昏

---

① 金天羽：《天放楼诗集·潮音集卷一》，上海有正书局壬戌年（1922）刻印本。

自瘤何足言，藩决膏弹付谁守？语君勿咎阿芙蓉，有形无形瘾则同。边臣之瘾曰养痈，枢臣之瘾曰中庸，儒臣鹦鹉巧学舌，库臣阳虎能窃弓。中朝但断大官瘾，阿芙蓉烟可立尽。①

诗歌生动地描绘了鸦片对中国臣民心身的危害，提出了杜绝的策略。1844年，魏源入京参加礼部会谳。考试期间，他又创作了《都申吟》三首，广泛地描写了当时的社会问题及弊端，反映了百姓艰难的生活。张际亮的《自沂州至郯城夜宿郭外有述》写沿途所见流民的饥寒交迫、流离失所的悲惨生活。而鲁一同的《荒年谣》尤为感人。1831年，安东大灾，鲁一同根据大灾之年的所见所闻，写下了《卖耕牛》《拾遗骸》《撤屋作薪》《缚孤儿》《小车辚辚》等乐府诗，描绘了一幅幅人民在死亡线上挣扎的悲惨图景。如《拾遗骸》：

拾遗骸，遗骸满路旁。犬饕乌啄皮肉碎，血染草赤天雨霜。北风吹走僵尸僵，欲行不行丑且尪。今日残魂身上布，明日谁家衣上絮？行人见惯去不顾，髑髅生齿横当路。②

活人拣拾路旁冻饿致死之人身上的衣絮以御寒冷，此情此景，令人惨不忍睹，为杜甫笔下所未曾有，突破了儒家温柔敦厚诗教的审美范畴。钱仲联先生《梦苕庵诗话》言："惊心动魄，如读吴野人乐府。"③姚燮的《谁家七岁儿》《卖菜妇》《巡江卒》等通过对个体生命生存状况的描绘，展示了人民生活的苦难。如《谁家七岁儿》：

谁家七岁儿，弃置墟墓旁。昨见好白皙，一夕肌肤黄。干号若蛮咽，血色围两眶。伏地啮枯草，根劲牙不强。野犬过频嗅，跳跃求其僵。蠕蠕尔何活，早死还匪伤。连村十百户，迭岁遭疫荒。东邻颇安饱，尚忧三日粮。收鬻往犹易，自顾今不遑。行人问乡里，南北指渺茫。爷死弃崖谷，有娘非我娘。昨从丐人去，流落知何方！咄哉朱门

---

① 《魏源集》，中华书局1976年版，第673页。
② 鲁一同：《通甫诗存》卷1，山阳鲁氏咸丰九年（1859）刊本。
③ 钱仲联：《梦苕庵诗话》，齐鲁书社1986年版，第267页。

儿，绣褓金辉煌。得饵更索乳，娇泣怀中藏。赤子何良诈，天壤分咎祥。乱木郁昏惨，斜日风头抢。雏鸟抱枝泣，今夕多严霜。①

其《哀鸿篇》和《南辕杂诗》中的一部分生动地描绘出一幅幅饥寒交迫、流离失所的民生图。此外，贝青乔《糠粥谣》《流民谣》，江湜《哀流民》《读京报》，郑珍《晨出乐蒙冒雪至郡次东坡江上值雪诗韵寄唐生》，王闿运《石泥塘是高曾旧居，道光卅年闿运入县学始诣宅访诸父兄弟，宗门衰弱多不能自存者，耳目闻见为此篇》《愁霖六章》，邓辅纶《鸿雁篇》《三缢哀》《杂诗纪行》，陈三立《崝庐书所见》《由沪还金陵散原别墅杂诗》，许承尧《南陵道中》《石壕村》《痛定篇》6 章，杨圻《流民诗》，黄人《短歌行》等，都从不同侧面描绘、展现了人民食不果腹、民不聊生的悲惨生活。

造成百姓流离失所、民不聊生的一部分原因是天灾。张维屏的《黄梅大水行》写道光年间黄梅县的水灾。张际亮的《十五夜宿弋阳筱箬岭述感》描写飞蝗、亢旱的凶年给人民生活带来的灾难。贝青乔的《雨中作》写暴雨后的水灾。朱琦的《答蒋元峰比部兼怀彭君子穆，河流直趋汴，危甚，时比部至豫，随王相国勘河》《河决行》等描写水灾给人民带来的危害。如其《河决行》：

> 怒流东徙洪河倾，大梁积水高于城。城头老鼍作人立，疾风卷雨势益急。中丞拜祷立雨中，自操版锸亲督工。是时城中居民不食已三日，楗石下坝过箭疾，坝成捍水幸无失。传闻附郭三万家，横流所过成荒沙。水面浮尸如乱麻，人家屋上啄老鸦。老鸦飞去烟尘昏，沿堤奔窜皆难民。难民呼食饥欲死，日给官仓二升米。我有故人在夷门，援手无策声潜吞。白日惨惨寒碑亭，安得朴园使者今复生？②

此外，郑珍的《江边老叟诗》、邓辅纶的《松桃决》、刘光第的《闻人说永定河决堤之异》等也是描写水灾的。何绍基的《溪水恶》描写了山洪暴发给人们造成的灾难。袁昶的《地震诗》写同治年间的维扬地震，影

---

① 姚燮：《复庄诗问》卷1，道光十七年（1838）《大梅山馆集》刻本。
② 朱琦：《怡志堂诗集》卷4，民国二十四年（1935）桂林排印《岭西五家诗文集》本。

射朝廷当局。金天羽的《七月十六日夜弥罗宝阁灾》用想象神话记火灾。高旭的《甘肃大旱灾感赋四首》描写了甘肃大旱。

除天灾以外，人祸可能是人民苦难的更大原因。虽然大清王朝日趋衰落，人民生活在水深火热之中，但其官僚及统治者仍然花天酒地，过着腐化堕落的生活。姚燮的《迎大官》就充分展现了当时官僚的气势排场、铺张浪费现象。刘光第的《城南行》描写了豪门的奢侈生活和横行不法：

> 驱车过城南，草波绿如镜。御夫指天桥，告余车马竞。朱门骋豪贵，王侯多绿鬓。畜眼识名玱，豪奴挟挺刃。长眉柳叶青，赤面桃花映。髻上簪瑶绾，腰中佩金印。彩繂飞飙连，香轮流波迅。火雷助声焰，沙尘动纷衅。路有殴死人，可抵蝼蚁命。将相勒马过，台谏尽阿顺。余日辇毂下，乃有此暴横。想见天上人，天心为倾震。平时不法事，此间犹谨慎。复言天不容，其败一转瞬。先皇赫斯怒，降谓诸侯讯。穴社技已亡，肆朝法终正。吁嗟劳力徒，粗卤识纲柄。国朝好家法，祖宗实神圣。①

钱仲联《梦苕庵诗话》："刘裴村刺时之作，大声疾呼，读之令人心惊骨折。""如《城南行》句云：'路有殴死人，……此间犹谨慎。'疾贵胄之横恣。"② 其《万寿山》讽刺慈禧太后的腐糜生活，展现了灾民生活的痛苦；《美酒行》写官僚们花天酒地，百姓们民不聊生。张鸿的《长安有狭邪行》也描写了豪门贵族的腐化堕落生活，其自题为"刺庆邸也"。这些统治阶层无能，却作威作福，欺压百姓。张维屏的《罗雀悲》就描写狱卒虐待狱囚事。贝青乔写了一系列的讽刺叙事诗，以揭露统治者的腐败无能和对百姓的压榨欺凌。如其《征剿》描写清军军纪涣散，无能剿匪，只会贪功；《团练》描写清政府的团练实为纠乌合之众祸害乡里；《捐输》写清朝借兵饷之名搜刮穷苦百姓；《捐纳》写清政府腐败的买官鬻爵现象；《保举》写清政府欺上瞒下的保举制度；《赐恤》写清朝生人享受赐恤的怪现象；《舆夫叹》借舆夫之口描写贪官鱼肉百姓事；《官肉谣》写县官对屠肆的剥削压榨；《蠲赈谣》通过官府捐、赈对比，揭露了清政府

---

① 刘光第：《介白堂诗集》卷下，商务印书馆1917年《戊戌六君子遗集》排印本。
② 钱仲联：《梦苕庵诗话》，齐鲁书社1986年版，第14页。

的腐败。

金和的《半边眉》写太守以砍眉的方法来赈济扶贫,更显示出清代官员的颟顸无耻:

> 半边眉,汝何来?太守门下请钱回。太守门,何处所?钟山之旁近大府,大府初闻难民苦。公家遍括间田租,旁郡金橄上户输。一心要贷难民命,聘贤太守专其政。太守计曰"费恐滥,百二十钱一人赡。"太守计曰难民多,一人数请当夸何?我闻古有察眉律,呼仆持刀对人立。一刀留下半边眉,再来除是眉长时。
>
> 防蠹术果奇,作蠹术斯巧。岂但无眉人不来,有眉人亦来都少。惟有一二市进奸,赂太守仆二十钱。奏刀不猛眉犹全,半边眉可三刀焉。否则病夫真饿杀,痴心尚恋一朝活,拌与半边眉尽割。吁嗟乎!有钱不请非人情,眉最无用人所轻。眉根不拔毛能生,徒令人丑纷恶声。利之所在人终争,人但有眉来有名。太守此日长街行,见有眉者皆愁城。太守何不计之毒,千钱刬人耳与目,万钱截人手与足,终古无人请钱至,太守岂非大快事?①

金和以讽刺、反问的手法刻画了太守的无耻形象。朱琦也有《溧安河》描写使官糜费,反映官场腐败。郑珍的"九哀"诗生动地再现了清代的官兵对百姓的残酷剥削。《南乡哀》写遵义知县率官兵到南乡"追捐"的情景。《经死哀》写酷吏征税时无耻、残忍,逼死贫家老父,还要杖责儿子。《抽厘哀》写兵差们在集市中"抢税"的情景。《禹门哀》写官与乡绅以团练为名搜刮百姓,民不堪重赋的困境。《绅刑哀》写官兵用酷刑逼"文绅"、"武绅"缴纳"索命钱"而置人死地的惨状,其诗如下:

> 文绅系牢发一尺,武绅坐狱面深墨。此虏守财胜铁牛,明日请看死猪愁。问尔得何罪。止尔无钱亦无罪。问尔何深仇。止尔送钱亦无仇。鸡飞狗上屋,田宅卖不足。搜尽小儿衣,无人买诰轴。呜呼白金入手铁笼开,未至一日出者埋。②

---

① 金和:《秋蟪吟馆诗钞》卷2,民国五年(1916)刊本。
② 凌惕安编著:《郑子尹年谱》,上海商务印书馆1941年版,第230页。

士绅尚且遭到如此压迫盘剥，普通百姓的遭遇就可想而知了。孟光宇先生也在《〈巢经巢诗集校注〉书后》中谈道："《抽厘哀》、《经死哀》、《僧尼哀》、《绅刑哀》这一组乐府诗，实际上是刻画了广大群众深重苦难的连环图画。"此外，郑珍的《捕豹行》描写了官吏、兵勇、盗贼、豹狼一起为害乡里的景象。《西家儿》写清朝卖官鬻爵成风事。《东家媪》写一老妇怨其夫不贿买军功升官。邓辅纶的《书事》写清朝征兵疲农，指斥官府的暴行。袁昶的《纤夫行》描写官吏抓农夫拉纤而影响农业生产。张鸿的《拉夫》写军队拉人服役事。金天羽《金阊行》写辛亥时苏州的军队扰民。《采薪忧》记"苏州伪省保安队事"。保安队如狼似虎，"捉得薪船压价低，高价自筑坚垒护"，从中牟取暴利。

除了统治阶层的欺凌压榨外，乱民、强盗、战争和帝国主义的侵略与剥削都是造成民不聊生的重要原因。张维屏的《大洲火》记海贼纵火烧盐船事情，揭露了清政府的无能。张际亮的《粮船谣》描写运粮船的船工经常聚斗之事，指出他们可能是乱民之源。其《自韩庄闸登舟由中河至王家营》描写水寇盛行的情况。贝青乔的《过余姚县》写诗人所见被盗、寇侵扰的余姚县的荒废破败，反映了清军的腐败无耻。其《东行书感》写诗人东行时所见盗匪横行、农业不治的情景。郑珍的《自大容塘越岭快至茅洞》《觅避地至后坪》也描写了盗匪横行的情景。如其《觅避地至后坪》：

  土贼日虚声，近村各惊避。去墓吾未能，亦作寄孥计。连山界遵湄，青嶂塞天地。凌晨出莽苍，跋涉入云际。半日不逢人，深林犬时吠。知越几重山，去途仍挂鼻。日暮抵同姓，为道所来意。命妇夭大瓶，具述昨宵事。乡团急传呼，逐贼户不寐。闻此增感叹，远近同一势。何方为乐郊？未饮心已醉。①

而其《避乱纪事九十韵》则写桐梓杨隆喜之乱给人民带来的深重苦难。贝青乔的《归家作》描写了自己回家时的见闻，表现了鸦片战争时期

---

① 郑珍：《巢经巢诗钞后集》卷4，民国二十九年（1940）贵州省政府印行《巢经巢全集》本。

人心慌乱的情景。陈三立的《留别墅遣怀》描写战争给人民带来的苦难。

中国近代不仅内忧不断，外患也是不断加剧。陈三立的《江行杂感五首》之三、四描写了外国侵略对中国民生造成的危害。袁昶的《读袁康沙船叹歌以赠之》写海禁松弛以来，在夷船和官府的双重压迫下沙船之民的贫困生活。梁启超写了一些乐府叙事诗，反映日本侵占台湾后，对台湾人的侵略和掠夺。如《拆屋行》：

> 麻衣病蒌血濡足，负携八雏路旁哭。穷腊惨栗天雨霜，身无完裙居无屋。自言近市有数椽，太翁所构垂百年，中停双橹未满七，府贴疾下如奔弦。节度爱民修市政，要使比户成殿阗，袖出图样指且画，克期改作无迁延。悬丝十命但恃粥，力单弗任惟哀怜。吏言称贷岂无路，敢以巧语干大权，不然官家为汝办，率比旁舍还租钱。出门十步九回顾，月黑风凄何处路？只愁又作流民看，明朝捉收官里去。彼中凡无业游民，皆拘作苦工。市中华屋连如云，哀丝豪竹何纷纷。游人争说市政好，不见街头屋主人。①

这首诗写日本因市政规划强拆百姓房屋事。《斗六吏》写台湾被日本侵占后，官吏强买土地事。《垦田令》写日本抢占台湾人民的旧田，让他们开垦新田事。《公学校》描写台湾教育的荒唐混乱。金天羽的《搜粟尉》写日军在苏州一带大量征收、搜刮粮食，"声威酷肖石壕吏"，致使贫困家庭家破人亡。

除了描摹民生，揭示社会腐败外，近代还有一些诗人用叙事诗对一些社会问题发表自己的看法，揭示、表现了一些社会、经济、政治等制度方面的弊端。如贝青乔的《运铅船》写铅船运铅铸钱事，反映了清代铸币弊政。《罂粟花》描写诗人见花丁种罂粟花取利，慨叹鸦片的危害。郑珍的《荔农叹》对荔农为避牛生而误农时表示惋惜。何绍基的《双洞溪左右铜厂不见一人》则讨论了开铜厂之利弊。江湜的《仙霞关》则指责清军有险不据的战略失策。丘逢甲的《海军衙门歌同温慕柳同年作》慨叹清政府海军耗费巨资而不堪一击；《老番行》描写政府对新旧番民的不平

---

① 《梁启超全集》，北京出版社1999年版，第5460页。

待遇，并展现了老番民的悲惨生活，颇似白居易的新乐府诗；《汕头海关歌寄伯瑶》则指责清政府关税失策，不注重保护工商业。许承尧的《世变不可极寄马通伯先生》描绘庚子事变后世风日下，赞扬有识之士创办教育事业。

此外，近代还有一些叙事诗表现、描绘了民风民俗。如张际亮的《白塔》写作者在白塔夜宿的经历，展示了白塔地区人民的质朴民风；其《三里滩谣》描写江山船的歌妓风俗；贝青乔的《跳月歌》描写苗人跳月的婚俗；金天羽的《田家新乐府》则描写了农家劳作的场面，等等。

第三节　人物命运的传奇

近代叙事诗不仅描绘、记录了近代风云变化的历史，而且塑造了丰富多彩的人物，揭示了各色人物的生活和命运。当然，一些历史人物的命运本身就是历史事件，但是因为这些诗歌的侧重点在于塑造人物形象、表现人物性格，所以我们没有把它们归入重大历史事件类来交代，而是放在这里叙述。

近代叙事诗内容的一个显著特征就是出现了很多歌颂英雄、褒扬忠烈的诗歌。特别是对在反侵略战争中出现的爱国将领，诗人们予以了大力褒扬。这充分体现了近代叙事诗与时代风云关系密切的特征。如张维屏的《三将军歌》歌颂陈连升、陈化成和葛云飞三位将军在抗英战争中的英勇事迹，郭则沄曰"张南山太守（维屏）《三将军歌》，为陈副将（连升）及葛壮节、陈忠愍而作。纪死事之烈特详"，"可作三忠传读"[1]。朱琦的《关将军挽歌》《书林把总志事》《定海知县殉难诗以哀之》《朱副将战殁，他镇兵遂溃之，诗以哀之》和《吴淞老将歌》分别歌咏关天培、林志、姚怀祥、朱贵、陈化成等爱国将领英勇杀敌、至死不屈的英雄事迹。林昌彝曰："英逆之变，各海口死节及殉难诸君可称忠勇。余友桂林朱伯韩侍御皆有诗以记之，表扬忠烈、感泣鬼神。《关将军挽歌》……"[2]我

---

[1] 郭则沄：《十朝诗乘》卷15，张寅彭：《民国诗话丛编》第4册，上海书店出版社2004年版，第495页。

[2] 林昌彝：《射鹰楼诗话》卷1，上海古籍出版社1988年版，第11页。

们看一下《关将军挽歌》：

> 飓风昼卷阴方昏，巨舶如山驱火轮。番儿船头擂大鼓，碧眼鬼奴出杀人。粤关守吏走相告，防海夜遣关将军。将军料敌有胆略，楼橹万艘屯虎门。虎门粤咽喉，险要无比伦。峭壁束两峡，下临不测渊。涛泷阻绝八万里，彼虏深入孤无援。鹿角相特断归路，漏网欲脱愁鲸鲲。惜哉！大府畏懦坐失策，犬羊自古终难驯。海波沸涌黯落日，群鬼叫啸气益振。我军虽众无斗志，荷戈却立不敢前。赣兵昔时号骁勇，今胡望风同溃奔？将军徒手犹搏战，自言力竭孤国恩。可怜裹尸无马革，巨炮一震成烟尘。臣有老母年九十，眼下一孙未成立。诏书哀痛为雨泣，吾闻父子死贼更有陈连升，炳炳大节同崚嶒。猿鹤幻化那忍论，我为剪纸招忠魂。①

诗歌通过铺垫、对比、衬托等艺术手法，塑造了一位血肉丰满的关将军形象。此外，朱琦还有五言巨制《王刚节公家传书后》描写王锡朋英勇抗敌而牺牲的事迹。姚燮有《客有述三总兵定海殉难事哀之以诗》，王蘧常《国耻诗话》曰："英人于道光二十一年八月再陷定海，吾总兵王锡朋、郑国鸿、葛云飞皆死之，而王总兵死事尤烈。姚梅伯孝廉有《哀三总兵》诗。"②张际亮的《陈忠愍公死事诗》、贝青乔的《沪渎谒陈忠愍公化成祠》、金和的《陈忠愍公死事诗》、何绍基的《题陈忠愍公化成遗像练栗人属作》等歌咏陈化成将军英勇抗英的事迹。此外，还有一些类似的叙事诗。如张维屏的《黄总戎行》赞扬、歌颂总兵黄标英勇缉贼事迹；金和的《双将行》歌颂了清将全玉贵和张国梁；郑珍的《南唐溪单骑抚贼歌》歌颂了南溪大令唐鄂生单骑抚贼的事迹，等等。王闿运的《马将军歌》写马德顺的事迹，《五北将军歌》写五北将军的事迹，《彭刚直公挽诗》写彭玉麟将军的事迹。黄遵宪的《冯将军歌》《聂将军歌》《近世爱国志士歌》《西乡星歌》，杨圻的《苍梧将军歌》《雁门军歌》等都是英雄赞歌。

与此相反，近代还有一些叙事诗对腐败无能的官员进行了指责、讽

---

① 朱琦：《怡志堂诗集》，民国二十四年（1935）桂林排印《岭西五家诗文集》本。
② 王蘧常：《国耻诗话》卷1，上海新纪元丛书，民国三十六年（1947）版，第2页。

刺，如黄遵宪的《降将军歌》《度辽将军歌》等。《度辽将军歌》描写清军统帅吴大澂：

闻鸡夜半投袂起，檄告东人我来矣。此行领取万户侯，岂谓区区不余畀。将军慷慨来度辽，挥鞭跃马夸人豪。平时蒐集得汉印，今作将印悬在腰。将军向者曾乘传，高下句骊踪迹遍。铜柱铭功白马盟，邻国传闻犹胆颤。

自从驻节鸡林，所部精兵皆百炼。人言骨相应封侯，恨不遇时逢一战。雄关巍峨高插天，雪花如掌春风颠。岁朝大会召诸将，铜炉银烛围红毡。酒酣举白再行酒，拔刀亲割生麑肩。自言平生习枪法，炼目炼臂十五年。目光紫电闪不动，袒臂示客如铁坚。淮河将帅巾帼耳，萧娘吕姥殊可怜。看余上马快杀贼，左盘右辟谁当前？鸭绿之江碧蹄馆，坐令万里销烽烟。坐中黄曾大手笔，为我勒碑铭燕然。

么么鼠子乃敢尔，是何鸡狗何虫豸？会逢天幸遽贪功，它它籍籍来赴死。能降免死跪此牌，敢抗颜行聊一试。待彼三战三北余，试我七纵七擒计。两军相接战甫交，纷纷鸟散空营逃。弃冠脱剑无人惜，只幸腰间印未失。

将军终是察吏才，湘中一官复归来，八千子弟半摧折，白衣迎拜悲风哀。幕僚步卒皆云散，将军归来犹善饭。平章古玉图鼎钟，搜箧价犹值千万。闻道铜山东向倾，愿以区区当芹献，藉充岁币少补偿，毁家报国臣所愿。燕云北望忧愤多，时出汉印三摩挲。忽忆《辽东浪死歌》，印兮印兮奈尔何！①

诗歌则以鲜明的对比手法和幽默滑稽的笔调，刻画了清军统帅吴大澂狂妄自大、迂腐可笑的丑态，从一个侧面揭示了清军失败的原因。

近代还有许多描写侠士奇人、隐者高士的叙事诗。如张维屏的《侠客行》塑造了一位斩杀横行霸道、鱼肉百姓的游侠形象。屈向邦评曰："张南山诗纡馀为妍，少幽并气。侠客行一首则不然，听松庐诗钞中杰作也。诗云云，沈雄凄厉，百年来无此作也。"② 姚燮的五言古诗《佘文学

---

① 《黄遵宪集》上卷，天津人民出版社 2003 年版，第 216—217 页。
② 屈向邦：《粤东诗话》，香港龙门书店 1964 年铅印本。

梅听屠生说马僧事，证之随园所书者，纪以古诗，属余同作，为制〈椎埋篇〉一章，并录佘君诗于后》，长达 1737 字，讲述了一马僧盗马被擒，知恩图报，只身降酋的传奇故事，塑造了一位身怀绝技、爱憎分明，重然诺、轻生死的侠盗形象，张扬了侠义精神，颇有魏禧《大铁椎传》之风。此外，还有汤鹏的《蔡志行》，黄遵宪的《侠客行》《赤穗四十七义士歌》，沈汝瑾的《长安侠客行》，徐时栋的《偷儿曲》，杨圻的《哀大刀王五》等。近代叙事诗中还出现了侠女、奇女的形象，这是以往叙事诗中少见的。如金和的《兰陵女儿行》塑造了一位机智勇敢的美貌侠女形象，据陈作霖记载，"江南初定，大将某过常州，见有女甚美，强委禽焉。女至营，责以大义，某不敢留，听其去，上元金亚匏明经和为作《兰陵女儿行》云云。奇人奇事，得此奇诗以传之，足以不朽矣"①。金和的另一首歌行《烈女行纪黄婉梨事》描写烈女黄婉梨为家人报仇智杀二贼的故事，歌颂了黄婉梨的贞烈智勇，李元度称"此其智勇贞烈有卓绝古今者，不独诗人之工也。可不谓奇女子欤"②。除了奇女之外，金和还有叙事诗塑造奇士形象，如《断指生歌》：

    生何来，断其指。指则断，气如矢。老拳贯竹臂能使，一日犹书一千纸。生滁州人独行儒，圣草善作黄门书。当世贵重等萍绿，换羊求判何时无！十年鼙鼓江上头，都督者谁踞此州。诸将岂但绎灌耻，出身大抵巢芝流。生于尔日困乡井，如抱荆棘为牢囚。一骑飞来花底宅，非分诛求到烟墨。倪迂之画戴逵琴，誓不媚人请谢客。被哉闻之勃然怒，大索捉生官里去。门外印印牛马走，堂上吽吽虎狼吼。金在前，刀在后。书者得吾金，不书戮汝手。生上堂叱叱且詈，盗泉之酒我宁醉。汝今杀吾意中事，语未及罢指堕地。左右百辈战色酡，生出门笑笑且呵。笔锋不畏刀锋多，刀乎刀乎奈笔何？乃知世有铁男子，一字从来泰山比。古今恶札常纷纷，痛惜生平指头耳。死灰既死不复吹，生虽断指书益奇，墨花带血光陆离。从生乞取半丈幅，张之草堂白日惊夔魖。

---

  ① 陈作霖：《可园诗话》，《养和轩全集》本。
  ② 李元度：《书江南黄烈女事》，《天岳山馆文钞》（二），沈云龙：《近代中国史料丛刊》（0420），台北文海出版社 1969 年版，第 1123 页。

诗歌写断指生不畏强暴，拒绝为权贵写字而断指的故事，塑造了断指生富贵不能淫、威武不能屈的桀骜不驯的形象。此外，汤鹏的《楚国有奇士》、袁昶的《哀山人》等都描绘了各色奇人奇事。而龚自珍的《奴史问答》则借仆役与书记的谈话，描绘了一个神秘莫测的隐士奇人形象。那仆人自述从主人一纪有余，而他又是能算天九，算地九，聪明伶俐无比的，却还摸不着主人的行藏。无独有偶，梁启超模仿龚自珍的《奴史问答》创作了一篇《雷庵行》，以奇异诡谲的方式刻画了一位隐士形象。近代塑造隐士形象的叙事诗还有袁昶的《上蒿隐先生》等。此外，还有叙事诗描写、称赞一些具有独特技艺之人，此类诗歌多受杜诗的影响，如梁启超的《广诗中八贤歌》、金天羽的《艺林九友歌》等。这两首诗歌介绍了他们同时代的诗人或书画家，诗内不仅有注，还各有一篇详细的序文介绍成诗的经过，都是极富特色的"肖像诗"。而姚燮的《观石氏夫妇演技》则描绘了石氏夫妇惊人的绝艺，并发出"技穷之鼠愁无粮，媚人以技安能常"的悲叹。

近代还有很多哀悼或纪念亲人、朋友的叙事诗。这些怀人或者悼亡的叙事诗，或回忆亲人、朋友的生活琐事及音容笑貌，或记录其生平事迹及交游，刻画真实细腻，感情真挚浓郁，是成就很高的诗歌。如姚燮的《悼亡女寿真诗七章》，我们看其写女儿临终时的情景：

> 烛光照肌肤。晕晕如海棠。枯眼视汝爷，棘手偎汝娘。但言儿"可怜"，一语尽两字。慰以平安辞，低吁翻伴睡。少睡吾亦安，焉知汝心碎！①

语极朴实，但读之令人歆歇。这类抒写亲情的叙事诗，在宋诗派诗人手中发扬光大。如郑珍的《题新昌俞秋农汝本先生〈书声刀尺图〉》《芝女周岁》《度岁沣州寄山中四首》《腊月十七日冯氏姊还瓮海》《阿卯晬日作》等都是通过生活琐事描绘人间亲情的。陈衍有五言排律《萧闲堂诗三百韵》，其自云："先室人在日，取《真诰》说，颜所居曰'萧闲堂'。丁未八月，室人既逝，岁暮不可为怀，成五言长律三百韵，叙述生平，名曰

---

① 姚燮：《复庄诗问》卷2，道光十七年《大梅山馆集》刻本。

《萧闲堂诗》，以多为贵，盖元、白、皮、陆以来所未有也。"① 其《哀渐儿》哀悼其子，其自序云："儿在天津学堂。乱作，住同学袁宅。袁有新妇，洋兵将据焉。儿为说退之。兵旋复来，开枪戕儿。"郑孝胥也是此类叙事诗之写手，狄葆贤称郑孝胥《哭顾五子朋》"叙事精确，俱足以貌公之生平"②。郑孝胥子女多早亡，其纪念子女的《哀小乙》《哀东七》也凄婉感人。如其《哀东七》三首，深远悲凉，动人心魄，其一云：

中年念儿女，刚性殊曩昔。眼见第三儿，抱玩辄不释。咿哑裁学语，见爷已解索。吾怀虽郁伊，为汝常暂适。亲党共夸慧，比似珠的皪。何时太疏忽，不节使伤食。投药若小瘳，日日看愈瘠。出愁入亦愁，弥月疾遂革。冬至幸脱命，小寒过不得。父怜母复爱，抚汝两脚直。③

诗歌运用白描、对比的手法，突出痛失爱子之情。陈衍评郑孝胥诗曰："苏堪诗最工于哀挽者，尤工者为《伤忍庵》云云。苏堪五古，长处在层层逼近，不肯平直说去。此与东野等诗，异曲同工，盖服膺于东野者深也。其二云云，'抗言得弃外'以下，所谓有声彻天，有泪彻泉者。"④ 当然，郑孝胥有些悼亡诗中虽有事，但情感浓郁，以情运事，事迹线索已模糊不清，我们只能称其为准叙事诗，如被陈衍盛称的《伤忍庵》。陈三立的名作《崝庐述哀诗五首》也可称作此类准叙事诗，诗歌虽然以感情起伏为线，但仍交代了父亲的主要事迹、扫墓经过及戊戌变法事，也属于以情运事类诗歌。吴宓读后记曰："《崝庐述哀诗五首》真挚悲壮，为集中上上之作。'平生报国心，……苟活蒙愧耻'一段将右铭公（讳宝箴）之志事遭遇，出处大节，简明叙出。类谢灵运《述祖德诗》。按：右铭公薨于庚子年，（丁酉冬十二月）散原先生丧母，并葬南昌西郊外四十里西山之崝庐。自后每岁一次先生必来崝庐小住，拜扫哭祭，而皆有诗。其诗皆真挚感人，为集中之骨干。类黄公度《拜先大母李夫人之墓》诗，而又眷怀君国，忧心世变，寓公于私，尤可得知先生之抱负与此时代之历史

---

① 陈衍：《石遗室诗话》卷12，人民文学出版社2004年版，第191页。
② 狄葆贤：《平等阁诗话》，宣统二年（1910）上海有正书局本。
③ 郑孝胥：《海藏楼诗集》卷2，上海古籍出版社2003年版，第45页。
④ 陈衍：《石遗室诗话》卷13，人民文学出版社2004年版，第211—212页。

精神也。"① 表现亲情的叙事诗还有诸宗元《四月三日衰迈》等。除宋诗派以外，还有黄遵宪的《拜曾祖母李太夫人墓》、高心夔的《形影篇》等。黄遵宪的《拜曾祖母李太夫人墓》尤为名篇，陈作霖评曰："一篇仁孝之言，愈真愈碎，《木兰辞》、《庐江吏》有此琐屑，无此缠绵也。"② 钱仲联先生也说："余最爱其《拜曾祖母李太夫人墓》长五古，曲折详尽，语皆本色，真公度所谓我手写我口者。"③ 除了表现亲情的叙事诗外，还有许多哀悼或纪念师友、先贤和弟子的叙事诗。此类诗歌较为著名的有鲁一同的《三公篇》。王蘧常评曰："孝廉尚有《三公篇》，尤精练。三公者，钦差大臣两江总督裕靖节公谦、赠太子太师大学士王文恪公鼎、浙江巡抚刘公韵珂。有小序云云。怀贤忧国，情见乎词。"④ 钱仲联《梦苕庵诗话》曰："通甫诗存中，以《三公篇》最为巨制。笔力坚苍，叙事简净。惟极赞裕谦，稍与史事不合。……三诗不愧大手笔，并时惟朱伯韩可以抗手。"⑤ 江湜的《静修诗》《感忆四首》也是此类中的精品。前者怀念在战乱中救己的静修僧人，后者纪念5位故人，都叙事精练准确，人物形象丰满。陈三立有《哭观石公》，狄葆贤称"叙事精确，俱足以貌顾公之生平"⑥。黄遵宪《三哀诗》写袁昶、吴德潇、唐才常的事迹。这类诗歌还有很多，如龚自珍的《二哀诗》、汤鹏的《山阳诗叟行》《严先生歌》《三少年行》，鲁一同的《烽戍四十韵》，陈衍的《哀师曾兼慰散原》《哀宗盛》，陈三立的《哭范肯堂》《还金陵走视次申雨花台殡宫》，邓辅纶的《哀临川吊林司马源恩同仙屏伯敦作》，袁昶的《邓弥之山长挽诗》《咏融斋老人逸事》，康有为的《哭祭军机陈次亮郎中》《六哀诗》《哭亡友烈侠梁铁君百韵》《哭前翰林院侍读学士湖北提学使黄君仲弢。戊戌出奔，赖公告难，劝吾微服为僧，北走蒙辽，夜宴浙绍会馆，把酒泣诀。今幸，更生皆君起死人而肉白骨也。为服缌衰，东望奠祭不知其哭之恸也》《闻前礼部左侍郎徐公致靖丧，哭祭而恸》《顺德二直歌》，诸宗元的《哀缶翁四十韵》《吊吴烈士樾》，夏敬观的《挽陈冬勤》，陈去病的《江上

---

① 吴宓：《读散原精舍诗漫记》，《国学研究》第1卷，北京大学出版社1993年版，第546页。
② 陈作霖：《可园诗话》，《养和轩全集》本。
③ 钱仲联：《梦苕庵诗话》，齐鲁书社1986年版，第7页。
④ 王蘧常：《国耻诗话》卷1，上海新纪元丛书，民国三十六年（1947）版，第3页。
⑤ 钱仲联：《梦苕庵诗话》，齐鲁书社1986年版，第255—256页。
⑥ 狄葆贤：《平等阁诗话》，宣统二年（1910）上海有正书局本。

哀》，王国维的《蜀道难》等。近代还有一些题赠唱和诗描写或塑造了师友、先贤和弟子的事迹或形象，这些诗歌多歌颂、描写对象的品格或政绩，如汤鹏的《五源行》描写唐镜海以诗礼教化五源的故事，《陶云汀中丞漕河祷冰图诗二十韵》写陶云汀祷冰通漕的政绩。鲁一同的《题徐子容少府溪山垂钓长卷》写徐子容事迹。邓辅纶的《题郭军门松林思亲释甲图》写郭松林事迹，以记太夫人义方之善，而美军门之克成其志。《述德抒情一百韵敬酬张文心宪和刺史即送其解任旋长沙》写张文心政绩。高心夔《寄怀故人伊犁军城》写陈子鹤事迹。陈宝琛的《杨勇悫公家居所临阁帖芝仙观察以一纸见贻感旧赋谢》写杨勇悫公事迹。康有为的《屠梅君侍御谢官归索诗为别，敬赋六章》写屠梅君其人其事。《日本内务大臣品川子爵，以吉田松阴先生幽室文稿及先生墨迹见赠，题之》记日本吉田松阴的事迹。陈去病的《题郑延平战捷图》描写郑成功的事迹。《还古书院有怀金文毅公》叙写金声抗清事迹等。

近代还有许多表现妇女生活和命运的叙事诗。这类叙事诗中有一些是以女子的个人经历和命运为主线反映历史时事的叙事诗。如樊增祥的《后彩云曲》述庚子事变事；杨圻的《檀青引》以宫女蒋檀青在庚子事变前后40年间的遭遇来记述咸丰、同治、光绪三朝史实；《天山曲》以香妃的遭遇反映乾隆时代平定天山西路准噶尔部和南路回部叛乱的重大历史事件；《长平公主曲》以崇祯帝长女长平公主在大顺军攻破北京以后的遭遇记述了明清易代之际的史实等。有一些描写歌手、女子命运的诗歌则寄托了作者的身世之慨。如张际亮的《王郎曲》①、秦烈的《曼青曲》等，此类诗歌创作多受白居易《琵琶行》的影响。林昌彝称赞前者曰："才人畸士身世之感。往往借娼妓、优人自写身份，悲歌慷慨，情见乎词。邵武张亨甫孝廉，壮岁纵情声色，虽作春婆之梦，实能抒秋士之愁。其《王郎曲》一篇，传诵万口、亦风人所弃。"② 后者自序曰："忆余戊申之春，留滞鄂渚，至今三载有奇。余亦泣沦落，同病相怜，红袖青衫，共伤迟暮。退而赋之，凡一千三十言，命曰《曼青曲》。"③ 还有一些是表彰女子贞烈淑德的诗歌。如魏源的《京口琴娘曲》，其自序云："顺治二年，北

---

① 《王郎曲》中的主人公王郎虽不是女性，但歌手遭遇和歌女类似，而且此诗体制、风格均从白居易的《琵琶行》化来，故归入此类。
② 林昌彝：《海天琴思录》卷3，上海古籍出版社1988年版，第77—78页。
③ 钱仲联：《清诗纪事》，凤凰出版社2004年版，第3731页。

固山杨公祠壁有女子题诗，自言台州人，卫氏字琴娘，嫁三月而遭兵难，掠入淮河，乘间逃还，至此死焉。事载邑志。道光二十年庚子，予奉檄浚徙阳河，睹事怆情，诗以悼之。"姚燮的《暗屋啼怪鸦行为郑文学超记其烈妇刘氏事》写英军侵略定海时，郑氏一门仰药殉节的事情。其《金八姑鹤骨箫诗为沈琛其赋》写金八姑因劝夫被污，自杀以示清白事。金和有《骆烈女诗》，据陈作霖记载，"骆张氏，童养妇也。以守志自经死。府学赵季牧教授彦修率诸生躬往致祭，金亚匏明经以诗吊之云云"①。此外还有王闿运的《明义篇》、杨圻的《神女曲》等。还有一些表现妇女坎坷生活或不幸命运的叙事诗。姚燮的《苣蕂头》描述了一个童养媳悲惨的遭遇。她被"千钱卖作童养妇，阿姑畜之如畜狗"，每日还被公婆驱使出去挖苣蕂菜赚钱，"钱多不加一勺膳，但缺一钱与一鞭"。金和《弃妇篇》借一弃妇之口陈述其夫君喜新厌旧、忘恩负义事。杨岘的《弃妾诗八首》也讲述了一个弃妇的故事。王闿运有《拟焦仲卿妻一首李青照妻墓下作》，其自云："嘉庆十一年冬十有一月晦日，湖北佣人李青照之妻为主逼逃，后遇欺凌，携子赴湘死。夫亦自尽，合葬醴陵坡。经墓读碑，作诗云尔。"②王闿运还有《王氏诗》，其自序云："明齐王朱高煦猎游历城县标山，有妇汲水，见之而美，留问其姓，对曰'王氏'。问其夫家，不对。迫之，不从。见杀而莫敢尸。相传为东乡王氏云尔。后五百年，王闿运始为歌词，以附乐府而传之。"③其《妾薄命，为杨知县妾周氏作》亦有本事，自云："杨知县妾周氏，为长妾谋死，知县匿之。巡抚助杨按察发其事，仅而得直，城中汹汹，欢动万人。余年十三，明年始为作《妾薄命》一首。"④此外，还有一些传写历史美女故事，感叹佳人命运的叙事诗，如魏源的《怨歌行》、易顺鼎的《西施曲》、曾广钧的《咏画西施》、许承尧的《睦州谣追咏宋女陈硕真事》等。还有一些描写歌妓遭遇命运的叙事诗，如樊增祥的《前彩云曲》《老妓行》，郭则沄的《余园曲》等。

---

① 陈作霖：《可园诗话》，《养和轩全集》本。
② 王闿运：《拟焦仲卿妻一首李青照妻墓下作序》，《湘绮楼诗文集》，岳麓书社1996年版，第1141页。
③ 王闿运：《王氏诗序》，《湘绮楼诗文集》，岳麓书社1996年版，第1308页。
④ 王闿运：《妾薄命，为杨知县妾周氏作序》，《湘绮楼诗文集》，岳麓书社1996年版，第1150页。

近代叙事诗中还出现了一些平凡的社会下层人物形象。中国叙事诗中的人物形象以帝王将相、嫔妃公主、传奇人物以及民间爱情故事中的主角等为主,以下层平凡人物为描写对象的叙事诗则很少能看到。如果有,也多是一些表现下层人民生活苦难的叙事诗歌,把下层人物作为独立生命个体来描写的叙事诗很少看到。近代却出现了一些这样的叙事诗。姚燮的《八怀诗》就描写了八个下层人物,如《饼师毕叟》《北城老兵徐》《横山妪周》《钱清舟子郭三》《龙头场村妇》《曲子先生陆》《莲花棚所见者》《东郭门丐》等,这些人物虽着墨不多,但极具精神风貌,把他们的质朴、豪侠与不幸写得很有情味。作者长期流徙江湖,接触过三教九流中的各种人物,对他们有一定的了解,故写来真实感人。比如他写一位舟子:

> 星夜起雷风,龙云半天黑。联行六七舟,招呼变颜色。郭三手力强,拔篙还倒行。急雨打面来,已有飒飒声。郭三家岸傍,肩我上滩嘴。肩我行李至,已沉半船水。呼妇烘我衣,携篝自炊粥。粥熟劝我餐。粥饱劝我宿。黄鸡啼屋角,日出天初晴。赠金不肯受,至今心怦怦。①

诗人用一种白描的手法,只几笔淡淡地勾勒,便使人物呼之欲出,船夫郭三纯朴可爱的形象便突现出来。我们透过诗人的描述,似乎看到了他一颗金子般的心灵在闪闪发光,这位小人物的形象也逐渐在读者面前高大起来。姚燮这一系列下层人物的描绘无疑是颇有意义的。它显示出近代叙事诗创作题材的扩大,并呈现出一种平民化的趋势。无独有偶,曾国藩有一首描写奴仆的叙事诗歌《傲奴》,颇具特色:

> 君不见萧郎老仆如家鸡,十年笞楚心不携。君不见卓氏雄资冠西蜀,颐使千人百人伏!今我何为独不然?胸中无学手无钱。平生意气自许颇,谁知傲奴乃过我!昨者一语天地睽,公然对面相勃奚。傲奴诽我未贤圣,我坐傲奴小不敬。拂衣一去何翩翩,可怜傲骨撑青天。

---

① 姚燮:《钱清舟子郭三》,《复庄诗问》卷6,道光十七年《大梅山馆集》刻本。

噫嘻呼，傲奴！安得好风吹汝朱门权要地，看汝仓皇换骨生百媚。①

钱仲联先生评："余颇喜其《傲奴》一诗云云。可见其早期生活之片段，诙诡中存兀傲之态，此得昌黎阳刚之美者。"② 如果说傲奴还是因为其奇特的表现而进入诗人的创作视野的话，那么江湜笔下的仆人就是善良淳朴的劳动者形象了。如其《道中忆旧仆沈用作四诗以酬昔劳》其二：

七闽非通涂，游子劳可怜。有山更无地，溪谷相钩绵。昔我将过溪，沈用在我前。唤船早相待，从岸攀船舷。意恐争渡时，船兀我或颠。及我将上岭，沈用来舆边，欲代舆夫肩。意恐舆或倾，坠我千丈渊。我时在道路，自管食与眠。余事悉付渠，闲裁诗百篇。沈用今不来，难复如当年。③

诗歌细腻地刻画了沈用对我生活的照料。与姚燮《八怀诗》相比，江湜的人物叙事诗更加散文化，描写更为细腻曲折，生动感人。其《感忆四首》中的一首《二仆》也写章金、朱升两位仆人。

近代还有一些刻画自我形象的诗歌，这类诗歌对自己的生平事迹往往不作具体的叙述，而是像中国的水墨人物画一样，对自己的旨趣抱负、性格行为作简单的勾勒，求其神似，颇似陶渊明的《五柳先生传》。这类诗歌具体事迹虽不明显，但人物形象却丰满生动、个性鲜明，我们可以把它看作"准叙事诗"一类，如张维屏的《拙园子歌》、汤鹏的《嘲海翁》等。

第四节　经历见闻的实录

近代还有一类叙述作者经历或见闻的叙事诗。虽然有很多叙事诗以作者个人的经历或见闻为线索描写民生疾苦、社会百态甚至重大历史时事，但我们此处所说的"叙述作者经历和见闻的"叙事诗指那些侧重于表现

---

① 《曾国藩诗文集》，上海古籍出版社2005年版，第17页。
② 钱仲联：《梦苕庵诗话》，《清诗纪事》，凤凰出版社2004年版，第2530页。
③ 江湜：《伏敔堂诗录》卷6，同治元年至二年（1861—1863）刻本。

作者个人生活经历或者见闻，特别是一些新见闻的叙事诗歌。这类诗歌不侧重于表现社会生活的重大宏观方面，而更倾向于表现诗人的个体生命状态，虽然这一个体与社会历史不可避免地有着千丝万缕的联系。这些侧重于表现个体生命状态和经历的叙事诗因不同于反映重大历史时事和描绘社会民生的诗歌而自成一类。

　　这类诗歌有一些是记录诗人某一段或某一次生活经历的。如张维屏的《南昌舟次书怀一百韵》描写自己赴京考试、名落孙山的痛苦经历。龚自珍的《能令公少年行》则以梦幻的形式描写一位少年的生活经历，虚构并展示了一个理想的"乌托邦"世界及生活场景。姚燮的《闻皋儿在城中，阻夷军不得出，同弟向长春门冒刃入城，至寓馆觅得之，薄暮始乘间出城》描写自己战时为寻皋儿而冒险入城的经历。贝青乔的《入宁波城》也记录了自己鸦片战争时期深入宁波城刺探军情的经历。鲁一同的《河决后，填淤肥美，友人借资买田宅。夏日遣奴子往视黍豆，归报有作》写诗人自己在河道旁买田宅的经过及对荒年灾情的回想。这类诗歌成绩比较突出的当属郑珍。郑珍的许多诗歌以生活琐事为描写、表现的对象，颇富生活情趣，如《溪上水碓成》写自家制造水碓事。《屋漏诗》描写自己破屋漏雨的生活。其《湿薪竹》颇具特色：

　　　　地炉雪夜烧生薪，求然不然愁煞人。竹筒吹湿鼓脸痛，烟气塞眶含泪辛。小儿不耐起却去，山妻屡拨嗔且住。老夫坐对一鞿然，掷桥投钳与谁怒？缓蒸徐引光忽亨，木火相乐笑有声。头头冲烟涨膏乳，似听秋涛三峡行。人生何性不须忍，干薪易爇亦易尽。湿薪久待终得然，向虽不暖仍不寒。①

描写自己用湿薪为炊的生活小事，真实生动而颇具情趣。其《完末场卷，矮屋无聊成诗数十韵，揭晓后因续成之》以生动幽默的笔调描绘了自己的科场经历。《奔谷》《移书》则写兵荒年诗人储粮、移书的事情。江湜的叙事诗在这方面也非常有特色，如其《病中三诗》之一：

---

① 郑珍：《巢经巢诗钞后集》卷3，民国二十九年（1940）贵州省政府印行《巢经巢全集》本。

有鼠有鼠奏口技，声如河间姹女之数钱。自从二五成一十，以至十百累一千。清音历历来榻前，语鼠莫数钱。吾家积贫垂百年，灶神见惯厨无烟。自我之出走南北，流离仍傍穷途边。不见千里归来客装湿，装内惟多一雨伞笠。明朝卧听打门声，已是索子钱者雁行立。面丑词穷对之揖，剩欲鬻书倒书笈。噫嘻，进钱以左手，出之以右手。左手不如右手顺，钱如流水岂我有？况鼠数出不数进，准备饥寒啼八口。①

叙写诗人穷困潦倒的生活，诗人生活窘迫之极，以至于和老鼠为伴、聊天，确实"拟之东野、后山，不足以尽之也"②。《寓斋杂诗五首》是一组描写他贫困简朴的诗歌。《宥蜘蛛》写自己看蜘蛛张网行暴，打破蜘蛛网，后又宽恕它的事。《观儿戏》中作者由看小孩玩耍而感叹身世。范当世也多有表现个人生活经历的叙事诗。其《挚父先生出行野四日不归极望成诗》描写蝗虫灾害给自己生活带来的灾祸。《南康城下作》写诗人旅途遇大风事，表现自己生活的困塞和著书的志愿。《仆诫》写仆人阻止诗人路途吟诗事，表现了诗人狂放自适的生活态度。《行过南昌，念且与内子相见，彼其怀我也，积诗成卷，吾岂可遂无一言，而茫茫昔意又何以阑取以为辞，乃借欧阳公赠其夫人班班林间鸠四十四韵谱而成之》一诗，对自己 33 岁时的一场病患有非常真切具体的叙述。陈衍的《卖书示雪舟》《为叔通题江弢叔墨迹卷》，夏敬观的《都中喜遇胡梓方时为教育部曹官》《济南遇雪》，黄人的《早起戏作》等叙事诗都记录了自己的生活经历。

近代还有一些回忆自己生平，记录自己一生主要经历的叙事诗，如康有为的《开岁忽六十篇》于丁巳元日回忆了自己的遭遇经历，鸿篇巨制为前代所罕见。其记曰："丁巳元日赋此，得二百三十五韵。沈培老布政言，古人最长诗只一百五十韵，吾遇既奇，援笔叙之，不觉冗繁，非故缔晋郊以示众也。"之后，其又续二章，自记云："丁巳元日赋长篇后，意未尽而韵已将尽，乃再赋此二章。吾生平所得在此也。"夏敬观《忍古楼诗话》云："古人最长诗止于一百五十韵，南海康长素有为于丁巳元日赋

---

① 江湜：《伏敔堂诗录》卷6，同治元年至二年（1862—1863）刻本。
② 钱仲联：《梦苕庵诗话》，齐鲁书社 1986 年版，第 287 页。

《六十自述诗》至二百三十五韵,意犹未尽,复为二章续之。其诗亦气势浩瀚,如其生平。"近代自述生平的叙事诗还有不少,如范当世的《自谕》、许承尧的《七十生日作》、诸宗元《庚戌三十六岁生日赋示亲知》等。

近代还有很多诗人以诗笔描绘、记录自己的见闻之事,写下了不少叙事诗。特别是近代中外交流日趋频繁,异域的人事风情也进入了诗人的创作视野。张维屏就根据传闻创作了长篇七言诗《金山篇》,描写美国开采金矿的事,并表达了自己对开矿的看法。魏源的《听夷女弹洋琴歌》记录作者在澳门游园时听夷女弹洋琴的经历。陈宝琛的《缅侨叹》叙写自己出游东南亚时所见到的华侨生活状况。著名诗人黄遵宪曾出使日本、美国等地,写下不少记录域外见闻和经历之诗。如其《纪事》描绘记录美国竞选总统事,其自序云:"甲申十月,为公举总统之期。合众党欲留前任布连,而共和党则举姬利扶兰,两党斗争,卒举姬君。诗以纪之。"全诗共分八段,第三段描写两党互相攻击对方候选人,最为精彩:

彼党訐此党:党魁乃下流。少作无赖贼,曾闻盗人牛。又闻挟某妓,好作狭邪游。聚赌叶子戏,巧术妙窃钩。面目如鬼蜮,衣冠如沐猴。隐匿数不尽,汝众能知不?是谁承余窍?竟欲粪佛头。颜甲十重铁,亦恐难遮羞。此党訐彼党,众口同一咻。①

黄遵宪的《锡兰岛卧佛》记录了参观锡兰岛卧佛的经过,叙述佛教发展史。梁启超评曰:"煌煌二千余言,真可谓空前之奇构矣……若在震旦,吾敢谓有诗以来所未有也。以文名名之,吾欲题为《印度近史》,欲题为《佛教小史》,欲题为《地球宗教论》,欲题为《宗教政治关系说》,然是固诗也,非文也。有诗如此,中国文学界足以豪矣。因亟录之,以饷诗界革命军之青年。"② 黄遵宪还有一些表现华侨、留学生生活状况的诗歌,如《罢美国留学生感赋》《番客篇》《逐客篇》等。梁启超认为,《罢美国留学生感赋》,"是亦海外学界一段历史也。其中情状,知之者已寡;知之而今能言之者益希矣。录以流布人间焉。学生乎,监督乎,当道

---

① 《黄遵宪集》上卷,天津人民出版社 2003 年版,第 154 页。
② 梁启超:《饮冰室诗话》(8),人民文学出版社 1959 年版,第 4—5 页。

乎，读之皆可以自鉴也；岂直诗人之诗云尔哉？"① 除黄遵宪外，另一位大量创作域外见闻叙事诗的诗人是康有为。康有为在国外流亡多年，其自称："游三十一国，行六十万里。"② 这种特殊经历使他有机会写了不少描写海外见闻的诗。陈衍说："南海康长素先生以逋臣流寓海外十余年，更多可传之作。"③ 如其《满的加罗》写摩纳哥国小而政简，靠游乐吸收众多游客。《咏希腊》描写希腊的衰败。其他如《耶路萨冷观犹太人哭所罗门城壁，男妇百数，日午凭城泪下如縻，诚万国所无也，惟有教有识，故感人深远，吾念故国，辄为怆然》《自大吉岭携同璧女游须弥出，行九日深入至哲孟雄国之江督都城，英使率国王迎于车站，入王宫，出其妃子相见，衣饰镂器皆中国物，王拘降于英十四年，欲遁不得，见我欣然以贝叶经洒箑相赠，吾解带答之，其妃以拓影相赠，璧女解玉戒指赠之。盖故受封于我国者也》《请于丹墨国相颠沙，告狱吏而观丹墨狱，庄严整洁当为欧美之冠》《过比利时滑铁卢，视擒拿破仑处，有高塔及惠灵吞与同时诸将像》《自法之南行六解》《自阿喇霸邑寻佛教僧寺，有人言刹都喇有之，至则绝无。寻至了忌喇爹利即古之舍卫也，亦无佛迹，大教经劫，感慨而歌之》《戊申六月二十九日到君士但丁那部，适逢突王诏许立宪，国民欢呼十日，述事感赋》等都记录了其国外流亡的经历见闻。其《巴黎观剧，易数曲各极歌舞澎湃之妙，山海天月，惨淡娱逸，气象逼真，感人至深，欲叹观止》则记录、描绘了其在巴黎剧院所看之戏剧：

  罗马城头微茫月，泰摆江边波晃泼。军队列枪迸声发，夫君就枪死流血。烈妇抱尸誓不活，哀咽呜呜陨霜雪。坠楼轻影忽鸟没，夜气幽阴惨欲绝。次场英卒破波回，倾城士女欢迎天。铙歌鼓吹轰天起，缟袂红裙夹道来。父母见子狂喜抱，朋识见友握手猜。将军马坠跃可道，元帅旌幢拥上台。就中妙女涕被面，远睹夫婿瞥一见。万人丛里涌身来，相吻惊魂若重现。组练三千甲仗明，重重旗队笛铙声。铙歌过去作天舞，瑶台万电耀玉宇……④

---

① 梁启超：《饮冰室诗话》(33)，人民文学出版社1959年版，第25页。
② 康有为：《万木草堂诗集》，上海人民出版社1996年版，第347页。
③ 陈衍：《石遗室诗论合集》，福建人民出版社1999年版，第121页。
④ 康有为：《万木草堂诗集》，上海古籍出版社2000年版，第236页。

除描写域外见闻的叙事诗外，近代还有一些描写日常见闻的叙事诗。如张际亮的《洗象行》和《虎圈行》分别描写作者在洗象日和虎圈旁的所见、所闻和所感。鲁一同的《捕虎谣》根据见闻介绍了兰陵人捕虎之法。郑珍的《纲篱行》则是描写自己途经公安所见到的鱼塘变菜田之事。范当世的《至镇江晤丁星五及游氏子，信有江清之事》根据听闻记录江清怪事。易顺鼎的《人头诗》记录了自己所见的人头能言的奇人奇事。

第五节　其他内容的叙事诗

近代还有一些叙事诗，或数量不多，不足自成一大类别；或内容复杂，不易归类。我们把这些诗歌集为一个类别，统称为其他叙事诗。

这些诗歌有写文人之间聚会交游的，如曾国藩的《会合一首赠刘孟容郭伯琛》描写了与郭伯琛、刘孟容会合交游的经过，颇具调笑口吻，诗如下：

> 东风吹片云，嘉客来千里。喘如竹筒吹，腐公跫然喜。朋俦杂迎笑，吾亦倒吾屣。各自其魂，告曰某在此。倾衿语晨夜，烂漫不知止。上言离别长，岁月弦脱矢。下言兵事殷，成败真梦耳。江汉天下雄，三年宅蛇豕。王师有蹴踏，弋船照清泚。掀浪煮鼋鼍，洪涛染为紫。长驱下蕲黄，铁锁沈江底。群龙水中生，怒螳车下死。英英塔与罗，威名詟南纪。倚啸灊庐间，天弋欲东指。人事有变迁，由来不可拟。鬼火夜灼天，坏云压高垒。……①

余云焕《味蔬诗话》曰："曾文正治兵江西，刘孟容居幕下，久思归省；公屡遮留，谓必郭筠叟至，乃可已。而郭至，欲更留，而难措词，拟作一诗相挽。孟容谓，诗果佳，即不行。……诗成曰《会合篇》。刘读之不觉大笑，遂果不行。今此诗载集中，读之可想见轻裘缓带、雅歌投壶气度。诗云云。造语奇崛，神与古会，直登昌黎之堂，而入其奥。"其他如王闿运的《王凤阳及同郡寓公设酒法政堂》记其与王凤阳的交游，张之洞

---
① 《曾国藩全集·诗文》，岳麓书社1986年版，第34页。

《重九日作》写与友人群集游览事，金天羽的《佩忍饷酒以诗报之效其体》记自己和佩忍饮酒交游之事等。还有一些朋友间相互调侃打趣的叙事诗，如袁昶《葱岭雪山间界务未定，杨荛裳侍御宜治奋然请行，戏作诗趣之》调侃杨荛裳侍御，畅想其勘探葱岭、雪山间界务趣事。而金天羽的《戏赠张大千索画》《滑竿诗恼石遗翁》则分别打趣张大千和陈衍。《滑竿诗恼石遗翁》调笑石遗翁坐滑竿事：

  人坐滑竿习作惰，异行尽日仰天卧。上坡趾高头在下，头不着枕苦摇播。以手承头臂力尽，戴此巨赘真无那。八一老翁遘此厄，翻羡褙子得安坐。峨眉褙子亦生趣，累箱叠箧高能荷。入蹲架上侪两胯，有似虾蟆升宝座。头鬓雪白襁负孩，空惹旁人笑口哆。翁性畏险两不乐，宁使拄杖足趾破。我独竖脊不倒卧，此身略仿箭折笴。腰胫叠折颏近膝，彼自轩前我立垛。泰山亦有爬山虎，旁行斜上四贴妥。有时左右忽相易，仿佛回帆拽转舵。峨山磴窄难方轨，胡旋便恐碎及踝。伤禽恶弦翁固然，心悸临潼覆车祸。①

近代还有一些叙写历史事迹的咏史叙事诗。如张维屏的《咏史乐府》，魏源的《皇朝武功乐府》《读国史馆列传》，朱琦的《新铙歌四十章》，黄燮清的《前明海上杂事得乐府八首》等都叙写历史。如朱琦的《新铙歌四十章》之《战图伦》：

  战图伦，图伦汝安逃，大旗画卷秋云高，南关北关相继破，完颜罗拜收五豪。五豪部，隶建州。美珠紫貂炙肥牛，九国不逞方协谋。列阵三万横长矛。尔骑三万纷渡河。太祖曰咨汝参佐，授计榻前但酣卧。九国之众心不一，挫其前锋果大捷。或谓我军分八校，行围射猎无纪律。胡为威棱烜海表？臣请稽首究其说。我邦肇造辽金末，留都土厚民质实。兵不在众用以奇。万人一心力则齐，请看长白真主龙兴时。②

---

① 金天羽：《天放楼诗集》，壬戌年（1922）上海有正书局刻印本。
② 朱琦：《怡志堂诗集》卷1，民国二十四年（1935）桂林排印《岭西五家诗文集》本。

此外，还有一些描写外国历史的叙事诗，如黄遵宪的《樱花歌》通过观看樱花描绘日本近代的发展变化，康有为的《巡览全美毕将游巴西登落山机山顶放歌七十韵》写欧、美发展史等。

有一些以动物活动为描写对象的诗歌似不应归入叙事诗。但中国文化历来主张天人合一、物我相通，这些诗歌多以拟人化的表现方式叙写，动物的活动被赋予了人性。因而我们把这些诗视作准叙事诗或者寓言叙事诗。如林则徐的《驿马行》《病马行》通过驿马、病马的形象，强烈抨击了当时社会埋没、压制、摧残人才的腐败现象，对庸才占据高位和"圈人"贪赃枉法、倚势肆虐表示了强烈的愤慨。如《驿马行》：

> 有马有马官所司，绊之欲动不忍骑。骨立皮干死灰色，那得控纵施鞭箠！生初岂乏飒爽姿，可怜邮传长奔驰。昨日甫从异县至，至今不得辞缰辔。曾被朝廷豢养恩，筋力虽惫奚敢言？所嗟饥肠辘轳转，只有血泪相和吞。侧闻驾曹重考牧，帑给刍钱廪供菽。可怜虚耗大官粮，尽饱闲人圈人腹。况复马草民所输，征草不已草价俱。厩间槽空食有几，徒以微畜勤县符。吁嗟乎！官道天寒啮霜雪，昔日兰筋今日裂。临风也拟一悲嘶，生命不齐向谁说？君不见，太行神骥盐车驱，立仗无声三品刍。①

前人评曰："寄慨无限"，"神似少陵，读之令人声泪俱下"②。潘焕龙《卧园诗话》称之为"尤为必传之作"③。类似诗歌还有姚燮《瘦马引》等。此外，近代还有一些歌咏动物忠义行为的诗歌，如周韬甫的《陈将军义马行》、黄遵宪的《乌之珠歌》等。

还有一些诗歌并非叙写一件事，内容较为驳杂，颇似散文，但诗歌叙事的内容也不少，我们也把它们视作叙事诗或准叙事诗。这类诗歌多见于题赠唱和诗，如张维屏的《送曾公抚黔》，前一部分叙述曾燠的政绩，接着讲述诗人自己的境况，然后回忆曾燠与诗人的交游。再如《寄姚石甫三丈时将赴台渡海不果》先叙述了鸦片战争的形势和石甫守台的战绩，

---

① 蒋世弟选注：《林则徐诗文选》，华东师范大学出版社1994年版，第44页。
② 无名氏在《使滇吟草》里的眉批，转引自杨国桢《林则徐传》（增订本），第50页。
③ 潘焕龙：《卧园诗话》，《明清遗书五种》，北京图书馆出版社2006年版。

中间交代了石甫屡次召己赴台事,并说明自己因病不能往,最后借故人之言描写石甫事必躬亲的辛苦并感叹命运多舛。全诗由此及彼,又由彼及此地叙述了几件事,颇似一封不能赴台的回信。梁启超《庚戌秋冬间,因若海纳交于赵尧生侍御,问诗古文辞,书讯往复,所以进之者良厚,顾羁海外,迄未识面,辄为长谣以寄遐忆》写赵氏的为人为学,及两人交游的经过。而《寄赵尧生侍御以诗代书》则先忆往事,谈未及时回信的原因,再谈自己及友人的现状,最后是问讯及请求,实则为一封书信。与此类似的还有何绍基的《别顾先生祠》写顾先生祠的修缮经过及其生平学业,刘光第《重葺张忠烈公墓诗并叙》介绍张同敞事迹及其坟被盗及重修经过等。

此外,近代还有一些题材内容不易归类的叙事诗,如金和的《杀虎行为香山徐生作》写杀虎故事,歌颂人力胜天的杀虎精神,何绍基的《玉笋堂诗》纪玉笋堂来历,金天羽的《端阳至矣,开笈得钟进士四图奇趣满抱,乘醉命笔,匪云讽议,聊致轩渠》描写画中故事,其《有从军于黔,得虎以赠,善子……以诗讯之》记髯生训虎,虎受戒事等。

综上所述,近代叙事诗不仅注重反映社会民生,关注重大历史事件,呈现出与时代风云密切相关的创作特征;而且注重描绘生命个体的命运轨迹,塑造出丰富多彩的人物,呈现出生活化、平民化的创作倾向。它不仅全面反映了国内的社会生活,而且也开始睁眼看世界,描绘域外见闻,这大体是近代叙事诗内容方面的特征。

第二章

近代叙事诗的诗体分类及表现特征

各种文学类别"可被视为惯例性的规则,这些规则强制着作家去遵守它,反过来又为作家所强制"①。而文学类型的理论是一个关于秩序的原理,它把文学和文学史加以分类时,不是以时间或地域(如时代或民族语言等)为标准,而是以特殊的文学上的组织或结构类型为标准。② 文学类型理论的意义也是显而易见的,任何批评性的和评价性的研究(区别于历史性的研究)都在某种形式上包含着对文学作品这方面的要求,即要求文学符合某种规定性。确实,文学批评或研究的一个重要内容似乎就是发现和传播一个派别,一种新的类型式样。而且这种研究能引起我们对文学内部发展的注意,关注文学自身的遗传和变异,从而较为准确地评价文学作品的价值和意义。而这种文学类型研究对中国古典文学来说似乎有着特殊的价值所在。中国文学创作和理论历来注重经验和感悟,不注意分析和概括。"选文以定篇"的分类习惯更强化了文学经典和类型的意义。这是我们选取文学类型研究的一个方面的原因。

我们把文学类型视为一种对文学作品的分类编组,在理论上,这种编组是依据两个标准的:一个是外在形式(如诗体或结构等);一个是内在形式(如创作意图或题材等)。但是,我们的文学类型研究是偏重于外在形式视角的,因为我们谈的是"文学的"种类,而不是同样可以运用到非文学上的题材分类。不过,各种文学类型是有自己的表现感觉和功能领域,我们侧重于外在形式的视角,但也不能脱离内在形式方面。亚里士多德说:"如果用他种格律或几种格律来写叙事诗,显然不合适。英雄格

---

① [美]勒内·韦勒克、奥斯汀:《文学理论》,文化艺术出版社2010年版,第258页。
② 同上书,第259页。

第二章　近代叙事诗的诗体分类及表现特征　91

是最从容最有分量的格律。"① 而日本学者松浦友久认为，中国古典诗歌的各诗体由于在样式和形式上具有各式各样的区别，因而"都具有自己表现上的有特色的感觉和功能"②，并认为正因为这些独特的表现功能，这些诗体才具有独立存在的价值和意义。因此，根据上述标准观察、分析叙事诗，思索、探讨其各类诗体③的表现方式、表现特征、表现功能及领域的目的和动机，也是我们选取文学类型研究的又一个方面的原因。

第一节　近代叙事诗的诗体分类及渊源

就诗体而言，中国古典诗歌的体制大体分为两种，即古体诗（往体、古诗）和近体诗（今体、律诗）。胡震亨《唐音癸签》卷一："今考唐人集录所标体名，凡效汉魏以下诗，声律未叶者为'往体'。"④ 又李之仪《谢人寄诗并问诗中格目小纸》："近体见于唐初，赋平声为韵，而平侧协其律，亦曰'律诗'。由有律诗，遂分'往体'，就以赋侧声为韵从而别之，亦曰'古诗'。"⑤ 就古、近体的区分而言，顾名思义，唐代"近体诗"产生以前的诗歌似乎都应归为"古体诗"。但实际情况并不完全是这样的，首先，在唐代以前的诗歌中，如古歌谣谚、楚辞、乐府等，都是另具特点的，人们往往把它们另立门类，如吴讷的《文章辨体》、徐师曾的《文体明辨》等。其次，近体诗产生以后，古体诗作为一种诗体，特别是五言体和七言体仍然长盛不衰，在文坛上为广大诗人所采用，而这些仿效古体的诗歌，在文类上也归于古体诗。这样诗歌的分类就显得比较复杂，就区别于古体的近体诗而言，其界限比较分明，主要依据用韵、平仄等格律性标准。而就古体诗本身的含义和范围而言，就有广义和狭义的区别了。褚斌杰先生认为，广义的古诗"包括四言诗、乐府诗、楚辞、五古、七古、杂言古等在内，狭义的则仅指五言古诗和七言古诗而言"，并认

---

① 参见《诗学》第24章，罗念生：《诗学·诗艺》，人民文学出版社1982年版，第87页。
② 松浦友久：《中国诗歌原理》，辽宁教育出版社1990年版，第232页。
③ 中国文论中的文体、文类与西方文论中的文学类型概念虽然不同，但相通相近；西方文论中的文体学则近于中国文论中语言或文风方面的问题，而这些问题又常包含在中国文体、文类方面的论述之中，这方面读者一定要注意。
④ 胡震亨：《唐音癸签》，上海古籍出版社1981年版，第1页。
⑤ 李之仪：《跋古柏行后》，《姑溪文集》卷41，《粤雅堂丛书》三编本。

为,"广义的分类把乐府诗和楚辞体包括在内,是不尽恰当的"①。当然,褚先生的这一判断不仅着眼于分类的逻辑性,而且更多地着眼于中国古典诗歌的发展和创作实际。

那么,就本课题的研究对象而言,从宏观角度讲,近代叙事诗也可分为近体和古体两大类。就近体而言,又有律诗、绝句和排律三种。律诗和绝句由于体制短小、格律限制严格,叙事比较困难。近代虽然也有一些律诗和绝句的叙事短章,但其叙事特征多不突出,这里不把它们作为叙事诗的一种典型诗体进行考察。但近代有很多绝句或律诗往往采用连章成组的形式进行叙事,形成了一种特殊的诗歌叙事形式,我们把它称为叙事组诗,这是我们要考察的一种特殊诗体。至于排律,因格律要求严格,创作难度较大,叙事作品也很少。近代七言排律叙事诗很难看到。五言排律叙事诗的作品也不多,如鲁一同的《烽戍四十韵》、梁启超的《南海先生倦游欧美,载渡日本,同居须磨浦之双涛阁,述旧抒怀,敬呈一百韵》、王国维的《隆裕皇太后挽歌辞九十韵》等,这些叙事诗歌除格律精严外,其表现特征基本上近于长篇五古,因而并入五古一类,不再专列一类。

在古体方面比较复杂。我们大致可分为三种主要类别来考察研究,即乐府诗、五言古诗和七言古诗。近代虽然也有一些杂言古体叙事诗,因其非近代叙事诗创作的主流,而且风格近于七言古诗,因而归入七古一类。至于将乐府体叙事诗单独列类,而不是简单地采用以句式长短为标准划分叙事诗,主要鉴于两方面的原因:一方面考虑到中国传统诗歌的分类习惯,试图与之接轨;另一方面也考虑到近代叙事诗的创作实际。明清以来按诗体编选的别集很多都采用类似分类,如李梦阳的《空同集》、魏源的《古微堂诗钞》等,它们并不把乐府体归入五、七言古诗中。而且,乐府诗多"感于哀乐,缘事而发"②,对后世叙事诗的创作影响很大。近代叙事诗虽以五言为主流,七言与之并列称雄,后期并有后来居上之趋势。但乐府体叙事诗的创作不仅贯穿于近代叙事诗发展的全程,而且在道、咸和庚子以后的诗坛形成二次创作高潮,这也是近代叙事诗的创作实际。出于这些考虑,我们这样划分自有其合理性。

但是这样划分的问题也很多,五古与七古的区别大致没有什么问题,

---

① 褚斌杰:《中国古代文体概论》,北京大学出版社1990年版,第123页。
② 班固:《汉书》,中华书局2002年版,第1756页。

但狭义的古诗与乐府之间的区别就相对模糊。特别是在中国古代诗论中还有歌行一体,这就使古诗(特别是七古)与乐府(乃至新乐府)之间的区别更为模糊不清。我们既要考虑到叙事诗的创作实际,又要尽量与中国传统的诗体分类对接,那就需要对一些概念做必要的区分,特别是关于乐府、歌行、新乐府、七古之间的大致分野。当然,关于上述诗体的区别和联系,已经有许多著名学者作了研究和探讨,如日本学者松原朗、松浦友久,中国学者葛晓音、林心治、王锡九等先生取得了丰富可喜的成果。但是这几种诗体的区别和界限依然不太明确,学者们仍然众说纷纭。笔者以为,文学研究中可以采用一些模糊概念,特别是像乐府、歌行、新乐府、七古这样血肉相连的诗体,如果我们将其截然分割,反而不符合客观实际。但模糊不等于没有区别,概念的外延可以相对模糊,但概念的内涵要具有相对的稳定性,否则这些概念就没有存在的必要和意义了。下面笔者就在前人研究的基础上,结合各诗体的形成和演变来探讨各诗体的大致分野。

乐府诗作为一种诗体的名称,是由汉代专门掌管音乐的一个官署名称——"乐府"演化而来的。"乐府"之称,起于汉初,自汉惠帝时夏侯宽为乐府令,始以名官,至武帝则"立乐府而采歌谣"[①]。汉代所谓"乐府",本指用于审音度的官署,其职责在于采风(采集各地民歌)、编制新辞(即文士或乐府官署的人员所制的新辞)、造乐(即编制曲谱以入管弦)及演奏(即乐府所编制之曲谱,由乐府人员演奏或演唱)。汉代人把当时由乐府机关所编录和演奏的诗篇称为"歌诗",这些歌诗除了贵族乐章之外,大部分源于各地可入乐的民间歌词。《汉书·礼乐志》说道:"至武帝定郊祀之礼,乃立乐府,采诗夜颂,有赵、代、秦、楚之讴,以李延年为协律都尉,多举司马相如等十数人造为诗赋,略论律吕,以和八音之调,作十九章之歌。"[②]东晋六朝时,人们才开始称这些歌诗为"乐府"或"乐府诗"。梁代刘勰《文心雕龙》在文体分类上,于《明诗》《辨骚》之外,另外还分立出《乐府》一篇。梁太子萧统所编的《昭明文选》在对所选录的诗文分体分类的时候,于"赋"、"诗"、"骚"之后,

---

[①] 班固:《汉书》,中华书局2002年版,第1756页。关于乐府的设置是否始于汉武,学术界仍有争议。如张永鑫的《汉乐府研究》认为,乐府机关的设置始于秦代。我们取主流说法。

[②] 班固:《汉书》,中华书局2002年版,第1045页。

也另外列出了"乐府"一门。从此以后,在中国古典诗歌中,便有了"乐府"或"乐府诗"这一门类和名称。而所谓"乐府诗"主要是指自两汉至南北朝由当时的乐府机关所采集或编制的用来入乐的歌诗,当然这也只是最初的情况。

关于乐府与古诗的大体区别,刘勰在《文心雕龙》中已经讲得比较清楚了。其《明诗》曰:"大舜云:'诗言志,歌永言。'圣谟所析,义已明矣。"① 而《乐府》曰:"乐府者,声依永,律和声也。"又曰:"昔子政品文,诗与歌别,故略具乐篇,以标区界。"② 可见,古诗和乐府的大体区别在其音乐性。当然,《文心雕龙》所说的诗主要是五言古诗。

在中国诗歌史上,五言诗的出现和成熟经历了一个漫长的酝酿和发展过程。和其他诗歌形式一样,五言诗也是从民间产生的。诗骚之前,夏歌、楚谣就间用五言成句。后来,五言句又屡见于诗骚之中。春秋战国至秦代,通篇五言的歌谣已经出现,如楚《孺子歌》、秦《长城歌》等,但句句用韵,标准未成。及至汉代,隔句用韵的五言体民歌民谣和宫廷乐歌已经相当普遍。但关于五言诗形成的具体时间却颇有争议。程毅中先生认为,五言诗不应局限于文人作品,其成立时间可以往前推。③ 但我们不取这种观点,我们这里所谈的五言诗主要指狭义的文人五言诗,区别于乐府或歌谣,以便和我们乐府、五言、七言的叙事诗分类相吻合。但并不是说文人五言诗和乐府、歌谣没有关系。在汉武帝以后,五言的歌谣被大量地采入乐府,成为乐府歌辞。乐府诗虽然以杂言体为主,但有很多是五言的,而且在汉乐府中还是较优秀的作品,如《江南可采莲》《十五从军征》《白头吟》等。随着乐府的盛行,文人们认识到五言诗的优长,对其进行模仿改造,形成了文人五言诗。对这一点学术界大体能认可,魏晋南北朝时期的五言诗主要有拟乐府、五言诗和民歌三类,也可从侧面印证。

五言诗的形成与其形式上的优势密切相关,也与诗歌发展的主体化、个性化和抒情化的倾向相适应。具体说来,一方面,五言句所包含的词和音节比四言句多,运用起来伸缩性也较大,所以在表达上确实更灵活方便些。故钟嵘在《诗品》里说,四言诗"每苦文繁而意少,故世罕习焉。

---

① 刘勰:《明诗第六》,《文心雕龙》卷2,中华书局1985年版。
② 刘勰:《乐府第七》,《文心雕龙》卷2,中华书局1985年版。
③ 程毅中:《中国诗体流变》,中华书局1992年版,第36页。

五言居文词之要,是众作之有滋味者也",因为它"指事造形,穷情写物,最为详切"①。另一方面,五言诗的出现也是文人诗歌主体化、个性化和抒情化的一个表征。两汉经学独尊,神权泛滥,扼杀了自由的、创造的诗性精神,文人们尊《诗》为经,变《骚》为赋,把《诗经》鲜活的、创造的、形象的、抒情言志的艺术精神变成僵死的、功利的、抽象的、政教风化的经学教条,把"发愤以抒情"②,长于幽怨之辞的《楚辞》变成了体物叙事、博采摛文、劝百讽一、润色鸿业的散体大赋,从而造成两汉"词赋竞爽,而吟咏靡闻","诗人之风,顿已缺丧"③ 的局面。直到东汉末年王纲解纽,道术分裂,经学衰微,子学兴起,文人的诗性精神才再次觉醒。但是被汉儒僵化教条的诗、赋等艺术形式已经不适应文人们抒情言志的需要,于是他们选择了乐府,并对其进行了改造,使其从"感于哀乐,缘事而发"④ 的民歌变为"缘情而绮靡"⑤ 的文人诗歌。

其实,自文人五言诗摆脱民歌、乐府独立发展以来,就开始自具面目。东汉末年出现的《古诗十九首》,被刘勰称为"五言之冠冕",是五言诗达到成熟阶段的标志,已经显示出文人诗歌主体化、抒情化的创作倾向。与汉乐府长于客观叙事不同,《古诗十九首》长于抒情,其表现方法常常是用事物来烘托,融情入景,寓景于情,虽然其抒情中仍带有叙事的意味。到了魏晋时期,这种趋势继续发展,三曹对乐府民歌进行了进一步改造,完成了民歌雅化为文人诗的过程。曹操首发其端。"借古乐府写时事,始于曹公"⑥,章培恒《中国文学史》说得好:"在把作为民间文学形式的乐府诗改造为文人文学重要形式的过程中,曹操起了关键的作用。"⑦ 但曹操的诗歌仍然保留着乐府民歌的特征。而到了曹丕,已基本上摆脱汉乐府"缘事而发"的套路,更多地继承、发展了《古诗十九首》的"凿空乱道"、"立象见义"和以景托情的抒情方式,"倾情,倾度,倾

---

① 钟嵘:《诗品》,中华书局1991年版,第10页。
② 屈原:《九章·惜诵》。
③ 同上书,第8页。
④ 班固:《汉书》,中华书局2002年版,第1756页。
⑤ 张少康:《文赋集释》,上海古籍出版社1984年版,第71页。
⑥ 沈德潜:《古诗源》卷5。
⑦ 章培恒:《中国文学史》,复旦大学出版社1997年版,第312页。

色，倾声，古今无两"①，"读之自觉四顾踌躇，百端交集"②，表现出极强的抒情性特征，曹丕诗"能移人情"③。曹丕"有文士气，一变乃父悲壮之习"④，将曹操的"将军本色"一变而为"文人气质"，将曹操的"治国平天下"的政治抱负一变而为"思怨相汝尔"的人际私情。袁行霈《中国文学史》认为，这种"个人情感抒发"是"曹丕新变的主要表现"，是曹丕对中国诗歌的一大突出贡献。及至作为"建安之杰"⑤的曹植，则"完成了乐府民歌向文人诗的转变"⑥。至此，文人五言诗的创作出现了"五言腾踊"局面，并确立了其主体化、个性化、抒情化的基本特征。后世五古也基本上具有这一创作特征。

乐府诗歌在摆脱音乐性，雅化为文人五古诗的同时，其自身也发生了类似的变化。就音乐而言，由汉之相和歌向南北朝之清商曲辞转变；就诗歌而言，由叙事向抒情转变。所以萧涤非先生曰："魏虽变汉，其大体犹近于汉也。迨晋室东渡，中原沦于异族，南朝文物，号为最盛。然以风土民情，既大异于汉，加以当时佛教思想之流行，儒家礼教之崩溃，政治之黑暗，生活之奢靡，于是吴楚新声，乃大放厥彩，其体制则率多短章，其风格则儇佻而绮丽，其歌咏之对象，则不外男女相思，虽曰民歌，然实皆都市生活之写真，非所谓两汉田野之制也。于时，文人所作，大抵如此。乐府至是，几与社会完全脱离关系，而仅为少数有闲阶级陶情悦耳之艳曲。惟北朝之朴直，犹有汉遗风耳。"⑦ 而这种变化的大背景就是魏晋南北朝时期艺术独立意识的觉醒和门类的渐趋分化。武帝为"采诗观风"而立乐府之说大体是不可靠的，我们对乐府的形成是否可以这样理解：汉武帝时国力鼎盛，自然重视郊庙祭祀。但先秦雅乐多以不传，因此成立乐府，吸收俗曲以制新乐。而乐府的成立大大推进了俗乐的流行，加之汉代国富民强，自然也促进了娱乐之风。汉代乐府诗歌多叙事，与乐府俗乐最初戏、乐不分的娱乐性有密切的关系。这种俗乐盛行之风在当时是颇有异

---

① 王夫之：《姜斋诗话》卷下。
② 刘熙载：《艺概·诗概》。
③ 沈德潜：《古诗源》卷5。
④ 同上。
⑤ 钟嵘：《诗品》卷上。
⑥ 袁行霈：《中国文学史》第2卷，高等教育出版社1999年版，第35页。
⑦ 萧涤非：《汉魏六朝乐府文学史》，人民文学出版社1984年版，第26页。

议的，班固在《汉书·艺文志》中认为"亦可以观风俗，知薄厚云"①，"亦"字可见评价不高，在《汉书·礼乐志》中更直接指责"上林乐府"，"以郑声施于朝廷"②，汉哀帝也因此曾一度罢黜乐府。而魏晋时期，汉乐亦有失传，于是时人在继承汉乐基础上，吸收俗曲形成"清商三调"。到南北朝时期，"清商三调"也趋于衰落，于是"吴声西曲"盛行。在这一变化过程中，不仅诗、乐渐趋分离，形成文人诗歌；而且乐与说唱表演也渐趋剥离，乐更注重其抒情性。这也是乐府诗由民间向文雅、由叙事向抒情转变的原因。

探讨乐府诗歌乐与诗的关系，对乐府诗歌的研究具有重要意义，特别是"清商三调"在汉乐府向南北朝乐府转变过程中的地位及其在"行"诗与"歌行"形成过程中所发挥的作用。逯钦立先生《"相和歌"曲调考》一文探讨了"相和歌"的曲调制作、演奏形式及其特点，颇值得我们注意。逯先生认为："凡以丝竹的'和'曲起头，而且与清歌间作的，即叫'相和歌'；凡'相和歌'有'弦'、'歌弦'及'送声弦'，而只以'相和'起曲的，就是'清商三调'；凡'瑟调'以'艳'为'引和'，以'趋'为歌尾'送声'者，就是'大曲'。'大曲'是'瑟调'的变体，'三调'是'相和'的变体。""继承'相和歌'的'清商三调'，比起'相和歌'来复杂了……其歌辞已配上弦奏，不再清唱，所以有了'行'的名称，也有'解'的区分。"③逯先生关于"行"的乐曲缘由，提出了颇具见解的看法。

但是乐府诗歌由于年代久远，其音乐体制、题名源流考证起来颇为复杂困难。研究乐府诗歌的先驱黄节先生强调着力研究"乐府之本体"即文本，不必"徒为题目源流，纷争辩论"④，也不失为一种研究策略。葛晓音先生分析乐府现存"行"诗文本后，得出这样的结论。"而'歌'与'行'的差别则在乐府中仍不难见出：'歌'可入乐府也可不入乐府，而'行'一定属于乐府；乐府中的'歌'都是抒情短歌，如《古歌》、《古八变歌》、《艳歌》、《离歌》、《悲歌》、《前缓声歌》等。而'行'则有'歌'所不备的四大特点：（1）以叙事体和人生教训式的谚语体为主；

---

① 班固：《汉书》，中华书局2002年版，第1756页。
② 同上书，第1071页。
③ 《文史》第14辑，中华书局1982年版，第235页。
④ 黄节：《答朱佩弦先生论清商曲书》，《清华周刊》1933年第8期。

(2）除少数作品散见于其它曲辞外，绝大多数在相和歌辞的平、清、瑟三调中；（3）有的同一题目下有若干篇内容不同的作品；（4）篇幅一般较长，大多是可分解分章演奏的乐诗。可见'行'与'歌'在汉时实为两体。"①如果结合逯先生的研究，我们发现两者有许多相通暗合之处。就音乐而言，汉代的"相和歌"借鉴楚声而形成"清商三调"，从而出现了"行"诗及其分"解"现象。就文本而言，受楚音影响的"行"诗自然也会吸收赋法，篇幅加长，而这种倾向发展的极致就是"篇"诗的形成，它代表了"文人拟作自觉和兴盛"②。然而楚声还有另外一个特点，就是抒情性较强，多为"歌"诗。这种趋势在后来的乐府诗发展中占据了主流，特别是南渡以后，这种发展趋向更与吴声新曲合流。所以，我们可以这样理解，"瑟调"、"大曲"的形成，促进了乐府"行"乃至"篇"诗的发展，但同时也标志着乐府音乐性的增强和汉乐府的消亡。所以"行"诗既代表了乐府叙事诗的高潮，同时也暗含了乐府诗向抒情方向发展的趋势，"篇"诗和南北朝乐府的发展就可以说明这一发展态势。

之所以纠缠于"行"诗的问题，是因为它于"歌行"的形成有着密切的关系。无论对"行"诗的理解如何，"歌行"的形成与乐府"行"诗与"歌"诗的发展有着密切的关系，这大体没有什么争议。如前所述，南渡后，魏晋"行"诗渐趋衰落，而与吴声新曲风格较近的"歌"诗却发展起来。"歌"诗由从前的四言、五言乃至杂言向声调更为婉转流畅的七言发展。特别是《白纻舞歌辞》的出现，更为诗歌在柏梁体的《燕歌行》以外提供了新的七言形式。"歌"诗一变先秦汉魏以来以"兮"字句为主的短歌形式，发展为音调更为婉转的七言形式，有力地推动了七言乐府的产生。而至陈隋初唐时期，国家经过多年战乱，逐渐趋向统一，南北文学开始合流，文风由轻柔绮靡向声情宏畅发展。在这种背景下，一度衰竭的"行"诗、"篇"诗再度兴盛，并吸收"歌"诗的特点，由原来的"五言"体变为"七言"或"五七言"体，如《日出东南隅行》《艳歌行》《芳树》《梅花落》《从军行》等。除了这些旧题的七言乐府外，还出现了一些新题的七言乐府如《杂曲》《宛转歌》《豫章行》等。这样，非乐府题的"七言歌行"也随之脱胎而出，如《神仙篇》《闺怨篇》《听

---

① 葛晓音：《初盛唐七言歌行的发展》，《文学遗产》1997年第5期。
② 崔炼农：《汉魏六朝乐府辞乐关系研究》，上海师范大学2003年博士学位论文。

鸣蝉篇》等。如果说南朝七言的最高成就主要体现在七言乐府中的话，那么初唐非乐府题的七言古诗的增多和发展就成为引人注目的一种文学现象，涌现出大批优秀的作品，如卢照邻的《长安古意》，骆宾王的《畴昔篇》《帝京篇》，崔湜的《大漠行》，刘希夷的《捣衣篇》《公子行》，乔知之的《赢骏篇》等。这种吸收和借鉴"歌"诗和"行"诗之长的七言诗的发展，使"歌行"逐渐摆脱乐府的影响而成为一种独立的新诗体。这种诗体不仅音调婉转宏畅，具有较强的抒情性，而且篇制宏伟、铺叙繁富，适应了初唐蒸蒸日上的国势。①

其实，任何事物的形成和发展都不是某个因素简单作用的结果，都是许多因素综合作用的产物。我们有时只是为了方便描述和便于认识，才不得已把一个复杂有机的整体切割开来，孤立静态地加以描述。但这样的结果往往会造成描述的失误和理解的偏差，这就是古人所说的"言不尽意"。我们上面关于乐府、五古、歌行发展的论述，同样也存在这一问题。举个例子说，其实，乐府的抒情化与文人五言诗的形成和雅化是相互影响并具有一致性的同一历史过程。对文人五言诗的独立和形成作出杰出贡献的曹操和曹丕等人，同时也是改造"相和歌"为"清商三调"的重要人物。我们只是从不同视角对他们的贡献进行了孤立描绘，实际上他们在五言诗与乐府诗的发展中所起的作用往往是相互联系和影响并具有一致性的。关于"歌行"形成的描述也存在类似的问题，"歌行"同样也是许多因素综合作用的结果。它既是乐府"歌"诗与"行"合流的结果，又是"七言逐渐摆脱五言，探索其独特节奏形式的过程"②，还与格律诗的成熟和发展有着密切的关系。

实际上，"歌行"的形成和律诗的发展也属同一历史过程。"魏建安后迄江左，诗律屡变。至沈约、庾信，以音韵相婉附，属对精密。及之问、佺期，又加靡丽，回忌声病，约句准篇，如锦成文。"③ 而"歌行"的发展、成熟乃至衰落也几乎是在这一时期完成的。另外，可以说明二者之间关系的明显例证就是——"歌行"诗又往往被称为"齐梁体"。如果就诗

---

① 七言歌行的具体形成过程和特征，可参阅葛晓音先生的《初盛唐七言歌行的发展》。
② 葛晓音：《初盛唐七言歌行的发展》，《文学遗产》1997年第5期。这一点读者也可以自行参阅葛晓音先生的论述。
③ 欧阳修、宋祁撰：《新唐书·文艺传中·李适传附宋之问传》，中华书局2002年版，第5748页。

体格律而言,"歌行"可以视作古体诗向今体诗过渡的产物,是乐府诗歌不断赋化、骈化、律化的结果。诗歌发展到盛唐,律诗已经形成,诗人们今体、古体的概念已明。为了区别于今体诗歌的律句特征,七言古诗多用散句,逐渐向与今体相区别的狭义七古方向发展。清吴乔论曰:"齐、梁声病之体,自古不谓之古诗,诸书言齐梁体者,不止一处。唐自沈、宋以前,有齐梁诗,无古诗也,气格亦有差古,而皆有声病。沈、宋既裁新体,陈子昂崛起,直追阮公,遂有两体。开元以下,好声律者则师景云、龙朔,矜气格者则追建安、黄初,而永明文格微矣。"① 钱良择也说:"七言始于汉歌行,盛于梁。梁元帝为《燕歌行》,群下和之,自是作者迭出,唐初诸家皆效之。陈拾遗创五言古诗,变齐梁之格,未及七言也。开元中,其体渐变。然王右丞尚有通篇用偶句者。旋乾转坤,断以李、杜为歌行之祖。李、杜出,而后之作者不复以骈俪为能事矣。"② 就句法而言,盛唐歌行与狭义的七古还很难区分。而李颀、高适的七言诗已逐渐摆脱歌行的影响,向狭义七古发展。李颀创作了许多狭义的七古主要用于赠答送别和应酬。高适的七古发展到可以自由表现五古、五律乃至七律常用的题材。其实,在七言乐府方兴于梁代之时,便出现了少量的、非乐府题的、风格近于五古的七言诗,只是这种趋势被盛行的乐府歌行同化了。伴随着七言诗独特节奏形式的成熟和中唐复古之风的兴起,这种趋势继续发展,歌行和狭义的七古逐渐别为两体。③ 不过,明清以后,因为"歌行"多七言而与七古的概念又渐趋模糊合流,所以胡应麟《诗薮》云:"七言古诗,概曰歌行。"这样便形成了广义的七古,它是包括"歌行"和狭义七古的。

上面我们介绍了乐府、歌行以及五古、七古的大致分野,还有一个"新乐府"的概念需要交代一下。其实,新乐府也可以看作乐府歌行进一步发展的结果。歌行一体自中唐而衰落,主要是向三个方向发展。一是转为七律或七排;一是如上文所述发展为狭义七古;还有一个重要的发展趋势就是向乐府复归。在中唐复古思潮和写实文风的影响下,歌行向乐府复归也是很自然的事情。在这方面作出杰出贡献的是杜甫,而使新乐府定型

---

① 吴乔:《围炉诗话六卷》卷1,齐鲁书社1997年版。
② 钱良择:《唐音审体》,丁福保辑:《清诗话》下册,上海古籍出版社1978年版,第777—785页。
③ 关于歌行与七古的主要区别可参阅葛晓音的《初盛唐七言歌行的发展》。

的是元、白。这方面葛晓音先生有详细论述①，并给出了新乐府界定的尺度。葛先生认为："1. 有歌辞性题目或以三字题为主的汉乐府式标题，或在诗序中有希望采诗的说明，标题应是即事名篇，或唐代出现的新题；2. 内容以讽刺时事、伤民病痛为主，或通过对人事和风俗的批评总结出某种人生经验，概括某类社会现象；3. 表现样式以'视点的第三人称化和场面的客体化'为主，以第二人称和作者的议论慨叹为辅，作者的感慨应是针对时事而发，而非个人的咏怀述志。"② 除此以外，元白新乐府还有一个特点，就是诗歌多用七言或三七句式，这也是元白新乐府由歌行向乐府复归留下的痕迹。葛先生之所以没把它当作新乐府的界定尺度，大概是因为这一特点并非新乐府的主要特征，以杂言为主的古乐府也可以包括七言或三七句式，而且新乐府界定尺度过严会使新乐府外延过小而失去独立性。所以葛先生的界定尺度自有其合理性。

由此我们可以看出，中国古代的一些诗体概念确实是血肉相连，不宜硬性切割的。尤其像乐府、歌行、新乐府、七古这样的概念，其本身还具有阶段性和流动性，我们不妨用模糊概念的理论来理解和描述。但血毕竟是血，肉毕竟是肉，它们又具有相对的稳定性内涵，因而仍存在着约定俗成的大致分野。大体而言，乐府和古诗的区别主要在于音乐性；歌行和乐府的区别主要在于赋法铺叙的运用以及表现方式的主观化；歌行和狭义七古的区别主要在于顶真、叠字的句法、回环复沓的章法和格律性方面；而新乐府是一种模仿古乐府的新题乐府，它与古乐府的主要不同在于其显著的讽谏性特征。

厘清了上述概念的区别，乐府与古体叙事诗的分野也就比较清楚了。而七古叙事诗我们取广义内涵，包括歌行和狭义七古。这样，再加上近体的组诗，近代叙事诗的诗体类别主要就是乐府、五古、七古、组诗四种了。

第二节 乐府叙事诗的表现特征及创作

乐府诗体自产生之初就与叙事结下了不解之缘，现存的汉乐府很多都

---

① 关于新乐府的发展形成可参阅葛晓音的《新乐府的缘起和界定》和《论杜甫的新题乐府》等文。

② 葛晓音：《新乐府的缘起和界定》，《中国社会科学》1995年第3期。

是叙事诗，而且这些诗歌也是汉乐府中价值最高的部分。乐府诗歌具有叙事特征，大概与其最初的娱乐表演性有关。廖群先生认为："从汉画像石和有关文献材料分析来看，厅堂说唱是汉乐府重要的传播方式，这导致了诗歌由抒情言志向娱宾乐主功能的转化，汉乐府的叙事再现性、戏剧表演性以及世俗生活化正与此有直接关系。"① 这种看法很有启发性。张永鑫则认为，乐府民歌的叙事特征与汉赋和史传等雅文学兴盛有很大的关系②，这也有一定道理。无论如何，汉乐府对中国叙事诗的影响是巨大的，虽然《诗经》中已有叙事诗，但是直到汉乐府的出现才标志其走向成熟。而后世也往往把叙事作为乐府诗的重要特征和其他诗体相区别，明徐祯卿《谈艺录》说"乐府往往叙事，故与诗殊"③，沈德潜也说"然措词叙事，乐府为长"④。那么，我们先看一下乐府的诗体特征。

首先，乐府诗句式参差不齐，没有定规，以杂言为主。鲁迅先生在《汉文学史纲要》中说："诗之新制，亦复蔚起，《骚》、《雅》遗声之外，遂有杂言，是为乐府。"⑤ 汉乐府民歌多为形式自由多样、句式参差错杂的杂言体，其句式长短不齐，有二言、三言、四言、五言、七言。褚斌杰在《中国古代文体概论》中指出："汉乐府是我国最早产生的杂言体，也是由以《诗经》为代表的四言为主的形式向五七言体过渡的重要桥梁。"⑥ 所以形式自由多样、句式参差错杂是乐府诗体的一个特征。其次，乐府诗的篇幅可长可短，没有限制，比较自由，但一般篇幅较短。当然篇幅长短是相比较而言的，与五、七言长诗相比，乐府诗一般相对较短，像《孔雀东南飞》《木兰辞》这样的乐府长诗相对较少。最后，乐府诗具有乐曲的联想性。这一点也很重要，乐府诗句式参差不齐、篇幅相对较短等特征与此有关联，而且这也是乐府之所以成为乐府的关键所在。早期的乐府都是可以合乐歌唱的歌辞，后期的模仿之作虽不再能合乐歌唱，但仍保留着一定的歌辞程序，最明显的就是乐府诗一般运用歌辞性题目或以三字题为主的汉乐府式标题。

---

① 廖群：《厅堂说唱与汉乐府艺术特质探析》，《文史哲》2005 年第 3 期。
② 张永鑫：《汉乐府研究》，江苏古籍出版社 1992 年版，第 264 页。
③ 徐祯卿：《谈艺录》，何文焕：《历代诗话》，中华书局 1981 年版，第 765—772 页。
④ 沈德潜：《古诗源·例言》，中华书局 1963 年版。
⑤ 鲁迅：《汉文学史纲要》，人民文学出版社 1973 年版。
⑥ 褚斌杰：《中国古代文体概论》，北京大学出版社 1990 年版，第 134 页。

可见，乐府是一种灵活自由、便于传唱的诗体，而这种限制较少的灵活诗体自然便于描写叙事，这也是乐府诗歌多叙事诗的重要原因。而且乐府叙事诗还形成了自己独特的客观化场景式表现方式。所谓客观化场景式表现方式，就是作者一般都舍弃第一人称的个别视点，整首诗歌采用共有化的全知视角进行描写。因而，作品中的场面不是以作者个人主观体验的方式展现，而是如同舞台的场面一样客观化地展现出来。乐府叙事诗很少采用诗人第一人称式自我抒发和叙写，多采用全知视角的客观再现，这大概与乐府诗最初的表演说唱性质有关。这一点在早期的乐府诗歌中表现得最明显，例如《东门行》《妇病行》《陌上桑》《上山采蘼芜》等都采用了全知视角叙事，而且还运用了对话的形式。即使如《白头吟》这样采用人物独白的形式，属于诗中人物第一人称视角，也近于后来戏曲中的代言，而不同于诗人第一人称式的自我叙写。乐府叙事诗还多采用场面叙事，通过描述渲染主人公命运中最富戏剧性的场景来叙事，至于具体故事进程却无关紧要，所谓"叙事如画"①。如《十五从军征》，没有具体描写从军生涯，而是把一个"十五从军征，八十始得归"的老兵的不幸巧妙地压缩在到家前后的场景中：回到家中的他，连一个家人也没有看见，只看见荒凉的庭院房舍和一座座坟茔，他只得独自一人"舂谷持作饭，采葵持作羹"②。这样的场景描写既避免了过多的交代铺陈，以适应诗歌短小篇幅的需要，又极为突出地描写了战争的残酷、战地的凄惨，道尽了战争与兵役给人民带来的惨痛灾难。《东门行》《上山采蘼芜》《艳歌行》等诗篇也都是这样展开叙述的。

与自由灵活的诗体和客观化场面式表现相适应，乐府叙事诗的表现功能或领域主要在于描绘、表现社会生活问题。汉代乐府叙事诗为我们描绘了一幅两汉社会生活的生动画卷，内容非常丰富，奠定了乐府叙事诗表现功能的基础。汉代乐府叙事诗主要表现了以下内容：其一，征战徭役，如《战城南》《十五从军征》等；其二，吏政败坏，如《平陵东》《长安有狭斜行》等；其三，民生困顿，如《妇病行》《东门行》等；其四，家庭或男女感情，如《有所思》《上山采蘼芜》等；其五，歌咏仙境，如《长

---

① 王世贞：《艺苑卮言》卷2，罗仲鼎：《艺苑卮言校注》，齐鲁书社1992年版。
② 郭茂倩：《乐府诗集》卷25《十五从军征》，《四部丛刊》初编集部，上海书店1984年版。

歌行》《善哉行》等。后世乐府叙事诗大体继承了汉代乐府叙事诗的表现功能或领域，但也有所发展变化。

后世歌咏仙境的乐府叙事诗很少见了，而到了唐代的新乐府，乐府叙事诗的表现功能有所变化，表现领域也有所缩小。这一点在新乐府运动的理论和创作实践中都有所表现。白居易在理论上并不尊崇乐府，而是推崇被奉为经典的《诗经》。他认为："周灭秦兴至隋氏，十代采诗官不置。郊庙登歌赞君美，乐府艳词悦君意。若求兴谕规刺言，万句千章无一字。不是章句无规刺，渐及朝廷绝讽议。"① 由此可见，白居易新乐府运动主要是提倡一种文人干预政治的讽谏精神。因而，新乐府虽然与古乐府在"和人心，厚风俗"的根本目的上存在一致性，但其侧重于干预政治"讽上"与古乐府侧重于教化民风的"化下"是存在差异的。所以白居易提倡"文章合为时而著，歌诗合为事而作"②，认为诗歌应当"惟歌生民病"③，"但伤民病痛"④。因而，新乐府的表现领域也相对缩小，内容以讽刺时事、伤民病痛为主，或通过对人事和风俗的批评总结某种人生经验，概括某类社会现象。此外，学术界习惯上也常把张籍、王建的乐府作品归入新乐府。实际上，张、王小乐府与元、白新乐府是有所不同的，至少在乐府诗的表现功能方面是这样。从某种程度上说，张、王小乐府更接近于汉乐府，其表现领域更为广阔，既有关乎风雅的社会政治诗，又有描写浅俗琐屑的日常情事的诗，还有一些充满乡土气息和地方特色的风土诗。所以清王闿运说："张籍、王建，因元、白讽谏而述民风。"⑤ 明高棅云："大历以还，古声愈下，独张籍、王建二家，体制相似，稍复古意。或旧曲新声，或新题古意，词旨通畅，悲欢穷泰，慨然有古歌谣之遗风。"⑥ 也正因为这一点，张、王小乐府才被力辟新境的宋代诗人所喜好，

---

① 白居易：《与元九书》，《白氏长庆集》卷28，《四部丛刊》初编集部，上海书店1984年版。

② 白居易：《采诗官》，《白氏长庆集》卷4，《四部丛刊》初编集部，上海书店1984年版。

③ 白居易：《寄唐生诗》，《白氏长庆集》卷1，《四部丛刊》初编集部，上海书店1984年版。

④ 白居易：《白氏长庆集》卷1《伤唐衢二首》之二，《四部丛刊》初编集部，上海书店1984年版。

⑤ 陈兆奎：《论七言歌行流品答陈完夫问》，《绮湘楼诗文集》，岳麓书社1996年版，第538页。

⑥ 高棅：《唐诗品汇·七言古诗叙目》第10卷，上海古籍出版社1988年版，第269页。

在宋代产生了重要影响。

元明时期，乐府叙事诗的表现领域有了新的开拓。元末杨维桢以乐府诗体咏史，前人评价曰："先生之文，如日月之丽天，江河之行地。《古乐府》櫽括全史，汗澜卓踔，悉以意熔炼，中缀为序论，率慷慨激烈，磅礴行间，使人诵其篇章，慨然想见其为人，觉安世、房中诸巨制不为希声已。"① 咏史诗渊源很早，远在《诗经》《楚辞》中已有对历史咏颂的传统。到了班固，则直接以"咏史"为题，宣告"咏史"这一诗体的正式形成。之后代有作者，曹魏时，王粲、阮瑀、曹植、张协等人均创作过咏史诗。而左思的《咏史八首》是早期咏史诗的著名篇章，别创新体，被誉为"创成一体，垂范千秋"②，与班固一同开创了咏史诗的两条途径。班固的咏史诗以叙述史实为主，对历史材料进行简单的加工；左思的咏史诗以抒情为主，抒情与咏史相结合，借历史来抒发个人怀抱。此后的诗人基本上沿袭左思传统创作咏史诗。而杨维桢独出机杼，借鉴班固传统，运用乐府诗体创作咏史诗，充分显示了其变革精神。虽然乐府咏史诗滥觞于中晚唐刘禹锡、贯休等人，但有意识地大量创作却始于杨维桢，这不能不说是一种创制。此后，咏史乐府成为一体，明李东阳有《拟古乐府》两卷，共101首，其题材皆来自"史册所载"③，清尤侗也有《拟明史乐府》100首。

近代乐府叙事诗在继承前代传统的基础上，对乐府叙事诗做了全面的总结，并根据时代特点形成了自己的风格和特征。这不仅表现在近代乐府叙事诗对乐府叙事诗表现功能的全面继承与力拓新境上，而且表现在其对乐府叙事诗表现方式和特征的进一步发挥和推进上。

就表现功能而言，历代乐府叙事诗的表现功能或领域在近代几乎都有所体现。近代叙事乐府继承了新、旧乐府的主要表现功能和领域——描写社会问题，反映民生疾苦。这方面的诗歌很多，而且还呈现出组诗化的创作倾向。比如张维屏的《县言》12篇，记录他在做知县时所见到的各种社会现象；魏源的两组乐府组诗《江南吟》《都中吟》广泛地反映了当时的民生状况；鲁一同的《荒年谣》深刻描绘了荒年百姓的悲惨生活；郑

---

① 章懋：《铁崖古乐府·序》，见清光绪《诸暨县志》，第505—506页。
② 陈祚明：《采菽堂古诗选》卷11，乾隆二十三年（1758）刊本。
③ 李东阳：《拟古乐府引》，《李东阳集》卷1，岳麓书社1984年版，第1页。

珍的"一行九哀"乐府诗生动展现了官府对百姓的盘剥；张际亮的《定海哀》《镇海哀》《宁波哀》描写了鸦片战争；许銮的《马尾江》《基隆山》《战台北》描写了中法战争，等等。此外，还有一些反映家庭或男女感情的叙事诗，如王闿运的《拟焦仲卿妻一首李青照妻墓下作》《王氏诗》《妾薄命为杨知县妾周氏作》等。还有一些继承了张、王小乐府传统的风俗叙事诗，如金天羽的《牧牛童》《渔家乐》《田家新乐府》等，当然，这类诗歌中有很多画面过于静止的诗歌，我们只能归于准叙事诗或田园诗。乐府咏史诗在近代也有很多人创作，如张维屏的《咏史乐府》，魏源的《皇朝武功乐府》《读国史馆列传》，朱琦的《新铙歌四十章》等。

  不过，近代乐府叙事诗的表现功能和领域也绝不是对前代的简单重复，与时代特征相适应，就表现功能而言，近代乐府叙事诗更注重描写社会民生，反映战争离乱，而对家庭和婚姻爱情问题较少涉及。大概受传统家国同构思想意识的影响，以"和人心，厚风俗"为己任的乐府叙事诗对家庭生活和男女感情问题一直比较关注，反映这类问题的诗歌在乐府叙事诗中也一直占有一定的比重。这一点在汉乐府叙事诗中特别明显，《上山采蘼芜》《白头吟》《有所思》及后来的《孔雀东南飞》都是描写爱情故事的，《孤儿行》《妇病行》也是表现家庭生活的。与之相比，近代乐府叙事诗反映爱情、家庭问题的叙事诗就比较少，而且多为弘扬道德风化类诗歌。近代乐府叙事诗的主要表现功能在于描绘反映民生疾苦、战争离乱等国家层面的社会问题，这自然与近代内忧外患的社会政局有着密切的关系。当民族国家面临生死存亡时，社会国家问题当然会受到知识分子的关注。

  这一点在咏史乐府中也有所体现。其实，乐府咏史诗产生之初就颇有争议，我们可以从李东阳咏史诗的相关评论上看出一点端倪。钱良择《唐音审体》曰："有明之世，李茶陵（指李东阳）以咏史诗为乐府，文极奇而体则谬。"① 明代徐泰说，"长沙李东阳，大韶一奏，俗乐俱废，中兴宗匠，邈焉寡俦。独拟古乐府，乃杨铁崖之史断，此体出而古乐府之意微矣。"② 乐府诗"感于哀乐，缘事而发"的创作传统历来与《诗经》中

---

① 钱良择：《唐音审体》，丁福保辑：《清诗话》下册，中华书局1963年版，第780页。
② 《徐泰诗话》，吴文治主编：《明诗话全编》（二），江苏古籍出版社1977年版，第1393页。

"劳者歌其事,饥者歌其食"的写实传统一脉相承,而李东阳的乐府咏史诗丢弃了这一传统,徐泰的"古乐府之意微矣"当指此而言。但乐府咏史诗并非忽视诗歌的社会功能,其表现领域也比较广阔。杨维桢自言曰:"凡畸人、贞士、烈女、忠贤、古今事物,苟可以警世者,悉录无遗。寓褒贬于一字之间,垂鉴戒于千载之下,其有意于扶世风而立教者哉。"①李东阳也称:"间取史册所载,忠臣义士,幽人贞妇,奇踪异事,触之目而感之于心,喜愕忧惧,愤懑无聊不平之气,或因人命题,或缘事立义,托诸韵语,各为篇什。"②所以简单地批评乐府咏史诗是一种脱离现实的创作倾向恐怕是不得要领的。王世贞晚年也修正了自己的观点:"自今观之,奇旨创造,名语迭出,纵不可被之管弦,自是天地间一种文字。"③其所言较为公允。到了近代,乐府咏史诗的表现功能或领域也有所变化。如前文所述,前代咏史诗的表现领域较为广阔,歌咏各类事件和各色人物,警世感叹,褒扬忠烈。而近代咏史乐府的表现领域则相对缩小,表现功能则侧重于皇朝武功的宣扬和歌颂。如魏源有《皇朝武功乐府》18章,歌颂了清王朝的历代武功,描绘了一部清王朝的发展史。朱琦效法汉乐府《铙歌十八曲》,作乐府组诗《新铙歌四十章》,"述祖宗之功德,备盛清之掌故,合乎言古剀今之义。若夫缘事有作,燃然于民生之疾苦,慨然于时事之安危,情动于中而形于言。其诗有益而贵,盖古人之歌咏类如是"④。《新铙歌四十章》在歌颂历代圣丰功伟绩的同时,寓含着作者的治军方略,"常推论古帝王用兵,其最先者有二焉:曰知人善任而已,曰信赏必罚而已"⑤。所以符葆森认为"新铙歌四十章以颂寓规,可播诸管弦,道扬盛美"⑥。近代咏史乐府对尚武精神的歌颂,固然与清人歌咏本朝历史有一定的关系,但与近代内外矛盾激化、社会风云变幻密切相关。

近代乐府叙事诗的表现领域还有新的拓展,这主要表现在金天羽乐府

---

① 《杨维桢诗集》,浙江古籍出版社1994年版,第503—504页。
② 李东阳:《拟古乐府引》,《李东阳集》卷1,岳麓书社1984年版,第1页。
③ 王世贞:《弇州读书后》,《明诗话全编》(二),江苏古籍出版社1997年版,第1393页。
④ 杨传第:《怡志堂诗集序》,《怡志堂诗集》,民国二十四年(1935)桂林排印《岭西五家诗文集》本。
⑤ 朱琦:《怡志堂诗集》卷1,民国二十四年(1935)桂林排印《岭西五家诗文集》本。
⑥ 符葆森:《国朝正雅集·寄心庵诗话》,钱仲联主编:《清诗纪事》,凤凰出版社2004年版,第2461页。

叙事诗的创作方面。金天羽不仅运用乐府诗表现国内时事，而且对一些国际重大历史事件也有所反映。这是以前乐府叙事诗中所没有的，这一点在下章寓言表现技法中将详细论述，此处从略。

除表现功能和领域外，近代乐府叙事诗在表现方式和特征方面也有所发展。乐府叙事诗以客观化场景表现为主，而近代乐府叙事诗在场景提炼和场面刻画方面有了进一步发展，这方面姚燮、鲁一同、邓辅纶、郑珍等人作出了重要贡献。

姚燮的乐府叙事诗颇善场景的提炼，我们来看其《山阴兵》：

> 幂幂江雨凄，江湾少人过。亭柱多漏痕，一兵借草卧。覆领闻微呻，呼痛不呼饿。面目经火焦，血肉土搀涴。自言垂尽心，碎作万米簸。忆昨临战时，弃马将先愞。同队兵五人，三者遽残剢。其一怜我伤，力疾冒烟骹。顷犹依我旁，煮药守砖锉。生逃罪当杀，恐遭黜者逻。遣其归报家，且免死同坐。但得尸还乡，速亡转堪贺。偃地枯木巢，惨有病鸸和。如听招魂词，哀作楚音些。①

诗歌没有直接描绘战争的经过和战斗的惨烈，而是把所有的矛盾都提炼集中在战后一士兵伤卧的场景之中，战争的残酷、清政府的凶残、清将领的无耻、士兵的凄惨等都通过场面的刻画和士兵的自言表现得淋漓尽致。整首诗歌的构思和表现与《十五从军征》颇有相似之处，场景生动而余音无穷，感人至深而又发人深省。实际上，姚燮关于乐府叙事诗场景的提炼在很大程度上得力于小说、戏曲技法的借鉴与吸收，这一点可以参阅下一章小说、戏曲表现手法的相关论述。

除了场景提炼以外，近代诗人的场景描写也颇见功力。比如，鲁一同的乐府叙事诗，用笔深刻，精于刻画。鲁一同对杜诗颇为推崇，他曾著有《通甫评杜》，对杜诗研究颇有影响。其乐府诗歌能得老杜神理，而在细节的刻画方面有过之而无不及。鲁诗多不重事件经过叙述，善于特写某一场景，使用赋笔，工笔刻画，着意渲染，如其乐府组诗《荒年谣》。前文举其一首《拾遗骸》。我们再来看一首《缚孤儿》：

---

① 姚燮：《复庄诗问》卷22，道光十七年《大梅山馆集》刻本。

> 缚孤儿,孤儿缚急啼声悲。主人出门呵阿母,阿母垂涕湎:已经三日不得食,安用以子殉母为?不如弃儿去,或有人怜取。主人闻言泪如雨,家中亦有三龄女,前日弃无处所。①

父子不可相保,只能遗弃亲生骨肉于不顾,这种典型场景的描写,令人惨不忍睹,为杜甫笔下所未曾有。这种典型场景工笔细描的表现方法,与清初吴嘉纪的乐府近似,用墨不多,但惊心动魄。鲁一同其他乐府如《使君来》《拉粮船》等也大都通过场景刻画表现生活。

再如邓辅纶的乐府也善于典型场景的工笔刻画。邓辅纶纪实之作《鸿雁篇》三首最为人所称道,其三描写了水灾后凄惨破败的场景:

> 日落乌乱啼,争下啄破屋。屋中失正榱,坏瓦向人扑。瘦犬尽日卧,饥婴席草宿。寒雨侵枯颜,荒荒断野哭。居者各为依,举问辄非族。墙头下鬼磷,风来照茕独。心知邻人魂,狼藉荐残粥。新冢夷已夷,惧为北邙续。②

诗序曰:"道光己酉,湖湘大水,以闻以见,述为诗篇。"此章所述,当为实录。乌乱啼、屋失榱、坏瓦扑、瘦犬卧、饥婴宿、野哭断、鬼磷茕、新冢夷、北邙续等一系列画面的刻画,描绘出生机荡然无存、一派死气沉沉的灾后场景,生动地展示出灾情的深重和人民的苦难。钱仲联先生《梦苕庵诗话》曰:"《鸿雁篇》三章,为集中最胜之作。沉痛入骨,少陵下笔,不能过也。"③评价之高,无以复加。王闿运评曰:"诗学杜甫,体则谢、颜,至其东道难、鸿雁篇,古人无此制也。"④ 邓辅纶正是以镌刻山水的笔墨来叙事抒情的,从而别开生面,王闿运的评论还是颇有见地的。

近代乐府叙事诗除在表现方式上尽力开拓外,还对新乐府以来所确立的"讽谏"精神做了进一步深化和演进。就"讽"而言,近代出现了许多讽刺乐府叙事诗。这些诗歌的出现与近代腐败的社会现实和清政府的昏

---

① 鲁一同:《通甫诗存》卷1,咸丰九年(1859)山阳鲁氏刊本。
② 邓辅纶:《白香亭诗集》卷1,光绪十九年(1893)东河督署校刊本。
③ 钱仲联:《梦苕庵诗话》,齐鲁书社1986年版,第130页。
④ 王闿运:《湘绮楼说诗》卷2,《湘绮楼诗文集》,岳麓书社1996年版,第2160页。

庸无能、投降卖国有很大关系，以贝青乔、金和、江湜等人的作品为代表。

贝青乔大型组诗《咄咄吟》，被认为是近代叙事诗的奇作。而其乐府叙事诗以洗练、客观的白描笔墨，通俗的语言，表现了广阔的社会生活，也具有强烈的讽刺意味。贝青乔善于运用反语的手法，借褒义词语来描绘反面现象，起到了一种别有意味的讽刺效果。如《征剿》：

> 鸣笳吹角来天上，挞伐频年屡易将。颉颃意气互登场，走马惟闻肆催响。虎毛玉帐酣睡中，边烽腾入中原红。叱咤风云声满纸，披读露布皆奇功。养痈积渐成漏脯，臣罪何堪擢发数。槛车甫见囚，建纛旋鸣驺。请室亦何辱，筹笔亦何忧，死者庙食生者侯。①

清廷的征剿军队屡换将领，只知道"走马惟闻肆催响"，作者却说他们是"颉颃意气互登场"。这里的"颉颃意气"便有正词反用的效果。而当真正"边烽腾入中原红"时，这些人却只会"叱咤风云声满纸，披读露布皆奇功"。这里的"叱咤风云"也有反讽的意味。这些人刚有点功绩，就大肆夸张，"槛车甫见囚，建纛旋鸣驺"。但正是这些不知荣辱的无耻之徒，却"死者庙食生者侯"。作者还善于先扬后抑，用对比反衬的手法起到讽刺效果，如《保举》《赐、恤》等。

在乐府叙事诗中大量运用讽刺手法的另一位重要诗人就是金和。金和的讽刺艺术得力于《儒林外史》。②《儒林外史》的作者吴敬梓是他外祖父的堂弟。他曾为《儒林外史》作跋③，由此跋中可以看出，金和对《儒林外史》一书是很熟悉并做过深入研究的。因此在人物形象和语言艺术诸方面均受到《儒林外史》的一定影响。

金和讽刺叙事诗注重讽刺形象的真实性和生动性。鲁迅先生认为，讽刺的生命是真实，讽刺对象应该是大量存在于现实生活之中而又为一般人所不注意亦不为奇的事情。金和继承了乐府诗歌"缘事而发"的现实主义精神，其诗中的讽刺对象正是从现实生活中选取并加工提炼而形成的。

---

① 贝青乔：《半行庵诗存稿》卷6，同治五年叶延馆等刻本。
② 胡适：《五十年来中国之文学》，《胡适文存二集》卷2，亚东图书馆1924年版，第109页。
③ 见清同治年间苏州书局所刻《儒林外史》本。

请看他的《名医生》：

> 中年猎书史，偶读《仓公传》。欣然欲以药活人，逃儒不惜巫医贱。东家平痎疟，西家治疮痍，先生大名侈侈鬼畏之。富人豪家尽延致，飞舆如风路争避。三更束炬才还家，倾银满囊钱满笱。城南新交执伐郎，昨日量商参术黄；今日素衣来吊丧，声声太息命定阎浮王。堂前有客前揖，又问千金方。①

诗人把一个江湖骗子医生，描绘得何等生动形象。他本于医术一窍不通，偶看《仓公传》，灵机一动，行起医来，东诓西骗，不仅"银满囊钱满笱"，而竟然"大名侈侈鬼畏之"。他昨天出诊把人医死，今天竟厚颜无耻地前去吊孝，还声声太息命中注定。作者把一个江湖骗子真是写活了。金和还善于把矛盾的言行集中在一个讽刺对象身上，突出它的可笑、可鄙和可恶。其《十匹绢》《真仙人》都用了这一艺术手法。真仙人，口口声声看破红尘，劝人摆脱名利，对儒与吏肆意谩骂，以示清高，飘飘欲仙。可是遇到权势者，他又极力奉迎、献媚巴结。

此外，金和还善于精心选择具有讽刺性的情节，组成漫画式的滑稽场面，并运用幽默、诙谐的语言风格或笔调表现出来，使作品妙趣横生而又诱人深思，如《半边眉》《真仙人》等。

关于金和诗歌的讽刺风格，前人曾有过不少非难。如胡先骕先生认为，"总而论之，金氏之诗，才气横溢，言词犀利，诚有过人之长"，但"每觉其骨格不高，锋利太甚"②。又说："吾以为金氏之诗，岂但轻薄，直是刻毒。小雅之刺不如是也……以其悖温柔敦厚之教也。"③ 其实"才气横溢，言词犀利"正是金和讽刺诗的特点，至于"悖温柔敦厚之教"倒也确是事实。

另一位值得注意的创作讽刺叙事乐府的诗人是江湜。严迪昌先生认为："江氏的讽刺诗则在对世间相的冷嘲热讽这点上有着新的发展，更多的是带有如评弹艺术中所说的冷噱，特具风趣。"④ 这一点在其前后二组《拟寒山诗二十首》中表现得最为集中。

---

① 金和：《秋蟪吟馆诗钞》卷1，民国五年（1916）上元金氏刻本。
② 胡先骕：《评金亚匏〈秋蟪吟馆诗〉》，《学衡》1922年第8期。
③ 胡先骕：《评胡适〈五十年来中国之文学〉》，《学衡》1923年第18期。
④ 严迪昌：《论江湜的诗——清诗散论之一》，《南京大学学报》1981年第3期。

除讽刺乐府叙事诗外，近代还出现了很多明显具有议论倾向的乐府叙事诗，这类乐府继承和发展了"讽谏"精神中"谏"的一面。这种以诗著议诗风的出现与嘉、道年间的议政风尚颇有关系。梁启超称当时的经世派曰："举国方沉酣太平，而彼（指龚自珍、魏源）辈若不胜其忧危，恒相与指天画地，规天下大计。"① 而据《水窗春呓》记载："自来处士横议，不独战国为然。道光十五六年后，都门以诗文提倡者，陈石士、程春海、姚伯昂三侍郎，谏垣中则徐廉峰、黄树斋、朱伯韩、苏庚堂、陈颂南，翰林中则何子贞、昊子序，中书则梅伯言、宋涤楼，公车中则孔有涵、潘四农、臧牧厓、江龙门、张亨甫。一时文章议论，掉鞅京洛，宰执亦畏其锋。"② 可见当时的议政风尚与声势。以诗著议的乐府叙事诗以魏源、黄爵滋等人的创作为代表。

魏源的《江南吟》《都中吟》两组乐府诗标明效白香体，显然是有意模仿白居易的《秦中吟》。白居易的讽喻诗已经呈现出以诗著议的倾向，思想深刻的魏源更是发展了这种倾向。如《江南吟》：

种花田，种花田，虎丘十里山塘沿。春风玫瑰夏杜鹃，午夏茉莉早秋莲。……有田何不种稻稷，秋收不给两忙税。洋银价高漕斛大，纳过官粮余秸秕。稻田贱价无人买，改作花田利翻倍……游人但说吴民娇，花农独为田农泪。③

诗歌描写的事件近于一种社会现象，而具体的事件和人物形象已经不再清楚，与白居易的《轻肥》相比，我们就可以看出这种变化：

意气骄满路，鞍马光照尘。借问何为者，人称是内臣。朱绂皆大夫，紫绶或将军。夸赴军中宴，走马去如云。樽罍溢九酝，水陆罗八珍。果擘洞庭橘，脍切天池鳞。食饱心自若，酒酣气益振。是岁江南旱，衢州人食人！④

---

① 梁启超：《清代学术概论》，中华书局1989年版，第53页。
② 欧阳兆熊、金安清：《水窗春呓》，中华书局1984年版，第80页。
③ 《魏源集》，中华书局1976年版，第670页。
④ 白居易：《轻肥》，《白氏长庆集》卷2，《四部丛刊》初编集部，上海书店1984年版。

白诗依然能够显示出宦官趾高气扬、骄横无耻的形象。而魏诗只是借助一些具体形象描绘、展示了一种社会风气和现象，其旨在于抒写对这一现象的评论。

此外，魏源还有乐府咏史《读国史馆列传十六章》，采用"君不见"句式开篇，杂用三七句式，诗内有注，历数清代历史，称赞功臣业绩，气势流畅，有古乐府之风。林昌彝《射鹰楼诗话》曰："国家之所赖乎臣者有三，曰将臣、曰相臣、曰督抚臣。邵阳魏默深司马《读国史馆列传十六章》，可谓善于比例。诗亦雄浩流转，为古乐府之遗。"① 这种"君不见"句式自鲍照开创以来，李白发扬光大，但多用来抒情。魏源用之叙事议论，也是一种创造。

不过，这种以诗著议的倾向发展到极致，就是以议论为诗，如魏源《观往吟》《观物吟》等乐府组诗。这些诗歌诗体虽然与《江南吟》等类似，但我们已经不能把它们归为叙事诗之类了。

第三节　五言叙事诗的表现特征及创作

就诗体特征而言，五言叙事诗句式自然以五言为主。它主要包括齐言的五古、五排和以五言为主的或风格近于五古的杂言诗。当然，这类叙事诗以五言古诗为主体。五言叙事诗的形成与文人五言诗的形成是一个同步过程，是文人诗歌逐渐与乐府民歌相区别而形成其特征的过程。早期的五言诗借鉴了乐府民歌的创作经验，乐府的叙事倾向似乎也影响了五言诗，现存被认为最可靠的、最早的五言诗——班固的《咏史》就是一首叙事诗。不过，班固的《咏史》已显示出不同于乐府民歌的文人眼光和改造。《咏史》诗和乐府诗虽然都使用共有化的全知视角，但两者是有细微差别的，虽然这种差别在后世的叙事诗中已经很难区分。这种差别用言语不易描述，我们不妨把它夸大来加以表达。简单地说，乐府特别是汉乐府的全知视角更近于戏曲式的全知视角；而班固《咏史》的全知视角更近于史传式的全知视角。也就是说，班固借鉴了史学家的纪传体手法来创作叙事诗，其精神更近于《诗经》之雅颂，而非汉乐府。实际上，班固《咏史》也开了五言叙事诗之一体，我们不妨称之为纪传体五言叙事诗。后世效仿

---

① 林昌彝：《射鹰楼诗话》，上海古籍出版社1988年版，第66页。

者亦不少，如王粲《咏史诗》、曹植《三良诗》、卢谌《览古》、谢瞻《张子房诗》、颜延年《五君咏》、鲍照《咏史》、虞羲《咏霍将军北伐》等。其实纪传体五言叙事诗又可分为两类，如上文所举，前三者以叙述事情为主，是纪事；后四者以描写人物为主，是传人。不过，班固《咏史》诗之"概括本传，不加藻饰"①的写法被钟嵘指为"质木无文"②，后世咏史诗作者多承习左思《咏史》一脉，所以这类纪传体五言叙事诗到杜甫才再次产生影响。

如前文所述，五言诗产生以后就走向个性化、主体化、抒情化的道路，但这并不代表五言叙事诗的消亡，恰恰为文人五言叙事诗的独立发展创造了条件。魏晋时期最为著名的五言叙事诗就是蔡琰的《悲愤诗》，它的出现标志着文人五言叙事诗的成熟，也确立了文人五言叙事诗的主体化、个性化的表现方式和特征。这种表现方式一般采用第一人称视角，以个人的经历或见闻为叙事线索，往往具有浓郁的抒情性和议论感叹色彩。《悲愤诗》就借鉴改造了乐府诗歌的表现手法，充分显示出文人叙事诗歌的主体化、个性化和抒情性强的特征。与《十五从军征》《孤儿行》乃至《有所思》相比，《悲愤诗》实现了诗中人物第一人称视角和诗人第一人称视角的合一，从而凸显了诗人的主体生命活动和个性特征，更便于诗人强烈感情的自我抒发。诗歌篇幅之大，叙事之详，情感之曲折生动，远非乐府民歌所能比拟，成为后世文人抒情叙事诗的代表，被称为悲愤一派。今人这样评价《悲愤诗》："诗人善于挖掘自己的感情，将叙事与抒情紧密地结合在一起。虽为叙事诗，但情系乎辞，情事相称，叙事不板不枯，不碎不乱。""叙事抒情，局阵恢张，波澜层叠。它的叙事以时间先后为序，以自己的遭遇为主线，言情以悲愤为旨归。"③所论非常深刻。如果说蔡琰的《悲愤诗》主要以个人经历为线索叙事抒情，近于现代叙事学意义上的第一人称回忆性叙事的话，那么曹植的《送应氏》则是以个人见闻为主要叙事线索，近于现代叙事学意义上的第一人称见证叙事。这首诗通过作者的见闻，记录、描绘了董卓之乱所造成的破坏景象，抒发了自己的悲凉之感。当然，经历和见闻只是大体而言，更不好截然分开，这一

---

① 何焯：《义门读书记》，中华书局1987年版，第887页。
② 钟嵘：《诗品》，中华书局1991年版，第8页。
③ 刘文忠先生对《悲愤诗》的赏析（《汉魏六朝诗鉴赏辞典》，上海辞书出版社1992年版，第57页）。

点在杜甫的诗歌中表现得就比较明显。

班固、蔡琰、曹植等人为五言叙事诗的发展奠定了基调,到了唐代的杜甫更是把这种叙事诗发扬光大,从而确立其在叙事诗中的地位、价值和作用。承袭前代的传统,杜甫发挥其天才创造力,借鉴文法笔法,进一步强化了五言叙事诗的表现方式和特征,拓展了五言叙事诗的表现功能和领域。

杜甫也创作了一些纪传式五言叙事诗,但与班固等人歌咏历史人物不同,杜甫多用于哀悼故人,最有代表性的作品就是《八哀诗》。这是杜甫为伤悼王思礼、李光弼、严武、汝阳王李琎、李邕、苏源明、郑虔、张九龄八人所作的一组五言古诗。诗歌介绍了这些人的主要事迹,表达了作者对故人的怀念之情。从某种程度上说,从歌咏历史人物到哀悼故人,也是五古叙事诗主体化、个性化、抒情性表现特征的一种强化。《八哀诗》既不同于班固《咏史》诗之"概括本传","质木无文"的叙事,也不同于乐府诗近于类型化的人物塑造,它描绘、塑造的人物都是真实具体的、不可替代的,融入了作者个人深厚的感情和个性化认识,是作者寄托哀思、表达思念的产物,具有抒情性、个性化特征。

杜甫还有一些描写他人事迹的五古叙事诗,但它们不是用于哀悼思念,却是用于题赠、送别等交际唱和。这些诗歌或描写对方的才能和业绩,或叙写两人的交游和友谊,还有的甚至交代、叙写对方显赫的家世和出身。而且,这些诗歌的内容往往也不单纯,常包括上述两项或三项内容,如《送重表侄王砅评事使南海》写王砅的家族史及其在避乱时对作者的救助,最后表达了自己的良好祝愿。再如《寄彭州高三十五使君适、虢州岑二十七长史参三十韵》,前面赞美高适、岑参才能及政绩,后面介绍自己的处境,最后表达了自己的祝愿和希望,极似一封书信。这类叙事诗可以看作五古叙事诗表现功能和领域的一种拓展,呈现出以文为诗的特点,颇似后来盛行的赠序文。

承袭蔡琰《悲愤诗》传统,杜甫也有一些描写自己生活经历和心灵驿动的叙事诗,如《奉赠韦左丞二十二韵》《壮游》等。但真正代表杜甫五言叙事诗最高成就的作品是《自京赴奉先县咏怀五百字》和《北征》。与前人的五言叙事诗相比,这两首诗不仅体制篇幅宏大,而且把蔡琰《悲愤诗》个人经历叙事和曹植《送应氏》个人见闻叙事两种表现方式融为一体,把五言叙事诗的创作推向了一个新的高度。杨伦谓其"尤为集内大文章,见老杜平生大本领。所谓巨刃摩天,乾坤雷硠者,惟此种足以当之"①。而《唐宋诗醇》更断言这两首诗"具备万物,横绝太空,前无古人,后无来者,自有五言古以来,无此大文字"②。清人王闿运曰:"五言推《北征》,学蔡女,足称雄杰。"③还有学者认为,这两首诗的叙事艺术借鉴了史传之文,清人朱庭珍曰:"少陵大篇,最长于此,往往叙事未终,忽插论断;论断未尽,又接叙事;写景正迫,忽入写境;写境欲转,遥接生情。大开大阖,忽断忽连,参差错综,莫测端倪。如神龙出没云中,隐现明灭,顷刻数变,使人迷离。此运《左》《史》文笔为诗法也,千古独步,勿庸他求矣。"④

除了描写个人主要经历的叙事诗外,杜甫还用五言叙事诗叙写生活中的细微琐事。如《羌村三首》描写了杜甫一次回家的经历和感受,申涵光评曰:"摹写村落田家,情事如见。"⑤王慎中评赞:"一字一句,镂出肺肠,才人莫知措手;而婉转周至,跃然目前,又若寻常人所欲道者。"⑥《雨过苏端(端置酒)》记录了作者雨后到苏端家中游历乞食的经过。《除草》描写自己早晨除草的经历和感受。《催宗文树鸡栅》写因所养鸡"驱趁制不禁"而为之树鸡栅事。《驱竖子摘苍耳(即卷耳)》写作者采野菜充饥的事情。《种莴苣》《暇日小园散病,将种秋菜,督勒耕牛,兼书触目》等写自己的耕田生活及所见所感。像此类描写反映生活中日常琐事的叙事诗,杜甫以前似不多见,可谓是杜甫对五古叙事诗表现领域的一种开拓,至此五古叙事诗几乎无意不可入。

此外,杜甫也有一些反映社会生活、民生状况的五言叙事诗,但这些诗歌与乐府诗的表现方式也不尽相同,它们或以作者的风闻为线索,或融入作者个人的感叹、议论和抒情,表现出主体化、个性化特征。如五古《遭遇》叙写自己的沿途所见,展现了社会民生的疾苦。五排《喜闻官军已临贼境二十韵》歌颂了官军逼近贼境的胜利战果,表达了作者的喜悦心情。这首诗虽不是第一人称视角,但诗歌中洋溢着作者的主观情感。再

---

① 杨伦笺注:《杜诗镜铨》卷3,中华书局1962年版。
② 乾隆御选:《唐宋诗醇》卷10,中国三峡出版社1997年版,第181页。
③ 王闿运:《论唐诗诸家源流答陈完夫问》卷2,《湘绮楼诗文集》,岳麓书社1996年版,第533页。
④ 朱庭珍:《筱园诗话》卷1,《清诗话续编》(四),上海古籍出版社1983年版,第2335页。
⑤ 申涵光:《说杜》,《杜诗详注》卷5,中华书局1979年版,第397页。
⑥ 《杜诗详注》卷5,中华书局1979年版,第397页。

如《塞芦子》叙述了战斗形势，发表议论，提出镇守芦子关扼制贼寇的策略，颇似一篇政论文。

可见，五言叙事诗至杜甫这里其表现方式得到了进一步强化定型，表现功能空前增强，表现领域也空前扩大。杜甫以其天才创造力将五言古诗变成了一种可用来纪事、叙事、反映时事、言志抒情以及陈述政见的实用诗体，其叙事也带有明显的"诗史"、"史论"乃至散文性质，从而为五言叙事诗加载了文的功用。宋代以后，这种倾向更为明显，五言叙事诗的"以文为诗"特征得到了进一步发展。

五言叙事诗经杜甫的加工改造以后，逐渐成为文人叙事诗的正宗。近代的五言叙事诗不仅数量繁多，而且取得了很高的成就。近代五言叙事诗承袭了五言叙事诗主体化、个性化的特征，并把它向两个极端推进和发展。一是使五言叙事诗的表现功能和领域更为广阔化，从而其表现方式向客观化的乐府复归；二是使叙事诗的表现功能和领域更为生活化和个性化，从而其表现方式也向细腻化、抒情化方向发展。

就杜甫而言，虽然他将五言叙事诗的创作推向了一个新的高度，扩大了其表现领域，创作了鸿篇巨制《北征》《自京赴奉先县咏怀五百字》等作品。但杜甫以个人见闻为线索表现社会生活和民生疾苦的叙事诗毕竟不多。杜甫被称为"诗史"的作品主要是指"三吏"、"三别"、《兵车行》《丽人行》《哀王孙》等乐府歌行类作品。其五言叙事诗主要还是承袭蔡琰《悲愤诗》一路，多自传、他传类作品，主要用于记录个人生命轨迹、述怀、题赠唱和等领域。而近代以个人经历或见闻为线索表现社会生活和民生疾苦的叙事诗大量出现，这些诗歌借鉴了乐府诗的表现方式，使五言叙事诗表现方式向客观化方向发展，表现领域也更为广阔化，这是近代五言叙事诗的一个特征。

张际亮的五古叙事就表现出这一特点。在嘉、道诗坛上，张际亮是颇负盛名的。潘世恩认为："亨甫负经济才，磊落有奇气，读其诗如天马行空，瞬息千里，又如神龙变化，不可揣摸，殆得力于李青莲；而激昂慷慨，可泣可歌，忠孝之忱，时流露于楮墨间，则少陵之嗣响也。"① 张际亮颇有才气，但在仕途上很不得志，为生活所迫，长期过着纵迹江湖的浪游生活。他足迹踏遍了半个中国，所谓"一生足迹半天下，道途遍历知

---

① 《张亨甫全集》卷首题词，同治六年建宁孔庆衢刻本。

民隐"①,对各阶层的人物均有所了解。长期的游历生活使张际亮写下了一些颇具特色的五古叙事诗,这些诗歌集游历、民隐与议政于一体,融写景、叙事、议论于一炉,结构章法开阖跌宕,不拘一格。如《自韩庄闸登舟由中河至王家营》《自沂州至郯城夜宿郭外有述》《白塔》《十五夜宿弋阳筱箸岭述感》等。《自沂州至郯城夜宿郭外有述》写道:

> 朝从沂水渡,久望郯子城。旷野多悲风,鸿雁相哀鸣。际天衰草外,惟见饥人行。单车挈老弱,性命同死生。夫推妻前挽,中有儿啼声。夫妻草间坐,抚儿涕泪横。可怜露下根,霜落不再荣……②

诗歌把民生疾苦与游历所见风景融为一体。再如《自韩庄闸登舟由中河至王家营》从湖边景色入笔,描写漕运中强盗行凶,继而引入对朝政的议论。《白塔》五古以景物入手,写在白塔所遇到的纯朴民风,希望当局者实施善政。前人评张际亮诗歌"天才俊逸,腾骧变化,雄视一代"③,大概与其诗歌内容的开阖跌宕有关。当然这种笔法运用得好,确实能给人一种"天马行空,瞬息千里,又如神龙变化,不可捉摸"之感。但是如果运用得不好,就有体式杂糅,内容割裂之病,给人学而未化之感,如上面两首就是如此。钱仲联先生评曰:"亨甫诗大抵粗浅率易,貌似青邱、北地。夫高李学唐,昔人已有不能变化之讥;亨甫更效之,尚何取哉。"④当然钱仲联先生此论是针对前人对张诗的过誉而发的,不免有过激之嫌。张际亮这类诗歌最为成功的作品当属《奉化县》和《东阳县》。《奉化县》以作者行迹为线索,描写官兵逃窜、百姓流亡的战乱景象,作者对此发出了深沉的感慨。这首诗中浮现着作者的个人形象,而至《东阳县》则几乎完全客观化了,至此和乐府诗歌就很难区别了。《东阳县》诗风沉郁,有杜诗"三吏"之风,是张际亮记宁波英夷之乱最具代表性的诗篇:

---

① 《张亨甫全集·文集》卷3,同治六年建宁孔庆衢刻本。
② 张际亮:《思伯子堂诗集》卷18,同治八年姚濬昌刻本。
③ 林昌彝:《射鹰楼诗话》卷2,上海古籍出版社1988年版,第21页。
④ 钱仲联:《梦苕庵诗话》,张寅彭:《民国诗话丛编》第6册,上海书店出版社2004年版,第392页。

荒途苦雨风,夕就城中宿。客从宁波来,为言堪痛哭。八月廿九日,夷船大如屋。直抵宁波城,云梯走城角。官兵各逃亡,市井杂忧辱。请陈一二事,流涕已满目。孀妇近八十,处女未十六。妇行扶拄杖,女病卧床褥。夷来捉凶淫,十数辈未足。不知今生死,当时气仅属。日落夷归船,日出夷成族。笑歌街市中,饱掠牛羊肉。库中百万钱,搜取画以烛。驱民负之去,行迟鞭挞速。啾啾鼠雀语,听者怒相逐。百钱即强夺,千室尽窜伏。九月初三日,我逃幸未觉。传闻同逃者,白刃已加腹。可怜繁华土,流血满沟渎。吾闻起按剑,悲愤肠断续……①

诗歌借从宁波逃生的难民之口,哭诉了英军进入宁波城的残暴行径。老妇幼女均遭轮奸,公私钱物搜掠一空,杀戮之惨令人发指。诗歌以妇女的不幸遭遇来激发对外乱入侵的同仇敌忾,这是以往诗歌少见的内容。此诗虽然悲愤溢于篇章,但表现方式完全客观化,完全可以把它归入乐府诗歌中。

姚燮也有一些类似的诗歌,如《闻皋儿在城中阻夷军不得出同弟向长春门冒刃入城至寓馆觅得之薄暮始乘间出城》《冒雨行》《后冒雨行》《惊风行五章》《速速去去五解八月二十六日郡城纪事作》《哀鸿篇》等。前三首都以个人经历、见闻为主线反映了鸦片战争给人民带来的深重灾难,但作者的行迹还比较明显。《惊风行五章》《速速去去五解八月二十六日郡城纪事作》两首写鸦片战争时期人们慌乱逃亡的情景,虽以第一人称视角叙述,但作者的行迹已经不太清楚了。而《哀鸿篇》几乎整篇都是客观叙述,最后仅"埶向黼扆侧,陈我哀鸿篇"出现了叙述者的痕迹。这些表达方式客观化的五古,实际上与乐府有着密切的关系。除《闻皋儿在城中阻夷军不得出同弟向长春门冒刃入城至寓馆觅得之薄暮始乘间出城》外,其他几首诗歌多以"行"、"篇"命题。《速速去去五解八月二十六日郡城纪事作》中的"解"显然也是乐曲分章的标志,而《闻皋儿在城中阻夷军不得出同弟向长春门冒刃入城至寓馆觅得之薄暮始乘间出城》一诗显然也是这几首诗歌中叙述主人公行迹最为清晰的一首,近于经历的叙写。这种现象的出现绝非偶然,这充分说明了姚燮表达方式

---

① 张际亮:《思伯子堂诗集》卷30,同治八年姚濬昌刻本。

客观化的几首五古借鉴了乐府诗的表现方式，或者说，其本身就是从乐府诗演化而来的。但这些诗歌叙述的细密、内容的复杂、篇幅的宏大和叙述主人公浮现又与内容简单集中、篇幅相对短小、以客观场面叙述为主要特征的乐府叙事不尽相同。就表现方式而言，这些五古是介于五言叙事诗的主体化、个性化与乐府叙事诗的客观化、场面化之间的，近于歌行的表现方式。但明清以来，歌行一般指七言诗，因而我们把这些诗歌视作表现方式客观化的五古。此外，金和《痛定篇十三日》，王闿运《独行谣》，邓辅纶《杂诗纪行》《书事》《松桃决》，黄遵宪《逐客篇》《罢美国留学生感赋》《番客篇》等也都呈现出这一特征。

近代五言叙事诗表现客观化的重要策略就是由侧重于叙写经历转向侧重于描写见闻。因而近代出现了大量见闻诗，而且还有很多海外见闻诗，这是以前诗歌中少见的。近代大量五言见闻诗的出现，也是五言叙事诗表现方式客观化，表现领域广阔化的重要表现。近代的海外见闻诗多用五言古诗创作，一般以作者的游历为线索，写所见所闻，常常夹杂着作者的感想议论，代表人物是康有为。康有为"戊戌后周游欧美各国凡十余年，其诗多言域外古迹，恢诡可喜"①。如其《耶路萨冷观犹太人哭所罗门城壁，男妇百数，日午凭城泪下如縻，诚万国所无也，惟有教有识，故感人深远，吾念故国，辄为怆然》：

> 崇壁严仡仡，围山上摩天。巨石大盈丈，莹滑工何妍。筑者所罗门，于今三千年。城下聚男妇，号哭声咽阗。日午数百人，曲巷肩骈连。凭壁立而啼，涕泪涌如泉。惨气上九霄，悲声下九渊。如疑沿具文，拭泪知诚悬。电气互传载，真哀发中宣。一人向隅泣，不乐满堂缘。借问犹太亡，事远难哀怜。万国有兴废，遗民同衔冤。譬如父母丧，痛深限年旬。岂有远古朝，临哭旦夕酸？罗马后起强，第度扬其鞭。虽杀五十万，流血染城闉。当时严上帝，清庙金碧鲜。我来瞻遗殿，华严犹目前。珍宝移罗马，痛心亦难喧。正当吾汉时，渺茫何足云。……②

此外，黄遵宪等人的域外见闻诗也多用五古写成，如《锡兰岛卧佛》《纪

---

① 徐世昌：《晚清簃诗汇》卷182，中华书局1990年版，第7963页。
② 康有为：《万木草堂诗集》，上海人民出版社1996年版，第276—277页。

事》等。

近代五言叙事诗不仅向客观化、广阔化的方向发展，同时还向生活化、细腻化和抒情化方向发展。杜甫善于以五古叙事诗写亲身经历、生活琐事，在这方面郑珍也是写手。如其《溪上水碓成》写自己制作水碓事，《移书》写在战乱时自己运书事，《奔谷》写其战乱时收藏谷物事，都是一些生活琐事。我们看其《溪上水碓成》：

> 贫家一举动，终始靡不难。区区水碓耳，匝月功始完。余岂好多事，在昔多所艰。赤脚老丑婢，嫛姍聋且顽。遣之事春簸，炊或不给焉。有时得母助，乃始足一餐。无已作此举，令水为春人。内顾无竹木，未免乞比邻。稽迟到兹日，始已事而竣。狭巷清且驶，白石周四垣。回回外板斡，苏苏云子翻。佣者相顾喜，贺我春百年。嗟我佃耕此，瘠确缘溪干。年丰不偿苦，足得十大盆。安能尽碓力，碓成殊养闲。苦心顾为此，亦觉笑旁观。世事那计尽，感慨系斯篇。①

诗歌记录了作者制作水碓的经过及缘由，抒发了作者对清贫的感慨。郑珍还通过生活小事描写心理，表现心情，如《无事到郡游三日二首》之一写秋榜落第后烦躁而又百无聊赖的心情：

> 入城耻人见，入店愁主恼。朝饭熟未兴，夜灯续还晓。默欲但游寝，与语殊不了。客似无一识，来者尽头掉，劝客衣而冠："何家不堪造。""渠门多富贵，无我未为人。"我亦未用彼，敬谢不用嬲。②

一"耻"一"愁"，诉说了诗人内心的不平静。借入城住店，与客人随意攀谈的"小事"，不经意间又透露出自己的功名之叹。既是小处见大，又是诗人自己当时内心的真实写照。

江湜也有许多表现个人经历的五古叙事诗，其笔法细腻、曲折感人。与郑珍诗相比，江湜更多地受孟郊、陈师道的影响，其诗歌多自道个人的

---

① 郑珍：《巢经巢诗钞前集》卷1，民国二十九年（1940）贵州省政府印行《巢经巢全集》本。
② 郑珍：《巢经巢诗钞前集》卷2，民国二十九年（1940）贵州省政府印行《巢经巢全集》本。

坎坷身世，以个人经历遭遇为线索，自我为视角，充满悲苦之音。谭献称其诗"哀语使人不欢，危语使人毛戴"①，陈衍认为其"身世坎坷，所写穷苦情况，多东野、后山所未言"②。如《志哀九首》《寓斋杂诗五首》等。《志哀九首》写太平天国占据江南时，诗人举家避难的情景，其四云：

> ……记昨负米归，心痛惨入室。前夕邻村烧，贼来势飘乎。吾母素性刚，训女以死节。吾父淡荡人，生理恒守拙。羞以衰白年，流离事行乞。命我契一弟，两口犯险出。出者善保躯，宗祀未宜绝。尚有两子留，效死共蓬荜。是时我有语，未吐气先咽。欲留非亲心，欲去是永诀。……③

再如《寓斋杂诗五首》描写自己的清贫生活：

> 小斋六尺阔，卧榻据其半。吃饭与读书，两用榻前案。案旁余一几，堆书便抽看。客来须命坐，撤书收帙乱。客曰此舍窄，盍以他舍换？平生南北游，行迹如流窜。或月一迁地，传舍历无算。因是易安居，美恶不区判。是身一虚舟，舟行那问岸。……④

江湜叙事诗还善于"以曲达之笔状难写之情，而又无寻常怨愤悻悻之意"⑤。如《观儿戏》：

> 今日天气晴，游与我自休。饭后聊倚门，看彼群儿游。一儿持纸鸢，向空而上投。一儿牵其丝，反走丝自抽。左牵过屋角，自信风和柔。忽然一翻落，挂着高树头。再牵一丝断，怅望双泪流。顷之复嬉

---

① 谭献：《复堂日记》，郑逸梅、陈左高：《中国近代文学大系·书集日记集（2）》，上海书店1993年版，第32页。
② 陈衍：《近代诗钞述评》，《陈衍诗论合集》（上），福建人民出版社1999年版，第889页。
③ 江湜：《伏敔堂诗录》卷11，同治元年至二年（1862—1863）刻本。
④ 江湜：《伏敔堂诗录》卷7，同治元年至二年（1862—1863）刻本。
⑤ 王赓：《今传是楼诗话》卷7，张寅彭：《民国诗话丛编》第3册，上海书店出版社2004年版，第399页。

戏，为戏终无忧。感我忆儿时，独被书斋囚，春风日招我，出门难自由。欲知纸鸢状，几以梦寐求。尔时受拘管，岂自知藏修？亦为读书成，当比他儿优。忽忽四十年，万事徒自尤。自尤亦何益，且以诗自酬。乡里有小儿，今方为督邮。①

诗歌借生活小事，抒写人生体悟，表达自己复杂细腻的情感，也是五古叙事诗表达方式细腻化的一种走向。

近代还出现了很多借助生活琐事的叙写来表现亲情的叙事诗，这也是近代五古叙事诗表达方式细腻化和抒情化、表现领域生活化和个性化的另外一种体现。与借生活琐事描写自身生活状况的叙事诗相比，这类诗歌更为细腻感人。近代诗人姚燮和宋诗派的郑珍、郑孝胥、陈三立等人为这类诗歌的发展作出了杰出贡献。我们以郑珍为例来看看这类诗歌的发展，详细论述还可参阅下章以文为诗技法的论述。我们看其《芝女周岁》一诗：

忆我去年春，二月初四吉。将就礼部试，束装指京室。酸怀汝祖母，不忍见子别。倚楹饲幺豚，泪俯巍盘抹。此时汝小蠢，尚是混沌物。艰苦徒万里，无才分宜黜。岂知出门后，慈念益悲切。前阡桂之树，朝暮指就嗒。子身向北行，母目望南咽。旁人强欢慰，止令增感怛。所幸越七日，先生尔如达。半百甫为祖，欣忭那可说。乃令念儿心，渐为抱孙夺。吁嗟赖有此，不尔得今日。生女信为好，比邻不远出。为纪晬盘诗，悲忻共填结。②

诗歌以芝女为线，借自己离家就试一事，描写表现了真实微妙的家庭亲情，笔法细腻，情事曲折多变，感情随之起伏，自然入理。如写诗人离家应试："酸怀汝祖母，不忍见子别。倚楹饲幺豚，泪俯巍盘抹。"别子之悲进一步加深："子身向北行，母目望南咽。旁人强欢慰，止令增感怛。"得孙女而转悲为喜："所幸越七日，先生尔如达。半百甫为祖，欣忭那可说。"又转与念儿对比，进一步加深得孙女之喜："乃令念儿心，转为抱

---

① 江湜：《伏敔堂续录》卷三，同治元年至二年（1861—1863）刻本。
② 郑珍：《巢经巢诗钞前集》卷1，民国二十九年（1940）贵州省政府印行《巢经巢全集》本。

孙夺。"如此步步递进、转折，既写出了别子之悲，又突出了得孙之喜。我们再看一首《阿卯晬日作》：

贫人养儿女，其苦安可言。计日喜存活，及岁能无欢。我非无大男，天不与我玄。逾年幸举汝，吾道方艰难。万卷不能炊，一钱丐人艰。汝顾生健食，饥啼可胜怜。论升买市米，归已亭午闲。待饱化为乳，乃及供汝餐。常恐力难活，喑噁行周年。身中百衲衣，五色花斑斑。头上红锦帽，金钱龙凤盘。涎长被颈下，文抱当胸前。吾贫那辨此，见汝从母贤。俗情重晬日，烹羊宰肥豚。招要聚三族，喜气令冬温。吾此为单家，力又难膻荤。亦复洁疏食，为儿荐苹蘩。祝毕抱汝拜，忍涕为笑颜。我族食遵义，八叶当吾身。维昔别子公，锋冠刘绥军。播平不与赏，屯耕水烟田。谋力着新站，气欲无奢安。鹰鸠起旁掣，郡卒赖以全。定国与捍患，饮井俱忘源。洪柯有荣悴，欲语声已吞。先世一卷书，今惟吾家存。将复高祖德，未必非荡迁。想见灵之来，喜添一代孙。子孙不易为，抚首增浩叹。汝母罗百具，试儿心向先。鳞列图与书，错以聿以研。古印大如斗，中央狮伏跧。寸幅我新画，上有米家山。抱持不可律，爬按随掀翻。乃左持古籥，右手持天元。大笑真吾子，此意宁非天。我年十七八，逸气摩空蟠。读书扫俗说，下笔如奔川。谓当立通籍，一快所欲宣。狂谋百不遂，亲老家益贫。头颅近三十，心平无波澜。穷达知有命，浪走无乃颠。观海难为水，一蓻思专门。几年费心血，略识书数原。父畜子肯获，夫岂不愿然。即今盛平世，经术招儒冠。立成俱推步，不用呾与蕃。两闱禁篆体，隶楷须同文。儿亦焉用此，来踵阿爷跟。六经丽日月，义若东溟宽。取汲任其才，收效无钝顽。小用为帖括，命来即称官。腾身九霄上，袍笏光且鲜。一生免长饿，亲戚分唾残。世间富贵人，得力文几篇。儿其速长大，破楼思着鞭。与作鼠衔姜，宁为麦争籼。①

这是诗人为阿卯周岁时所作的诗歌，诗歌回顾了自己养儿的艰难、祖籍出身，描写小儿抓生的情景，从而联想到自己的生平，并寄托自己美好的祝

---

① 郑珍：《巢经巢诗钞前集》卷2，民国二十九年（1940）贵州省政府印行《巢经巢全集》本。

愿。诗歌笔法平实细腻，在生活小事的铺叙中，透露着淡淡的哀愁与苦闷、希望与喜悦，实可作一篇上等散文读。

第四节　七言叙事诗的表现特征及创作

七言叙事诗指以七言为主的叙事诗歌，它主要包括齐言的歌行、（狭义的）七古和以七言为主的或风格近于七古的杂言诗，我们也可以统称之为广义的七古。而以七言为主，篇幅可长可短是七言叙事诗的主要诗体特征。我们下面看一下这种叙事诗的表现方式和表现功能。

七言叙事诗以歌行为主，而歌行体叙事诗有其独特的表现方式。歌行以客观叙述为主，但往往运用夸张铺饰的手法，具有强烈的感情倾向，其表现方式介于乐府与五言叙事诗之间。与乐府相比，歌行渗透着创作者的感情倾向，感人易深；与五言诗相比，歌行多采用客观全知视角，便于叙述。如前文所述，歌行是由乐府"行"诗发展而来的，其表现方式自然与乐府"行"诗有天然的联系；而其又受"歌"诗的影响，因而其表现方式又显示出抒情性强的特征。歌行的主观性抒情决定了其歌颂性表现功能，其客观化叙述、夸张铺饰表现手法又决定了其传奇性表现功能。这些我们可以从叙事歌行的发展中看出一些信息。

歌行形成之初是以夸饰繁华为主要内容的，如《长安古意》《帝京篇》等，后来逐渐走向感叹世事沧桑、盛衰兴亡等抒情化道路，如《汾阴行》《春江花月夜》等。《汾阴行》是比较早的叙事歌行，它实际上是一首咏史叙事诗，吟咏汉武帝巡幸河东，祭祀汾阴后土的史事。诗歌以"君不见"开篇铺写历史，叙述中饱含情感，全文运用铺饰夸张、今昔对比的手法，在铺叙中表达了世事沧桑、盛衰兴亡的历史感叹，这种表现方式实际上已开元稹《连昌宫词》之先河。然而当律诗成熟后，人们古、近诗体的概念逐渐清晰，歌行这种不古不今的"齐梁格"，被人们视为一种不成熟的体制而走向衰落，其抒情的主要功能也自然被律诗、古体所替代。因而中唐歌行才另辟蹊径，创立了叙事的"长庆体"。当然，这种转变也不是凭空而来的，歌行从初唐的夸饰繁华到中唐的作意传奇之间的转变轨迹还是隐约可寻的。卢照邻的《长安古意》从宫廷到市井，描写了从帝王将相到歌儿舞女等各色人物，以夸饰繁华。这实际上为后来叙事歌行传奇功能的发展奠定了基调。张说的《安乐郡主花烛行》和杜甫的

《丽人行》分别铺叙郡主出降和贵妃出游的华丽奢侈场面，还流露出夸饰繁华的特征。而王维的《洛阳女儿行》则描写市井歌女的生活，已具有传奇特征。白居易《长恨歌》《琵琶行》在传奇人物描写和铺叙夸张的表现方面进一步发展而走向成熟。

与歌行的传奇表现功能发展的同时，歌行还孕育了歌颂的表现功能。盛唐时期，有几首歌行值得注意，李白的《司马将军歌》[①]、王维的《燕支行》和杜甫的《魏将军歌》。这些诗歌均以时事为表现内容，描写战争英雄，歌颂战斗豪情和昂扬斗志，我们姑且称之为英雄颂歌。这些歌行大概从《侠客行》《陇上歌》之类的乐府诗演化而来，融入了歌行夸张铺饰的表现手法，叙述更为曲折，情感更为激昂慷慨，为叙事歌行确立了英雄颂歌的创作典范。此外，还有一些歌颂艺人精彩绝世的技艺、塑造奇人形象的歌行，如李白的《草书歌行》和杜甫的《观公孙大娘舞剑器行》等，显然是歌行传奇和歌颂两种表现功能的混合产物。

近代叙事歌行不仅继承和总结了传统的歌行叙事，而且对其表现功能和表现特征做了进一步推进和发展。可以这么说，与乐府叙事诗和五言叙事诗相比，近代歌行叙事的突破和创新是最为显著的，因而近代叙事歌行也是近代叙事诗中成就最为突出的部分。这主要表现在近代叙事歌行对歌行叙事的传奇和歌颂两种表现功能与特征的发扬和光大方面。

就叙事歌行所表现的传奇功能和特征而言，影响最大的自然是"长庆体"。与前代相比，近代"长庆体"歌行不仅数量繁多，内容丰富，佳作累见，而且出现了围绕某一主题的系列创作现象，如赛金花系列、珍妃系列、圆明园系列、颐和园系列等。这是前代所未有的文学现象，充分见证了这类歌行创作的繁荣。而且近代"长庆体"歌行的创作还呈现出社会性和恢弘廓大的创作趋势，这在一定程度上又冲淡了其传奇特征，而更多地融入了"诗史"意识。近代"长庆体"歌行创作的繁荣和新创作倾向的出现，大致有两方面的原因。就社会原因来看，近代风云变幻的社会现实与内忧外患的时事政局刺激了诗人的忧患意识和补史情怀，促使他们拿起诗笔评论时局，创作"诗史"；就文学自身的原因而言，清初吴伟业"梅村体"诗歌创作的成功，为近代诗人树立了艺术典范和提供了艺术

---

① 李白的《司马将军歌》被《乐府诗集》归入"杂歌谣辞"，而"杂歌谣辞"并不入乐，就诗歌夸张铺饰的表现而言，完全可以归入歌行，或者是受歌行影响的乐府。

经验。

　　"长庆体"叙事诗歌虽然在元、白时期就在民间广为流传，但引起文人注意并效法创作却是较晚的事。"长庆体"之称出现于南宋后期，但这一称谓直到明代才被重视并流行起来。清初以后，诗人吴伟业采用这种体制创作了大量风神绝代的叙事歌行，"长庆体"才产生重要影响。袁枚《随园诗话》卷4引同时人《读梅村诗》云："百首淋浪长庆体，一生惭愧义熙民。"① 林昌彝《射鹰楼诗话》云："七言古学长庆体，而出以博丽，本朝首推梅村。"② 但吴伟业学"长庆体"又有所发展变化，后来被称为"梅村体"。"梅村体"和"长庆体"同中有异，实际上是"长庆体"的进一步律化。就体格而言，"长庆体"和"梅村体"都善于转韵，且颇有规律，大多四句一转，但"梅村体"的对偶句、律句要多于"长庆体"。就修辞手法而言，两者皆用顶真蝉联句法，但"长庆体"很少用典，"梅村体"却多用典故。所以说，"梅村体"实际上是"长庆体"的一种变格，它们都是借助初唐音韵流转、风神绝代的歌行来叙事抒情的，"韵协宫商，感均顽艳，一时尤称绝调"③。

　　"长庆体"歌行不仅体制精美独特，而且形成了独具特色的表现方式。就表现方式而言，"长庆体"歌行大体可分为两类：一类是个人命运式；一类是宫苑兴衰式。前者叙写某一人物的人生遭遇，借助一人之离合透视朝廷政治的得失。它们多以帝王后妃或者以歌女舞伎为描写对象，也有写平常百姓的，代表作品是白居易的《长恨歌》和《琵琶行》。后者描写某一宫廷苑囿的变迁，从一地之兴废考察一代的盛衰，以寄寓故国之思、兴亡之感，代表作品有元稹的《连昌宫词》。这两种表现方式有其共同的特点，它们都从细微处落笔用墨，构思贴近常人，形象婉转，以小见大，在铺叙中表现深沉的时代与人生的重大主题。这是"长庆体"诗歌的显著特征，折射出中国传统文化的传奇心态和忧患意识。当然，这两种表现方式又各有其特点，并因而产生了不同的诗体特征，陈寅恪先生就曾指出它们的同中之异："至若元微之之《连昌宫词》，则深受《长恨歌》之影响，然已更进一步，脱离备具众体诗文合并之当日小说体裁，而成一

---

① 袁枚：《随园诗话》，人民文学出版社2006年版，第114页。
② 林昌彝：《射鹰楼诗话》，上海古籍出版社1988年版，第51页。
③ 纪昀等：《钦定四库全书总目》（整理本），中华书局1997年版，第2341页。

新体，俾史才诗笔议论诸体皆汇集融贯于一诗之中，使之自成一独立完整之机构矣。"①

"长庆体"叙事歌行在近代继元白、梅村之后掀起了第三次创作高潮。这主要表现在质和量两个方面。就量而言，数量繁多，作品丰富；就质而言，佳作累见，名篇络绎，如出现了樊增祥的前后《彩云曲》、王闿运的《圆明园词》、王国维的《颐和园词》、杨圻的《檀青引》和《天山曲》等。下面就近代"长庆体"歌行的创作概况作一鸟瞰。

个人命运式的"长庆体"叙事歌行近代有很多。一是写歌女舞妓的。受吴伟业《圆圆曲》的影响，近代仍有以陈圆圆事迹为题材的"长庆体"诗歌，如周钟岳的《后圆圆曲》等。这类题材近人描写最多的，要数赛金花的事迹。樊增祥先写了《彩云曲》叙述其前半生与学士洪昀情事，潘飞声评曰："闻云门此稿甫脱，传诵京师，一时比之为梅村之圆圆曲。"②后又作《后彩云曲》敷写傅彩云与德帅瓦尔德西事迹，自评曰："自谓视前作为工，然俗眼不知，惟沈子培云：的是香山，断非梅村，亦不是牧斋。真是行家语。"③除樊增祥外，王甲荣《彩云曲》、薛绍徽《老妓行》，钱仲联先生评曰："《老妓行》一诗咏彩云事，虽沉博艳丽，未逮樊王二家，而翔实胜之。"④还有一些诗歌叙写与赛金花情事相关故事，如蒋著超《爱珠曲》敷写妓女爱珠与洪侍郎的一段艳事。此外，还出现了专写影星胡蝶的"长庆体"歌行，如钱仲联先生的《胡蝶曲》、《后胡蝶曲》，"圆圆、彩云，得梅村、樊山之笔而名益炽。如蝶者，固不可不加以渲染也，癸酉冬暮，屏居无聊，因作《胡蝶曲》寄兴。事本传闻，或难征信。苟有失实，余固不任其咎焉。后又作《后胡蝶曲》（自注：咏其与戴笠事）亦然"⑤。又说："民国以来，有一诗史中绝好资料，余久欲以长庆体写之而未就。"而这"绝好资料"就是名妓小凤仙事迹，目的是"写凤仙，即可渲染松坡也"⑥。此外，歌妓题材的"长庆体"歌行还有很多，如杨圻的《檀青引》，此诗以蒋檀青在庚子事变前后40年

---

① 陈寅恪：《元白诗笺证稿》，上海古籍出版社1978年版，第11页。
② 钱仲联：《清诗纪事》，凤凰出版社2004年版，第3167页。
③ 同上书，第3168页。
④ 钱仲联：《梦苕庵诗话》，齐鲁书社1986年版，第3页。
⑤ 同上书，第49页。
⑥ 同上书，第49—50页。

间的遭遇来记述咸丰、同治、光绪三朝史实，易顺鼎认为："《长恨歌》、《永和宫词》并此鼎足而三，称之史诗无愧色。"① 诸生秦烈《曼青曲》叙写了妓女邓曼青的飘零际遇，寄托了作者天涯沦落、同病相怜之慨，此曲题材体制绝似白居易《琵琶行》以及吴伟业《琵琶行》《听女道士卞玉京弹琴歌》。与此相似，张际亮《王郎曲》也广为传诵。如诗歌开篇写道："天下三分月，二分在扬州，一分乃在郎之眉头，弯弯抱月含春愁。"② 极尽风情。陈衍说："（亨甫）王郎曲，最为传作。余独爱其首四句。"③ 林昌彝云："才人畸士身世之感。往往借倡妓、优人自写身份，悲歌慷慨，情见乎词。邵武张亨甫孝廉，壮岁纵情声色，虽作春婆之梦，实能抒秋士之愁。其《王郎曲》一篇，传诵万口、亦风人所不弃也。"④ 邱炜萲《五百石洞人挥麈》称，与"白傅《琵琶行》之作同具一副心肠"⑤。

二是写嫔妃宫主，此类题材吟咏最多的是珍妃投井事。如金兆蕃《宫井篇》，钱仲联先生称其"则步武梅村，无愧诗史"⑥。王景禧《宫井词》自称"犹之乐天长恨之歌，梅村青门之曲，捃摭旧闻，聊存概略云尔"⑦。此外，还有薛绍徽《金井歌》、邓镕《崇东陵词》也写珍妃事。钱仲联先生也写过类似的作品，其《梦苕庵诗话》曰："余少作金井曲长古一首，效香山之长恨，写哀蝉之凄吟，自以未工，刊集时已删去。"⑧ 杨圻的《天山曲》以香妃的遭遇反映乾隆时代平定天山西路准噶尔部和南路回部叛乱的重大历史事件，钱仲联先生曰："《天山曲》洋洋千言，为'长庆体'第一首长篇，即论藻采，亦已突过秦妇吟矣。"⑨ 杨圻还有《长平公主曲》，以长平公主在大顺攻破北京以后的遭遇记叙明清易代的史实。还有写朝鲜王妃的，如丁传靖的《题朝鲜王妃闵氏遗像》记朝鲜之乱时闵妃被戕之事，陈作霖《可园诗话》称："丁秀夫仿鹿樵体题其

---

① 钱仲联：《梦苕庵论集》，中华书局1993年版，第353页。
② 张际亮：《思伯子堂诗集》卷27，同治八年姚濬昌刻本。
③ 陈衍：《石遗室诗话》卷21，辽宁教育出版社1998年版，第288页。
④ 林昌彝：《海天琴思录》卷3，上海古籍出版社1988年版，第77—78页。
⑤ 邱炜萲：《五百石洞人挥麈》卷4，光绪二十五年（1899）刊本。
⑥ 钱仲联：《梦苕庵论集》，中华书局1993年版，第381页。
⑦ 钱仲联：《清诗纪事》，凤凰出版社2004年版，第3396页。
⑧ 同上书，第3354页。
⑨ 钱仲联：《梦苕庵论集》，中华书局1993年版，第353页。

(闵氏)遗像云云,其音节直与《永和宫词》、《圆圆曲》相颉颃矣。"①

除此之外,还有一些人物命运式的"长庆体"诗歌,如丁传靖的《黄鹄云中曲》、孙景贤的《宁寿宫词》、曾广钧的《纥干山歌》等。

近代人物命运式的"长庆体"歌行,虽然数量繁多,内容丰富,佳作累见,但真正体现近代"长庆体"创作特色和独特风格的作品,恐怕还是那些宫苑兴衰式"长庆体"歌行。宫苑兴衰式的"长庆体"歌行起源很早,但自元稹的《连昌宫词》后,虽代有作者,有影响的作品却不多,而且在叙事模式方面也没有什么突破。直到近代,这种"长庆体"歌行的创作才繁荣起来。近代有两座著名的皇家园林,即圆明园和颐和园,围绕其兴衰变迁,文人写了不少叙事歌行。这种创作风尚也是近代"长庆体"向社会性和恢宏廓大方向发展的一个表征。

以圆明园为题材的歌行最著名者当属王闿运的《圆明园词》,诗歌以圆明园变迁为主线,叙述了清王朝后期的兴衰变化。钱基博评曰:"七古最著者,莫如所作《圆明园词》一篇。韵律调新,风情宛然,乃学唐元稹之《连昌宫词》,不为高古,于《湘绮集》为变格。"又说:"诗出,挚下争写。"② 可见其影响。钱仲联先生亦称:"独有圆明词,平视连昌宫。"③ 此外,李光汉也有《圆明园词》,这首诗的叙事模式虽近"长庆体",但诗歌在形式上以文为诗,诗风颇近杜韩,可视为"长庆体"歌行的变体。

以颐和园为题材的歌行有很多,其中最著名的就是王国维的《颐和园词》。王氏对此诗也颇为自负,自认为"虽不敢上希白傅,庶几追步梅村",又说"平生所为诗,惟《颐和园词》《蜀道难》《隆裕皇太后挽歌词》,差可自喜"④。陈寅恪评此诗:"曾赋连昌旧苑诗,兴亡哀感动人思。岂知长庆才人语,竟作灵均息壤词。"戴家祥评说:"长庆连昌词,乃以歌当哭。"⑤ 歌咏颐和园的另一首较出名的歌行是邓镕的《颐和园词》,邓诗自有其特点,就内容而言,邓诗侧重于铺叙颐和园形容构建,其自言"无藉词臣颂上林",自比《上林赋》,"他日有为汉宫阁疏者,吾此诗亦

---

① 钱仲联:《清诗纪事》,凤凰出版社 2004 年版,第 3600 页。
② 钱基博:《现代中国文学史》,中国人民大学出版社 2004 年版,第 38、44 页。
③ 钱仲联:《梦苕庵论集》,中华书局 1993 年版,第 338 页。
④ 萧艾:《王国维诗词笺校》,湖南人民出版社 1984 年版,第 44 页。
⑤ 同上书,第 43—44 页。

一之佐证也"①。海纳川的《冷禅室诗话》评说,"颐和园词有二首,王长于议论,邓长于叙事,未易轩轾也"②,大体精当。饶智元也有《颐和园词》,徐兆玮《北松庐诗话》指出:"王国维《颐和园词》云云,此与邓、饶两作,华彩不逮,而感慨苍凉处,则又过之。可与鼎峙中原矣。"③此外还有张怀奇、张鹏一、吴之英等人用"长庆体"作的《颐和园词》。

此类歌行还有杨圻的《金谷园曲》,以洛阳金谷园盛衰的史实讥讽当世达官贵人骄侈淫逸的生活。

除了宫苑兴衰式歌行创作的繁荣以外,近代"长庆体"创作的社会性和恢宏廓大之倾向还表现在叙事模式的突破方面。近代以前,"长庆体"歌行仅有三种叙事模式,近代诗人在继承、借鉴的基础上,开拓、确立了第四种叙事模式。如上所述,就叙事结构而言,"长庆体"歌行有个人命运式和宫苑兴衰式两类。就叙事视角而言,"长庆体"歌行也有全景叙事和对话叙事两种。全景叙事是一种叙事者无所不在、无所不知的叙述方式,似乎得力于史传传统的全知视角叙事。而对话叙事是借助对话讲述故事的叙述方式,"长庆体"采用的典型模式是 A 遇到 B,听 B 讲述故事。这种叙述方式似乎更得力于乐府传统和汉赋主客对答的形式。"长庆体"的两种结构和两种视角相互交错、配合使用,形成了"长庆体"不同的叙事模式。就个人命运式"长庆体"歌行而言,《长恨歌》采用全景叙事,而《琵琶行》采用的是对话叙事。这两种叙事模式被吴伟业继承并发扬光大,吴伟业的《楚两生行》《圆圆曲》《王郎曲》《雁门尚书行》等采用的就是个人命运构架下的全景叙事;而其《听女道士卞玉京弹琴歌》《临淮老妓行》《琵琶行》采用的就是个人命运构架下的对话叙事。而宫苑兴衰式"长庆体"歌行,一直以《连昌宫词》所确立的对话叙事为唯一模式。直到近代,王闿运才把全景叙事引入这类歌行的创作,发展丰富了"长庆体"的叙事模式。当时就有人注意到这种变化,但认为全知叙事无所避忌,有犯刑名,认为"此甚关文章体要,非其它小疵可比"④。其实就叙事学理论而言,对话叙事属于限制性叙事,能够创造出

---

① 钱仲联:《清诗纪事》,凤凰出版社 2004 年版,第 3680 页。
② 海纳川:《冷禅室诗话》,张寅彭:《民国诗话丛编》第 2 册,上海书店 2002 年版,第 710 页。
③ 钱仲联:《清诗纪事》,凤凰出版社 2004 年版,第 3741 页。
④ 钱基博:《现代中国文学史》,中国人民大学出版社 2004 年版,第 44 页。

特殊的艺术效果，增强故事的真实性；而全景叙事则属于全知性叙事，可以跨越时空，不受羁绊，更利于表现恢宏廓大的题材。王闿运及稍后的王国维等人之所以采取全景叙事，大概因为其更利于在严格的诗体格律中表现跨越时空、纷繁复杂的近代历史画卷。这种叙事模式的突破使近代宫苑式"长庆体"歌行独具面目，也是近代"长庆体"歌行的重要贡献和创新所在。然而问题总是两方面的，这种新的突破和创制也在不同程度上削减了"长庆体"诗歌的表现力和艺术性。全景叙事在赋予作者更大的创作空间和自由时也降低了作品的可信度。对话叙事的故事叙述者同时又是事件见证者或参与者，叙事过程往往会有个人情感的渗入，其真实性和生动性都是全景叙事所不能比拟的。

此外，与前代歌行相比，近代"长庆体"歌行的篇幅还呈现出扩大的趋势，这也是近代长庆体创作恢宏廓大特征的一种体现。早期的"长庆体"歌行名篇篇幅都不算长。如《连昌宫词》90句，《琵琶行》88句，较长的《长恨歌》也只有120句。而后来的吴伟业继承并发展了"长庆体"歌行，使其格律更加精严，多用律句、对偶、典故，创制了风神绝代的"梅村体"。但由于"梅村体"雅化、律化、文人化的特点，也在一定程度上增加了创作的难度。所以吴伟业的叙事歌行一般篇幅不长，大体七八十句，如《雁门尚书行》74句，《临淮老妓行》71句，《圆圆曲》78句，较长的《永和宫词》也不过108句。可见，所谓的"长庆体"叙事长篇，在近代以前，篇幅也不是很长，大都在100句以内。到了近代，"长庆体"歌行的篇幅增长，动辄在百言以上，而且多数用格律精严、用典缜密的"梅村体"写成。如《彩云曲》104句，《后彩云曲》112句，金兆蕃的《宫井篇》188句，王景禧的《宫井词》124句，王闿运的《圆明园词》126句，王国维的《颐和园词》144句，杨圻的《檀青引》141句，《长平公主曲》242句，特别是《天山曲》更是鸿篇巨制，前所未有，可谓旧体叙事诗的第一长篇，钱仲联先生评曰："千言天山曲，目空秦妇吟，江山真绝世，镗鞳此唐音。……天山曲洋洋千言，为长庆体第一首长篇，即论藻采，亦已突过秦妇吟矣。"① 近代歌行规模宏大，大体有两个原因。一是近代中国经历了三千年未有之变局，社会风云变幻。纷繁复杂的社会生活既为文学作品提供了丰富的素材，也需要特殊的形式和体

---

① 钱仲联：《梦苕庵论集》，中华书局1993年版，第353页。

制来反映它。这样近代诗歌就出现了一些新特点,一方面出现了很多能反映纷繁社会生活的大型组诗,如《己亥杂诗》《咄咄吟》等;另一方面诗歌自身篇幅加长,出现了很多鸿篇巨制,上述歌行就属于这一类。二是诗人学识与才力的增强。有清一代是封建文化再次辉煌和总结的时代,而"近代诗家,承乾嘉学术鼎盛后,流风未泯,师承所在,学贵专门,偶出余绪,从事吟咏,莫不镕铸经史,贯穿百家"[①]。诗人只有具有丰赡的学力,才能创制出鸿篇巨制的诗歌,特别是格律精严、多用对偶和典故的"梅村体"长篇。

近代传奇歌行一方面向社会化、恢宏廓大的"诗史"靠近,在一定程度上冲淡了其传奇性;另一方面则进一步向传奇小说靠近,其传奇特征又有所增强,这主要表现在戏曲、小说等传奇手法的借鉴和夸饰神话等表现技法的运用等方面。就戏曲、小说等传奇手法的借鉴而言,姚燮和金和等人在这方面作出了突出贡献。如姚燮的《双鸩篇》,诗歌302句,1795个字,比古代最长的叙事诗《孔雀东南飞》还多30个字。《双鸩篇》描写了一对青年男女在封建势力的迫害下双双殉情的悲剧,在艺术方面吸收了戏曲、说唱的文学养分。再如金和的《兰陵女儿行》《烈女行纪黄婉梨事》《断指生歌》等塑造了一个个血肉丰满的奇女异士形象,在表现手法方面借鉴了传奇小说技法。就夸饰神话等表现技法而言,龚自珍和汤鹏等人的叙事歌行较有代表性。他们的歌行语言多斑驳陆离,句式长短不一,意象瑰玮奇肆,在诗体方面也有所突破,如龚自珍的《能令公少年行》《奴史问答》,汤鹏的《蔡志行》等。详细可参阅下章关于戏曲、小说表现技法和寓言、神话表现技法的论述,此处从略。

近代叙事歌行不仅在传奇的表现功能和特征方面有重要突破,而且在歌颂的表现功能和特征方面也开辟了新的天地。近代出现了大量的英雄颂歌式叙事歌行,这是一个重要现象,也是近代叙事诗的一个重要特征。英雄颂歌式叙事歌行虽然源起于初、盛唐,但真正大量创作并取得重要成就,使其成为一种重要的文学现象却是近代的事。当然,这种现象的出现与近代内忧外患的政局、战乱频仍的社会现实有着密切的关系。

张维屏的《三元里》和《三将军歌》拉开了近代英雄颂歌式叙事歌

[①] 《汪辟疆说近代诗》,上海古籍出版社1999年版,第14页。

行创作的序幕。《三元里》以饱满的爱国主义热情，以大型浮雕般的构图和笔法，描绘了三元里人民群起反抗外国侵略的波澜壮阔的战斗场面，歌颂了中国人民的英勇斗争精神，展现了普通劳动人民的英雄群像。"三元里前声若雷，千众万众同时来；因义生愤愤生勇，乡民合力强徒摧。家室田庐须保卫，不行鼓声群作气。妇女齐心亦健儿，犁锄在手皆兵器。"诗歌在描写中国人民与外国侵略者的血战时，又以辛辣的讽刺笔墨勾画了英国侵略者仓皇失措、无处可逃的狼狈相："下者田塍苦踯躅，高者岗阜愁颠挤。中有夷酋貌尤丑，象皮作甲裹身厚。一戈已椿长狄喉，十日犹悬郫支首。纷然破遁无双翅，歼厥渠魁真易事"。诗歌末尾还谴责了清朝官吏媚外纵敌与屈辱求和的卖国行径，"如何全盛金瓯日，却类金缯岁币谋"①，表达了诗人的义愤。这首诗感情激越，成为近代爱国诗歌创制的先声。《三将军歌》作于道光二十二年（1842），刻画了为国捐躯的爱国将领陈联升、陈化成、葛云飞三位的英勇形象。首尾三人合写，中间依次分写，井然有序；全诗以叙事为主，在叙事中饱含激情，三位英雄的民族气节和英勇无畏的精神得到了充分的体现。诗风颇似吴伟业的《雁门尚书行》和《松山哀》。这种颂扬英烈的纪传体歌行在近代影响很大。

对这类歌行作出重要贡献的诗人还有朱琦、黄遵宪等。黄遵宪创作了《赤穗四十七义士歌》《西乡星歌》《近世爱国志士歌》《冯将军歌》《聂将军歌》等英雄赞歌。《西乡星歌》歌颂西乡隆盛的起义事，并借此历载日本幕府征战，展现尊王维新的时代风云；《赤穗四十七义士歌》描写了赤穗四十七义士为主复仇事；《近世爱国志士歌》描写日本吉田松荫等维新人物，歌颂他们"前仆后继"的精神，"以兴起吾党爱国之士"②；而《冯将军歌》与《聂将军歌》则分别歌颂了冯子材和聂士成两位将军的事迹。与前代相比，黄遵宪赞歌式叙事歌行篇幅更为宏大，句式更为灵活多变，铺叙更为细致曲折，人物形象更为血肉丰满。其中的主要原因在于黄遵宪的歌行吸收、借鉴了史传笔法，以文入诗，以诗记人。其实张维屏的《三将军歌》已呈现出这一趋势，郭则沄称其"纪死事之烈特详"，"可作三忠传读"③。朱琦在这方面也作出了重要贡献，如其《关将军挽歌》

---

① 张维屏：《三元里》，《松心诗集》，嘉庆二十五年版。
② 黄遵宪：《近世爱国志士歌·序》，《人境庐诗草笺注》，上海古籍出版社1981年版，第274页。
③ 龙顾山人：《十朝诗乘》，福建人民出版社2000年版，第613页。

《朱副将歌》等,"表扬忠节,感泣鬼神"①。而黄遵宪在这方面是集大成者,其《冯将军歌》尤为传颂,王蘧常先生认为"刻画将军,虎虎如生"。黄遵宪以史传入歌行的艺术手法,可参阅下一章以文为诗表现技法的相关论述,此处从略。

此外,魏源的叙事歌行也颇有特色,值得注意。如前文所述,魏源写了很多反映民生疾苦和社会现实的新乐府。但实际上魏源"平生踪迹半天下,耆奇好游",山水诗在其集中占了很大的比重,其自言:"昔人所欠将余俟,应笑十诗九山水。"②在鸦片战争以后,魏源的山水诗发生了"变异"。他的一些山水诗不再以对山水的单纯审美为主旨,而是融入了对时事的叙写和描绘,林昌彝评曰:"河山感喟写幽忧,利病苍生问九州"③。魏源这类叙事和山水融合的诗歌多用歌行写成,如《秦淮灯船引》。这是魏源最长的一首歌行体诗歌,长达75句。此诗写于《中英南京条约》签订的第二年,是纪念国耻日的一首史诗般的作品。第一段回忆英军入侵前南京秦淮河的灯月,以显示昔日的繁华。第二段以船夫吴侬的口吻叙述英夷退兵后南京的萧条。第三段借虮髯客的吟唱回忆英军入侵南京时的嚣张气焰以及所造成的南京混乱、市民奔逃。第四段写英国侵略者在南京的横冲直撞、横行无忌。第五段是讥刺统治者为了保全东南半壁而不惜用白银、绢帛、牛酒来取悦英夷,签订城下之盟。结尾一段用反讽手法讽刺统治者和南京市民,一旦英夷撤走,又依旧灯月相乱,歌舞升平。此诗看似不动声色,平平道来,实则平静中蕴含着激烈,温婉中隐含着悲愤。通过今昔的反复对比,有对侵略者凭借坚船利炮在中国土地上劫掠杀掳罪行的切齿痛恨;有对统治者不思抗敌御侮,一味用金银牛酒来取悦侵略者的无耻行径的无情揭露;也有对国人不恤国耻,只知追求奢华的扼腕之叹。类似的诗歌还有《普陀观潮行》《金焦行》等。魏源这类诗歌的出现是时代精神的折射,也是时运使然,显示出近代歌行创作的崭新特色,对近代以诗歌写时事的诗风的形成也有影响。当然,魏源这类诗歌多由歌行的体物赋法演化而来,由于融入过多的山水描写和感怀议论,还不能算是标准的叙事诗,可归入"准叙事诗"一类。此外,魏源也有一些

---

① 林昌彝:《射鹰楼诗话》卷3,上海古籍出版社1988年版。
② 《魏源集》,《戏自题诗集》,中华书局1976年版,第755—756页。
③ 林昌彝:《海天琴思续录》卷8,上海古籍出版社1988年版。

传奇类叙事歌行。如《听夷女弹洋琴歌》,记作者在澳门游园听外国女童弹洋琴事。诗有较长的小序,介绍他在澳门游园的经过。再如《京口琴娘曲》,诗歌序曰:"顺治二年,北固山杨公祠壁有女子题诗,自言台州人,卫氏,字秦娘,嫁三月而遭兵难,掠入淮河,乘间逃还,至此死焉。事载邑志,道光二十年庚子,予奉檄浚徒阳河,睹事怆情,诗以悼之。"魏源的七古叙事诗以"雄浑遒劲、气势奔放"①为主,林昌彝称魏源为"学太白七言古诗,入其堂奥且得神似者"②,大体公允。

除歌行外,近代还有一些七古叙事诗。这些诗多用于题赠唱和领域,表现功能与五古近似,只是表现手法受歌行的影响。如张际亮的《顾眉生添香图为李兰屏比部题》,写顾眉生生平事迹,近于歌行。《谭艺图为石甫廉访题即送之官台湾》详叙了石甫政绩及与自己的交游,并表达了自己良好的祝愿。还有朱琦的《校正亨甫遗集,作诗志哀》,鲁一同的《题徐子容少府溪山垂钓长卷》,陈宝琛的《杨勇悫公家居所临阁帖芝仙观察以一纸见贻感旧赋谢》《珍午和诗感及昔游因叠前韵奉答》《题章价直州寿麟铜官感旧图曾文正靖港之败自沈以殉章掖出之》《吴柳堂御史围炉话别图为张仲昭侍读题》,袁昶的《上蒿隐先生》《葱岭雪山间界务未定,杨荚裳侍御宜治,奋然请行,戏作诗趣之》等。还有一些七古诗描写重大时事,如朱琦的《狼兵收宁波失利书愤》,金和的《围城纪事六咏》等写鸦片战争时期的历史风云。再如曾广钧的《督队抵双台子是日见湘豫溃兵四五万人焚劫为食余策马弹压诸军始能收队》《谭提督桂林有格林炮四尊从余假炮兵百人牛庄之败谭君殉焉百人者生还二十六人其中伤重仍死者七人伤轻残废者四人惨极哀之》描写了甲午中日战争。还有一些七古诗写生活琐事,如郑珍的《屋漏诗》《重经永安莊至石垯》《湿薪竹》,江湜的《病中三诗》等。还有一些七古写重大天文现象,如袁昶的《地震诗》,丘逢甲的《日蚀诗》等。由此可见,狭义七古的表现功能近于五古,只是表现手法受歌行的影响,叙事更为细致曲折,具有浓郁的抒情性。

第五节 叙事组诗的表现特征及创作

与单体诗歌不同,组诗是同一主题的若干诗歌的序化排列和数量叠

---

① 钱仲联:《论近代诗四十家》,《梦苕庵论集》,中华书局1993年版,第333页。
② 林昌彝:《海天琴思续录》卷1,上海古籍出版社1988年版,第226页。

加，其独有的"联章成组"的诗体特征，使其在表现上具有其他诗体难以比拟的系统性和多元性。组诗可以突破单体诗歌狭隘的时空局限，扩充诗歌的表达容量，从而更利于表达曲折微妙的情感和复杂宏大的事件。也正是这个原因，组诗成为中国叙事诗的一个重要诗体。近代也涌现了大量的叙事组诗，其中不仅有绝句、律诗组合，也有古体、乐府联章。所以将组诗作为近代叙事诗的一种典型诗体，从某种程度上讲，与乐府及五、七言古体叙事诗之间有一定的交叉和重叠。但是，本章从组诗的视角关注叙事诗，叙述重点与其他章节不同。而且本章的描述对象以绝句、律体组诗为主体，这也不是其他章节可涵盖的。因而，将组诗作为近代叙事诗的一种典型诗体，虽然诗体划分标准有不统一之嫌，但也自有其事实及理论方面的合理性。

  组诗萌芽于先秦时期，几乎伴随着诗歌的产生就出现了。如果追溯组诗的起源，《吕氏春秋·古乐篇》记载的"葛天氏之乐"的"歌八阕"[①]可视为组诗的滥觞。《诗经》中大量出现的重章叠句的形式，也可以视作组诗的一种变形。而《楚辞·九歌》的出现则可视为组诗诞生的标志。可见，组诗形式的出现，最早大概与音乐有密切的关系，最初的组诗多是配乐演奏的乐章。汉魏六朝是组诗的发展时期，许多文人创作了组诗，如曹植《送应氏二首》，嵇康《和赠兄秀才入军十九首》，阮籍《咏怀诗十三首》《咏怀诗八十二首》，左思《咏史八首》，陶渊明《饮酒二十首》，庾信《拟咏怀诗二十七首》等，其中也不乏叙事诗歌，如孔融《六言诗三首》等。这一时期组诗的发展，与文人创作中复古模拟风习、炫才耀博心理以及宴游唱和行为等有着密切关系。但组诗特有的超大容量及其系统性、多元性的表现特征，是其作为一种独立的诗体形式得以存在、发展的内在根基。到了唐代，组诗进入了定型期。这一时期，不仅组诗的各种体制基本上发展完备，乐府、古体、律诗、绝句等各类组诗应有尽有；而且组诗主要表现功能和表现领域也基本定型。

  就叙事诗而言，唐代的叙事组诗的主要表现领域有以下几个方面：一是咏史，如卢照邻《咏史四首》，陈子昂《蓟丘览古七首赠卢居士藏用》，李华《咏史十一首》，胡曾《咏史》3卷，周昙《咏史》8卷等；二是描述边塞幕府生活，如王维《少年行》，杜甫《前出塞九首》《后出塞五

[①] 吕不韦：《吕氏春秋》，中华书局1991年版，第147页。

首》,王昌龄《从军行》等;三是描写民生疾苦,反映社会生活,如白居易《新乐府五十首》、李绅《新题乐府十二首》等;四是叙述经历见闻的叙事诗,如高适《自淇涉黄河途中作十三首》,杜甫《喜闻盗贼总退口号五首》等;五是描写宫廷生活,如王建《宫词一百首》,花蕊夫人《宫词九十八首》;六是展现地方风俗,如刘希夷《江南曲八首》,刘禹锡《竹枝词》等,这类诗歌虽有一定的叙事要素,但也往往流于描述,我们可将其列为准叙事诗来考察。此外,一些缅怀祖先功业、描述祭祀过程和盛况的郊祭歌辞,具有一定的叙事性,我们也将其视为一类叙事组诗。

这些叙事组诗多采用具有时空转换性的多维度的系列画面叙事,如咏史组诗将一系列不同时空的历史事件组合在一起,展现出一幅历史长卷;描述边塞生活、宫廷生活、地方风俗、民生疾苦的组诗则多侧重于从不同侧面展现主题,多层次、多视域地全面记录生活;记叙经历见闻的叙事组诗也是以时空的延展为线索,系列描绘生活的。这种时空转换性的多维度系列叙事,使叙事组诗可以比较灵活而又系统地叙述事件,形成散点透视的国画长卷的表现风格。

唐以后,叙事组诗在继承前代传统的基础上继续发展。进入近代,其创作再次繁荣。这不仅表现为各类叙事组诗的大量出现,而且表现为前代叙事组诗的所有表现领域几乎都有重要的开拓与发展。

就咏史而言,如前文所述,近代出现了许多乐府体咏史组诗,如魏源《皇朝武功乐府十八章》,朱琦《新铙歌四十章》等。当然,我们可以说这类乐府组诗继承了元明以来杨维桢、李东阳乐府咏史组诗的传统,但实际上,近代出现的这类乐府叙事组诗与杨、李以来的咏史组诗还是有较大区别的,或者说,就叙事组诗的表现领域而言,这类叙事组诗在很大程度上继承了汉唐以来缅怀祖先功业的郊祭歌辞传统。所以我们可以说,近代乐府咏史组诗,比元明以来出现的乐府咏史组诗更为复古,其远承古乐府之意,有将叙事组诗中的咏史与郊祭歌辞合流的倾向。

近代还涌现了大量的七绝体叙事组诗,其典型样式之一就是宫词、纪事组诗。宫词组诗是唐人王建开创的一种描述宫廷生活的组诗形式,《唐才子传》称"建性耽酒,放浪无拘。宫词特妙前古"[①],因而,王建也被誉为"宫词之祖"。这类组诗是由七言绝句连章而成的,其内容以描写后

---

① 傅璇琮:《唐才子传校笺》第2册,中华书局1983年版,第150页。

宫女性生活为主，艺术上以白描见长，语言平易清新而时见精警。其后，和凝、花蕊夫人也创作了类似的宫词组诗。明清以后，宫词组诗逐渐由描绘宫廷生活演变为叙述一代历史事迹的叙事组诗，如程嗣章《明宫词》，秦徵兰《天启宫词》，刘城《启祯宫词》等。

进入近代，这种叙述一代历史兴亡的宫词体叙事组诗出现了创作高潮，成为近代诗歌史上的一种重要现象。著名的作品一是吴士鉴的《清宫词》84首，他在其1912年的自序中称宫词"或出于官书之记载，或采自私家之纂述，至所见之世，尤皆身历其境，信而有征"①。二是魏程《清宫词》101首，诗歌大约完成于1915年，附有弟子李珍的注。三是胡延《长安宫词》100首，在庚子事变时，慈禧、光绪出奔西安，作者时官西安知府，供奉内廷，目睹耳闻，撰为宫词，所记皆亲身经历，颇具史料价值。然诗中亦多有称颂谀词，宋育仁曾指出其"纪恩遇偏多，且有颂扬过实"②之病。四是颜缉祜的《汴京宫词》，1900年冬，清廷筹备慈禧、光绪回京事宜，在开封修行宫，颜氏任内廷供支局委员。次年秋，作者曾在潼关迎接慈禧、光绪，其自称所作宫词"皆躬亲目睹，事事有征"③。此外，还有杨芃械《清宫词》30首，无名氏《前清宫词》等。

宫词体组诗不仅有从描绘宫廷生活转向记录历史事件的发展趋势，而且有从宫廷内转向宫廷外的发展态势，形成一种新的组诗形式叫"纪事诗"，如南宋刘子翚《汴京纪事》，清代严遂成《明史杂咏》，厉鹗《南宋杂事诗》等。

这类叙事诗歌也在近代大量出现，而且在表现领域和表现方法等方面都有重要突破。其中较为著名者有高树《金銮琐记》，王照《方家园杂咏纪事》，刘成禺《洪宪纪事诗》等。这些诗歌多以七言绝句构成组诗，每首诗记载描述事件的某个场景，并通过自注的形式叙述本事，从而达到"以诗纪史"的目的。如《金銮琐记》共137首，补遗6首，约写于1923年，作者高树长年在京任官，曾经历戊戌百日维新及义和团运动，举凡朝野轶事、宫廷掌故、北京风物、里巷琐闻，一一见诸吟咏。其自序曰："癸亥冬，病中无聊，信手作俚句，记录往事，加以小注。"④ 兹录一首，

---

① 吴士鉴：《清宫词》，北京古籍出版社1986年版，第1页。
② 同上书，第3页。
③ 同上书，第102页。
④ 同上书，第103页。

以见一斑:"五夜临朝畏朔风,玻璃屏胜碧纱笼。内臣谢罪自批颊,无法调停事两宫。"自注:"德宗早朝畏风,内务大臣立山作玻璃屏,上大悦。太后面责立山曰:'皇上畏风,臣下不畏风耶?'立山叩头,自批颊数十下,奉太后命,撤去屏。"①

王照《方家园杂咏纪事》记载了晚清的诸多史实,徐一士对其内容及成书记叙颇详:

> 王小航著有《方家园杂咏纪事》,戊辰夏锓板,仅以赠知交,未尝出售,故流传不广。此书谈晚清诸事,极娓娓有致,虽间有未谛处,而大端闳锐可观。其自序云"丁卯岁之仲夏,偶与清史馆总纂王晋卿先生谈及景皇、慈禧、隆裕事。先生因服官边省,多所未闻,谓余曰:盍纪之以文?余曰:从来史官皆以官书为据,今清史当亦然耳,余纪之何裨?先生曰:否,我固乐为采录。再三丁宁。余归而分纪数篇,中以拳匪篇为最长,以为方家园杂咏二十绝,先生皆誊入笔记。有改正字句处,余甚心服。既而余将原稿联缀为一,以方家园二十咏为纲,而分纪各事于其后。先生为定其名曰《方家园杂咏纪事》。因纯为述过去之事,与现在未来毫无关系,故不亟于付梓也。丁卯孟秋水东自叙。"王氏晚年所居,在净业湖之东,名之曰水东草堂,自号水东老人。盖锓板前一年所作也。如所云,实小航本人手笔。小航既作古人,此书外间益不多见。近坊间有德宗遗事一书,署"新城王树枏"字样。其小引……盖可异已。《方家园杂咏纪事》之二十咏,……咏前有小引云:"方家园者,京师朝阳门内巷名,慈禧、隆裕两后母家所在也。恭忠亲王奕䜣曾言:我大清宗社乃亡于方家园。"纪事则分缀于二十咏之后。其于所咏非直接关涉,而可以类观者,则标"附记"字样,更缀其后。②

而刘成禺《洪宪纪事诗》更是这类"纪事诗"的典范。该诗成于1918年,是以袁世凯称帝为题材的一组七绝组诗,规模宏大,瑰玮可观。

---

① 吴士鉴:《清宫词》,北京古籍出版社1986年版,第120页。
② 徐凌霄、徐一士:《凌霄一士随笔》第4卷,山西古籍出版社1997年版,第1480—1483页。

诗歌也附有自注，生动地展示了袁世凯称帝前后这段历史进程。钱仲联先生评其曰："敢于呵天之诗史也。"[①] 章太炎先生序曰："武昌刘成禺，当袁氏乱政时，处京师久，习闻其事，以为衰乱之迹，率自稗官杂录志之，然见之行事，不如诗歌之动人也。"[②] 孙中山先生序曰："鉴前事之得失，示来者之惩戒。国史庶有宗主，亦吾党之光荣也。"[③] 可见《洪宪纪事诗》的重要"诗史"价值。所以，《洪宪纪事诗》在当时颇有影响，因而，其后产生了续作《续洪宪纪事诗补注》。该诗由103首七绝连章而成，是张伯驹受吴则虞之嘱创作的大型组诗，诗内加注，对本事进行了解释。

近代的纪事诗不仅数量多、质量高，而且对传统的表现领域也有重要开拓，以往宫词、纪事类叙事诗歌多记叙宫廷生活或历史事件，而近代出现了以藏书为题材的纪事组诗，这是前代诗史上所未见的，是近代纪事组诗表现领域的一个新的重要开拓。这类诗歌最早的是叶昌炽《藏书纪事诗》。该诗初稿6卷，成于1890年8月17日。1897年，由叶昌炽的同乡友人江标在长沙编著出版，即《灵鹣阁丛书》本。但叶氏对该诗不甚满意，1909年起开始校定增删，最终刻成《藏书纪事诗》7卷本。叶昌炽是清末著名藏书家和金石学家，其感于历代藏书家节衣缩食致力于藏书，但在身后往往"遗书星散"、"名姓翳如"[④]，于是决心征文考献，搜集"藏家故实"，为其"人为一传"。但编纂时感觉条理颇为不易，难以"人为一传"。因而叶昌炽仿照厉鹗《南宋杂事诗》、汤运泰《金源纪事诗》体例，"各为一诗，条举事实，详注其下"[⑤]，完成了一部藏书家的诗体传记。该诗记录起于五代末期，迄于清代末期，共收集人物739人，是中国第一部记载历史上藏书家事迹的专著。因而，叶氏自言此书"发隐阐幽，足为羽陵宛委之功臣"[⑥]。叶昌炽以纪事诗体撰写的藏书史，不仅是中国藏书史上的拓荒之作，也为纪事组诗开拓了一个新的表现领域，产生了重要影响。叶氏之后，近代许多诗人仿其体例，创作藏书纪事诗，如吴则虞《续藏书纪事诗》，伦明《辛亥以来藏书纪事诗》，吴道熔《广东藏书纪事

---

① 钱仲联：《近百年诗坛点将录（续）》，《中国近代文学研究》第2辑，广东人民出版社1998年版，第161页。
② 刘成禺：《洪宪纪事诗本事簿注·序》，山西古籍出版社1997年版，第3页。
③ 同上书，第1页。
④ 叶昌炽：《藏书纪事诗·序》，北京燕山出版社2008年版，第3页。
⑤ 叶昌炽：《藏书纪事诗·自序》，北京燕山出版社2008年版，第1—2页。
⑥ 叶昌炽：《缘智庐日记》，台湾学生出版社1964年版，第141页。

诗》等。这不仅形成了近代诗坛上一种重要的文化现象，也在一定程度上反映出文化兴衰、兴替的轨迹。

贝青乔《咄咄吟》堪称近代七绝类叙事组诗中最为著名的作品，它也是描述边塞幕府生活类叙事组诗在近代的一种创制。贝青乔，江苏吴县人，诸生，年少时家境贫寒，但怀有忧国忧民的情怀，建功立业的志愿。鸦片战争期间，扬威将军奕经奉旨东征，贝氏投笔从戎，参加了其军队。其《咄咄吟》全面描述了贝青乔在东征军营中的所见所闻，其自序曰："计自将军南下，以至蒇事，征兵一万一千五百人，募乡勇二万二千人，用饷银一百六十四万五千两，筹画一载，而卒收功于通商之议，惜哉！仆本书生，不习国家例案，何敢妄置一词。然军旅之中，听睹所及，有足长见识者；暇辄纪以诗，积久得若干首，加以小注，略述原委，分为二卷，题曰《咄咄吟》，言怪事也。"① "咄咄"，语出《世说新语·黜免》，指"咄咄怪事"②。《咄咄吟》主要是讽刺、揭露东征军中的"咄咄怪事"，这支军队从将军奕经至参谋随员，都置国家危亡于不顾，只关心邀功请赏、争权夺利，将领们的昏聩无知、腐败淫乐、相互倾轧，都达到了令人发指、难以置信的地步。贝氏曾亲自参与东征活动，自言"若非见闻，概弗敢及"③，这使《咄咄吟》具有了重要的"诗史"价值，前人称"诗史一编传杜甫，良家十郡感陈涛"④。

《咄咄吟》是由120首七言绝句构成的大型组诗，它在艺术的表现形式方面承袭、借鉴了纪事组诗的传统，但对其也做了重要突破。这不仅表现在它对传统纪事组诗表现领域的开拓上，将习惯于用乐府组诗叙述的边塞幕府生活纳入纪事类叙事组诗的表现领域；而且它在诗、注结合的艺术形式方面也有了重要贡献。前代的纪事类叙事组诗虽也采取了诗、注结合的艺术形式，但注多比较简略。而《咄咄吟》将所见怪事写成七绝诗歌，每首诗歌又附以短文进行阐释说明。因事赋诗，就诗作文，从而以诗纪史，又以史证诗。他将诗、注结合的形式，发展为诗、文结合的形式，大大增强了纪事组诗的叙事容量，从而使《咄咄吟》既具有文学意义，又具有史料价值，成为贝青乔诗歌的代表作品。

---

① 贝青乔：《咄咄吟·自序》，吴兴刘氏嘉业堂刻本。
② 刘义庆：《世说新语》，浙江古籍出版社1980年版，第353页。
③ 贝青乔：《咄咄吟》卷2，"终南剪崇志犹存"小注，吴兴刘氏嘉业堂刻本。
④ 青鸟红词客：《咄咄吟·卷首题词》，吴兴刘氏嘉业堂刻本。

近代还出现了许多七律体叙事组诗,其中较为典型的一类是"游仙诗"。游仙诗源于汉代以前的歌赋。早在《楚辞》中已有抒写仙人轻举登霞的篇章。如《远游》篇,将古老仙话传说诗歌化,通过"游"的描写以表现逍遥世界,抒发内心的忧思情绪,初具游仙诗的雏形。秦代始皇好神仙,曾"使博士为《仙真人诗》,及行所游天下,传令乐人歌弦之"①。在汉乐府中,亦有反映神仙思想的作品,如19首郊庙歌中的《日出入》《天马》都表达了畅游太空的理想。但作为一种成熟的体裁,游仙诗的流行则是汉代以后的事。魏晋时期,不仅道人创作游仙诗,文人亦相继创作游仙诗,蔚然成一代诗风。游仙诗在内容上主要是歌咏仙人漫游之情,表现出超越世俗社会局限的强烈愿望;在艺术上,游仙诗想象奇特,善于运用夸张、拟人、象征等多种修辞手法。但自汉以后,伴随着人们理性意识的成长,游仙诗经过二千多年的发展,越来越呈现出世俗化的趋势,游仙的成分越来越脱离题材而留存为一艺术手法。换言之,后世的游仙诗在内容上真正歌咏仙人的成分越来越少,它们越来越关注现实生活和诗人的个体情怀,只是在艺术上保留了夸张、拟人、象征等多种修辞手法。而近代的游仙诗恰恰反映了这一特征。近代纷繁复杂的社会生活,已不是一般传统诗歌可以容纳、表现的了。近代诗人在描写这一时期的历史生活时,也在各方面加以努力突破。游仙诗象征、拟人、夸张的艺术手法,自然也进入了他们的法眼。所以,近代很多诗人以游仙组诗的形式,描写、反映重大历史事件。

张鸿《游仙四首》记录了甲午战争的一些时事,如其二:"玉枢高捧领群仙,宝篆元文秘九天。先遣赤龙迎柳毅,莫教白雀跨张坚。八公丹表淮王起,三岛黄云汉使旋。毕竟登盘只仙李,蟠根月窟已千年。"钱仲联先生《梦苕庵诗话》曰:"此诗'赤龙'句谓两江总督刘坤一以钦差大臣督办东征军务,驻山海关;'白雀'句谓湖广总督张之洞移督两江,代刘督;'淮王'句谓恭邸入枢;'汉使'句谓侍郎张荫桓、巡抚邵友濂为全权大臣赴日本会议,至广岛,日本拒之,遂反国。末二句谓和议之责终推李鸿章也。"②《清史稿德宗本纪》对此诗吟咏的本事有所记载:"光绪二十年……九月甲戌朔,懿旨起恭亲王奕䜣直内廷,管总署、海军署事,并

---

① 司马迁:《史记·秦始皇本纪》,中华书局1959年版,第259页。
② 钱仲联:《梦苕庵诗话》,齐鲁书社1986年版,第76页。

会同措理军务。……冬十月……戊申,诏恭亲王督办军务,各路统帅听节制。……召刘坤一来京,以张之洞署两江总督兼南洋大臣。……十一月庚辰,懿旨恭亲王奕䜣复为军机大臣……十二月甲辰,命刘坤一为钦差大臣,关内外各军均归节制。……壬子,命张荫桓、邵友濂以全权大臣往日本议和,寻召还。……辛酉,懿旨,刘坤一驻山海关筹进止。"①

曾广钧有《游仙诗和璧园艳体四首》,分别传记岑春萱、瞿鸿礼、袁世凯、端方四人事迹。易宗夔《新世说》云:"光宣之间,岑云阶、瞿子玖、袁慰亭、端午桥诸要人,相继罢免,梁璧园以目疾闲居长沙,作艳体诗四章分咏之,名流和者数十人,以王壬甫、曾重伯所作为工,一时脍炙人口。"② 而王闿运也有《游仙五首》,附有自注,分别歌咏当权用事的吴大澂、刘坤一、陈湜、张之洞、王文韶五权要,兼评骘朝政,一时影响流传至广。以至21年后,章太炎依此录制四律,代表新潮对王氏专门加以讽刺。

除"游仙诗"外,近代还有许多感事、纪闻类的律诗组诗,这些诗歌多叙述历史时事或描绘人物,如郭曾炘《癸丑感事诗》,郭则澐《十朝诗乘》称"备详国变颠末"。朱琦《纪闻八首》写姚莹守台湾事迹,"然治台称职者固有其人。朱伯韩《纪闻》诗美台湾道姚莹……"③ 姚燮有《诸将五章》,诗歌仿杜甫诗歌体例,叙述鸦片战争事迹,"辛、壬间海夷之乱,姚梅伯著《茧拇录》,缕述故事,信而有征。其《诸将五章》……"④ 这类诗歌量繁多,难以数计,充分体现了近代叙事诗歌紧密关注社会现实的特征。

近代还有一类具有典型意义的组诗,即竹枝词,多用来叙述各地的风俗民情,有较强的叙事性,这里作为准叙事诗加以介绍。竹枝词原本是唐代巴渝地区的一种民歌,唐人刘禹锡首先拟作"竹枝词",将这种民歌引入了文人诗歌的殿堂。在唐宋之后,"竹枝词"成为一种歌咏风土人情的特定诗体,形式以七绝为主,内容上"咏风俗"、"琐细诙谐皆可入",风格上以"风趣"为主。

梁启超《台湾竹枝词》继承了竹枝词的民歌传统,仿照民歌形式和

---

① 赵尔巽:《清史稿》第4册,中华书局1976年版,第908—909页。
② 易宗夔:《新世说》,山西古籍出版社1997年版,第111页。
③ 龙顾山人:《十朝诗乘》,福建人民出版社2000年版,第593页。
④ 潘衍桐:《两浙輏轩录》卷35,光绪十七年刊本。

语言，为"为黎民写哀"。其自序云："晚凉步墟落，轧闻男女相从而歌。译其辞意，恻恻然若不胜谷风、小弁之怨者，乃掇拾成什，为遗黎写哀云尔。"① 此外，还有一些海外竹枝词，如潘乃光《海外竹枝词》记叙了其随"喑慰使"王之春出使俄国时的所见所闻。其中有随王之春在圣彼得堡观看舞剧的情景："登场一曲演鸿湖，惝恍离奇事有无。痴绝不如德太子，合尖何日见浮图。"其自注叙述了大概剧情："戏演德储与鸿妖有缘，几经离合，卒为王后。"② 王之春日记也记叙此件事："礼官等来……出名《鸿池》，假托德世子惑恋雁女而妖鸟忌之。"③

综上所述，不同体制叙事诗具有不同的表现方式、表现功能和风格特征。大体而言，乐府叙事诗采用客观场面再现的表现方式；五言叙事诗多运用主体性、个性化较强的自叙或见证式叙事；七言叙事诗的表现方式介于两者之间；而叙事组诗多采用不同时空的场景组合式叙事。乐府的表现功能主要在于描绘、展示社会问题；七言叙事诗的表现功能侧重于刻画各色人物、讲述传奇故事；而五言叙事诗的表现功能则两方面兼具，并擅长展示作者的个人世界，与乐府的客观再现不同，五言叙事诗描绘社会问题往往融入自己的感叹或议论；与七言歌行塑造人物着意于传奇和歌颂不同，五言叙事诗的人物描绘多用于哀悼和怀念；叙事组诗的表现功能则极为广泛，而其主要特点在于整合、扩充了各类功能领域的容量，具有系列性和规模性的特点。就风格而言，乐府叙事诗灵活自由，语言通俗，与歌谣相似；五言叙事诗风格庄重严肃，情感真挚细腻，近于文章；七言歌行叙事曲折生动，情感浓郁，类似诗意的传奇；叙事组诗则联章成组，类似散点透视的国画长卷。

---

① 梁启超：《饮冰室诗话》，时代文艺出版社1998年版，第405页。
② 王之慎：《清代海外竹枝词》，北京大学出版社1994年版，第202页。
③ 《王之春集》第2册，岳麓书社2010年版，第671页。

第三章

近代叙事诗的表现技法

西方的文学理论和批评从古希腊罗马经中世纪、文艺复兴、古典主义、浪漫主义直到现实主义的各种文论，始终是围绕着柏拉图、亚里士多德以来延续了数千年的模仿—再现—表现这一主线发展的，批评家的眼光总是围绕文学与时代、社会、历史的关系等外部问题转来转去，而不太重视文学自身。中国古代文学的研究和理论也有类似的情况，儒家温柔敦厚的诗教观、"文以载道"说和"言志缘情"的诗学观等一直占据着中国文学批评的主流。这种古今中外延续了数千年之久的侧重外部研究的文学理论自然有它的道理，但问题的关键是过分强调这类关系却掩盖和忽略了对文学本身的理论研究，这就使文学丧失其文学性。自18世纪工业革命以来，随着学科的分类和独立，现代研究者越来越重视文学的独立性，关注文学的"内部研究"。上一章关于叙事诗诗体类型的研究，实际上是这种"内部研究"的一种实践。而此章是继叙事诗的诗体特点、表现特征之后，对叙事诗表现技法等内部问题作出的进一步探讨。

与西方叙事诗相比，中国叙事诗显示出重纪实不重虚构、重场面不重情节、重线索不重结构、主观抒情性强等特点。这些特点固然是中国古代思维方式的显现，与中国文化中史传、诗骚传统和传奇表演等因素密切相关，但只有在具体表现技法中才能得到落实和体现。因而，我们只有分析和探讨这些表现技法，才能更好地理解中国叙事诗的特点，体会中国叙事诗的表现方式。

第一节 "以文为诗"的技法

关于文体之间的渗透和借鉴对文学创新和发展的作用，钱锺书先生有著名的"侵入扩充"之说："文章之革故鼎新，道无它，曰以不文为文，以文为诗而已。向所谓不入文之事物,今则取为文料;向所谓不雅之字句,今则组织而斐然成章。谓为诗文境域之扩充,可也;谓为不入诗文名物之侵入,亦可也。"① 钱先生还引用了中外事例相互发明论证,博学卓识,着实让人眼界大开。以此为基础,钱锺书对韩愈"以文为诗"现象给予了较高的评价。"以文为诗"的说法源于宋人对韩愈诗歌的评价。最早认识到这一特点的大概是欧阳修,他在《六一诗话》中曰:"退之笔力无施不可,而常以诗为文章末事。故其诗曰:'多情怀酒伴,余事作诗人'也。然其资谈笑,助谐谑,叙人情,状物态,一寓于诗,而曲尽其妙。此其雄文大手固不足论,而余独爱其工于用韵也。"② 而第一次使用"以文为诗"之语的当是稍后的陈师道,其《后山诗话》曰:"退之以文为诗,子瞻以诗为词,如教坊雷大使之舞,虽极天下之工,要非本色。今代词手,惟秦七、黄九尔。唐诸人不逮也。"③ "以文为诗"之说一旦进入文学批评领域,其内涵和意义也不断丰富。它不仅成为唐诗、宋诗之别的焦点,而且反映出中唐以后中国古代文学观念的泛化现象,因此引起研究者的关注而成为研究的热点,各家也众说纷纭。

关于"以文为诗"在文学批评领域的内涵和意义,本书不拟过多涉猎。本书仅将"以文为诗"视为一种艺术手法,考察其在近代叙事诗中的运用及影响。作为一种艺术手法,"以文为诗"的内涵和表现形式也是非常丰富的。程千帆《韩愈以文为诗说》认为,从形式上看,"以文为诗"是以散文的章法、句法、字法入诗;从表现手法上看,则是以议论入诗。这种说法得到学界大多数人的承认,影响也较大,本书也基本持这种观点。但学界还有些学者认为,"以文为诗"的表现形式应包括以赋为诗。如钱东甫《关于韩愈的诗》认为,"以文为诗"应该说是"以赋为诗"。毕宝魁《韩孟诗派研究》也认为,"诗多赋体"是韩愈"以文为诗"的主要表现之一。这里的"赋"大致有两种解释:"一是指如同汉代大赋那种文学体裁的气势及铺陈渲染的风格";二是"铺陈其事的一种写作手法"。前者如《南山》等追求宏大气势的诗,后者如韩愈的大量叙事诗。以文为诗是否应该包括赋法,其分歧的关键恐怕在于有关"文"的

---

① 钱锺书:《谈艺录》,中华书局1984年版,第36页。
② 欧阳修:《六一诗话》,人民文学出版社1962年版,第16页。
③ 陈师道:《后山诗话》,何文焕辑:《历代诗话》,中华书局1981年版,第301—317页。

概念理解之不同。赋体是一种介于诗、文之间的文体，而其基本倾向属文，其写作特点是铺张扬厉，颇能渲染一种壮阔的气势，因而一些学者将其归入"文"的范畴也不无道理。而与比兴并称的赋法虽起源于诗，但因其不同于比兴之"曲说"的"直说"表达特征及其与赋体的血缘关系，也一并被归入"以文为诗"范畴，虽然赋法并不等同于赋体。程先生认为，韩诗中的赋法来源于骚赋，并不属于"以文为诗"范畴，也自有道理。本书以为，"以文为诗"的表现形式大体包括程先生所说的两个方面，而赋体的章法结构等文体方面的特征也可以包括在内。不过，就"以文为诗"在诗歌创作中运用的影响而言，绝不限于这些表现形式方面。由于"以文为诗"技法的运用，诗歌具备了"文"的某些表现功能，表现领域也向"文"方向扩展，也就是钱锺书先生所说的"侵入扩充"。这一点在下文论述中会有体现，这里不作赘述。

"以文为诗"技法的运用虽以韩愈诗歌为典型，但并不始于韩愈。韩诗学杜，赵翼曰："韩昌黎生平所心摹力追者惟李、杜二公，顾李、杜之前，未有李杜，故二公才气横恣，各开生面，遂独有千古。至昌黎时，李、杜已在前，纵极力变化，终不能再辟一径。惟少陵奇险处尚有可推扩，故一眼觑定，欲从此辟山开道，自成一家，此昌黎注意所在也。"[①] 韩诗"以文为诗"技法也深受杜诗的影响和启发，刘辰翁《赵仲仁诗序》云："杜虽诗翁，散语可见，惟韩、苏倾竭变化，如雷霆、河、汉，可惊可快，必无复可憾者，盖以其文人之诗也。"[②] 因而，我们说韩诗"以文为诗"风格的形成，是韩诗学习借鉴杜诗并发扬光大的结果，这大体没有什么问题。而就叙事诗的创作而言，杜甫"以文为诗"的开拓之功及其影响恐怕要大于韩愈。

齐梁以来，诗之为诗的界限愈见分明，诗的表现范围也愈为狭窄，盛唐诗人虽力破齐梁以来宫体之桎梏，扩大诗歌的表现领域，使之从低回哀怨的宫禁深闺中脱颖而出，驰骋于山水、田园、边塞等广阔天地。不过，此时诗文的表现功能仍然相对分明，诗不出描摹风物、抒发情怀之范畴，而叙事和说理仍多由散文的形式来表达。杜甫处衰乱之际，承盛唐之变，融史入诗，叙历史时事，抒稷契襟怀，通诗于文，荣得"诗史"之称。叙事与议论的浑化、个人遭际与国家命运的融和，是杜诗突破历代陈囿，

---

① 赵翼：《瓯北诗话》，郭绍虞：《清诗话续编》，上海古籍出版社1983年版，第1135页。
② 刘辰翁：《赵仲仁诗序》，《须溪集》卷6，《四库全书》集部，别集类，南宋建炎至德佑。

达到集大成境地的主要成就,同时也是其"以文为诗"的表征和结果。杜甫不仅继承班固《咏史》以来融史入诗的传统,确立了五言中纪事和传人两类叙事诗的表现方式和特征;而且借鉴文法,发展了汉魏以来文人回忆和见闻叙事诗的表现方式和特征。此外,杜甫还把以诗叙事引入题赠唱和领域,其体近似于赠序文;还用诗歌记录自己生活中的细微琐事,其体近于"记"。关于杜甫对叙事诗的开拓和发展,可参阅上章"近代五言叙事诗的表现特征及创作",这里不再赘述,仅补两条前人论述加以印证。刘熙载云:"杜陵五七古叙事,节次波澜,离合断续,从《史记》得来,而苍莽雄直之气,亦逼近之。"① 方东树亦云:"杜公以《六经》《史》《汉》行之,空前后作者,古今一人而已。韩公家法亦同此,而文体为多。"② 吴见思评杜诗曰:"有以文体作诗者,如剑南纪行,龙门阁、水会渡诸诗,湖南纪行,空灵滩诸诗,用游记体;如《八哀诗》八首,用碑铭墓志体;如北征、壮游诸诗,用记体。"③ 结合上述评论,我们可以进一步理解杜甫"以文为诗"的技法及其对叙事诗创作的影响了。

杜、韩以后,"以文为诗"的技法被宋代诗人广泛运用,清人赵翼评曰:"以文为诗,自昌黎始,至东坡益大放厥词,别开生面,成一代之大观。"④ 清人叶燮也说:"唐诗为八代以来一大变。韩愈为唐诗之一大变。其力大,其思雄,崛起特为鼻祖,宋之苏(舜钦)、梅(尧臣)、欧(阳修)、苏(轼)、王(安石)、黄(庭坚),皆愈为之发端,可谓极盛。"⑤ 唐代诗人在诗坛上建立了前所未有的丰功伟绩,这样"宋人欲求树立,不得不自出机杼,变唐人之所已能,而发唐人之所未尽"。而韩愈"以文为诗"技法正合了有志于变革创新的宋代诗人们的需要,成为他们扫除宋初西昆派浮艳诗风的有力武器,为他们确立一代诗风提供了借鉴和依据。后来,"以文为诗"的意义又和严羽所说"以文字为诗、以才学为诗、以议论为诗"混在一起,成为宋诗区别于唐诗的重要特征之一。

"以文为诗"既然是宋诗的重要特征,近代叙事诗中运用这种技法的多为学宋诗人也是情理中的事情了。近代诗坛以宋诗为主流,学宋诗人也

---

① 刘熙载:《艺概》卷2,《诗概》,上海古籍出版社1978年版。
② 方东树:《昭昧詹言》卷8,人民文学出版社1961年版。
③ 吴见思:《杜诗论文·凡例·章法》,《杜诗详注》,中华书局1979年版,第2343页。
④ 赵翼:《瓯北诗话》,郭绍虞:《清诗话续编》,上海古籍出版社1983年版,第1135页。
⑤ 叶燮:《原诗·内篇上》,丁福保辑:《清诗话》,中华书局1963年版,第561页。

可以分为前后两期或两派，即道、咸时期的宋诗派和光、宣时期的同光体。虽然因社会时局和个人的身世遭遇不同，这两派诗人的创作意识略有不同，但他们的艺术主张总体上是一脉相承的，关于"以文为诗"技法的运用也区别不大。但道、咸时期宋诗派的叙事诗除五、七古外，还多有乐府，而同光体诗人乐府较少，这一点稍有区别。除学宋诗人外，姚燮、金和、黄遵宪等人的叙事诗也具有"以文为诗"的特点。

在鸦片战争的诗史诸作家中，以古文家而兼为诗人之雄的当推朱琦和鲁一同，他俩的诗歌都具有"以文为诗"的特点，但又各不相同。朱琦学诗，早年曾师白居易，后来改以杜、韩及北宋诸家为门径。宗鉴成《怡志堂诗集书后》曰："先生尝为余言早年取径香山，及与伯言梅郎中游，始改师杜、韩及北宋诸家。"曾国藩《求阙斋日记类钞》认为："朱伯韩诗所诣在韩白之间。"① 钱仲联《论近代诗四十家》云："取径昌黎翁，火逼杜陵叟。"② 朱琦诗学门径在杜甫、韩白之间，自然得杜、韩等人"以文为诗"的家法。"梅曾亮谓琦学韩而自开异境，其下笔老重，乃天禀所独得。乐府及五七言古诗近体尤胜，其中长篇雄深峻迈，如百金骏马，蓦波注碥，绝不蹉跌。此古人成体之诗，今人岂复有此。"③

朱琦的乐府叙事诗力避"元轻白俗"④之弊，取杜甫、韩愈诗法，以古文之精髓入诗。用笔质实，剪裁洗练，起结沉稳，转承谨严，语言雅洁而畅达，章法自然而透迤。如《漯安河》：

> 我行至漯安，夹道闻传呼。去是奉使官，驰驿旋京都。寒风卷飞旗，兽炭燃香炉。执戟为前导，辎重载后车。中有朝贵人，蜂拥而云趋。县官接道左，观者填路衢。行馆供帐盛，肴错盈庖厨。仆从恣饮啖，食饱弃其余。使者一日费，闾阎十户租。庶几勤轸恤，采辑风俗书。疾苦达天听，此行将不虚。⑤

揭露使官靡费，反映官场之腐败。诗人不正面描写朝中之贵，而从侧面着

---

① 《曾国藩全集》卷6，内蒙古人民出版社2000年版。
② 钱仲联：《论近代诗四十家》，《梦苕庵论集》，中华书局1993年版，第334页。
③ 陈衍：《近代诗钞·石遗室诗话》第1册，1923年商务印书馆铅印本。
④ 《苏轼论文集》，北京出版社1985年版，第147页。
⑤ 朱琦：《怡志堂诗集》卷2，民国二十四年（1935）桂林排印《岭西五家诗文集》本。

笔写仪仗声势，县官献媚，仆从浪费，从而自然发出"使者一日费，闾阎十户租"的感叹。笔墨省净老练，显示出极深的古文功夫。其他如《老兵叹》《镇江小吏》《病叟吟》《河决行》等，展示了民生疾苦，描绘了兵荒战争，感时念乱，堪称诗史。所以钱仲联先生曰："怡志堂诗下笔迟重，天资所独禀。感时念乱之作，无愧一代诗史，不独桂中诗人之冠而已。"①

而最能反映朱琦"以文为诗"特点的还是其五、七言古诗。林昌彝评朱琦的五七言古诗为"如长江大河，鱼龙百变，足以雄视古今。少陵《北征》、《自京赴奉先县咏怀》而外，少与比肩"②，名篇有《感事》《王刚节公家传书后》等。《感事》详细记载了鸦片战争的经过，并阐述了自己的政治主张，诗歌以文为诗，剪裁得当，结构精严，启承沉稳，"洋洋洒洒，曲尽时事，韵语中有此巨制，叹观止矣"③。林昌彝《射鹰楼诗话》评曰："侍御《感事》及《王刚节公家传书后》为集中大篇。退之书《张中丞传后》，子厚书《段太尉逸事》，为马、班以还仅见之奇，宋、元以后治古文词者无此巨制，不意于韵语中复睹雄笔。"④《王刚节公家传书后》以传记文的笔法创作。诗歌开始交代了战争发生的背景："皇帝廿一载，逆夷寇边陲。定海城再陷，三总兵死之。"然后描写了三公英勇战斗的经过："公乃急赴援，事已不可为。郑帅断左臂，裹创强撑住。张目犹呼公，阳阳如平时。葛陷贼阵间，血肉膏涂泥。或云没入海，举火欲设奇。一酋自后至，剚刃裂其脐。惟时海色昏，颓云压荒陂。公弃所乘马，短兵奋突围。前队既沦亡，后队势渐危。"全用散行单句行之，脉络贯通，启承自然，剪裁得当。正面描写战争场面之激烈，即使在历代古文中也少见。诗歌还注意行文的节奏变化，疏密相间，张弛结合。如在激烈英勇的战斗事迹描写之后，穿插王公行军前的小事，烘托侧映，抒发感慨："传闻祭纛日，公潜语所私。吾已办一死，此行必不归。"⑤ 这种腾挪变化之笔法，颇似司马迁之文。"叙述密致，于委蛇澹荡中郁风雷之声。"⑥ 所

---

① 钱仲联：《梦苕庵诗话》，张寅彭：《民国诗话丛编》第6册，上海书店出版社2004年版，第397页。
② 林昌彝：《射鹰楼诗话》卷2，上海古籍出版社1988年版，第26页。
③ 魏秀仁：《陔南山馆诗话》，《魏秀仁杂著抄本》，江苏古籍出版社2000年版。
④ 林昌彝：《射鹰楼诗话》卷1，上海古籍出版社1988年版，第9页。
⑤ 朱琦：《怡志堂诗集》卷4，民国二十四年（1935）桂林排印《岭西五家诗文集》本。
⑥ 王蘧常：《国耻诗话》卷1，上海新纪元丛书，民国三十六年（1947）版，第14页。

以林昌彝以韩愈之《张中丞传后叙》和柳宗元之《段太尉逸事状》比之，是颇具慧眼的。

但与五古的客观叙事兼议论的表现方式不同，朱琦的七古叙事诗歌感情充沛，多具有抒情气息。如《关将军挽歌》《狼兵收宁波失利书愤》《朱副将战殁，他镇兵遂溃之，诗以哀之》《校正亨甫遗集，作诗志哀》等。《关将军挽歌》开篇四句描绘了敌人进攻的严酷形势，为关将军的出场埋下了伏笔。正在众人惊慌奔走相告的时候，"海防夜遣关将军"。临危受命，危难时显身手，使将军一出场就形象高大，显得极为重要。下文通过对比手法来凸显将军的形象："我军虽众无斗志，荷戈却立不敢前，赣兵昔进号骁勇，今胡望风同溃奔。将军徒手犹搏战，自言力竭孤国忠。可怜裹尸无马革，巨炮一震成烟尘。"最后荡开一笔，叙写将军遗恨："臣有老母年九十，眼下一孙未成立，诏书哀痛为雨泣。"通过将军亲情牵挂，使将军形象血肉丰满。最后顺笔交代了陈连升父子战死的事迹，看似闲笔，其实不然。这是一种正衬手法，陈连升父子的遭遇与关将军相类似，忠烈之士先战死，强化了诗歌的哀挽之气，而且发人思考：为什么相似的悲剧一再发生？深化了诗歌的主题，使诗歌韵味不绝、余音袅袅。朱琦善于调节叙事节奏，运用看似闲笔的描写进行侧面烘托，往往感人至深。如前文所分析的《王刚节公家传书后》和这首诗都是这样，把这种腾挪变化的文章笔法引入叙事诗的创作，这是朱琦的创制。而朱琦运用亲情烘托人物的写法又和宋诗派大量亲情诗创作相互映衬，共同反映出诗歌创作的一种近代化趋向。其他七古叙事诗也都具以文入诗的特点，颇具抒情倾向。如《朱副将战殁，他镇兵遂溃之，诗以哀之》同样以文章腾挪变化的笔法叙事，通过正反对比，侧面烘托等手法描写朱副将父子。与歌行相比，这类叙事诗下笔较迟重，有娓娓道来之感，但依然情感浓郁，感人至深。"枪急弓折万人呼，裹疮再战血模糊。公拔靴刀自刺死，大儿相继弊一矢。小者创甚卧草中，贼斫不死留孤忠。"① 将军一门之惨烈，催人泪下。

朱琦以古文章法入诗，剪裁洗练，转承谨严，用笔质实，取得很高的成就。林昌彝称其诗歌曰："乐府及五七言古诗，气韵沈雄，风骨俊逸，有如千岩竞秀，万壑争流，源于浣花，旁及昌黎，而能独成一字，遒劲似

---

① 朱琦：《怡志堂诗集》卷4，民国二十四年（1935）桂林排印《岭西五家诗文集》本。

刘诚意而魄力胜之，忠爱似郑少谷而真挚过之。"① 与之相比，其友鲁一同的"以文入诗"又别具特点。

鲁一同也是诗学杜、韩，他写过《通甫评杜》，对杜诗研究颇有影响。与朱琦相似，鲁一同诗歌多以散行单句行之，风格雄浑，语言雅洁，语序自然，颇有古文之风。但鲁一同更擅长描绘形容，渲染夸饰，常借助场面的展现达到叙事的效果。如《黄通守席上喜晤蔡少府即事有作》开篇的四句："惊飚驾长淮，五月气凄厉。时艰惜欢娱，主客千里至。"② 开篇交代五月间主客相遇，极力渲染了慷慨悲壮的气氛和场面。与朱琦的"皇帝廿一载，逆夷寇边陲。定海城再陷，三总兵死之"写法显然不同。与这种语言风格和表现手法相适应，在诗歌的行文章法上，鲁一同也不像朱琦那样以章法谨严见长，而以转折硬截突兀著称。其诗歌富有跳跃性，具有较大的容量。如《河决后填淤肥美友人借资买田宅夏日遣奴子往视黍豆归报有作》，全诗开篇破空而下，从题外落笔，先写自己寄泊他乡，抱负难酬的感慨。然后转到买田营宅上。可是，作者并没有顺理成章地叙写如何耕种，而是一笔宕开，追叙去年的灾荒，进而写到灾象给今天带来的后果，最后又发出感叹："艰难愧一饱，郁结怀九州。大哉生民初，粒食谁与谋。"③ 全诗几次转折，颇具跳跃性。再如《三公篇》第一首开篇："裕公忠臣后，正气何堂堂。起家谢阀阅，致主繇文章。东南大藩地，实领财赋疆，士女厌笙竽，沟洫流稻粱。昏昏宝珠域，仙仙歌舞场。感叹风俗颓，嫉邪森刚肠。意待五蠹除，坐使万民康，淳风未回斡，丑夷纷陆梁。"④ 短短几句就叙写、概括了裕谦的一生，从家氏出身到坐镇东南，又从东南民风写到裕公的政绩，最后又转到鸦片战争。诗句不多，几度转折，容量很大。

曾国藩是晚清"湘乡派"代表人物，又是晚清学宋诗风的倡导者，其《题彭旭集》诗云："自仆宗涪公，时流颇忻向。"⑤ 其诗歌瓣香杜甫、韩愈和黄庭坚，施山亦称："今曾涤生相国学韩嗜黄，风尚一变。"⑥ 曾氏

---

① 林昌彝：《射鹰楼诗话》卷1，上海古籍出版社1988年版，第5页。
② 鲁一同：《通甫诗存》卷2，咸丰九年（1859）山阳鲁氏刊本。
③ 同上。
④ 同上。
⑤ 曾国藩：《题彭旭诗集后即送其南归》，《曾国藩诗文集》卷3，上海古籍出版社2005年版，第80页。
⑥ 施山：《姜露庵杂记》，钱仲联编：《清诗纪事》，凤凰出版社2004年版，第2529页。

自云其学诗门径为："吾于五七古学杜韩，五七律学杜，此二家无一字不细看。"① 其叙事诗也师法杜、韩，以文入诗，盘空硬语，魄力沉雄，颇富机趣。如《傲奴》：

君不见肖郎老仆如家鸡，十年笞楚心不携；君不见卓氏雄资冠西蜀，颐使千人百人伏！今我何为独不然？胸中无学手无钱。平生意气自许颇，谁知傲奴乃过我。昨者一语天地暌，公然对面相勃豀。傲奴诽我未贤圣，我坐傲奴小不敬。拂衣一去何翩翩，可怜傲骨撑青天。噫嘻呼！傲奴！安得好风吹汝朱门权要地，看汝仓皇换骨生百媚！②

这首诗全用散行单句，句式错落，形式很自由，节奏变化灵活，思绪复杂、情感跌宕，仿李白的《将进酒》，又颇得杜甫、韩愈诗歌神韵。再如《酬岷樵》，诗歌音节浏亮，转折突兀。诗歌先叙述了岷樵与邹兴愚的交游，后赞扬了岷樵的文采及自己的生活感受，围绕岷樵这一人物，内容几经转折。全诗以散行单句行文，硬语盘空，颇具韩诗的阳刚之美，并以苏诗的恣肆救韩诗的险怪，绵缓曲折的表达方式又受黄庭坚的影响。与朱琦相比，曾国藩的叙事诗虽题材内容较为狭窄，但音节浏亮、硬语盘空，更近韩愈诗风。

金天羽在谈论嘉、道以后诗运时说："盖诗至嘉、道间，渔洋、归愚、仓山三大支，皆至极敝。文敝而返于质。曾文正以回天之手，未试诸功业，而先以诗歌振一朝之坠绪，毅然宗师昌黎、山谷，天下响风。浭叔其时一穷薄儒素耳，与文正无声气之接纳，创坛坫于江海之上，独吟无和。吴中文字绮靡，浭叔独以清刚矫浓婹。文正于涩中犹涵选泽，微为气累。浭叔曲折洞达，写难状之隐，如听话言。"③ 高度评价了江湜的诗歌成就，大有与曾国藩并称之意。

江湜论诗主真情，不避浅易，也有诗学杜、韩以文为诗的一面。彭蕴章认为，其"古体皆法昌黎，近体皆法山谷"④。陈衍曰："近体出入少

---

① 曾国藩：《致诸弟书》，《曾国藩全集·书信》24，岳麓书社1992年版。
② 《曾国藩诗文集》，上海古籍出版社2005年版，第17页。
③ 金天羽：《答苏戡先生书》，《天放楼诗文言》卷10，丁巳年（1917）苏州文新印刷公司印制。
④ 江湜：《伏敔堂诗录·序》，同治元年至二年（1862—1863）刻本。

陵，古体出入宛陵，而身世坎坷，所写穷苦情况，多东野后山所未言。"①江湜的《重入闽中至江山县述怀》与杜甫的《自京赴奉先县咏怀五百字》结构相似，把自叙和行程的所见所闻结合在一起，描述了广阔的社会生活，表现了忧国之思和建功立业的情怀。《重至福州使院述事感怀五十韵寄彭表丈京师》一诗分析了闽地的形势，并根据历史经验，对时局提出了自己的看法和相对应的策略。诗歌以与彭表丈的友情和交游起笔，从"我生虽腐儒，忧国心至诚"转入实事的描写和评述，然后以"先生正忧国，白发添几茎"笔锋一转，回笔写双方的交情和友谊，最后以"呜呼念时艰，未敢多言情"②，戛然结束全诗。全诗首尾呼应，融叙事、感怀和议论于一体，结篇颇似一封书信。

此外，江湜一些写人的五古诗颇具特色。中国叙事诗多用写意传神、史传传奇的方法塑造人物，如杜甫的《饮中八仙歌》，朱琦的《王刚节公家传书后》，金和的《兰陵女儿行》等诗歌。而江湜诗歌往往选取生活小事，通过工笔刻画来表现人物，塑造一些真实平凡的人物，如《静修诗》《感忆四首》《道中忆旧仆沈用作四诗以酬昔劳》等诗。江湜这样刻画一个老仆："昔我将过溪，沈用在我前。唤船早相待，从岸攀船舷。意恐争渡时，船兀我或颠。及我将上岭，沈用来舆边，欲代舆夫肩。意恐舆或倾，坠我千丈渊。"③其形象真挚感人。江湜还通过对某一具体事件加以细笔叙述来塑造人物，这在以前的叙事诗歌中是极为少见的。《感忆四首》中的《朱述之先生》：

浙中官累千，塞破杭州城。问谁能读书，独推朱先生。先生大雅材，宰县有廉名，惟性好铅椠，不工承与迎。上官见为迂，只用参文衡。先生亦恬淡，羞与贵郎争。寓庐车马绝，交我时忘形。百过亦不厌，为爱书数楹。我于杭乱后，重到疏人情。先生走相见，邀住同寒厅。忽出一书授，呼我使眼明。曰汝之诗集，所幸手缮精。土匪向市卖，市贾贪微赢。我见得购还，首尾无飘零。嗟我遭兵祸，丛书弃两

---

① 陈衍：《近代诗钞述评》，《陈衍诗论合集》（上），福建人民出版社1999年版，第889页。
② 江湜：《伏敔堂诗录·序》，同治元年至二年（1862—1863）刻本。
③ 江湜：《伏敔堂诗录》卷9，同治元年至二年（1862—1863）刻本。

蠃。诗编赖公收，感极惟心铭。……①

诗歌先以简练的笔墨概括地介绍了朱述之形象，然后重点着笔叙述了朱先生帮诗人收集诗集一事，最后又概括介绍了先生的悲惨遭遇，寄托了沉痛的哀思。这种通过某一具体小事来塑造人物的手法，与现代的小说和散文有相通之处。

与江湜相似，范当世的诗歌也多以文法行之。范当世是同光体三派之外的著名诗人。其诗歌取法于苏轼和黄庭坚之间，"我与子瞻为旷荡，子瞻比我多一放。我学山谷作遒健，山谷比我多一炼。惟有参之放炼间，独树一帜非羞颜"②。后经战乱洗礼后，诗风又上溯杜甫，"闻八月北征，杜甫以诗哭。今我益飘微，天南与驰逐"③。其叙事诗多为五言古体，并多以自己的病痛和贫困的生活境遇为主题。我们看其《仆诫》：

我行扬州市，坏舆破幨帷。客久无衣裳，瑟缩严风吹。岂其吟不辍，恐为惊寒嘶。仆人反相告，诫我毋尔为。路旁笑者众，谓此成书痴。我果抗声否，恍惚不目知。笑亦岂妨我，不问舆中谁。仆乃始怫郁，怪我殊倾危。公为匿弗见，我面将安施。当时朱买臣，野吟妻羞之。何况大都会，冠盖纷传驰。分明同学者，绚赫多威仪。而忍作此态，主仆令人嗤。我闻噤不语，此人弗可欺。凭何相慰藉，富贵吾无期。惜哉汝不去，作笑无穷时。④

诗歌纯用散行单句，记录了仆人的告诫之语，突出了作者放荡不羁的形象，宛如一篇短文。

金和的叙事诗也具有"以文为诗"的特点。他在《椒雨集》自跋中说："是卷半同日记，不足言诗。如以诗论之，则军中诸作语宗痛快，已

---

① 江湜：《伏敔堂诗录》卷15，同治元年至二年（1862—1863）刻本。
② 范当世：《除夕诗狂自遣》，《范伯子先生全集》卷13，沈云龙：《近代中国史料丛刊续集》232，台北文海出版社1975年版，第675页。
③ 范当世：《和爱沧赠洪荫之三十七韵》，《范伯子先生全集》卷14，沈云龙：《近代中国史料丛刊续集》232，台北文海出版社1975年版，第714页。
④ 范当世：《仆诫》，《范伯子先生全集》卷15，沈云龙：《近代中国史料丛刊续集》232，台北文海出版社1975年版，第741页。

失古人敦厚之风，犹非近贤排调之旨。"① 可见，金和有以写日记的创作心态和文章技法从事诗歌创作的倾向，这一点在他五古叙事诗歌的创作中尤为明显，如《痛定篇十三日》：

　　……贼既全入城，我门更深闭。不知门中人，今所处何世。遑问他人家，朝夕底作计。中夜猛有声，火光极天际。俄顷数十处，处处借风势。屋瓦一时红，四方赤熛帝。……②

马亚中先生认为："《痛定篇十三日》相当仔细地叙述了南京城为太平军占领后，自己在城中的所经所历，所作所为，所见所闻。正如作者自己所说'半同日记，不足言诗'。但这首'不足言诗'之诗却是中国诗史上空前的日记体长篇叙事诗，为中国的叙事诗开拓了新的疆域。"③ 当然，金和这种开拓在艺术上还很粗糙，需要后来者不断加工完善。金和还有《原盗一百六十七韵》一篇叙写太平之乱的由来，末有自己对时事的评论和建议。诗歌一韵到底，其命题、用意和笔法显然受到韩愈《原道》《原性》等文的影响。此外，周振甫先生以为："清人唯金和能于叙事长篇中着堆垛物名句，爽利贯注，不滞不佻，远非诸锦、张维屏所能及。"周先生引《原盗》诗句"井灶庖廥厕，楣槛屏柱墙；一一搦之烂，惟恐屋不伤。盆钵鼎豆壶，几匮橱椸床；一一撞之碎，惟恐物不戕"，又《六月初二日纪事》"先期大飨聊止啼，军帖火急一卷批；牛羊猪鱼鹅鸭鸡，茄瓠葱韭菰蕨藜，桃杏栌芍菱藕梨，酒盐粉饵油酱醯"句，言其"运用柏梁体可谓能手矣"④。于讨论金和诗歌"以文为诗"受韩愈影响之外，周先生又谈到柏梁体，真可谓见智见仁。

黄遵宪也是运用"以文为诗"技法创作叙事诗的著名诗人。就诗歌创作而言，黄遵宪主张"以单行之神，运排偶之体"，"用古文家伸缩离合之法以入诗"⑤，即要求诗歌创作应打破文体之界限，不但要以诗抒情，

---

① 金和：《秋蟪吟馆诗抄》卷3《椒雨集》，民国五年（1916）上元金氏刻本。
② 金和：《秋蟪吟馆诗抄》卷2，民国五年（1916）上元金氏刻本。
③ 马亚中：《中国近代诗歌史》，（台湾）学生书局1992年版，第239页。
④ 周振甫：《〈谈艺录〉增订本补正》，《钱锺书研究》，文化艺术出版社1989年版，第22页。
⑤ 黄遵宪：《人境庐诗草·自序》，钱仲联：《人境庐诗草笺注》，上海古籍出版社1981年版。

而且要以诗叙事,以诗记人,更要善于吸取古文家,特别是史传散文的创作笔法,以文为诗。黄遵宪的七古多用歌行体创作,最能体现其熔铸史笔、以文为诗的创作特征。

黄遵宪的叙事诗善于"以单行之神,运排偶之体",句式变化较多,有严整的诗句,也有自由舒展的文句,或整齐和谐,或长短参差,充分体现了以文为诗的特点。如《西乡星歌》开篇云:"人不能容此嵚崎磊落之身,天尚与之发扬蹈厉之精神。除旧布新识君意,烂烂一星光射人。"① 起首为散文句式,下又继之整句,行文参差错落,生发出一种"嵚崎磊落"、兀傲慷慨的气势,凸显了全诗的精神特色。再如,《哭威海》通篇以三字句叙述,行文急而促,给人一种泣不成声之感,增强了诗歌的感染力。而《赤穗四十七义士歌》又不厌冗长,如"一时惊叹争歌讴,观者拜者吊者贺者万花绕冢每日香烟浮,一裙一屐一甲一胄一刀一矛一杖一笠一歌一画手泽珍宝如天球"② 这样的句式,在历代古体诗歌中似未曾有过。

在诗歌章法方面,黄遵宪的歌行善于从史传文学中吸取养料,"用古文家伸缩离合之法以入诗"。如其著名的《冯将军歌》,诗歌开篇直叙冯将军当年赫赫战功:"冯将军,英名天下闻!将军少小能杀贼,一出旌旗云变色。江南十载战功高,黄褂色映花翎飘。"下面两句稍作转折,写冯将军居安思危,不忘武备:"中原荡清更无事,每日摩挲腰下刀。"如果说前面六句是写作方法的"伸"和"合",这七八两句便是"缩"和"离"了。下面四句写形势由安转危,接近核心,交代冯将军重新出战的原因:"何物岛夷横割地?更索黄金要岁币。北门管钥赖将军,虎节重臣亲拜疏。"这又是一种夹叙夹议的手法,同时也是"伸"和"合"的写作方法。但诗歌并没有顺势写将军阵前杀敌的情景,却运用"离"的方法,笔势一转,写反面受谤"将军剑光初出匣,将军谤书忽盈箧。将军卤莽不好谋,小敌虽勇大敌怯"。下面,作者在叙述冯子材"不斩楼兰今不还"的破敌决心后,便大力刻画了冯氏作战时的忠勇形象:

---

① 黄遵宪:《西乡星歌》,钱仲联:《人境庐诗草笺注》,上海古籍出版社1981年版,第202页。

② 黄遵宪:《赤穗四十七义士歌》,钱仲联:《人境庐诗草笺注》,上海古籍出版社1981年版,第300—301页。

> 手执蛇矛长丈八,谈笑欲吸匈奴血。左右横排断后刀,有进无退退则杀。奋挺大呼从如云,同拚一死随将军。将军报国期死君,我辈忍孤将军恩?将军威严若天神,将军有令敢不遵!负将军者诛及身。将军一叱人马惊,从而往者五千人。五千人众排墙进,绵绵延延相击应。轰雷巨炮欲发声,既戟交胸刀在颈。敌军披靡鼓声死,万头窜窜纷如蚁。十荡十决无当前,一日横驰三百里。①

从古文家的文法上说,这一大段可说是备极"伸缩离合"之妙。它时而从正面写,时而从侧面写,时而从对方写,时而又从本身写。清人方东树说:"七言长篇,不过一叙、一议、一写三法,即太史公亦不过用此三法耳。而颠倒顺逆、变化迷离而用之,遂使百世下目眩神摇,莫测其妙,所以独掩千古也。"②显然,黄氏这首诗不仅具备了叙、议、写三法,而且在叙写方面又能灵活自由,遂使人物形象鲜明,所谓"刻画将军,虎虎如生"③(王蘧常语)是也。最后,作者以万分感慨的心情,写下了结句:

> 吁嗟乎!马江一败军心慑,龙州拓地贼氛压。闪闪龙旗天上翻,道咸以来无此捷。得如将军十数人,制梃能挞虎狼秦,能兴灭国柔强邻,呜呼安得如将军!④

这仍是有离有合的写法。当然所谓的"伸缩离合"文法也是相对而言的,主要是指诗歌描写得多样生动,叙述得曲折动荡。近代评论家对这一篇诗曾给予较高的评价。特别在写作方法上,认为全篇50句中,有16句连叠"将军"二字,是"史汉文法,用之于诗,壁垒一新"⑤。王蘧常也认为"连叠十六将军字,盖效史公《魏公子无忌传》"⑥。

---

① 黄遵宪:《冯将军歌》,钱仲联:《人境庐诗草笺注》,上海古籍出版社1981年版,第379页。
② 方东树:《昭昧詹言》卷11,人民文学出版社1961年版。
③ 王蘧常:《国耻诗话》卷2,上海新纪元丛书,民国三十六年(1947)版,第52页。
④ 黄遵宪:《冯将军歌》,钱仲联:《人境庐诗草笺注》,上海古籍出版社1981年版,第379页。
⑤ 钱仲联:《梦苕庵诗话》,齐鲁书社1986年版,第8页。
⑥ 王蘧常:《国耻诗话》卷2,上海新纪元丛书,民国三十六年(1947)版,第52页。

与七古相比，黄遵宪的五古或纪实写事，理性议论；或悼亡亲友，哀痛深沉，内容较为严肃庄重，诗风也比较严谨质朴。温仲和认为："集中五古，渊源从汉、魏乐府而来，其言情似杜，其状景似韩。"① 俞明震评曰，"公诗，七古沈博绝丽，然尚有古人门径。五古具汉、魏人神髓，生出汪洋诙诡之情，是能于杜、韩外别创一绝大局面者。"② 黄遵宪的五古多具议论性，叙事往往与议论相结合，有政论文之风，钱锺书曰"五古议论纵横，近随园、瓯北"③ 就指其这一特点。这种诗风合乎传统温柔敦厚的诗教观，更能体现古代士人经世致用之学术情怀，这恐怕也是历来评论家认为其五古高于七古的原因吧。

　　诗界革命派的另一位著名诗人梁启超，其叙事诗也具有"以文为诗"的特点。梁氏的叙事长篇以七言为主。其早期作品多有创制，如歌行《雷庵行》《广诗中八贤歌》等。《雷庵行》效法龚自珍的《奴史问答》，描写、塑造了一隐士形象，表现了作者的旨趣。诗歌句式长短错落，不拘一格，呈现出散文化倾向。其后期歌行效法杜韩，如《游台湾追怀刘壮肃公》《赠台湾逸民林献堂兼其从子幼春》等。康有为认为："以杜韩之骨髓，写小雅之哀怨，遂觉家父、凡伯今在人间，唯其有之，是其似之。""开阖顿挫，深得少陵法。"④ 后期梁氏也有一些充分发挥宋诗"以文为诗"特点的诗歌，风格独特，呈现出早期诗歌的一些特点，在一定程度上反映了梁氏诗歌创作的一致性。如《祭麦孺博诗》《得擎一书报蜕庵呕血，其夕大风雨，感喟不寐，披衣走笔，纪诗以讯》等。《祭麦孺博诗》作于 1915 年，全诗长达 1200 多字，一韵到底，一气呵成，淋漓地表达了对挚友猝死的无限哀痛，真可谓字字情，声声泪。麦孺博与梁氏同为粤籍，又同为康有为万木草堂高弟，以后又同为维新运动之挚友，数十年间可谓甘苦相随，生死与共，相交之深，不仅为同志、为知音，而且为诤友、为兄弟。噩耗传来，始则疑，既而信，回顾往事，历历在目，俯视案首，海上报丧之电在侧。既痛国家遽失英才，尤伤友人零落，诟地骂天，

---

① 温仲和：《人境庐诗草跋》，钱仲联：《人境庐诗草笺注》，上海古籍出版社 1981 年版，第 1088 页。
② 俞明震：《人境庐诗草跋》，钱仲联：《人境庐诗草笺注》，上海古籍出版社 1981 年版，第 1084 页。
③ 钱锺书：《谈艺录》卷 3，中华书局 1984 年版，第 23 页。
④ 梁启超：《梁任公诗稿手迹》，古典文学出版社 1957 年影印本。

天地不仁，如诉如泣，伤心彻骨。读此诗，真如读韩愈《祭十二郎文》，谁能不为梁氏深挚之情动容！陈石遗云："任公诗如其文，天骨开张，精力弥满。"①

梁启超的五古叙事诗，也呈现出"以文为诗"的特点。如《庚戌秋冬间因若海纳交于赵尧生侍御问诗古文辞书讯往复所以进之者良厚顾羁海外迄未识面辄为长谣以寄遐忆》《寄赵尧生侍御，以诗代书》等。《寄赵尧生侍御，以诗代书》以书信之体写诗，典型地代表了这一特点。该诗长达 1300 余字，全用五言，一韵到底。首以问讯起笔，然后一笔宕开，提到赵氏去秋之《上任父诗》，自己是如何之珍惜，同时对自己的迟复及其原因加以说明并致歉意。进而写到自己列袁氏朝的"思奋躯尘微，以救国累卵"的志愿和一年来"口空猪罪言，骨反销积毁"的可叹遭遇。然后又写到自己自民国三年末辞去币制局总裁一职后，深蛰于西郊之清华园，专事著述的收获。再进而向赵氏介绍在京诸交的踪迹。最后于诗末又询及赵氏离京归里之后的起居作息。全诗开阖有致，摇曳生姿，叙事条理清晰，先后有序，直可作一篇有韵之文观。

如前文所述，"以文为诗"技法在叙事诗中的运用，其影响也决不仅限于表现手法方面，它还促进了叙事诗表现功能的扩大，表现领域的拓展，这一点在郑珍诗歌中的体现较为明显。

郑珍也是善于"以文为诗"的大家。莫友芝在《巢经巢诗钞》序中说："论吾子平生著述，经训第一，文笔第二，歌诗第三。"② 可见其古文造诣之高。其诗学门径也出入杜韩，陈衍《秋蟪吟馆诗跋》云："近人之言诗者，亚称郑子尹。子尹盖颇经丧乱，其托意命词，又合少陵、次山、昌黎而熔铸之，故不同于寻常之为也。"③ 钱仲联《四十家诗论》："子尹诗盖推源杜陵，又能融香山之平易、昌黎之奇奥于一炉；而又诗中有我，自成一家面目。"④ 郑珍的叙事诗大体学杜甫，并融入了韩愈诗歌洗炼之筋骨，颇具"以文为诗"的特点。"凡所遭际，山川之险阻，跋涉之窘艰，友朋之聚散，室家之流离，与夫盗贼纵横，官吏割剥，人民之涂炭，

---

① 陈衍：《石遗室诗话》卷9，人民文学出版社 2004 年版，第 137 页。
② 莫友之：《巢经巢诗钞序》，《巢经巢诗钞前集》，民国二十九年（1940）贵州省政府印行《巢经巢全集》本。
③ 陈衍：《秋蟪吟馆诗跋》，《秋蟪吟馆诗钞》，民国五年（1916）上元金氏刻本。
④ 钱仲联：《论近代诗四十家》，《梦苕庵论集》，中华书局 1993 年版，第 335 页。

一见之于诗。可骇可愕，可歌可泣，而波澜壮阔，旨趣深厚。"①如《十一月二十五日挈家之荔波学官避乱纪事八十韵》《避乱纪事九十韵》等诗，运用文章之笔法，以自己行迹为线索，详细记录了流离颠沛的艰辛生活，展现出广阔的社会生活画面。诗歌全以散行单句运文，时间、地点的转换都交代得十分清晰，犹如记叙文。郑珍的叙事诗还精于剪裁和提炼，颇得古文之法，往往通过典型的事件、典型的场景来描绘现实、反映生活。如《经死哀》选取虎卒、虎隶逼死贫家老父，仍不罢休，还理直气壮地要抓儿子来杖责，指责其陷父不义这样一个场景，充分暴露了社会的腐败和黑暗，官吏的凶狠和残酷。再如《抽厘哀》，通过"一妪提鸡子，一儿携鲤鱼。东行西行总抽取，未及卖时已空手。主者烹鱼还瀹鸡，坐看老弱街心啼"②的描述，形象地反映了酷吏们借抽厘之名行抢劫之实的匪徒行径。

郑珍"以文为诗"的独特之处主要体现在其善于化俗为雅，以不诗入诗，扩展了诗歌的表现领域，这一点大概受了苏东坡的影响。陈衍曰："窃谓子尹历前人所未历之境，状人所难状之状，学杜韩而非摹仿杜韩。"③胡先骕说："皆以日常俚俗之事语，为前人所未道之辞句，而以新颖见长。"④陈声聪《兼于阁诗话》又云："常情至理，琐事俗态，人不能言，而彼独能言之，读之使人嗔喜交作，富生活气息。"⑤关于郑珍化俗为雅，以生活琐事入诗，在第二章五言叙事诗的表现特征及创作中已有所论述。郑珍的诗感几乎无处不在，所遇所感几乎无所不能入诗。郑珍还引前人未引之材入诗。如《完末场卷，烦屋无聊，成诗数十韵，揭晓后因续成之》中叙应试情况云：

四更赴辕门，坐地眠瞢腾。五更随唱入，阶误东西行。揩眼视达官，蠕蠕动两枨。喜软搜挟手，按摩腰股醒。携蓝仗朋辈，许贿亲火兵。拳卧半边屋，隔舍闻丁丁。黄帘自知晚，蜗牛喜观灯。梦醒见题

---

① 唐炯：《巢经巢遗稿序》，《巢经巢诗钞后集》，民国二十九年（1940）贵州省政府印行《巢经巢全集》本。
② 郑珍：《巢经巢诗钞后集》卷5，民国二十九年（1940）贵州省政府印行《巢经巢全集》本。
③ 陈衍：《近代诗钞述评》，《陈衍诗论合集》（上），福建人民出版社1999年版，第882页。
④ 胡先骕：《读郑子尹〈巢经巢诗集〉》，《学衡》1922年第7期。
⑤ 陈声聪：《兼于阁诗话》，上海古籍出版社1985年版，第359页。

纸，细摩压折平。功令多于题，关防映红青。①

此段将明清乡试中应试情形，如候门、唱名、搜检、携餐具、钉号板、出题、盖关防等步骤，一一道来，曲曲绘出，令读之者如身临其境，确实可补正史之漏，充稗官之缺。胡先骕赞之曰："彼预试者五百年来何啻千万，就中大诗家出身科举者，亦未可屈指数。然无作诗以纪之者，非以其平淡无奇，甚或鄙为无谓之功令，但为猎取仕进之途径，羞以形诸章句耶！然化臭腐为神奇，正足以彰作者之才力焉。"② 诗歌表现出一种谐谑的风格，也是郑珍叙事诗的一个特点。

郑珍"以文为诗"对诗歌表现领域的扩展主要还是表现在其描写亲情的叙事诗上。他通过生活琐事的描写表现亲情的诗歌，婉转曲折，情深义厚，发自肺腑，令人读之潸然，特别是关于母爱的诗歌。潘咏笙在《黔诗汇评》中论道："盖幼受母教深，无时无地无母也。又复若父，若兄弟，若妻子，若姻戚，若师友，乃至悯农伤乱、登临览吊诸作，无不发于至性情也。"③ 如郑珍在《题新昌俞秋农汝本先生〈书声刀尺图〉》中写母亲养育自己成人的辛酸过程和盼望自己长大成材的殷切心情。诗歌思绪起伏，道出为人母者之辛酸。怀孕后担心怀的不是男孩，生育后又担心不能养育长大。儿子读书后，又唯恐其不能成材，于是苦口婆心，软硬兼施地劝学督课。有激励之法——"投胎我贫家"，"他儿福命佳"。有哄骗之法——"姐妹不解事，恼尔读书子"。有催促之法——"速读待簋来，从我取蔬水"。可是儿子有时偏偏难耐读书之苦，母亲于是又哄他回来，折竹为签，记其读书遍数。父亲进门后，呼声雷鸣，母亲又"为捏数把汗"。郑珍回想儿时母亲养育自己的艰辛，不禁"哀哀摧肺肝，歌硬琴咽弹"④。此诗堪称"用工笔写成的母亲对他的忿恨、怜爱、担忧、庆幸所汇总成的关怀备至"⑤ 的再现。其他如《芝女周岁》《度岁沣州寄山中四

---

① 郑珍：《巢经巢诗钞前集》卷4，民国二十九年（1940）贵州省政府印行《巢经巢全集》本。
② 胡先骕：《读郑子尹〈巢经巢诗集〉》，《学衡》1922年第7期。
③ 潘咏笙：《黔诗汇评》，《贵州文献汇刊》1940年第4期。
④ 郑珍：《巢经巢诗钞前集》卷6，民国二十九年（1940）贵州省政府印行《巢经巢全集》本。
⑤ 孟光宇：《巢经诗钞后集跋》，民国二十九年（1940）贵州省政府印行《巢经巢全集》本。

首》《阿卯晬日作》等都通过生活琐事描绘了人间的亲情。明代归有光以日常生活琐事写家人骨肉之情的散文,蜚声于世,人所共知。郑珍写家人骨肉之情的散文很像归有光,翁同书就曾经指出"读其《母教录》,即又徘恻沉挚,似震川《先妣事略》、《项脊轩志》诸篇"①,而其描写家人骨肉之情的诗也与归有光那些散文大有相通之处。

　　近代借助生活琐事描绘骨肉亲情的叙事诗大量出现,这是一个重要的文学现象。晚明时期的散文家归有光力排前后七子复古之风,推崇韩愈以来的唐宋古文,被称为唐宋派古文的代表人物。他把生活琐事引入"载道"的"古文"之中,使古文更密切地和生活联系在一起。其古文面目清新,善于即事抒情,纡徐平淡,亲切动人,所谓"无意于感人,而欢愉惨恻之思,溢于言表"②,实是唐宋古文传统的一个发展。他的名篇如《先妣事略》《寒花葬志》《项脊轩志》等都具有这一特点,王世贞晚年也称其文"不事雕饰而自有风味"③。近代描写亲情的叙事诗大量出现,实际上可视作归有光以来的散文传统在诗歌领域的扩展和表现。古文领域的唐宋文是和诗歌领域中的宋诗相对应的,这类诗歌在学宋诗人手里发扬光大也绝不是偶然的。如前文所述,郑珍是这类诗歌的作手,马亚中先生认为:"在郑珍以前的诗史上,似乎还没有人像郑珍这样大量地、充分运用平易畅达,而又雅健洗练的诗笔朴实细腻地表现家人骨肉间的至情至性,当然古代不乏描述夫妻之情的优秀诗篇,但郑珍的笔墨渗透到了家庭生活和亲人的许多方面,在整体上,他超越了前人,这是郑珍对中国诗歌作出的最重要的贡献。"④郑孝胥以挽诗著称,他的挽诗多借助琐事的回忆和描写表现自己的悲痛之情,如《述哀》《哀小乙》《伤忍庵》《哭顾五子朋》等。陈衍称其"苏堪诗最工于哀挽者。……至《述哀》七首,哭其两兄者,过悲不堪卒读矣。又《哭顾五子朋》云……首韵云'不复能见子',次韵应云'得子我所喜',然语意便钝置。今云'得我子所喜',则一转移间,蹊径顿异矣"⑤。其实陈衍本人也有类似的作品《哀师

---

　　① 翁同书:《巢经巢诗文书后》,《巢经巢诗钞前集》,民国二十九年(1940)贵州省政府印行《巢经巢全集》本。
　　② 王锡爵:《归公墓志铭》,《王文肃集》,检讨萧芝家藏本。
　　③ 王世贞:《归太仆赞序》,《弇州四部稿》,续稿卷150,《四库全书》集部,别集类,明洪武至崇祯。
　　④ 马亚中:《中国近代诗歌史》,(台湾)学生书局1992年版,第291—292页。
　　⑤ 陈衍:《石遗室诗话》卷13,人民文学出版社2004年版,第212—213页。

曾兼慰散原》《哀宗盛》《萧闲堂诗三百韵》《哀渐儿》等。陈三立的一些诗歌也是此种写法，其思父的崝庐诗作和一些挽诗，质朴真挚，感人肺腑。家国之痛，幽烛之怀，充溢于字里行间，哀伤感叹，再三致意，可谓天地间一流文字。王赓曰："散原集中，凡涉崝庐诸作，皆真挚沈痛，字字如迸血泪，苍茫家国之感，悉寓于诗，洵宇宙之诗文也。"① 只是陈三立的一些诗歌情感过于浓郁，事迹较为模糊，我们只能将其归为准叙事诗。其实，前文所介绍的江湜借生活小事描写师友的诗歌也可以看作此类作品的一种扩展。诸宗元也有《四月三日哀迈》《哀缶翁四十韵》等。除宋诗派之外，姚燮也有一些类似的诗歌，如《悼亡女寿真诗七章》《别家三十六韵》等。而黄遵宪的《拜曾祖母李太夫人墓》更是传颂的名篇。梁启超曰："公度先生《拜曾祖母李太夫人墓》一章，集中最得意之作也。其云云。陈伯严评云：'《孔雀东南飞》、《木兰辞》后，乃有此奇作绝技，公之斯文若元气，敢诵斯言。'吴季清评云：'独濑《王将军歌》，石笥《李烈女行》，表扬忠烈，极雄厚之致。然不能无摹拟之迹。此篇琐述家事，纯用今事，语语从肺腑间流出，而温柔敦厚之意味，沈博绝丽之词采，又若兼综《国风》、《离骚》、乐府酝酿而融化之。陈伯严谓二千年来仅见之作，信然信然。'此诗经公评骘，鄙人复能赞一词。惟读至下半，辄使我泪承睫不能终篇。"② 此诗回忆自己的童年生活，描写家族历史，借琐碎家事成功塑造了一位勤劳能干的客家妇女形象，感情真挚深沉，娓娓道来，颇似一篇哀祭文。

第二节　白描刻画的技法

白描本意是指中国画中完全用线条来表现物象的一种绘画技法，后用来借指文学创作中的一种表现手法，即用简练的笔墨，不加烘托，刻画出鲜明生动的形象。鲁迅曾说："白描却没有秘诀。如果要说有，也不过是和障眼法反一调：有真意，去粉饰，少做作，勿卖弄而已。"③ 白描手法是中

---

① 王赓：《今传是楼诗话》卷3，张寅彭：《民国诗话丛编》第3册，上海书店出版社2004年版，第276页。
② 梁启超：《饮冰室诗话拾遗》，《古代文学理论研究丛刊》第7辑，上海古籍出版社1982年版，第249页。
③ 鲁迅：《作文秘诀》，《南腔北调集》，人民文学出版社1973年版，第167页。

国文学中一种传统的表现手法,它的形成与中国重形象、重感悟、重简尚用的思维方式有着密切的关系。在这种思维影响下,中国文学抒情重意境,强调融情于景,借景抒情;叙事重用晦,讲求"文约而事丰"、"辞浅而义深"①;描写重白描,讲求质朴简练,生动传神,就是很自然的事情了。

其实,传统的白描手法与中国的叙述和意境颇有相通之处。叙述,是同描写并列的另一种表达方式,可分为概括叙述和具体叙述。具体叙述是一种具体的交代,与描写相比,虽不免笔法粗疏,却与白描的质朴简洁比较相近。如果运用叙述手法表现事物的某一动态、风貌,简练而传神,获得形象鲜明的描写效果,就成为白描。因此可以说,白描是用叙述进行描写。意境,是诗歌抒情最常用的表现方式之一,它是借助意象构成场景或画面,融情于景,借景抒情。如果这种场景和画面是通过质朴、凝练的描写技法来展现的,那么,此时的意境和白描就相近相通了。而且中国的叙事诗受抒情诗的影响,呈现出场景叙事、画面叙事的特点,这更为三者之间的沟通提供了环境和条件。

作为一种艺术表现手法,白描在中国古代散文、小说乃至诗词中都有运用,但其表现特征在各种文体中的发挥和体现程度却不尽相同。诗词以抒情为主,且语言凝练、形式严格,比较适宜运用意境手法。而散文和小说以叙述、描写为主,语言和形式也比较灵活。所以,白描手法在中国古代散文和小说中运用较多,也较为典型。而中国文学向来以诗文为正宗,小说是不登大雅之堂的,并且小说创作也向来是向古文靠近,从文法中吸取营养的。所以,当白描手法在诗歌领域有明显的体现和运用时,人们常常视其为"以文为诗"的结果。其实,白描手法和"以文为诗"似乎不应等同,虽然文法的散行单句以及灵活形式在诗歌中的运用为白描手法的运用创造了条件。而白描手法和"以文为诗"又相生相通,关系密切,这也不容否认。白描手法在近代五古叙事诗中有较多的运用和较明显的体现就是一个例证。这种现象的出现大概是因为白描手法朴实自然、简练概括的表现特点与五古叙事诗近于"文"的表现特征和风格比较相近。

近代叙事诗中还有一种从山水诗演化而来的描写刻画手法,颇值得注意。所谓山水诗就是以山水景物为审美对象和表现题材的诗歌,这类诗歌

---

① 刘知几:《史通》,参见浦起龙《史通通释》卷6《叙事》,江苏广陵古籍刻印社影印1991年版,第80—83页。

虽然常常透露着作者的身影和心态，但其以描写刻画山水风景为主要内容，颇似后来的山水画。这类诗歌就题材内容方面来说与叙事诗没有多大关系，但在表现技法上就有相通之处。之所以会有这种相通之处，与中国叙事诗的画面叙事、场景叙事的特征密切相关。如前文所述，乐府叙事诗的基本表现方式是客观场面化叙事，而乐府诗又向来被认为是中国叙事诗的典范。所以陈平原先生认为："受乐府民歌影响，故事情节的叙述，在中国叙事诗中不占主要地位，倒是场面的描写与情感的抒发成了中心。关键是抓住那最能体现故事内涵的闪光的一瞬大加渲染，发挥个淋漓尽致。至于故事的具体进程那倒无关紧要，尽可匆匆掠过。因此，'场面'成了中国叙事诗的基本单位，长篇叙事诗不过是众多场面的'剪辑'。这种重场面轻过程，重细节轻故事，重抒情轻写实的叙事特点，在杜甫、吴伟业、黄遵宪的叙事诗中得到充分的表现。"① 陈先生的看法是极有见地的。当然，这种现象形成的原因也是多方面的，它与中国传统的审美心理有着密切关系。中国古代叙事艺术的审美极致是"如画"。明代袁宗道评司马迁文有"其佳处在于叙事如画"的特点。林纾在《文微》中说道："写人状物，须惟妙惟肖。"② 王世贞评《孔雀东南飞》曰："质而不俚，乱而能整，叙事如画，叙情若诉，长篇之圣也。"③ 清人方东树《昭昧詹言》指出："叙述情景，须得画意，为最上乘。"④ 在这种审美心理影响下，中国叙事诗出现画面叙事也不难理解。这种现象还与中国发达的抒情诗传统密切相关。胡适先生认为，中国的故事诗多是"有断制，有剪裁的叙事诗"，颇有见地。"有断制"就是诗歌注重"故事的内容和教训"；"有剪裁"就是诗歌重线索而不重空间结构，重静态场景而不重动态进程。通过材料的精心选取，浓墨淡彩的处理，从而达到阐述旨趣、表达断制的目的。胡适先生同时还指出，叙事诗这些特征的形成源于两点：一是"绅士阶级的文人受了长久的抒情诗的训练，终于跳不出传统的势力"；二是中国叙事诗虽然也叙述故事，但其"主旨在于议论或抒情"，而不在于"怎样把故事说的津津有味，娓娓动听"⑤。我们也完全有理由认为，中国

---

① 陈平原：《中国小说叙事模式的转变》，上海人民出版社1988年版，第320页。
② 林纾：《文微》，《林纾诗文选》，商务印书馆1993年版，第386—408页。
③ 王世贞：《艺苑卮言》卷2，丁福保辑：《历代诗话续编》，中华书局1983年版。
④ 方东树：《昭昧詹言》卷1，人民文学出版社1961年版。
⑤ 胡适：《白话文学史》，百花文艺出版社2001年版，第46—47页。

叙事诗重静态场景而不重动态进程的特征源于古典诗人提炼抒情诗意境的思维。① 说到底，这种现象还与中国重形象不重概念，重取象比类不重分析判断，重感悟不重逻辑的思维方式有关。

既然中国叙事诗具有"叙事如画"的特点，那么山水诗和叙事诗在表现技法方面有相通之处就不难理解了。因为在诗人、画家眼里，山水画和人物风俗画只是表现对象不同，技法是相通的，是可相互借鉴的。实际上，中国叙事诗人也常常以巉刻山水的心态和笔墨来叙写风俗人事。当然，这种描写刻画方法似乎是不能等同于白描手法的，因为这种表现方法既可以简笔勾勒，又可以浓墨重彩。而且与白描相比，这种技法的画面性似乎更突出一些。不过，这两种表现方法在很大程度上还是相通的。白描本身就是一种绘画技法，它既可以表现人物，又可以表现山水。

与此类似，还有一种表现方法需要交代一下。中国诗歌的传统表现方法中有"赋"法，关于其含意，挚虞认为："赋者，敷陈之称也。"② 钟嵘称："直书其事，寓言写物，赋也。"③ 朱熹曰："敷陈其事而直言之也。"④ 如果就赋的"直书其事"或"直言之"一面而言，它就和白描手法比较接近了。但后来的赋却发展了"铺陈"的一面，并形成了赋体。当然赋体对中国叙事诗也有重要影响，如前文所述，有学者就认为，乐府诗的发展受到了赋的影响。但赋体后来对叙事诗的影响主要还是表现在章法结构而并非骈俪的词句和铺陈夸饰的文风方面。如胡小石先生曾这样评杜甫的《北征》："叙自凤翔北行至邠，再自邠北行至鄜，沿途所见，纯用《北征》、《东征》、《西征》诸赋章法。化赋为诗，文体抱注转换，局度弘大，其风至杜始开。"显然胡先生的"化赋为诗"是着眼"诸赋章法"的，也就是"以文为诗"而非骈俪的词句和铺陈夸饰的文风方面，因为杜诗《北征》并不具有这一特点，虽然杜诗因用赋法而"局度弘大"。胡先生又说："结合时事，入以议论，开阖纵横，直成有韵之散文。独辟一途，前所未有，下为元和及'宋诗'开山。"⑤ 由此可见，前文关于"以文为诗"表现形式的限定，自有其道理。当然，这样一分为二地看赋体也是有问题的。因为

---

① 这一点可参阅下文的论述。
② 挚虞：《文章流别论》，《艺文类聚》56，上海古籍出版社1982年版。
③ 钟嵘：《诗品·总论》，中华书局1991年版，第10页。
④ 朱熹：《诗集传》，中华书局1958年版，第3页。
⑤ 胡小石：《杜甫〈北征〉小笺》，《江海学刊》1962年4月号。

"赋"作为一种文体本是一个有机整体,其章法结构和语言文风是互为体用、分割不开的。事物的发展往往就是这么复杂,所以有时研究中的模糊思维更符合事物的本来面貌,也更能让我们抓住事物的主要特征和主流。大体而言,上述观点还是能成立的。所以,就"赋"而言,如果剔除其"以文为诗"的因素,其对叙事诗的主要影响就和刻画描写比较接近了。下面我们先看白描手法在近代叙事诗中的运用和表现。

郑珍就是运用白描手法创作叙事诗的高手,胡先骕先生认为:"巢经巢诗最足令人注意之处,即其纯用白战之法,善于驱使俗语俗事以入诗也……然其诗虽故取材于庸俗,而绝非元、白颓唐率易之可比。盖以苏黄杜韩之风骨,而饰以元、白之面目者,故愈用俗语俗事,愈见其笔力之雄浑,气势之矫健。"① 如其《抽厘哀》:

> 东门牛截角,西门来便着。南门生吃人,北门大张橐。官格高悬字如掌,物物抽厘助军饷。不论儳欻十取一,大贾盛商断来往。一叟担菜茹,一叟负樵苏。一妪提鸡子,一儿携鲤鱼。东行西行总抽取,未及卖时已空手。主者烹鱼还瀹鸡,坐看老弱街心啼。噫吁嚱!贸束布者不能得一匹赢,售斗盐者亦不得赢一升。厘金大抵恃商贩,欲入闭门焉可行?村民租铢利有几?何况十钱主簿先奉己,纵得上供已微矣。乃忍饲尔饿豺以赤子,害等邱山利如米。呜呼!贯牵括牵有时可暂为,盍使桑儿一再心计之。②

诗歌通过生动质朴的白话口语描写了酷吏们借抽厘之名行抢劫之实的匪徒行径,读来率直、生动、形象。钱锺书在《谈艺录》中赞之曰:"(郑珍)妙能赤手白战,不借五七字为注疏考据尾闾之泄也。"③ 再如《绅刑哀》"鸡飞狗上屋";《移民哀》"斫贼如瓜不闻声",《禹门哀》"怀中旋摘新包谷",《僧尼哀》"猫翻甑盎狗饫多"④ 等,明明是匠心独运,却有意到

---

① 胡先骕:《读郑子尹巢经巢诗集》,《学衡》1922年第7期。
② 郑珍:《巢经巢诗钞后集》卷5,民国二十九年(1940)贵州省政府印行《巢经巢全集》本。
③ 钱锺书:《谈艺录》,中华书局1984年版,第10页。
④ 郑珍:《巢经巢诗钞后集》卷4、卷5、卷6,民国二十九年(1940)贵州省政府印行《巢经巢全集》本。

笔随之妙，不露刀痕斧迹，隐大雅于大俗，给人一种浑然天成之美感。黎汝谦评郑珍晚年诗歌"质而不俚，淡而弥真"①，潘咏笙《黔诗汇评》曰："故其风格老拙，大而实，雄阔而高深，其尤不可及者，每以经语或俚语入诗，时同生公说法，时亦如策士寸舌取六国相印。"②

郑珍白描手法运用之妙，还表现在他善于借白描以抒情上。他往往将意旨深藏于白描叙述之中，着意于事，借事托情，事因此而获得魂灵，情因此而获得宣泄。在对社会现实的真实反映中，作者蕴藏着深深的悲愤之情。如《绅刑哀》：

> 文绅系牢发一尺，武绅坐狱面深墨。此虏守财胜铁牛，明日请看死猪愁。问尔得何罪，止尔无钱亦无罪。问尔何深仇，止尔送钱亦无仇。鸡飞狗上屋，田宅卖不足。搜尽小儿衣，无人买诰轴。呜呼！白金入手铁笼开，未至一日出者埋。③

全诗纯用客观白描，抓住一二典型特征，如"发一尺"，"面深墨"，生动刻画出文绅和武绅在牢狱中的痛苦生活。又通过简单的对话突出酷吏的卑鄙无耻、敲诈勒索。结尾笔转"呜呼，白金入手铁笼开，未至一日出者埋"，冷面直述，但悲愤之情溢于笔端。整首诗着墨不多，却形神兼备，而且有余意不尽之感。文绅、武绅的遭遇尚且如此，普通百姓的命运就更可想而知了。再如《南乡哀》中"旬日坐致银五万，秤计钗钿斗量钏。呜呼，南乡人民苦诉天，提军但闻得七千"④，于客观的叙述中揭露了贪官中饱私囊的丑恶行径，表达了作者无比的愤恨。关于郑珍的白描手法，钱仲联先生在《梦苕庵诗话》中也有很高的评价："子尹诗之卓绝千古处，厥在纯用白战之法，以韩、杜之风骨，而传以元（稹）、白（居易）之面目，遂开一前此诗家未有之境界。"⑤

贝青乔的叙事诗也多以冷静客观的工笔白描见长。如《将从军之甬

---

① 黎汝谦：《巢经巢诗钞后集引》，民国二十九年（1940）贵州省政府印行《巢经巢全集》本。
② 潘咏笙：《黔诗汇评》，《贵州文献汇刊》1940 年第 4 期。
③ 郑珍：《巢经巢诗钞后集》卷 4，民国二十九年（1940）贵州省政府印行《巢经巢全集》本。
④ 郑珍：《巢经巢诗钞》卷 4，民国二十九年（1940）贵州省政府印行《巢经巢全集》本。
⑤ 钱仲联：《梦苕庵诗话》，齐鲁书社 1986 年版，第 283 页。

东纪别》描写了贝青乔从军甬东时与家人离别的情景，叙述简练，用笔雅洁。《将从军之甬东纪别》第一章如下：

> 竖儒不自量，投身入虎队。戎服夜归家，里老共惊怪。排闼相问讯，环集一对灯。此行实卤莽，揶揄亦吾爱。怆兹岁将暮，兵气昏曖曖。雪花大如掌，风刮下云背。融入万灶烟，冻合一天晦。明当具刀裹，前驱敌王忾。今宵姑作欢，沽酒烹野菜。四座各赠言，书绅以为佩。①

叙述凝练，刻画生动，亲人关心的神态，祝贺的喜悦皆在面前。再如《入宁波城》：

> 干雪积原野，耀日开老晴。崎岖走间道，冒冻凡几程。江楫朝潜渡，云梯暮缒城。城中十万户，鸡犬宵不声。诡语恃乡导，微服窥敌营。始天帷幄内，群议徒纵横。决胜在百步，十步有变更。凭谍遥忆度，焉测彼我情。审机豫能定，应变猝或惊。安得蔡州将，夜半驰神兵。游魂梦颠倒，搘枕蕳厥生。腐儒临虎穴，命掷鸿毛轻。愤血中自热，外压寒气平。草屩践冰冱，荻炬引路明。出险就荒堠，逻卒角乱鸣。②

诗歌写自己刺探敌情的经历，纯用单线白描叙述，用笔简洁，叙述生动。

江湜叙事诗也善用白描，用笔简练质朴，不事雕饰，于平淡质朴处感人至深。如《志哀九首》其七：

> 自达杭州城，生理若可延。名都残破后，缮守得苟全。故人有徐子，忧我沟壑填。为谋旅人赀，计获钱百千。持钱对之泣，是夜愁不眠。记我去家日，米无三石存。乡居幸好在，易米方需钱。以此寄归家，足以饱半年。安能腰缠之，骑鹤归翩翩。飞越贼垒上，自致亲庭前。胡为坐拥此，只以养孤身。艰难生死际，浪用知谁怜？徒感故人

---

① 贝青乔：《半行庵诗存稿》卷2，同治五年叶延馆等刻本。
② 同上。

惠，未受钱神怜。①

诗歌语言质朴，平实道来，通过"持钱对之泣，是夜愁不眠"事情的描写，再现了作者清贫艰难的生活遭遇，抒发其有亲不能养的悲哀之情。陈衍曾称江湜"身世坎坷，所写穷苦情况，多东野、后山所未言"②，颇有道理。钱仲联先生评曰："如《志哀九首》、《静修诗》、《感忆四首》皆至诚惨怛，沈痛入骨，又纯用白描。"③我们再来看看其《感忆四首》中的《二仆》：

> 章金干而恢，朱升骏而驯。二仆各廿岁，出入长短匀。朱升性稍懒，无能偏怨贫。章金谨事我，其愿时自陈。望我佐州县，而彼为司阍。章金固差强，不与朱升伦。遂时斗口舌，使我生怒嗔。虽怒亦不逐，两词而俱存。追贼围杭时，二仆常随身。念渠有父母，听去方为仁。从容论之意，并与三笏银。岂知各愿留，涕泣见性真。是时营务剧，草檄夜达晨。二仆亦废睡，执烛忘欠伸。直至破城日，随我仓皇奔。路隅走相失，生死遂不闻。及我重到杭，章金先来云。被贼掳入山，逃回甫一旬。朱升亦继至，颈有刀伤痕。我穷既赤立，衣食难推分。勉留使息养，随事同忧辇。二仆忽相好，结盟为弟昆。相随复三月，而我独赴温。自我到温后，隔绝兵戈尘。前闻越州陷，二仆皆越人。观其事主意，终保为良民。斯世方鬻官，偃薄参簪绅。彼仆独长厚，履险生忠勤。愧为有何德，致此夫何因？思之亦作诗，事以贵贱论。④

全诗语言质朴，开篇运用寥寥数笔就勾勒出章朱二仆的性格特征，简单明了，真可谓白描圣手。

近代运用白描手法的叙事诗非常多，如前文谈到的宋诗派亲情诗，就多运用白描手法叙述、描绘日常琐事，于质朴无华中显现真情。这里就不再一一举例了。下面我们看看山水镌刻手法在叙事诗中的运用。

姚燮的一些五古叙事诗真切、感人，借鉴了山水诗的技法。姚燮的山水诗成就很高，刻画奇景，语语千锤百炼而出，在近代只有高心夔和刘光

---

① 江湜：《伏敔堂诗录》卷15，同治元年至二年（1862—1863）刻本。
② 陈衍：《近代诗钞述评》，《陈衍诗论合集》（上），福建人民出版社1999年版，第889页。
③ 钱仲联：《梦苕庵诗话》，齐鲁书社1986年版，第287页。
④ 江湜：《伏敔堂诗录》卷15，同治元年至二年（1862—1863）刻本。

弟能与之鼎足。姚燮叙事诗也常以镌刻山水的笔墨对世态人情加以描绘，向人们展示出一幅幅生动的社会生活画卷。如：

举郡为一空，白昼绝烟爨。弃饭荒城根，饿狗逐鸡窜。巡城虽有兵，逸者已过半。

耄稚苦扶襁，壮者肢拘挛。血茧遍肤髁，碎袷不蔽肩。枯瘠绝人形，蒙垢无丑妍。东家梁肉香，西市庖羊鲜。欲乞愧呼蹴，望气空流涎。豺犬满郊野，匝月几转迁。①

邓辅纶的一些叙事诗也运用了类似的技法。邓辅纶诗学汉魏六朝，下及三唐，但他不像王闿运那样，过于模拟，能做到不仅貌似，而且神似。钱仲联先生评曰："晚清诗人，多宗两宋，其不为风气转移，以八代为宗尚者，当推邓弥之、高陶堂为二杰。此外若王壬秋，虽名掩一时，然摹仿之意多，自得之趣少。……独邓、高二家，能哜咀八代之菁腴，神貌俱合。其戛然自辟町畦处，又不背于古人。"②邓辅纶纪实之作《鸿雁篇》三首最为人所称道。其一所写之状颇为凄惨：

苍昏阴气多，哭声风里来。病儿守死母，人鬼共徘徊。自从失庐落，匍匐尘与灰，左负破布衾，右挈一尺孩。返顾十岁儿，足血沾枯荄。……客请听儿述，母死身无缘。母死怀中儿，抱母啼愈哀。生儿吮死乳，见者心为摧。③

诗序曰："道光己酉，湖湘大水，以闻以见，述为诗篇。"此章所述，当为实录，虽王粲《七哀》之惨痛难以及此，《七哀》只说："路有饥妇人，抱子适草间。顾闻号泣声，挥涕独不还。"而《鸿雁篇》中"生儿吮死乳"之景象，铁石心肠者闻此亦生悲。其二则写阿爷"鞭挞儿为奴，鬻儿易炊爨"，似《孤儿行》。其三写逃荒者栖于"墙头下鬼磷"的破屋，比《十五从军征》之境更阴森可怖。与汉魏乐府的粗线条叙事不同，邓

---

① 姚燮：《复庄诗问》卷22、卷1，道光十七年《大梅山馆集》刻本。
② 钱仲联：《梦苕庵诗话》，齐鲁书社1986年版，第130页。
③ 邓辅纶：《白香亭诗集》卷1，光绪十九年（1893）东河督署校刊本。

之叙事融入了工笔描绘，所以能收到感人至深的效果。钱仲联先生《梦苕庵诗话》："《鸿雁篇》三章，为集中最胜之作。沉痛入骨，少陵下笔，不能过也。"① 评价之高，无以复加。王闿运评曰："诗学杜甫，体则谢、颜，至其东道难、鸿雁篇，古人无此制也。"② 邓辅纶正是以镌刻山水的笔墨来叙事抒情的，因而别开生面，王评还是颇有见地的。

陈三立的一些准叙事诗也运用了类似的手法，我们看其《江行杂感》：

往者江湖灾，欻极东南陬。泛滥百郡国，鼋鼍撞天浮。席卷其井间，耇弱葬洪流。牛犬枕藉下，骸骼撑不收。至今寒潦清，尪呻散汀洲。司牧颇仰屋，四出烦追搜。取以实强邻，金缯结绸缪。天王狩安归，谁复为汝忧。茫茫抚时屯，扰扰茭道谋。民义湮大原，儒服尸琐猷。奄忽元气败，造物悬决疣。③

诗歌描述灾祸，"泛滥百郡国，鼋鼍撞天浮。席卷其井间，耇弱葬洪流。牛犬枕藉下，骸骼撑不收。"每句都是一幅生动的画面，形象地展示了百姓的痛苦生活。

第三节 借鉴小说、戏曲手法

中国叙事诗向小说、戏曲以及说唱文学借鉴学习创作经验的传统是由来已久的。《诗经》中的叙事诗已可分为史官唱事和民间歌事两类。前者主要集中在《雅》《颂》中，出自史官之口，多用于祭祀，所以注重"征史"，强调"纪实"，缺少原始风貌的想象和虚构，也鲜有先民神话的绚烂色彩。因此，这类诗歌与"史诗"失之交臂，但也伏下了中国叙事诗与"史传"之间千丝万缕的联系。后者主要集中于《国风》之中，作者多是民间歌者，所以他们并不在乎"纪史"，也并不着眼于重大事件，而是多关心身边"琐事"，比较自由地修改"事实"，进行适当的"虚饰"。

---

① 钱仲联：《梦苕庵诗话》，齐鲁书社1986年版，第130页。
② 王闿运：《湘绮楼说诗》，《湘绮楼诗文集》，岳麓书社1996年版，第2160页。
③ 陈三立：《散原精舍诗》卷上，民国二十五（1936）商务印书馆排印本，第24页。

所以，作品更具有鲜活的生气，流溢着芸芸众生的真实感情，故事性较强，也更接近我们现代文论中所谓的叙事诗。这类缘于民间的作品显然与民间的说唱传奇有很大关系。

乐府诗歌多数来自民间，也与民间的说唱传奇有着密切的关系，这在前文诗体渊源中已有论述。大体而言，乐府采自民间，不仅用来郊庙祭祀，还具有娱乐表演功能。至于乐府的"观风"功能，多半出于明清文人的附会和雅化，唐人白居易尚不具有类似观点。这种现象的出现与文人干预政治的心态和崇古心理密切相关，文人只是为自己干预政治寻找依据和途径罢了。历史不会重演，却往往有惊人的相似，明清文人雅化乐府和白居易推崇《诗经》的道理与心态是相似的，实际上都从一个侧面反映了中国传统文化自我调整和发展的一种机制。只是表现在文学领域的不同是，前者失败了，后者成功了。关于西汉乐府的功能，张祝平认为："西汉乐府不仅管理着音乐，还负有管理舞蹈、百戏的职责，乐府负责朝廷典礼以及娱乐场合的歌舞音乐杂戏的采集、改编、演出工作，是综合性的表演艺术管理部门。乐府还负责在上林苑组织、承办招待外使和归降夷狄的大型演出活动。乐府大量演四夷乐与俗乐以及举办大型招待外使夷狄的演出活动，使'郑声施于朝廷'且'民力屈，财用竭'，这是西汉朝廷减省乐府的政治和经济原因。"① 廖群先生也认为，厅堂说唱是汉乐府重要的传播方式，乐府具有娱宾乐主功能。② 逯钦立、崔炼农等先生关于乐府唱奏方式及其与歌辞关系的研究也可以证明乐府的表演性。③ 还有很多学者指出，乐府诗的叙事性具有戏曲的特点等。这些研究都证明乐府叙事诗与说唱传奇之间存在某种相通与联系。

中国叙事诗的经典"长庆体"歌行的形成和发展也受到说唱传奇的影响。陈寅恪先生在评《长恨歌》时指出："长恨歌为具备众体体裁之唐代小说中歌诗部分，与长恨歌传为不可分离独立之作品。故必合并读之、赏之、评之。"④ 可见，"长庆体"歌行与传奇关系之密切。至于"长庆体"之发展"梅村体"，钱仲联先生认为："吴伟业的传奇《秣陵春》，与其梅村体诗两位一体。"又说："吴写了大量的实事之作，上至宫廷，

---

① 张祝平：《西汉乐府职能新考》，《中国典籍与文化》2005年第1期。
② 廖群：《厅堂说唱与汉乐府艺术特质探析》，《文史哲》2005年第3期。
③ 参阅逯钦立《"相和歌"曲调考》、崔炼农《歌弦唱奏方式与辞乐关系》等文。
④ 陈寅恪：《元白诗笺证稿》，上海古籍出版社1978年版，第45页。

下至妓女，正是戏曲的主题。吴用戏曲风格作诗。""梅村体受到戏曲影响。梅村本人亦为曲家，有《秣陵春》传奇等。他受明传奇之《牡丹亭》、昆曲调子影响大。这就使'梅村体'不同于'长庆体'。"① 此外，"长庆体"还受到说唱文学的影响，据唐孟棨《本事诗》记载，张祜曾嘲弄《长恨歌》中"上穷碧落下黄泉，两处茫茫皆不见"两句为《目连变》；今人陈允吉考证，《长恨歌》有可能摹袭附会了《欢喜国王缘》。②而花病鹤《十朝诗话》记载："王壬秋诗主汉、魏，颇薄梅村歌行，曰此《天雨花》弹词耳。"③

综上所述，中国叙事诗的发展受到小说、戏曲和说唱文学等文体的影响和启发，这大体没什么问题。但这类文学究竟对叙事诗产生了怎样的影响，或者说，它有哪些独有的艺术特点为叙事诗的发展提供了借鉴和营养，这是我们应该注意的问题。陈寅恪先生认为："唐代贞元元和间之小说，乃一种新文体，不独流行当时，复更辗转为后来所则效，本与唐代古文同一源起及体制也。"④ 钱锺书也有传记通于小说，八股文通于戏曲的观点。⑤ 那么小说、戏曲的艺术手法究竟和"以文为诗"有什么区别呢？陈、钱两位先生关于文体相通的见解和认识非常精彩，充分显示了他们的博学通识。但文体的相通并不等于相同，否则各文体就没有独立存在的价值和必要了。钱锺书先生在谈传记通于小说时说："史家追叙真人实事，每须遥体人情，悬想事势，设身局中，潜心腔内，忖之度之，以揣以摩，庶几入情合理。盖与小说、院本之臆造人物、虚构境地，不尽同而可相通；记言特其一端。"传记和小说、院本"不尽同而可相通"⑥，先生论述颇为贴切。

那么这类文学的特质是什么呢。杨义先生认为，中国小说是自成系统的，我们的研究必须返回到中国小说的本体，才能恢复中国小说发展的真实过程，而不是被某种外来观念肢解而割裂了的过程。⑦ 他又从文体发生学的角度探讨了中国小说特质的形成："中国古典小说在'多祖现象'中

---

① 《钱仲联讲论清诗》，苏州大学出版社2004年版，第9、3、22页。
② 转引自余恕诚《唐诗风貌》，安徽大学出版社1997年版。
③ 花病鹤：《十朝诗话》稿本，藏常熟市图书馆。
④ 陈寅恪：《元白诗笺证稿》，上海古籍出版社1978年版，第4页。
⑤ 参阅钱锺书《谈艺录》，中华书局1984年版。
⑥ 钱锺书：《管锥编》第1册，中华书局1979年版，第166页。
⑦ 杨义：《中国古典小说史论》，中国社会科学出版社1998年版，第1页。

发端于战国,定名于两汉之交('小说'中的'小'有两层含义,一指文化品位,它所蕴涵的是'小道',一指表现形态是'残丛小语';'说'包含故事性、通俗性、娱乐性三个层面),以书面的和口传的两种形态齐头并进,又在与其他文化和文学形式打交道的过程中不断地离析和融合,最终开创出属于自己的灿烂辉煌的'奇书系统'。中国小说的本体认定应该在这二千年间由小说被歧视为'小',到'奇书'最终被举世盛赞为'奇'的历史行程中去寻找。"① 杨义先生关于中国小说特质的认识是非常有见地的。其实,中国小说特质在其称谓中有很好的体现。中国有意为小说自唐人始,而唐人称小说为"传奇"也绝非随便或偶然。"传奇"这一称谓在各个历史阶段其所指也不尽相同。唐代指文言小说。宋元时期,曾用传奇指称诸宫调等说唱艺术以及南戏、杂剧。明代以后,"传奇"则成为以演唱南曲为主的长篇戏曲的专称。"传奇"可以指称小说、戏曲、讲唱文学等艺术形式,实际上说明了这些艺术形式有其共同之处。而这种共同之处就是它们的传奇性,也是它们区别于古文的艺术特质。也正因为这一特性,我们才把这几种文体归为一类。

既然小说、戏曲、说唱文学等文体的艺术特质在于其传奇性,那么与这种传奇性相适应,它们也具有特有的文体特征和艺术手法。既然要"传",必须通俗,才能雅俗共赏;而要"奇",必须具有故事性,那么虚构、想象乃至夸饰的艺术手法必不可少。所以,虚构、想象和通俗是小说、戏曲、说唱文学等艺术形式的主要文体特征或艺术手法,也是它们为中国叙事诗提供的主要养料。当然,这只是就这类文学的主要特征而言的,此外,各种文体又以各自不同的特点给予叙事诗不同的影响,如小说情节的提炼方法、戏曲的代言和歌唱抒情、说唱文学通俗的语言和灵活的形式等。

如前文所述,近代叙事诗的创新和发展在很大程度上得力于对小说、戏曲等艺术手法的借鉴,这尤其突出地表现在以歌行为主要七言叙事诗方面。把小说、戏曲等艺术手法引入叙事诗创作的诗人往往具有较高的艺术修养,他们不仅精通诗歌,而且对小说、戏曲等艺术也有较深的研究和造诣,如姚燮、金和等。所有这些相得益彰,使近代借鉴小说、戏曲艺术手法的叙事诗取得了较高的成就。我们下面就来看一下。

---

① 杨义:《中国古典小说史论》,中国社会科学出版社1998年版,第33—34页。

姚燮是近代叙事诗的大家,阮亨认为:"某伯诗骨雄健,文笔清新,尤精绘事。"① 汤鹏评曰:"某伯自遭辛壬间海夷之乱,出入干戈,备尝艰苦……其为诗也,一变为苍凉抑塞,逼近少陵。"② 姚燮叙事诗的巨大成就与其个人才性有着密切关系。在晚清文学史上,姚燮可算一位才华横溢、成就不凡的名家。他不仅在诗、词、文、画等方面表现出艺术天分,而且对戏曲、小说、经学、史地的研究在东南一带享有较高的声誉,颇为时人所推许。尤其是《读红楼梦纲领》和评点类索,在红学史上占有重要地位。《今乐考证》结元明清三代戏曲之总,至今仍有重要价值。姚燮这种特殊的学识和修养,对他的叙事诗创作产生了重要影响,其叙事诗的一个重要特征就是借鉴小说、戏曲叙事手法创作诗歌。姚燮叙事诗的这一特征在其长篇叙事歌行上表现得最为突出,其乐府体叙事诗也具有这种倾向。如其名篇如《北村妇》《山阴兵》,钱仲联先生予以了很高的评价:"梅伯身丁其乱,出入干戈,备尝艰苦,空山拾橡,歌啸伤怀。其诗苍凉抑塞,逼近少陵。录其北村妇、山阴兵两首入诗话,一勺水可知大海味也。与工部三吏、三别,真挚飞动,如出一手。"③《北村妇》:

妾夫充水兵,战死浃江口。愿妾怀中胎,生男续夫后。昨夜生一男,夫死妾有子。生男未一日,獐獐遍邻里。云贼来虏村,跣足偕逃奔,妾死寻夫魂,杀妾贼之恩。妾杀不足惜,妾死儿何存?折衾手襁儿,河上行迟回。一步一颠扑,蓬发面如灰。妾欲还娘家,娘家路悬悬。指拈双银环,手招河壖船。刁民来夺余,并夺妾儿去。眼看将妾儿,投弃乱流渡。④

这首诗歌描写了战乱中一位妇女的悲惨遭遇。村妇的丈夫在反侵略的战争中牺牲,她刚刚临产,就抱儿赤脚逃难,本想自尽,又为了婴儿苟且活下来,准备避难到娘家。当她正准备以仅有的财物上船回家时,作者笔锋一转,意外发生了。村妇唯一的生存希望被刁民抢去丢入河中。至此,诗歌也戛然而止,犹如现代的短篇小说,给人们留下了充分的想象空间。

---

① 阮亨:《复庄诗问诗评》,道光十七年《大梅山馆集》刻本。
② 汤鹏:《复庄诗问诗评》,道光十七年《大梅山馆集》刻本。
③ 钱仲联:《梦苕庵诗话》,齐鲁书社1986年版,第271页。
④ 姚燮:《复庄诗问》卷22,道光十七年《大梅山馆集》刻本。

整篇诗歌构思巧妙，剪裁提炼精当，前面大量的描写叙述仿佛都是为了后面一幕的发生，而最后的结局确实超出了常人的想象。这种精当的剪裁提炼，显然受到小说叙事的影响。

其五言叙事诗也具有这种特征，如《暗屋啼怪鸮行，为郑文学超记其烈妇刘氏事》是根据鸦片战争中的真人真事改编而成的。诗歌结构严密，故事完整，人物形象丰满突出。诗歌从"暗屋啼怪鸮"写起，简短的几句诗歌渲染了故事的气氛，交代了写作背景。下面运用大量的篇幅渲染描写郑氏一门仰药殉节的过程，诗歌借鉴民歌的形式，复沓铺叙，情感浓郁，血泪汇成，成功地刻画了郑氏夫妇的形象。最后作者又以补叙的手法简略交代了烈妇刘氏的日常品行和写作原由。整首诗歌布局结篇仿佛一篇传奇。

姚燮的五古叙事诗多受戏曲的影响。姚燮亲身经历了鸦片战争的甬东之役，写下了大量五古叙事诗。这些诗歌学习杜甫《北征》的章法，融叙事、抒情、议论于一体，以自己的经历为线索，记录了甬东之役的历史事实，可称作"诗史"。与杜诗相比，姚燮的五古叙事更为真切细腻，如：

> 穷奔百余里，抚足懦垂败。自非甚所危，断难鼓之再。（《闻皋儿在城中阻夷军不得出，同弟向长春门冒刃入城，至寓馆觅得之，薄暮始乘间出城》）

> 急情逼我行，冒砾忘瘢胝。明知大事去，犹作平安期。（《独行过夹田桥，遇郡中逃兵自横山来》）

这些真切自道之语，在杜诗中是很少见的。这固然与作者亲历兵祸战役有关，但在艺术上似乎得力于代言体的戏曲唱词。姚燮五古叙事诗中有很多情景交融的自白式诗句，和元人散曲不无相通之处，如《惊风行五章》：

> 弱草靡惊风，谁能顾根蒂？漂我同室魂，往将匿何地？生死凭虎狼，忍焉凛天情。八口艰半饱，凤命已乖鳖。薄晞争晓阴，路草炫霜翳。便投土窨深，胡敢望安憩？

姚燮的五古叙事诗比较注重叙事气氛的渲染，这恐怕也是受到戏曲抒情的影响。姚燮的五古叙事诗常穿插沿途景象的描写来烘托战争所带来的离乱气氛：

> 水昏入烟霏，柳秃摇枯藤。苍气翻远空，瞪目多饿鹰。储粮苦未足，还复虞夺争。既无土可依，性命堕荡倾。万里岂真阔，天地交凄冥。颇悔游惰安，负昔时太平。（《冒雨行》）
> 决眦望东云，乖天旷无依。不凝深黯光，不见一鸟飞。颇传哀泽鸿，多受罗纲羁。相势或远扬，苍莽究何归。（《独行过夹田桥，遇郡中逃兵自横山来》）

姚燮五古叙事诗还有一些细腻入微的心理描写，这是以前诗歌中很少有的。如《寄家书》：

> 亲老膝无侍，念子心每驰。偶得远道书，食息聊慰怡。一月书两函，所慰亦已稀。慨余在客中，愁病恒缘依。委云起居好，所告能毋欺。又恐据实陈，徒使深犹疑。踌躇方寸中，往往难措词。昨日乡书来，乡书亲所贻……①

作者以朴素的笔调描写了寄家书时的矛盾心理。这种细腻的心理剖析和独白也似乎得力于戏曲艺术中的人物独白。

姚燮的七古叙事诗在抒情性和传奇性方面更为突出。姚燮的七古叙事诗吸收了戏曲、民歌、民间鼓词和子弟书的特点，注意环境的渲染与铺垫，使用相同或相似诗句反复出现、相互照应的复沓手法，具有浓郁的抒情性。如其《金八姑鹤骨萧诗为沈深其斌》也是根据真人真事改编加工而成的作品。诗歌叙述了一个名叫金星月的妇女，无辜受到诽谤而被丈夫休掉，最终被迫投海自杀的故事。这首诗无明显的叙事结构，也没有记叙整个故事的来龙去脉，而是以诗人主观感情的流泻构架全诗的。诗歌开篇就描写了充满幽怨哀伤情调的自然景物：

---

① 姚燮：《复庄诗问》卷22，道光十七年《大梅山馆集》刻本。

春棠不蘸枯猿心，湘篁泣黛鹃楼阴。瘦灯扣睇夜魂语，一丝琼响空烟沉。①

再如《双鸩篇》，如果将其与《孔雀东南飞》相比，我们不难看出它的抒情色彩是多么浓重。在记叙事件之外，自然景物的描写也占据了重要地位，例如男女主人公相爱时曾屡次以"芙蓉"、"鸳鸯"、"飞雁"、"杨枝"等景物作比；被迫分离时，自然景物中也蕴含着强烈的感伤色彩：

秋烟在镜芙蓉凋，秋风在袭鸳鸯雕。秋云不行难影独，秋雨不雨杨枝憔。

姚燮诗歌还运用相同或相似诗句反复出现的复沓手法来增强诗歌的抒情性。如《双鸩篇》，此诗开始写男女婚姻美满、相亲相爱时云："郎为飞雁妾作云，郎作垂杨妾作雨"；当男主人公被迫外出、夫妻离别时，则云："秋云不行雁影独，秋雨不雨杨枝憔。"再如，"妾身金缕衣，比郎光与辉，妾腕玉条脱，比郎颜与色，妾佩明月珰，比郎不断宛转肠"②。诗中反复出现的这种复沓描写，正表现了女主人公不论是在初婚幸福美满时，还是在夫妻别后两地相思时，抑或是在丈夫落魄、空囊破衣而归之时爱情始终如一的真挚感情。相同或相似诗句的反复出现和相互照应形成一唱三叹的表现效果，不仅增强了诗的表现力和艺术性，而且给读者留下了更多的回味余地。钱仲联先生对《双鸩篇》评价很高，其曰："《双鸩行》，吸取民间文艺鼓词与子弟书之特点，交织以藻采与激情，歌颂资本主义萌芽时期黑暗势力压迫下追求婚姻自由宁死不屈之反抗精神，全长一千七百九十五字，可谓奇作。"③

与姚燮相比，金和的七言叙事歌行更接近于小说。这一点大概得力于金和关于小说的研究。他曾为《儒林外史》作跋④，由此跋中可以看出，金和对《儒林外史》一书很熟悉并做过深入研究。其叙事也颇具传奇小

---

① 姚燮：《金八姑鹤骨萧诗为沈深其斌》，《复庄诗问》卷33，道光十七年《大梅山馆集》刻本。
② 姚燮：《双鸩篇》，《复庄诗问》卷10，道光十七年《大梅山馆集》刻本。
③ 钱仲联：《论近代诗四十家》，《梦苕庵论集》，中华书局1993年版，第333页。
④ 见清同治年间苏州书局所刻《儒林外史》本。

说特征。如《兰陵女儿行》《烈女行纪黄婉梨事》《断指生歌》等。这些歌行都颇具传奇色彩，情节剪裁得当，事件波澜起伏，场景氛围有声有色，人物形象栩栩如生，叙述手法多彩多样。如《兰陵女儿行》写一位侠女反抗将军逼婚的故事，诗歌运用补叙、烘托、陪衬、个性化语言等多种艺术手法叙述故事、塑造人物。诗歌并没有按故事的发生顺序直接叙述，而是开篇就把读者引入矛盾冲突的现场。全诗从将军迎娶入笔，诗人用华美的语言，对仗工整的词句，铺写豪华的婚礼场面。这一大段侧面描写正是为了烘托气氛，一方面表现这位女郎的非凡，造成先声夺人之势；另一方面主要展现兰陵女富贵不能淫、贫贱不能移、威武不能屈的坚强性格。然后才让兰陵女跃然登场，给予正面描写，"结束雅素谢雕饰，神光绰约天人尊。若非瑶池陪辇之贵主，定是璇宵织女之帝孙。欣身屹以立，玉貌惨不温"，让我们看到了这位气质非凡、颜如美玉的兰陵女的丰采。然后诗笔一转，通过女主人公之口，补叙了这次婚姻的经过，揭露了将军好色逼婚的行径。紧接着兰陵女儿"突前一手揕将军"，一下子激化了女主人公与将军的矛盾，把情节推向高潮。兰陵女儿一手持剑，一手劫持将军，反客为主，斥责将军。至此，一位女侠的英姿跃然纸上，呼之欲出，这些为正面描写。之后作者又通过将军的表现来反衬兰陵女儿的形象，"将军平日叱咤雷车殷，两臂发石无虑千百斤，此时面目灰死纹，赪如中酒颜熏熏"。随后，兰陵女儿以利剑为后盾，与官绅们进行了勇敢的谈判。在将军示意下，官绅们两次调解，用的是反面陪衬的艺术手法，通过他们由巧言欺骗到惊慌失措，最后翕然长跪的表演反衬出兰陵女斗争的智慧、策略和勇敢。最后兰陵女儿成功地解除婚约，腾身飞上将军坐骑离去。几天后，将军的坐骑驮着聘礼回到营地，"聘礼脱尽处，蕙叶多一刀，刀光摇摇其锋能吹毛，将军坐此几日夜夜睡不牢"①，故事以此作为结局，意味深长。全诗行文舒卷自如，不仅注意情节的起伏发展，而且更注意人物形象细致生动的刻画和描写。此外，作者还通过富有节奏变化和个性色彩的独白、对话来刻画人物性格。在这首长诗中，女主人公的独白占了很大篇幅，她的语言富有节奏变化和音乐美。随着故事情节的变化，女主人公在叙述自己的不幸遭遇时，语言舒缓低沉，如泣如诉。当女主人公讲到官兵抢婚时，愈说感情愈激动，继而怒火如焚，一个箭步向前抓住

---

① 金和：《秋蟪吟馆诗钞》卷5，民国五年（1916）上元金氏刻本。

将军的衣领，准备与之拼命，此时，语言的节奏变得急促、昂扬，一连串的质问、斥责，把故事引向矛盾的漩涡，诗句也呈现出明显的参差不齐。借助个性化的语言来塑造人物形象，这方面《兰陵女儿行》是很有特色的。所有这些都打破了古代叙事诗的局限，更多地吸收、融化了小说的特色。胡先骕先生认为："细察其辞句，恰似沪上卖文之小说家所夸张之女剑侠。"① 虽是贬词，却指出了金和的叙事诗与小说的联系。再如《断指生歌》采用倒叙手法。先写所见某生断指犹能挥毫疾书，然后再写其人身世及断指经过。利用对话和具体场景的描写，突出中心事件，塑造了断指生不畏强暴、不受利诱、宁死不屈的桀骜形象，具有较强的小说意味。

第四节　意象和用典叙事

"意象"一词是中国古代文论中的一个重要概念。古人认为，意是内在的抽象的心意，象是外在的具体的物象；意源于内心并借助于象来表达，象其实是意的寄托物。而"意象"就是客观物象经过创作主体独特的情感活动而创造出来的一种艺术形象。这种艺术形象往往带有作者主观的情感，而一些意象组合起来就构成了意境。如马致远的《秋思》中"枯藤老树昏鸦，小桥流水人家"一句，枯藤、老树、昏鸦，小桥、流水、人家这些事物就是诗中的意象，这些意象组合在一起，就构成了一种凄清、伤感、苍凉的意境。意象指具体事物，意境就是具体的事物组成的整体环境或画面，情寄托在景中，借景以抒情。这种寓情于景、情景交融的表现方法，是中国古典诗歌最典型的特点，"意象"、"意境"也是中国古代诗论中的重要概念。而这一特点的形成与中国古代重整体综合不重分析推理、重感悟不重逻辑、重取象比类不重概念判断的思维方式密切相关。特别是取象比类的思维方法，对中国古代文学和古代文论的影响是极其深远的。不但中国诗骚中"比兴"传统的形成与之密切相关，而且中国文论历来也多采用"近取诸身，远取诸物"的方法来论述。钱锺书先生言："余尝作文论中国文评特色，谓其能近取诸身，以文拟人。"② 现代一些学者试图以逻辑分析来理解古代诸如"风骨"、"风神"、"气韵"等

---

① 胡先骕：《评金亚匏〈秋蟪吟馆诗〉》，《学衡》1922年第8期。
② 钱锺书：《谈艺录》，中华书局1984年版，第40页。

概念，总有"隔"的感觉。中国诗歌"意象"、"意境"的表现方法也与取象比类的联想性思维呈现出相通和一致性。

中国古典诗歌历来以抒情诗为正宗主流，"意象"、"意境"的表现方法被认为是抒情诗典型的表现方法，这是情理之中的事。其实，"意象"、"意境"也是可以用来叙事的。如果说一个孤立、静止的画面不具有叙事性，那么这个画面加上一些背景或说明，或者几个相关的画面按某种顺序排成一个序列，这个或这些画面就可能具有叙事性了。如果一幅风景画面不具有叙事性，那么一幅描绘人事的画面就可能具有叙事性了。实际上，这也正是中国叙事诗"叙事如画，叙情若诉"的表现方法，也是中国叙事诗不同于西方重场面不重情节、重线索不重结构、主观抒情性强的特点所在。因此，与西方宏大的"诗史"传统相比，中国的叙事诗传统与抒情诗更接近，乃至被抒情诗所淹没。如果上述观点和论述不易被接受的话，我们也不妨这样理解：意象叙事技法的出现和运用，是作为主流的抒情诗的主要特征或技巧向支流叙事诗领域影响和渗透的结果。

意象叙事通过意象组成场景或画面的叙事方式似乎和借工笔白描塑造场景或画面的叙事方式非常相似，但实际上这两种叙事方式是有差异的，虽然这种差异有时因诗歌语言的凝练性特点而很难区别。工笔白描叙事塑造形象或刻画场景追求精练生动，而意象叙事则追求情致和气韵。如果把这种差异夸张一下，白描叙事类似于国画中的工笔画，而意象叙事则近似于国画中的写意画，虽然白描叙事并不追求铺叙渲染，但于写意的表现方法毕竟不同。

用典又称"使典"、"隶事"、"事类"等，刘勰将其界定为"据事以类义，援古以证今者也"①。用典是中国古代诗文的一种传统表现技法，在叙事诗中也常有运用。本来用典叙事和意象叙事是不尽相同的，但从表现效果看，二者又有相似之处。两者都是以某物为媒介，激发读者的联想，从而达到叙事的效果和目的，具有含蓄蕴藉的特点。从这种意义上，我们可以把典故看作一种特殊的历史意象。与一般意象相比，这种历史意象更具有丰富的文化内涵、强大的历史穿透力，往往蕴涵着作者的情感倾向和价值评判。

意象或用典叙事技法在"长庆体"叙事歌行中有最典型的表现，而近代采用"长庆体"创作叙事诗的多是学唐诗人。如前、后《彩云曲》

---

① 刘勰：《事类第三十八》，《文心雕龙》卷8，中华书局1985年版。

的作者樊增祥，《檀青引》《天山曲》的作者杨圻等，钱基博先生将其归入"中晚唐诗"派①，马卫中先生称之为"唐诗派"②。而《宁寿宫》的作者孙景贤诗学李商隐，马卫中先生将其归入"晚唐诗派"③。《颐和园词》的作者王国维先生认为"凡一代有一代之文学"，对"唐之诗"推崇备至。这些诗人的学唐倾向大体是没什么问题的，即使《圆明园词》的作者王闿运，虽被推为"近代湖湘派魁首"④，其实也并不排斥唐诗。王闿运自称"凡所著述，未涉唐后"⑤，诗学宗趣上自远古歌谣、楚辞以至于三唐。而肖晓阳博士认为"湖湘诗派代表作家虽上法远古歌谣，以至于《离骚》，取效汉魏六朝诗歌为主，也能及于三唐，后期则学晚唐的倾向更为明显。而门人弟子诗歌多出以唐人面目，诗风之变，由来已久"⑥，实道出湖湘诗派的微妙演变及其与唐诗派的相通之处。实际上，无论湖湘派、唐诗派，还是晚唐诗派⑦的兴起，在某种程度上都有不满当时盛行的宋诗之风，意图纠其偏颇、救其弊病之意。湖湘派兴起之初，嘉道以来的学宋之风颇盛，"壬秋后起，别树一帜"⑧。湖湘派程潜这样描述当时诗坛的情况："有清诗人，与世陵夷，末代益靡。惟吾乡湘绮翁，横流不溺，力图复古。"⑨"末代益靡"当主要指嘉、道宋诗运动及其嗣响同光体。王闿运论诗也是力倡"兴"诗，不废"风"诗，反对"雅"诗。⑩夏敬观曰："文襄不喜人言汉魏，王先生不许人有宋，皆甚隘也。"⑪可见王氏的诗学旨趣了。而唐诗派的出现实有调和唐音宋调之意，因而钱仲联先生目之为"唐宋的一派"，马亚中先生直接称之为"唐宋调和派"⑫。汪国垣论曰："此派诗家，力崇雅正，瓣香浣花，时时出入于苏韩，自谓得诗家

---

① 参阅钱基博《现代中国文学史》，中国人民大学出版社2004年版，第178—210页。
② 参阅马卫中《光宣诗坛流派发展史论》，苏州大学出版社2000年版，第275—302页。
③ 同上书，第309页。
④ 钱仲联：《近百年诗坛点将录》，《梦苕庵论集》，中华书局1993年版。
⑤ 王闿运：《与张世兄》，《湘绮楼诗文集》，岳麓书社1996年版，第796页。
⑥ 肖晓阳：《湖湘诗派研究》，苏州大学2006年博士论文。
⑦ 唐诗派，近于汪国垣《近代诗派与地域》中的河北派和江左派，马卫中《光宣诗坛流派发展史论》称其为唐诗派，钱仲联《清诗简论》称为"唐宋的一派"，说法有异，所指相近。而钱基博《现代中国文学史》中的中晚唐诗派，实又包含了文中的晚唐诗派或西昆诗派。
⑧ 徐世昌：《晚晴簃诗汇》，中华书局1990年版，第6783页。
⑨ 程潜：《养复园诗集·自序》，中国诗学会出版。
⑩ 参阅王闿运《论汉唐诗流派答唐风廷问》及《论作诗法答萧玉衡》等文。
⑪ 夏敬观：《褱碧斋集序》，陈锐：《褱碧斋集》，1929年排印本。
⑫ 马亚中：《中国近代诗歌史》，（台湾）学生书局1992年版，第417页。

正法眼藏,颇与闽赣派宗趣相近。惟一则直溯杜甫,一则借径涪皤,斯其略异耳……然以力辟险怪之故,颇不满意于同光之诗。尝云'诗贵清切,若专事钩棘,则非余所知矣。'又云:'诗家当崇老杜,何必山谷'。"①由此可知唐诗派之宗趣意图了。而晚唐诗派的兴起,与唐诗派有类似之处。其论诗"主乎微讽,比兴之旨,不辞隐约"。对宋诗也有不满之意,"历观汉晋作者,并会斯旨。迄于赵宋,颇或殊途。"②后来,汪荣宝自言:"尔时成见甚深,相戒不作西江语,稍有出入,辄用诟病。"③可见晚唐诗派初期之意图指向了。欲以唐音之长救宋调之弊大概是近代学唐诗人的宗趣所在与审美趋向。

那么,唐诗与宋诗的主要区别在哪里呢?钱锺书在《谈艺录·诗分唐宋》中有切中肯綮之论断:"唐诗、宋诗,亦非仅朝代之别,乃体格性分之殊。天下有两种人,斯分两种诗。唐诗多以丰神情韵擅长,宋诗多以筋骨思理见胜。曰唐曰宋,特举大概而言,为称谓之便。非曰唐诗必出唐人,宋诗必出宋人也。"④大体而言,唐诗重"象",宋诗重"意"。唐诗重在描绘形象、意象,通过形象、意象的描绘来表现情感思想,与此特点相联系,唐诗意境鲜明,情寓于象,语言简洁,表现含蓄而耐人寻味。宋诗则侧重于直接表现情感、思想,"象"的描绘是次要的。因此,宋诗往往多议论,语言也不像唐诗那样简洁凝练,表现也不太含蓄。而唐诗的这些特点,又与王闿运主张的"缘情而绮靡","以词掩意,托物寄兴"⑤有相通之处。由此可见,学唐诗人多以意象叙事,喜用丰神绝代的"长庆体",不只是因为"长庆体"是唐代的产物,更深层的原因在于审美兴趣和表现技法的暗合。而且,近代学唐诗人还有一个特点,就是多精于隶事,这当然与古典文化的高度成熟有关。如樊增祥、易顺鼎都以用典著称,樊增祥喜用僻典,易顺鼎惯用熟典。而李商隐以诗风晦涩,多用典故著称,近代晚唐诗派以李诗为宗,其诗也有"隐文谲喻"的特征,喜用典故叙事。这促使他们喜用典故叙事。谈了很多,不免抽象,下面我们结

---

① 《汪辟疆说近代诗》,上海古籍出版社2001年版,第30页。
② 王庚:《今传是楼诗话》,张寅彭:《民国诗话丛编》第3册,上海书店出版社2004年版,第368页。
③ 汪荣宝:《西砖酬唱集·序》,转引自马亚中《中国近代诗歌史》,(台北)学生书局1992年版,第422页。
④ 钱锺书:《谈艺录》,中华书局1984年版,第2页。
⑤ 王闿运:《论诗文体式》,《湘绮楼诗文集》,岳麓书社1996年版,第544页。

合杨圻的《檀青引》来理解用典及意象叙事。

诗歌开篇写道:"江都三月看琼花,宝马香轮十万家。"江都,扬州的别名。作者一开始就用"琼花"、"宝马"、"香轮"等意象描绘"江都三月"的繁华景象。接着,笔锋一转,"一代兴亡天宝曲,几分春色玉钩斜"。"天宝曲"、"玉钩斜"是两个历史典故。"天宝"是唐玄宗的年号。玄宗时期正是大唐开天盛世,玄宗本人雅爱风流,精通音乐,创办梨园,与贵妃杨玉环耽于享乐,最终导致"安史之乱",大唐帝国也由盛而衰。"玉钩斜"出自清赵翼《花田》诗:"十里芳林傍水涯,当年曾是玉钩斜。美人死后为香草,醉守来时正好花。"自注:"即素馨斜,南汉葬宫人处,多素馨花,今为游宴地。""天宝曲"这一历史意象一下子就把我们从烟花三月的扬州引入了隋唐旧事,以隋唐旧事喻咸丰朝事,深化了历史兴亡之感。而"玉钩斜"也隐喻着主人公蒋檀青的命运。这种叙述的迂回转折,作者的兴亡之感,主要是靠两个历史典故来实现的。"玉钩斜畔春色去,满川烟草飞花絮。都是寻常百姓家,欲问迷楼谁知处?"接着,作者继续用"玉钩斜"、"春色去"、"满川烟草"、"飞花絮"、"寻常百姓家"、"迷楼"等一系列意象画面来深化物是人非、兴衰变化之感,给全诗蒙上一层朦胧凄迷的情调。而"满川烟草"、"飞花絮"、"寻常百姓家"、"迷楼"等意象皆有出处。宋贺铸《青玉案词》:"试问闲愁都几许,一川烟草,满城风絮,梅子黄时雨。"唐刘禹锡《乌衣巷》:"旧时王谢堂前燕,飞入寻常百姓家。"唐冯贽《南部烟花记·迷楼》:"迷楼凡役夫数万,经岁而成。楼阁高下,轩窗掩映,幽房曲室,玉栏朱楯,互相连属。帝大喜,顾左右曰:'使真仙游其中,亦当自迷也。'故云。"这些意象典故让人浮想联翩,不但丰富了诗歌的文化内涵,而且深化了诗歌的表达效果。"迷楼"一词后又多指妓院或游宴场所,"欲问迷楼谁知处"一句又巧妙地引出蒋檀青出场,可见意象叙事转折勾连之妙。"高台置酒雨溟溟,贺老弹词不忍听。二十五弦无限恨,白头犹见蒋檀青。"这四句正面描写蒋檀青出场。"雨溟溟"、"无限恨"、"白头"都充分渲染了气氛,展现出一幅明艳的画面。"高台置酒"、"贺老弹词"、"二十五弦"又都是历史典故。《管子·小匡》:"昔先君襄公,高台广池,湛乐饮酒。"《白氏六帖》卷62:"羯胡犯京,上欲迁幸,复登花萼楼,置酒四顾……至是,命乐工贺怀智取调之。"《汉书·郊祀志》:"泰帝使素女鼓五十弦瑟,悲,帝禁不止,故破其瑟为二十五弦。""雕栏风暖凝丝竹,筵上惊闻朝元曲。

其时雨脚带春潮,江南江北千山绿。"这四句总述演奏之初的情景。"朝元"指唐代朝元阁,在陕西省临潼县骊山。玄宗朝,改名降圣阁。唐李商隐《华清宫》诗:"朝元阁迥《羽衣》新,首按昭阳第一人。"杜牧《华清宫》亦有:"行云不下朝元阁,一曲《淋铃》泪数行。"可见"朝元曲"与"天宝曲"近似。而"雕栏"、"风暖"、"江南江北"、"千山绿"等意象画面,与"朝元曲"形成了鲜明的对比,实是以乐景写哀手法。"朱弦断续怨沧桑,望帝春心暗断肠。欲说先皇先坠泪,千言万语总心伤。坐客相看共呜咽,金徽弹罢愁难绝。同时伤春事不同,飘零身世何堪说。"这八句从演奏者和坐客两方面描写演者动情,坐客动心的情景。其中"朱弦"、"金徽"两个意象指精致的弦琴乐器,用以渲染演奏技艺精湛和感人。"望帝春心"语出唐李商隐《锦瑟》:"庄生晓梦迷蝴蝶,望帝春心托杜鹃",指难以言表的愁绪恨怀。"先帝"指清咸丰帝。"飘零身世何堪说"一句一转,引出蒋檀青开始自叙身世。

"家在京师海岱门,少年往事不堪论。旗亭旧日多名士,北海当年侍至尊。"四句写檀青自叙身世由来,引出咸丰帝。"旗亭"指酒楼,薛用弱《集异记》:"开元中,诗人王昌龄、高适、王涣之齐名。……一日天寒微雪,三诗人共诣旗亭,贳酒小饮。""北海"指清代御园。这两个意象也渲染了当年蒋檀青身历的繁华。"太行北尽仙园起,灵台飘渺五云里。年年豹尾幸离宫,百官扈从六宫徙。万户千门鱼钥开,柳烟深浅见蓬莱。妆楼明镜云中落,别殿笙歌画里来。祖宗旰食勤朝政,百年文物乾坤定。万方钟鼓与民间,九重乐事怡天听。"十二句极力描绘当年的繁华景象。前八句,作者用了"太行"、"仙园"、"灵台"、"五云"、"豹尾"、"百官"、"六宫"、"万户千门"、"柳烟"、"蓬莱"、"妆楼明镜"、"别殿笙歌"等一系列意象,铺张夸饰,极力渲染兴盛繁华。"太行"指太行山,用以饰"仙园"之雄伟。"仙园"指圆明园。"灵台"是"集灵台",唐玄宗天宝元年建,在长生殿侧。这里有以玄宗事隐喻咸丰之义。"豹尾"指豹尾车,指帝王巡幸车乘。据钵提《记圆明园》:"每岁夏,(上)幸园中,冬初还宫。内廷大臣,赐第相望,文武侍从,并直园林。入直奏对,昕夕往来,络绎道路,历雍、乾、嘉、道百余年于兹矣。"而"蓬莱"意象是传说中的仙山,隐含此为人间仙境之意。后四句指出这种繁华是由"祖宗旰食勤朝政"而来,实对"万方钟鼓与民间,九重乐事怡天听"之举有微讽之意,也为下文叙述作一铺垫。"建康杀气下江东,百二关河战火红。猿鹤山中啼夜月,渔樵江上哭秋风。""建康杀气"指太平天国攻克南京事。"百二"喻山河险固之地。《史记·高祖本纪》:"秦,形胜之国,带河山之险,县隔千里,持戟百万,秦得百二焉。"这两句笔锋又一转,由铺述繁华写到战乱四起。下面两句用"猿鹤"、"夜月"、"渔樵"、"秋风"等意象描写由盛而衰的悲凉气氛。"军书榜午入青琐,从此先皇近醇酒。花萼楼前春昼长,芙蓉殿里清宵久。三山清月照瑶台,夹道珠灯拥夜来。一曲吴歌调凤管,后庭玉树极花开。临春结绮新承宠,玉骨轻盈珍珠重。避面宁教妒尹邢,当筵未许怜张孔。太液春寒召管弦,官家小宴杏花天。昭阳宫里春如海,五鼓初传燕子笺。鞓红照睡繁华重,绝代佳人花扶拥。南府新声妒野狐,升平独赐龟年俸。夜半青娥扫落花,深宫月色照羊车。庸知铜雀春深事,留与词人赋馆娃。"这一段写虽然军情紧急,咸丰帝却沉迷于声色。"榜午"意为交错、纷繁。"青琐"指装饰皇宫门窗的青色连环花纹,后借指宫廷。下面运用了一连串的意象描写咸丰帝醉生梦死的生活。"花萼楼",是唐玄宗于兴庆宫西南建花萼相辉之楼,简称花萼楼。"芙蓉殿",又称玉泉行宫,是金章宗所建。金章宗对金的灭亡要负很大的责任。这两个历史意象隐含以唐玄宗、金章宗喻咸丰帝之意,显示了作者对咸丰帝的历史评价。"吴歌凤管"指吴王夫差用于享乐的音乐,"玉树后庭花",相传为南唐陈后主所作艳曲。这两个历史意象更是亡国之曲,预示着国运之不祥。"临春"、"结绮"均为南唐陈后主时所筑楼阁,这里指圆明园中的建筑。"玉骨"指美女,"珍珠"指珠宝。这些意象都是用来铺叙咸丰帝享乐生活的。"避面"、"尹邢"、"张孔"等意象都是描写咸丰后妃争风吃醋事。"尹邢"指汉武帝宠爱的邢夫人和尹夫人。《史记·外亲世家》载:"尹夫人和邢夫人同时并幸,有诏不得相见。""张孔"指南唐陈后主所宠爱的妃子张丽华和孔贵妃。"太液",太液池,指古池名。"杏花天"指词牌名。"昭阳宫",汉宫殿名,后泛指后妃所住的宫殿。"春如海"盖语出"一曲笙歌春如海,千门灯火夜似昼"之联。"燕子笺",指明阮大铖的传奇名。"鞓红",牡丹的一种,后泛指深红色的花。此句大概语出苏轼《海棠》:"只恐夜深花睡去,故烧高烛照红妆"。"南府"指清宫习艺剧演之所。郭则沄《十朝诗乘》"咸丰时复置南府,选内监之颖秀者,命乐工教之,两部比不时进御"。"野狐"指张野狐,"龟年"指李龟年,皆唐代乐师。这些意象用来极力铺叙描写咸丰帝的游宴享乐。"青娥"指宫女,"羊车"指宫内所乘小车,与"夜半"、"落花"、"深宫"、"月色"等意象一起描写繁华喧嚣后的寂静，也预示着繁华喧嚣的结束。而其后"庸知铜雀春深事，留与词人赋馆娃"两句，承前启后，引出下文。这种行文的转折，主要是通过运用两个历史典故实现的。"铜雀"，指铜雀台，"铜雀春深"语出唐杜牧《赤壁》诗："东风不与周郎便，铜雀春深锁二乔。""铜雀春深"一典用来总结前文的繁华生活。"馆娃"，指馆娃宫，春秋时吴王夫差为西施建造的。吴王与西施在馆娃宫、姑苏台等地终日燕饮游乐，最终身死国亡。"馆娃"一典有隐喻咸丰之义，在行文中起到启下的作用。

"当时海内勤王事，慷慨誓师有曾李。未见江头捷骑来，忽闻海畔夷歌起。避暑温泉夜气清，宫花露冷月华明。惊心一曲长生殿，直是渔阳鼙鼓声。"这八句写太平天国战事未定，英法联军入侵北京。"夜气清"、"宫花露冷"等意象渲染清冷气氛。"长生殿"是洪升的传奇剧，内容写唐明皇与杨贵妃事。"渔阳鼙鼓"指安史之乱，这里指英法联军入侵北京。这两个历史典故以唐玄宗事来喻咸丰事。"延秋门外黄昏路，城阙生尘妃嫔去。穆王从此不重来，马上天颜频回顾。"这四句写咸丰仓皇逃往承德避暑山庄。"延秋门"、"黄昏路"、"城阙生尘"等意象描写了咸丰出逃的凄凉和仓皇。"穆王"，指周穆王。语出唐李商隐《瑶池》："八骏日行三万里，穆王何事不重来？"作者用这一典故隐喻咸丰再也没能回北京。"来朝胡骑绕宫墙，凝碧池头踞御床。昨夜采莲新制曲，月明多处舞衣凉。太白睒睒欃枪吐，云房水殿都凄楚。咸阳不见阿房宫，可怜一炬成焦土。"这八句写联军入侵北京，火烧圆明园。"凝碧池"，唐代池名，在长安禁苑中。据《明皇杂录》："天宝末，禄山陷西京，大会凝碧池，梨园子弟，歔欷泣下。"这里用来写英法入侵。"太白"、"欃枪"皆指星名，古代认为，这两个星出现是兵战、杀伐的征兆。"阿房宫"是秦代的著名宫殿，后被项羽所焚。此代指圆明园。"和戎留守有贤王，八骏西行入大荒。金粟堆空啼杜宇，苍梧云冷泣英皇。居庸日落离宫暮，北望幽州空烟树。初闻哀诏在沙邱，已报新君归灵武。鼎湖龙静使人愁，福海悠悠春水流。山蝶乱飞芳树外，野莺啼满殿西头。梨园寂寞闭烟雨，百草千花愁无主。汉家仙掌下民间，秦宫宝镜知何处。玉泉山下少人行，琼岛春阴水木清。独有渔翁斜照里，隔墙吹笛到天明。"这一段写咸丰驾崩及其身后凄凉。"贤王"，指恭亲王奕䜣，英法联军侵犯北京时，恭亲王奕䜣留守主持和议。"八骏西行"，指咸丰帝仓皇出逃。"八骏"，是神话传说中的八匹骏马,《拾遗记》:"(周穆王)驭八龙之骏。"这里有以穆王喻咸丰帝之意。"大荒",指边远之地。"金粟堆",指唐玄宗泰陵。"苍梧",指苍梧山,《史记·五帝纪》载"舜崩于苍梧"。"沙邱"犹沙丘,是秦始皇巡行天下时病故之地。"鼎湖",《史记·封禅书》:"黄帝采首山铜,铸鼎于荆山下,鼎既成,有龙垂胡髯下迎黄帝,黄帝上骑……后世因名其处曰鼎湖。"这些历史典故都用来指代咸丰帝之死。"啼杜宇"、"泣英皇"、"日落"、"离宫暮"、"空烟树"、"福海悠悠"、"山蝶乱飞"、"野莺啼满"、"梨园寂寞"等一系列意象描写了悲凉凄惨的气氛。"英皇",传为舜妃娥皇、女英,这里用来喻指慈安、慈禧太后。"灵武",是郡名。唐天宝十五载,安禄山破潼关,玄宗逃奔蜀中。朔方留后杜鸿渐等迎太子李亨即位于灵武郡城南楼,即肃宗。这里喻指同治即位。"汉家仙掌"和"秦宫宝镜"两个典故皆指宫中珍宝。汉武帝为求仙,在建章宫神明台上造铜仙人,舒掌捧铜盘玉杯,以承接天上的仙露,后称承露金人为仙掌。《西京杂记》卷3载:"高祖初入咸阳宫,周行库府,金玉珍宝,不可称言。有方镜广四尺……则胆张心动。"这两句以秦汉宫中旧事喻清宫宝物之散佚民间。下面四句用"少人行"、"水木清"、"斜照"等意象描写凄凉清冷的气氛。"琼岛春阴",燕京八景之一。这些凄清的意象和上文繁华的意象形成鲜明的对比,抒发了诗人强烈的兴亡之感。

"繁华事散堪悲恸,玉辇清游忆陪从。明年重过功德坊,梨花落尽柳如梦。小臣掩面过宫门,犬马难忘故主恩。檀板红牙今落魄,寻常风月最销魂。"这八句写蒋檀青对咸丰帝的怀念。"十年血战动天地,金陵再见真王气。南部烟花北地人,天涯难免伤心泪。武帝旌旗满九州,湘淮诸将尽封侯。两宫日月扶双辇,万国车书拜五洲。独有开元伶人老,飘泊秦淮鬓霜早。夜梦帘间唱谢恩,玉阶叩首依宫草。糊口江淮四十年,清明寒食飞花天。春江酒店青山路,一曲霓裳卖一钱。"这一段写咸丰朝后的事情及蒋檀青的经历。"金陵再见真王气",指经过10年奋战,清朝出现了同治中兴的局面。"南部烟花北地人"指蒋檀青流落江南。"武帝旌旗",语本"昆明池水汉时宫,武帝旌旗在眼中",这里用来指胜利。"两宫日月",指慈安、慈禧太后。"扶双辇"喻指慈安、慈禧太后先后垂帘听政于同治、光绪两朝。"万国车书拜五洲",指清廷和各国互派公使,建立或恢复了外交关系。下面用"飘泊秦淮"、"鬓霜"、"依宫草"、"清明寒食"、"一钱"等意象来描写蒋檀青的凄凉遭遇。"君问飘零感君意,含情弹出宫中事。乱后相逢问太平，咸丰旧恨今犹记。怜尔依稀事两朝，千秋万岁恨迢迢。至今烟月千门锁，天上人间两寂寥。"最后又由蒋檀青对往事的回忆转到现实，并用"烟月"、"千门锁"、"天上人间"等意象烘托描绘余恨，让人感到连绵不绝。整首诗歌借艺人蒋檀青经历写咸丰帝事，真"可作咸丰外传读"。

　　由上文的分析可知，叙事意象不仅可以构建、呈现出一幅幅生动的画面，借助画面的流动和转换起到叙事抒情的效果；而且可以丰富诗歌的历史文化内涵，把现实和历史融为一体，把思想和文化合为一炉，通过这种交织浑融，现实一下子转换为历史的一部分，貌似偶然的、孤立的人物或事件进入相应的历史序列，从而获得更为深广的意义或内涵，既传达了作者的评判，又能激发读者的思考。典故或意象叙事的功能不仅体现在内容表达方面，对叙事诗歌的结构布局也有重要作用。如前文所分析的"天宝曲"、"玉钩斜"、"迷楼"、"铜雀春深"、"馆娃"等意象在《檀青引》中起到了转折勾连、承上启下的作用。再如王闿运的《圆明园词》就是围绕圆明园这一历史地点意象构思谋篇的。此外，叙事意象还可以起到时间转换、空间转移的作用。比如，姚燮的《双鸩篇》开篇写道，"郎年十七妾十六"，末尾写"郎年二十妾十九"，表明诗中的故事历时三年。而诗中叙事时间的推移是靠意象来实现的。如"十月开梅花，二月开桃花，六月菱荷香，青青出蒲苇"①。从第一年的十月到第二年的六月，从梅花开到菱荷香，既表明了时光的流逝，又传递了妾对郎的思念。这种意象叙事近似于现代影视用画面展示时间推移的表现方法。

　　总之，意象或用典叙事是中国叙事诗中特有的一种表现技法，显示出中国叙事诗的独有特色，其特点和作用还有待于进一步研究和探索。

第五节　寓言和神话叙事

　　近代叙事诗还存在运用寓言和神话叙事的现象。寓言和神话叙事在中国诗歌里也是有传统的。但和西方宏大的"史诗"传统相比，中国的神话叙事就显得比较幼稚和薄弱了。不过，中国寓言叙事的起源还是比较早的。汉乐府中就有两首奇特的寓言诗《乌生》和《枯鱼过河泣》。两首诗

---

①　姚燮：《双鸩篇》，《复庄诗问》卷10，道光十七年《大梅山馆集》刻本。

分别通过乌鸦和枯鱼的遭遇曲折地表达了受迫害者的悲惨命运。《乌生》借中弹身死的乌鸦的自宽自解，指出即使山中的白鹿、天上的黄鹄、深渊里的鲤鱼，也都难逃一死，借以隐喻征税徭役的可怕。像这类借用动物故事来反映或隐喻社会现实的叙事诗歌，近代也有一些。

在这方面作出突出贡献的是金天羽。他继承并发展了传统的寓言诗，用象征寓言的方法叙写历史时事，而且是国际重大历史事件，这是金天羽的创制，其代表作品是《虫天新乐府》十首组诗。金天羽创造性地以奇妙多趣的虫言禽语，折射出第一次世界大战中的种种风云变幻，以虫天兽界的风波，借喻人世间的矛盾冲突，寓庄于谐，奇谲多姿。金的弟子高圭云："《虫天新乐府》十章，则括欧战以来各国大事，以诙谐之笔出之，而断制谨严，目光如炬。"① 我们看他的《虫天新乐府》第一首《飞蝶南》。1914年6月28日，奥匈帝国皇储到新吞并的波斯尼亚检阅以塞尔维亚为假想敌人的军事演习，在萨拉热窝被塞尔维亚民族主义组织成员刺杀，从而引发了第一次世界大战，这就是著名的"萨拉热窝事件"。金天羽的《飞蝶南》就是描写这件事的，其诗序云："奥储皇及妃被刺于玻斯尼亚，欧战遂起"，诗如下：

> 花间何处来双蝶，螳臂捕蝉短兵接。仙虫生长玉皇家，断送春华太狼藉。一霎风云划地起，群蛾赴焰军前死。角分蛮触寄涎蜗，国并槐安斗垤蚁。东帝西帝争长雄，分曹势与连鸡同。虫沙猿鹤难收拾，万里江山战血红。秦并韩赵燕丹惧，荆轲入秦斩铜柱。一剑横挑劫运开，雉枭力掷倾孤注。大千公案一微尘，星火燎原玉石焚。偏衣金玦储皇帝，蒿里悲歌动路人。君不见艨艟战鼓丹牛水，高冢祈连城外起。夜来双蝶上冬青，青陵台畔花连理。飞蝶南，葬于此。②

诗歌充分发挥了传统诗歌的比兴手法，飞蝶借指奥匈帝国皇储夫妇，以昆虫之间的斗争描写人间战争，用中国的历史典故类比重大的国际史实，尽量避免新语言和新事物的出现，保留了乐府叙事诗的传统风格。所以钱仲联先生认为，金天羽的诗歌"全面反映了六十年中的历史面貌，极尽用

---

① 高圭：《天放楼诗集跋》，《天放楼诗集》，壬戌年（1922）上海有正书局刻印本。
② 金天羽：《天放楼诗集·潮音集卷一》，壬戌年（1922）上海有正书局刻印本。

旧形式写新内容之能事"①。

运用乐府这种传统诗体，以象征寓言的方法描写、叙述国际重大历史事件，固然是金天羽的天才创造，但同时也反映了中国古典诗歌叙述和反映近代生活的不适应性。中国古典诗歌具有两千多年的历史，经历代诗人的发展改造，形成了自己独特的风格和韵味。这种风格和韵味也是中国长期以来在小农经济基础之上所形成的传统的、封闭的、田园式社会生活的产物和反映。但中国社会进入近代，经历了亘古未有的千年变局。上层统治阶级的腐败无能，西方列强的挑衅和侵略，以及随之而来的新事物、新思想的涌入等，都是中国历史上从来没有过的。它动摇了中国千年以来的自然经济，逐渐改变了中国人的生活方式和思维方式。而用来描绘生活、表现思维的语言也随之发生了变化，这必然会对诗歌的风格和韵味形成冲击。诗歌首先是一种语言艺术，其独特的风格和韵味与其所使用语言的独特性密切相关。中国诗歌的独特风格和韵味，与中国诗歌语言的多义性和与之相适应的独特的审美心理关系密切。中国许多常见的诗语，其本身通过积累所得，负担着超出本义之外的多项意义。如一个"酒"字，便足以引发豪壮、悲愤多种复杂的情绪，并非"饮酒"一种实义所能解。再如诗歌中"桃花"一词，也不仅指桃花这一实体，它还代表春天、美女、隐逸、世外桃源等意义。如果诗歌中过多地出现一些异质语言或词语，这些语言势必会限制人们习惯的联想思路和范围，破坏由特定词语所构成的意义场，最终破坏诗歌的风格和韵味。我们读近代的诗歌常常感觉其风格韵味与唐诗宋词颇为不同，语言的变化就是其重要原因。这是近代诗界革命派没能解决的问题，也是诗界革命失败的原因。乐府虽然是中国古典诗歌中最为灵活自由的一种诗体，但金天羽用这种诗体来叙写国际重大事件，也要面临新事物、新语言对传统诗歌风格的破坏和冲击这一问题。金天羽运用象征寓言的方法巧妙地处理了这一问题，做到了"以旧风格含新意境"的要求。但这种成功也付出了惨痛的代价，它牺牲了诗歌对生活反映的准确性和清晰性。金天羽的《虫天新乐府》所叙之事只是浮光掠影的展现，事迹非常模糊不清，显示了乐府诗体表现近代社会生活的局限性。如上面所举的《飞蝶南》，如果没有诗序，读者恐怕很难和著名的"萨拉热窝事件"联系起来。所以钱仲联称金天羽诗歌"极尽用旧形式写

---

① 钱仲联：《三百年来江苏的古典诗歌》，《梦苕庵论集》，中华书局1993年版，第240页。

新内容之能事",是颇有深意的。

此外,龚自珍《伪鼎行》、汤鹏《孤凤篇》也采用寓言叙事,林则徐也有一些寓言叙事诗,如《驿马行》《病马行》等,黄遵宪也有《五禽言》等。

此外,近代也有一些具有神异色彩的叙事诗,其作者多是才子,诗歌也多学汉魏六朝,乞灵于《离骚》。

如龚自珍,其叙事诗多以杂言歌行体写成,于传统之内独辟蹊径。其诗歌语言斑驳陆离,句式长短不一,意象瑰玮奇肆,诗体也在一定程度上有所突破,形成了"隐文谲喻"叙事诗风。如《能令公少年行》,诗人以雄奇的想象,以浪漫、奇肆的叙述手法,描述了一位少年理想的生活经历,虚构并展示了一个理想的"乌托邦"世界及生活场景,颇具神异色彩。诗人自序说:"龚子自祈祷之所言也,虽弗能遂,酒酣歌之,可以怡魂而泽颜焉。"这首诗与陶潜的《桃花源记》有相似之处,不过龚自珍所创造的瑰丽神异的境界和陶潜隐逸田园境界截然不同。"定庵诗之好处,是形式上变化复杂,其一首中自四言变为五言,五言变化七言,而八言,而十余言,句法长短都无一定,无论若干篇幅,皆可举重若轻,此事求诸古人若李白、长吉,有时亦不免缩手。盖定庵之诗,纯以古文之法行之,字字古雅,语语骂人,出入庄、骚,超乎尘俗。此诗(按指《能令公少年行》)在格律上、音节上、意义上,皆有新鲜之意味,一韵到底,尤为难得。观其一气呵成,毫无停滞,读之者几不知是文是诗,可谓化矣。或可谓此种格调,古人有行,如卢仝、黄山谷亦精于此道。不知诗重性情,意须独创,而格调虽稍因袭,亦不妨也。定庵自有定庵之特性,故可称为定庵独有之诗。且就诗论诗,亦不逊于汉、魏乐府,真气淋漓,且时时有弦外之音,非深于此道者不能究也。"① 再如《奴史问答》,这首诗借仆役与书记的谈话,塑造了一个神秘莫测的主人形象,也颇具神话色彩。那仆人自述从主人一纪有余,而他又是能算天九,算地九,聪明伶俐无比的,却还摸不着主人的行藏。佚名《定庵诗评》曰:"定公此种诗,颇似太白,亦有似卢玉川者。然实自汉、魏乐府中来。不可学,学之必病。"

不过,龚自珍的叙事诗歌多数仅具有简单的叙事骨架,作者的创作兴趣并不在事件的叙述上,而在于这些诗歌所传达的象征或寓言意义。从这

---

① 朱杰勤:《龚定庵研究自序》,商务印书馆1940年版。

种意义上说,这些诗歌只是具有"隐文谲喻"性质的准叙事诗。即使一些叙事较为详细的诗歌,也采用了"隐文谲喻"的叙事手法,内容很难坐实。如《汉朝儒生行》采用历史题材,借一个"儒生"之口描述了一个将军所经历的社会政治事件及人生故事。佚名《定庵诗评》认为,"将军"指杨勤勇公芳。杨钟羲《雪桥诗话》认为此诗写松文清事。张荫麟在《龚自珍〈汉朝儒生行〉本事考》一文中认为,此诗写岳钟琪事。后来在《与陈寅恪论〈汉朝儒生行〉书》中认为:"此诗乃借岳钟琪事以讽杨芳而献于杨者。"① 而温廷敬《读龚定庵诗书后》认为,此诗"盖为杨忠武遇春作也",并撰文《龚自珍〈汉朝儒生行〉本事考辨正》反驳张的观点。可见"隐文谲喻"叙事诗的特点和局限。

再如,汤鹏的《蔡志行》在叙事中也具有神异色彩。诗歌描写蔡志为父报仇后自有,被县官错杀事,颂扬了蔡志的至孝和义行。诗歌采用倒叙手法,先叙写县令见蔡志因胆怯心虚而变态致死的场面,指责了县令的昏聩无知。然后叙写了事件的经过,中间掺杂神话,塑造了蔡志感天动地的形象:

> 元雾搏空,昏彼白昼。人不恤,天所禄,蔡志为人孝且勇,为鬼乃与天神地诉幽独。厥惟五行之精,五岳之长,各各为蔡志茹吐辛鸣厥冤。雨师、风伯、雷公、电母,各各为蔡志扪膺刺骨愤怒不可言。昊天上帝天九门,虎豹狺狺守其阊,合词跪奏帝纳焉,此情此憾弗湔洗,下界纷纷颠黑倒白尸其权。檄召阎罗司汝事,立遣夜叉翩以翻,提挈蔡志诇踪迹,不令逃逸县官魂。②

诗歌最后对事件进行了评论。全诗运用"以文为诗"的技法,全用散行单句,句式长短错落,议论纵横。叙事中夹杂神话,借用了戏曲传奇中常用的神鬼报应的构思方法,突出蔡志感天动地的形象,为蒙冤者伸张正义,带有相当的浪漫色彩。

大体而言,近代叙事诗主要运用以上五类表现技法,构建、形成了自己的风格特征。"以文为诗"技法在各类叙事诗中都有所体现,但在五七

---

① 张云台编:《张荫麟文集》,教育科学出版社1993年版,第332—337、362页。
② 汤鹏:《海秋诗集》卷11,道光戊戌年(1838)本。

言叙事诗中表现得更为突出，特别是在五言叙事诗中；白描刻画的技法也在五言叙事诗中表现得较为突出。学宋诗人多喜创作五言叙事诗，也多运用这两种技法。而学唐诗人则喜用意象和典故叙事，这种技法在"长庆体"歌行中有较为集中的表现，他们也多是"长庆体"歌行的作手。乐府歌行常运用传奇表现技法，特别是歌行，更能彰显其与俗文学之间的密切关系和相互影响。借鉴、运用这类技法的诗人也往往多才多艺，兼通多种艺术文体，颇具艺术家气质。寓言叙事主要在乐府叙事诗中有所体现；而神话叙事多运用于歌行之中，作者也多是诗学汉魏六朝、乞灵于骚赋的诗人。

第四章

近代诗人的诗歌叙事意识

我们提倡文学的"内部研究",但并非否定文学的"外部研究"。文学作品产生于某些条件,表现出某些问题,没有人能否认适当认识这些条件和问题有助于理解文学作品。"外部研究"法在作品释义上的价值,似乎是无可置疑的。实际上,文学的文化研究也正是当下悄然流行的一种研究趋势。这似乎是一种否定之否定现象,我们的研究似乎又向传统的"外部研究"回归了。但是我们必须警惕,这种跨学科、反学科研究动向有可能冲垮我们刚建立不久的文学理论学科的知识体系,过分政治化的话语,过分"社会学"化的话语,也可能使文学研究的自身意义和价值丧失,从而使我们的研究重新面临"为政治服务"的痛苦记忆。而且,这种研究也可能出现大而不当的凿空乱道和牵强附会的简单比附现象。因而我们仍然坚持文学的"内部研究",但也并不忽视文学的"外部研究"。我们的研究思路是由文学的内部走向文学外部的。这似乎与传统的由外部进入内部的研究思路没有多大的不同,只是次序先后有所调整而已。但正是这种次序的调整显示了我们研究重心的转移和侧重,展示了我们文学本位研究的思索和努力,对"外部研究"可能出现的凿空乱道和简单比附现象也有一定的限制作用。

本书的研究正是在这种思路指导下进行的。文章前三章从近代叙事诗的内容入手,探讨了叙事诗的诗体特征、表现方式和技法等问题。我们的研究和思索始终围绕着诗歌作品本身,充分显示出"文学"研究的努力。在认识文学现象的基础上,我们也试图揭示这些现象背后的文化背景和社会成因,使研究由内部走向外部。这就是本书第四章的内容,也是对第一章开篇所谈的"文学与社会关系"的一种回应。这种想法说起来简单,但做起来并不是那么容易。因为要做到这一点,必须在文学内部和外部、创作的主体和客体之间找到一个中间环节。只有这样才能使我们对文学现象的解释尽可能合情合理，而不是不着边际地泛泛而谈。我们认为，这个中间环节就是作家的创作意识，它使作家把生活转变为文学作品。作家的创作意识以作家的创作动机为主，包含作家的个人心态和审美趋向等因素。大而言之，它受到作家的学术思想、个性才情、身世遭遇乃至社会风气的影响；小而言之，它与文学作品的内容特征、文体选择、表现方式和技法等密切相关，可见它处于沟通文学内部与外部的关键位置上。因此，本章努力本着"了解之同情"的态度勾勒、展现近代诗人的诗歌叙事意识，让读者了解近代知识分子在面临亘古未有之变局时的心灵颤动和文化选择，以便更好地理解其叙事诗的内容特点和表现方法及特征。

第一节 中国诗歌叙事意识探析

中国叙事诗的渊源很早，《诗经·大雅》已经出现了《生民》《公刘》《绵》《皇矣》《大明》等，陆侃如、冯沅君认为，这五篇组合起来"可成一部虽不很长而亦极堪注意的'周的史诗'"[1]。至于这些诗歌的创作目的和动机，或者当时人们为什么创作这些诗歌，由于文献的缺乏，已经不得而知了。不过根据已有的文献和前人的研究，我们还是可以对这些诗歌的叙事意识作出大体推测。英国克·考威尔在《幻觉与现实》的首章"诗歌的诞生"中说："在一个民族早期的文学艺术中，我们看不到诗歌作为一种单独作品的存在。那是因为，当时它是同整个文学不可分的，是作为历史、宗教、魔术甚至法律所共有的表达的工具。"[2] 指出了诗歌产生之初与文学乃至其他学科混合交融的状态和性质。中国关于诗歌性质和作用的最早认识和记载见于《尚书·尧典》："诗言志，歌永言，声依永，律和声。"[3] 而"诗言志"中的"志"就是"记"的意思，《晋语》注曰："志，记也。"《吕览·贵当》注曰："志，古记也。"所以，诗歌在史前实际上是一种记录或记叙的工具，在史前社会是什么活儿都干的奴仆。它既可以是在宗教性、政治性的祭祀活动和庆功仪式中祷告上苍、颂扬祖宗的唱词，也可以是记叙重大历史事件和丰功伟绩的"册典"，不同

---

[1] 陆侃如、冯沅君：《中国诗史》，山东大学出版社1996年版，第41页。
[2] 《美学文献》第1辑，书目文献出版社1984年版，第347页。
[3] 《尚书》卷1，《四部丛刊》初编经部，上海书店1984年版。

于现代文论意义上的"诗"。闻一多先生认为,诗"一出世,它就是宗教,是政治,是教育,是社交,它是全面的社会生活"①。而这些诗歌的创作者多是上古掌握文化、操纵祭祀、左右生产生活的巫祝卜史之流。因而刘师培先生认为"文学出于巫祝之官","韵语之文,虽非一体,综其大要,恒由祀礼而生",是有一定道理的。巫祝创作祭祀文辞大约出于称颂目的,《诗序》认为是"以其成功告于神明"②,"《生民》,尊祖也"③,都颇有道理。而卜史的"瞽史之纪",据《国语·周语上》记载,则是"天子听政,使公卿至于列士献诗,瞽献曲,史献书,师箴,瞍赋,矇诵,百工谏,庶人传语,近臣尽规,亲戚补察,瞽史教诲,耆艾修之,而后王斟酌焉,是以事行而不悖"④。可见瞽史属于天子的训诫集团,具有讽谏劝上的作用。顾颉刚先生认为:"其文皆若诗,若箴,岂复誓师之辞,盖史之所作而瞽之所歌也,不则瞽闻其事于史而演其义于歌者也。"⑤可见,先秦时代诗、箴、史三者实难分辨。大体而言,《诗经》中《生民》之类诗歌除了史实记录外,还有颂扬和讽谏的创作目的。当然,这些目的和动机也不是截然分开的,它们对后世诗歌创作产生了重要的影响。讽谏和颂扬就是后世所言的"雅"、"颂"精神,《生民》之类叙事诗多见于《雅》《颂》之中就不难理解了。

如上文所述,《诗经》中除了上述史官唱事传统外,还有民间歌事传统,这些诗歌多存于《国风》之中。这类诗歌与汉乐府相似,多是采自民间的歌谣,其具体的创作目的更是不可而知。不过,就总体而言,何休的"饥者歌其食,劳者歌其事"⑥之说,大体还是公允的。《国风》中的民歌多是下层人们"感于哀乐,缘事而发"的作品,是当时社会生活的真实写照,反映了当时的社会风俗人情,因此称之为"风"诗。

"风"诗多采自民间,这基本上没什么问题。但关于"风"诗的功用、采集及编订等问题仍然存在着很多疑问。不过,对研究者来说,"本原的历史事实"固然重要,"接受的历史事实"也不容忽视,有时甚至更

---

① 闻一多:《文学的历史动向》,《神话与诗》,上海人民出版社2005年版,第165页。
② 《毛诗》卷1,《四部丛刊》初编经部,上海书店1984年版。
③ 《毛诗》卷17,《四部丛刊》初编经部,上海书店1984年版。
④ 《国语》卷1,《四部丛刊》初编史部,上海书店1984年版。
⑤ 顾颉刚:《左丘失明》,《史林杂识》,中华书局1963年版,第224页。
⑥ 何休:《春秋公羊传解诂》卷7,《四部丛刊》初编经部,上海书店1984年版。

为重要。由于《诗经》在整个中国文化史上都具有重要地位，《诗经》又有一个被阐释、接受的历史。这些阐释者或接受者往往根据自己的需要立论，致使"本原的历史事实"愈来愈被种种歧说所遮蔽。虽然这样，这些阐释或接受自身却往往成为一种事实，影响和左右着历史的发展，从而使"本原的历史事实"变得不那么重要。就本书的论题而言，情况就是这样。关于《诗经》的采集、编订及其功用虽有疑问，但后世特别是汉儒关于这方面的阐释和研究却被广泛接受，并深刻影响了中国的诗学思想和创作意识。

孔子在谈诗的功用时说："诗可以兴，可以观，可以群，可以怨。"①《左传·襄公二十九年》中也有吴公子季札观乐的记载，可作为陈诗观风的一个事例。虽然有人怀疑这可能是后人伪托的，不过《史记·吴太伯世家》也采录了这段记载，大体上还是可信的。可见，先秦时人民对诗歌反映民风民俗、政治盛衰的作用已有明确的认识。汉儒进一步将诗"可以观"发展为"采诗观风"说。如班固《汉书·艺文志》载："古有采诗之官，王者所以观风俗，知得失，自考正也。"②《汉书·食货志》又载："孟春之月，群居者将散，行人振木铎徇于路以采诗，献于太师，比其韵律以闻于天子。"③ 何休《春秋公羊传解诂》讲得更具体："男女有所怨，相从以歌，饥者歌其食，劳者歌其事。男子六十、女子五十无子者，官衣食之，使之民间求诗。乡移于邑，邑移于国，国以闻于天子。故王者不出牖户，尽知天下所苦。"④ 这些说法言之凿凿，不似凭空臆度。但先秦的文献中却没有关于采诗之制的明确记载，《礼记·王制》中虽有"命大师陈诗以观风"之说，但现代学者认为《王制》篇出于汉儒之手，是理想，非信史。那么先秦是否存在采诗之制，汉儒为什么倡言采诗之说，这些都是非常复杂的问题。它与先秦到汉代社会历史的发展、思想观念的演进，以及子学时代至经学时代知识分子身份、地位和心态的变化都有密切的关系。由于这与本书研究的问题关系不大，不拟过多涉猎。如前文所述，"接受的历史事实"有时比"本原的历史事实"更重要。汉儒"采诗观风"说发展了先秦儒家的诗"可以观"说，把诗歌的功用由被动

---

① 孔子：《论语》卷9，《四部丛刊》初编经部，上海书店1984年版。
② 班固：《汉书》，中华书局2002年版，第1708页。
③ 同上书，第1123页。
④ 何休：《春秋公羊传解诂》卷7，《四部丛刊》初编经部，上海书店1984年版。

向主动调整,大大强化了诗歌描写、反映社会的功能,为诗人以诗干政提供了精神信仰,刺激了诗人大量创作"风"诗的热情。而且,随着汉代"独尊儒术"局面的形成、儒学经典地位的确立,这一观点被后世广泛接受,对中国诗学思想特别是诗歌的叙事意识产生了深刻的影响。

"采诗观风"说形成之初就指导了汉代采诗制度的建立,对乐府"感于哀乐,缘事而发"诗风的形成起了一定的规范作用。或者说,"采诗观风"说为汉乐府的建立提供了重要的理论依据。班固《汉书·艺文志》曰:"自孝武立乐府而采歌谣,于是有代赵之讴,秦楚之风,皆感于哀乐,缘事而发;亦可以观风俗,知薄厚云。"①"亦"虽不无贬义,显然也有为乐府存在的合理性张目的意味。而且,"采诗观风"也为各种民歌都能被乐府采纳而不被过多删改提供了思想基础,到了后世,更成为文人以诗歌发表言论、干预时政的精神信仰和理论依据。如王世贞认为,诗不仅能够反映社会的"兴衰大端"②,而且于"时代之淤隆,风俗之敦衰,政事之得失,物情之变异",都"可约略而得之"③。他本人创作《乐府变》等诗篇,记录当时的时政大事,创作的动机就是"希太师之采"④。清初的姜埰也说:"夫诗者,古先王采风问俗,登诸朝庙,观礼义之偏全,验人心之贞邪,考刑政之平苛,察人伦之兴废,非徒缀文美丽,摛词靡漫已也。"清初张应昌编选《国朝诗铎》,按内容分150多类,可以说概括了当时社会生活的各个方面。他编选的目的也是"以是为遒人之警路,以是佐太史之陈风",可见"采诗观风"说之影响。总之,"采诗观风"说强调诗歌的社会功用,注重诗歌的写实性,也激发了诗人以诗干政的创作热情。正是在这一思想影响下,中国诗人们创作了大量反映民生疾苦、描写社会百态的叙事诗歌。因此,诗"可以观"或者"采诗观风"说为中国叙事诗的发展提供了重要的思想资源,成为中国诗歌叙事意识的重要源泉。

唐代是中国古典诗歌的鼎盛时期,叙事诗也出现了创作高峰,诗歌的

---

① 班固:《汉书》,中华书局2002年版,第1756页。
② 王世贞:《王氏金虎集序》,《弇州四部稿》卷71,《四库全书》集部,别集类,明洪武至崇祯。
③ 王世贞:《诗纪序》,《弇州四部稿》续稿卷47,《四库全书》集部,别集类,明洪武至崇祯。
④ 王世贞:《乐府变十章序》,《弇州四部稿》续稿卷2,《四库全书》集部,别集类,明洪武至崇祯。

叙事意识得到空前发展。唐代不仅出现了"诗史"理论、"歌诗合为事而作"的创作思想,而且出现了"诗本事"研究理念和"以文为诗"的创作倾向,这些都推动了诗歌叙事意识的发展。

如前文所述,《诗经》中的一些诗歌已经具有以诗纪史的性质,但"诗史"理论的提出却是在唐代。杜甫继承《诗经》的风雅精神,又借鉴和熔铸汉代以来高度发达的历史意识,创作了大量记录、描写社会时事的诗歌,人们称之为"诗史"。"诗史"之称最早大概见于晚唐孟棨的《本事诗》,孟棨评杜甫诗说:"杜逢禄山之难。流离陇蜀,毕陈于诗,推见至隐,殆无遗事,故当时号为诗史。"[①] 宋人继承并发扬了唐人的"诗史"观,进一步丰富其内涵。在孟棨关于"诗史"描述的基础上,宋人又扩充了两层含义。一指杜诗的史学精神和济世情怀,如刘克庄《后村诗话》卷2 "至叙陈涛、潼关之败,直笔不恕,所以为诗史也。"[②] 南宋的戴复古《杜甫祠》曰:"草中辨君臣,笔端诛将相。高吟比兴体,力救《风》《雅》丧。如史数十篇,才气一何壮。"[③] 二指杜诗的龙门笔法,如黄彻《䂬溪诗话》卷1云:"子美世号'诗史'……史笔森严,未易及也。"[④] 可见,"诗史"是唐、宋人对杜诗秉笔直书,叙事纪史诗歌特征的概括,是对杜诗致君尧舜、爱国忧民济世情怀的赞扬,也是唐、宋人赋予杜诗的至高无上的桂冠,似乎唐诗中被称为诗史的仅杜公一家而已。但是"诗史"的观念到明代却受到了质疑和解构。明人往往通过辨体来强调诗歌独特的审美特质,以恢复诗歌的美学传统。他们反对宋人"以文为诗"的倾向,强调诗文异体。在这种背景下,具有诗、史合流倾向的诗学观念"诗史"自然受到了挑战。其代表人物是杨慎,其《升庵诗话》中《诗史》和《滕王》两篇分别从辨体和真实性两方面否定了"诗史"的价值,指责杜甫叙事诗"直陈时事,类于讪讦,乃其下乘末脚"[⑤]。杨慎主张诗"缘情而绮靡",力图恢复诗歌独有的特征,当时自然具有其合理性,故颇有影响,响应者不乏其人。如郑善夫、谢肇淛、陆时雍,乃至王夫之都

---

① 孟棨:《本事诗》,丁福保辑:《历代诗话续编》,中华书局2001年版,第16页。
② 刘克庄:《后村诗话》后集卷2,中华书局1983年版,第59页。
③ 戴复古:《石屏诗集》卷1,《四部丛刊》续编集部,上海书店1984年版。
④ 黄彻:《䂬溪诗话》,丁福保辑:《历代诗话续编》,中华书局2001年版,第348—349页。
⑤ 杨慎:《升菴诗话》,丁福保辑:《历代诗话续编》,中华书局2001年版,第868页。

有近似的论述。

明清之际"诗史"理论得到再次确立和弘扬,并在明人攻击和讨论的基础上有了新的发展。杨慎的观点虽有合理性,但完全忽略了诗歌的讽刺教化和"可以观"的认识作用,而且其论述也不符合历史事实。到了晚明,政治黑暗腐败,社会矛盾激化,明清之际更是天崩地裂,在这种历史背景下,杨慎唯美主义的诗学观自然站不住脚。早在明代后期,王世贞就起而反驳杨慎的观点,他指出杨慎的论述不合事实,"其言甚辩而核,然不知向所称皆兴比耳。《诗》固有赋,以述情切事为快,不尽含蓄也",并认为"'慎莫近前丞相嗔',乐府雅语,用脩乌足知之"①。而且他继承了汉代以来史学家关于"六经皆史"的思想,提出了"天地间无非史而已","《六经》,史之言理者也"② 等观点。他虽然没有直接为"诗史"张目,但其思想实际上与七子派诗文异体的观念已经大相径庭。稍后的钱谦益进一步论证了"诗史"的合理性,提出"诗义通史"的观点。他认为:"孟子曰:'《诗》亡而后《春秋》作'。《春作》未作以前之诗,皆国史也。人知夫子之删《诗》,不知其为定史;人知夫子之作《春秋》,不知其为续诗。诗也,《书》也,《春秋》也,首尾为一书,离而三者也。三代以降,史自史,诗自诗,而诗之义不能不本于史。……考诸当日之诗,则其人犹存,其事犹在,残编啮翰,与金匮石室之书,并悬日月。谓诗之不足以续史也,不亦诬乎?"③ 黄宗羲也认为:"孟子曰'诗亡然后春秋作',是诗与史相为表里者也。"④ 并进一步提出了"以诗补史"的观点:"今之称杜诗者以为诗史,亦信然矣。然注杜者,但见以史证诗,未闻以诗补史之阙,虽曰诗史,史固无藉乎诗。……庸讵知史亡而后诗作乎?……不可不谓之史也。"黄氏"以诗补史"观点的意义不仅在于对诗史价值的弘扬,更重要的是他的"史亡而后诗作"⑤ 思想激发了乱世诗人自觉创作诗史的创作意识。"诗史"的理论在明末清初影响很大,得到很多人的认同,如朱彝尊、吴伟业、龚鼎孳、杜濬、李载等。

明清之际,诗学对"诗史"理论的贡献不仅在于论证了诗史同源,

---

① 王世贞:《艺苑卮言》,丁福保辑:《历代诗话续编》,中华书局 2001 年版,第 1010 页。
② 同上书,第 963 页。
③ 钱谦益:《牧斋有学集》卷 18,《四部丛刊》初编集部 272—273,上海书店 1984 年版。
④ 黄宗羲:《南雷集》卷 1,《四部丛刊》初编集部 266,上海书店 1984 年版。
⑤ 黄宗羲:《南雷集撰杖集》卷 1,《四部丛刊》初编集部 266,上海书店 1984 年版。

诗义通史，重新树起了"诗史"的大旗，更重要的恐怕还在于它指出诗、史之异，为诗史的艺术发展开辟了道路。强调诗文异体，割裂诗与史的关系，最终会导致诗歌创作脱离现实、脱离生活；而过于强调诗史同源，诗义通史，也会使诗歌丧失其独特的艺术特征和内在审美规定性。如何在诗、史之间同中求异，这恐怕是诗史得以存在和发展的艺术保障。明代后期王世贞就注意到了这一点，他在《编注王司马宫词序》中谈到了诗、史之异："又曰：诗亡然后春秋作。春秋者史也，史能及事不能遽及情；诗而及事谓之诗史，杜少陵氏是也。……其且以为壶史也，否欤然哉！"他指出，史与诗的区别在于"能及事不能遽及情"①。在这方面有进一步发展的是吴伟业，他在《且朴斋诗稿序》中说："观其（指映薇）遗余诗曰：菰芦十载卧蓬蓬，风雨为君叹索居。……以此类推之，映薇之诗，可以史矣！可以谓之史外传心之史矣！"②吴伟业称"映薇之诗，可以史矣"，是因为映薇之诗真实而准确地记录了他的经历，如同史书，同时，映薇之诗又深挚地表达了二人的兄弟情谊。史重在叙事纪实，诗重在寄托传情。这种内容具有纪实性，而又包含着深挚情感的诗作，被吴伟业称为"史外传心之史"。就"史"的意义而言，诗歌所传之"史"，是通过个体心灵真实感受和体验所反映的历史，它不是社会史、政治史，而是心灵史、情感史。这一认识既强调了诗歌对现实生活的反映，也突出了诗歌反映生活的独特方式，使"诗史"从史的附庸中独立、解放出来，为"诗史"的艺术发展开辟了道路。其后，清人浦起龙又指出"史家只载得一时事迹，诗家直显出一时气运。诗之妙，正在史笔不到处"③，进一步说明了诗、史不同的描写内容和表现方式，完善了"诗史"理论。

当然"诗史"理论与我们现代文论话语中的叙事诗理论不尽相同，被古人称作"诗史"的诗作也不完全尽是现代文论话语中的叙事诗，但"诗史"思想却为中国主流的诗歌叙事意识，它对中国古代叙事诗理论和创作的影响是不亚于"史诗"对西方叙事诗的影响的。

如果说"诗史"理论继承了《诗经》的"风雅"精神，并侧重于发挥了"风"的一面的话，那么白居易"歌诗合为事而作"的创作思想则

---

① 王世贞：《弇州山人续稿》，（台北）文海出版社1970年版，第2311—2312页。
② 吴伟业：《吴梅村全集》，上海古籍出版社1990年版，第1026页。
③ 浦起龙：《读杜提纲》，《读杜心解》卷首，中华书局1961年版，第62页。

更强调"风雅"精神中"雅"的一面。当然,二者都是在儒家诗"可以观"的诗学思想观照和影响下形成的。如前所述,汉儒尊诗为经,进一步强化了诗"可以观"的思想。《诗大序》曰:"治世之音安以乐,其政和;乱世之音怨以怒,其政乖;亡国之音哀以思,其民困。故正得失,动天地,感鬼神,莫近于诗。"俨然把《诗》视作治天之利器,进而强调了诗歌的讽谏功能,"上以风化下,下以风刺上,主文而谲谏,言之者无罪,闻之者足以戒"。《毛诗序》在谈论诗歌的讽谏功能时,实际上隐含着一种和谐的君臣关系模式。当然这种模式是理想的,汉代并没有出现。中国古代社会实行君主专制,这种政治制度以君主的个人专断为主,排斥民主性,而君主的专断和昏庸又经常造成政局不稳乃至王朝覆灭。于是,在君主专制体制下产生了进谏与纳谏这一机制进行补救,以缓和专制君主和臣子的关系,保证王朝的长治久安。理想的君臣关系自然是"言之者无罪,闻之者足戒"了。

  初唐时期的君臣关系近于这种理想,唐太宗虚怀纳谏,群臣则勇于进谏,在历史上被传为美谈。这种和谐的君臣关系也是唐代形成贞观之治的一个重要原因。白居易自然对这段历史了然于心。面对中唐的衰落,身为谏官的白居易自然向往先贤,期望发挥进谏与纳谏机制的作用,使大唐呈现中兴局面。白居易"文章合为时而著,歌诗合为事而作"[①] 的创作思想与文人谏事有着密切的关系。白居易《与元九书》在总结这一思想产生的经过时说:"自登朝以来,年齿渐长,阅事渐多,每与人言,多询时务;每读书史,多求道理;始知文章合为时而著,歌诗合为事而作。是时皇帝初即位,宰府有正人,屡降玺书,访人急病。仆当此时,擢在翰林,身是谏官,手请谏纸,启奏之外,有可以救济人病,裨补时阙,而难于指言者,辄咏歌之,欲稍稍递进闻于上。上以广宸听,副忧勤;次以酬恩奖,塞言责;下以复吾平生之志。"[②] 正是在"天子方从谏,朝廷无忌讳"[③] 的特定政治境遇中,白居易继承和发挥了汉人的诗歌理论,形成自己"歌诗合为事而作"的创作思想。白居易认为,诗歌"不为文而作",

---

  ① 白居易:《采诗官》,《白氏长庆集》卷4,《四部丛刊》初编集部,上海书店1984年版。
  ② 白居易:《与元九书》,《白氏长庆集》卷28,《四部丛刊》初编集部,上海书店1984年版。
  ③ 白居易:《初授拾遗诗》,《白氏长庆集》卷1,《四部丛刊》初编集部,上海书店1984年版。

而是"为君、为臣、为民、为物、为事"①而作,"非求宫律高,不务文字奇;惟歌生民病,愿得天子知"②。就内容方面而言,"其事核而实,使采之者传信";就艺术方面而言,"其辞质而径,欲见之者易喻;其言直而切,欲闻之者深诫也"③。这就突破了《毛诗序》提出的"主文而谲谏"的讽谏诗风。可见,中唐白居易继承发展了汉以来的诗歌讽谏精神,借鉴了汉乐府"缘事而发"的创作方法,形成了自己"歌诗合为事而作"的创作思想,指导和推动了中唐新乐府运动,成为中国诗歌叙事意识的重要资源之一。

如果说《诗经》中的风、雅、颂精神所体现出来的叙事意识和抒情意识还很难区分,而由诗"可以观"等发展而来的"诗史"理论和"歌诗合为事而作"的思想也只是将诗歌创作引向写实道路的话,中国古代诗歌创作和批评领域的"诗本事"思想以及"破体"观念,则推动中国诗歌叙事意识走向独立,为叙事诗发展作出重要贡献。

以现代心理学观点看,叙事艺术的发展有其深层的心理和思维活动方面的内因,因为人类叙事行为的深刻动机存在于人的内在心理素质和功能之中。人类的叙事活动及其成果,都是人的本质力量的外现。④虽然抒情性文学作品和叙事性文学作品各以其不同的性能满足着人们精神生活的不同需求,但是,从心理学的角度看,感知事物,记忆事件是人们从小就养成的习惯和能力,且对"事"的感知要比看不见、摸不着的"情"的感知容易得多。既然诗中抒发的情感和议论都是"缘事而发"的,那么,就不能仅仅以接受这种抒情与议论为满足,而必须透过诗的表面去寻找那触发诗人感慨的事实本身。因为只有如此,才能真正准确透彻地理解和把握诗的内容。这就是我们所说的追索"本事"的普遍需求。

中国关于诗歌本事探求是很有渊源的。《尚书·虞书·益稷》中关于虞廷《赓歌》的记载,大概是诗歌本事记载的最早例子。《左传》中也有关于诗本事的记载,如隐公三年:"卫庄公娶于齐东宫得臣之妹,曰庄

---

① 白居易:《新乐府并序》,《白氏长庆集》卷3,《四部丛刊》初编集部,上海书店1984年版。
② 白居易:《伤唐衢二首》,《白氏长庆集》卷3,《四部丛刊》初编集部,上海书店1984年版。
③ 白居易:《新乐府并序》,《白氏长庆集》卷3,《四部丛刊》初编集部,上海书店1984年版。
④ 参阅董乃斌《中国古典小说的文体独立》"叙事作为人的本质力量"一节。

姜，美而无子，卫人所为赋《硕人》也。"① 指出《硕人》诗是为庄姜而赋。还有文公六年指出《黄鸟》为车氏三子所赋。这些记载对理解《诗》有很大帮助。孟子也倡导诵诗要"知人论世"。汉代的《诗序》对诗的本事多有考订，这是儒家重视反映现实、强调诗的美刺作用的一种表现。但汉代儒生说诗，过分强调本事的重要性，因而不免牵强附会，在他们手中"差不多每一首都有了作者，有了微言大义的美刺，有了圣道王功的奇迹"，这样做的结果，"崇高了《诗经》的地位"，却"泪没了《诗经》的真义"，反而成了理解和鉴赏的"障碍物"②。其他如《吕氏春秋》《穆天子传》《史记》等史书、笔记以及诗文纂集都有一些关于诗歌本事的记载。

但是直到晚唐，才有以"诗本事"为名的专著出现。孟棨的《本事诗》专录有关诗歌创作的轶事。他在书前的自序中说："怨思悲愁，常多感慨。抒怀佳作，讽刺雅言，虽著于群书，盈厨溢阁。其间触事兴味，尤所钟情，不有发挥，孰明厥义？因采为《本事诗》。"③ 明确指出之所以搜集诗歌本事，是因为想帮助读者了解那些佳作是怎样"触事兴咏"的，以便更好地"明"了其中的意义。南宋计有功《唐诗纪事》81卷，系统地把唐代诗人的生平行迹、作品及评论等资料汇集在一起，目的是"庶读其诗，知其人"④。嘉定甲申（1224）怀安假守王禧"手自校"，刊刻行世，并作小序，认为"世之君子，欲观唐三百年文章、人物、风俗之污隆邪正，则是书不为无助"⑤。此书后来有多种版本行世。"诗纪事"成了古代文学批评中的一个类别。清代厉鹗有《宋诗纪事》，陆心源又有《宋诗纪事补遗》，以至辽、金、元、明历代都有了《纪事》。钱仲联主编的《清诗纪事》，更是皇皇巨著。批评领域的"诗本事"思想强化了人们对诗歌纪事、叙事功能的认识，促进了中国叙事诗的发展，也推动了中国的诗歌叙事意识走向独立。近代叙事诗常采用的诗序并行、诗内加注等形式，就是为了突出诗歌本事，弥补中国诗歌叙事功能不足的缺陷。

"诗本事"思想对叙事诗发展更为重要的贡献，恐怕还在于其引发的

---

① 《春秋左传集解》，上海人民出版社1977年版，第22页。
② 罗根泽：《中国文学批评史》第1册，中华书局1962年版，第73—74页。
③ 孟棨：《本事诗》，丁福保辑：《历代诗话续编》，中华书局1983年版，第2页。
④ 计有功：《唐诗纪事自序》，《唐诗纪事》，中华书局1965年版，第1页。
⑤ 王禧：《唐诗纪事序》，《唐诗纪事》，中华书局1965年版，第1页。

关于诗歌中情、事关系的思考。明代嘉靖间，孔天胤在《重刻唐诗纪事序》中说："夫诗以道性情，畴弗恒言之哉！然而必有本事焉，则情之所由起也，辞之所为综也。故观于其诗者，得事则可以识情，得情则可以达辞。譬诸水木，事其源委本末乎，辞其津涉林丛乎，情其为流为邕者乎，是故可以观已。"认为诗人之情，必由事而起，然后发而为诗。他以水木为喻，事就像是源头，辞就像是河津，情则是奔腾的水流。又认为唐诗人"搁藻命章，逐境纾翰，皆情事感而发抒；辞缘情而绚丽，即情事之合一"，作诗时是如此，读诗时"迈观览之可偏？"① 明末清初，"诗本事"思想所引发的诗歌中情事关系的思考，是当时文人对明代空疏模拟诗风的反拨，是诗歌创作要求反映生活、表达真情的自然要求。不仅如此，如果结合古代诗歌的发展和创作来考察，其对古代诗歌叙事意识的发展也有着重要意义。

中国诗歌的表达方式主要有两种：一是"感于哀乐，缘事而发"；二是"本乎情景"、情景交融。大体先秦及汉代的诗歌创作多采用"感于哀乐，缘事而发"的方法，这与早期诗歌的实用功能和当时人的审美意识尚未发达有关。程相占先生在《中国古代叙事诗研究》中通过对《国风》、汉乐府民歌与《古诗十九首》等诗的比较，认为先秦、两汉民歌可以当作叙事诗研究，因为它们都具有一个根本性的特征，即"都有事可以发掘概括"。程先生关于叙事诗的概念是否宽泛姑且不论，但也绝非空穴来风。先秦、两汉民歌多采用的"感于哀乐，缘事而发"的创作方法也是一个事实。纪昀于《田侯松岩诗序》中说，两汉诗缘事抒情，是从性情出发；而魏乃重宴游而疏于事；至晋宋游览，则与实际人生关系愈益疏远。从此，清妙好远成了正宗，远人事而讲自然。他在《把绿轩诗集序》里解释了这一变化的原因，譬如吃东西，本为充饥，但后来讲究起来，便重山珍海味。衣服亦本为御寒，但后来变成重美。诗从重人事而发展出重自然，亦此趋势也。无独有偶，清人洪亮吉也有类似的认识："凡作一事，古人皆务实，今人皆务名。即如绘画家，唐以前无不绘故事，所以著劝惩而昭美恶，意至善也。自董、巨、荆、关出，而始以山水为工矣。降至倪、黄，而并以笔墨超脱，摆脱畦径为工矣。求其能给故事者，十不得三、四也。而人又皆鄙之，以为不能与工山水者并论，岂非久久而

---

① 孔天胤：《重刻唐诗纪事序》，《唐诗纪事》，中华书局1965年版，第1页。

离其宗乎？即诗何独不然！魏、晋以前，除友朋答赠，山水眺游外，亦皆喜咏事实，如《古诗为焦仲卿妻作》以及诸葛亮《梁父吟》、曹植《三良诗》等是矣。至唐以后，而始有偶成、漫兴之诗。连篇接牍，有至累十累百不止者，此与绘事家之工山水何异？纵极天下之工，能借之以垂劝戒否耶？是则观于诗、画两门，而古今之升降可知矣。"① 洪亮吉指出了这一变化，但他简单以"古今之升"予以解释，显然过于模糊了。实际上，这种现象说明了艺术的发展与社会发展和人类的思维认识能力以及审美意识的发展都有密切的关系。钱锺书认为："窃以为《三百篇》有'物色'而无景色，涉笔所及，止乎一草、一木、一水、一石。"② 可见，《诗经》中的景物描写并不发达，人类的认识能力和审美意识还没发展起来，借景抒情的表现方式自然也不能发展成熟。

东汉以后，随着文人对诗歌创作的参与和庞大的士族阶层的形成，诗歌创作也发生了重大的变化。贵族阶层为了维护其文化垄断，标识自己独特的身份，要求发展独立的精神空间，文学创作逐渐呈现雅化的倾向，诗歌的创作方法也转向了"本乎情景"，情景交融，并逐渐成为中国古代诗歌创作的主流。唐、宋之后，景逐渐成为诗学最基本、最常见的术语。关于情景关系，明人谢榛观点最有代表性，"作诗本乎情、景，孤不自生，两不相背"，"景乃诗之媒，情乃诗之胚，合而为诗，以数言而统万形，元气浑成，其浩无涯矣"③。不仅如此，明人还有情、事对立，以情排事的倾向。如明人多从辨体的角度指出诗文异体，诗歌以抒写性情为本，喜意境空灵，而不喜叙事，从而提出了诗"贵情思而轻事实"④ 之说。王廷相认为："夫诗贵意象透莹，不喜事实粘著，古谓水中之月，镜中之影，难以实求是也。"⑤ 杨慎指出："夫六经各有体，《易》以道阴阳，《书》以道政事，《诗》以道性情，《春秋》以道名分"⑥。这种倾向发展到极端必然使诗歌创作脱离社会生活，导致空疏模拟的诗风。

明清以来，大量"诗纪事"文学批评的出现，实际上是对上述诗风

---

① 洪亮吉：《北江诗话》卷4，中华书局1985年版。
② 钱锺书：《管锥编》第2册，中华书局1979年版，第612—613页。
③ 谢榛：《四溟诗话》卷3，丁福保辑：《历代诗话续编》，中华书局1983年版。
④ 李东阳：《怀麓堂诗话》，《四库全书》集部，诗文评类。
⑤ 王廷相：《与郭价夫学士论诗书》，《王氏家藏集》卷28。
⑥ 杨慎：《升庵诗话》卷11，丁福保辑：《历代诗话续编》，中华书局1983年版。

的一种反拨。孔天胤关于情、事关系的论述,其意义不仅在于诊疗当时诗歌创作中的空疏之病,使诗歌创作面向社会生活,纠正情、事对立的诗学倾向,重新引入"缘事而发"的创作方法,为叙事诗的发展开拓了道路;而且在于其关于情、事关系的探讨是一种理性的自觉思考。如果说"缘事而发"的创作方法还仅停留在感性的"饥者歌其食,劳者歌其事"的层面,杜甫的"即事名篇,无复依傍"和白居易的"文章合为时而著,歌诗合为事而作"更多的还是继承了乐府精神的话,那么事为"情之所由起,辞之所由综"则突破了乐府精神的影响,理性、自觉地分析了情与事的关系,使其后诗论中出现了重事的倾向。晚明时期,被称为"后五子"的复古派代表人物李维桢也注意到情与事的关系,论诗将事与情、景、理并提云:"诗文大旨有四端,言事、言理、言情、言景,尽之矣。六代而前,三唐而后同此,宇宙宁能外事、理、情、景?"① 李氏论诗虽标举"事、理、情、景",但其强调者却在"事"。论诗标举"情景"者汗牛充栋,而"理"则是理学家性气诗的熟话头,唯有事才是李氏的独创。钱谦益论诗标举灵心、世运、学问:"夫诗文之道,萌折于灵心,蛰启于世运,而茁长于学问。三者相值如灯之有炷有油有火而焰发焉,今将欲剔其炷,拨其油,吹其火而推寻其何者为光,岂理也哉。"② 他注意到诗歌创作的主观与客观的结合,认为灵心和世运同是文学创作不可或缺的要素,他在《增城集序》中要求诗歌能够"属情藉事"③,诚而有物。可见,明清之际的诗学理论开始注重诗歌中情与事的关系,稍后的叶燮也标举文学创作有自然之法则,认为诗文之道出于事、理、情,"盈天地间万有不齐之数,总不出理、事、情三者"④。诗学中出现的重事倾向,使诗人更为自觉地以诗歌咏写现实生活,对诗歌叙事意识的发展有着重要意义。一方面有清一代的十朝大事都在诗歌中有所表现,与这种诗论的变化不无关系;另一方面重事倾向的出现,也使诗人开始重视诗歌叙事结构安排和情节跌宕等艺术问题。

---

① 李维桢:《汲古堂集序》,何白:《汲古堂集》,四库禁毁书丛刊本。
② 钱谦益:《题杜苍略自评诗文》,《牧斋有学集》卷49,《四部丛刊》初编集部,上海书店1984年版。
③ 钱谦益:《增城集序》,《牧斋初学集》卷33,《四部丛刊》初编集部,上海书店1984年版。
④ 叶燮:《已畦文集》卷13,《丛书集成新编》本第124册,台湾新文丰出版公司1985年版。

中国诗歌叙事意识还与民间文学发展形成的传奇意识密切相关。胡适先生说:"小民百姓是爱听故事又爱说故事的。他们不赋两京,不赋三都,他们歌唱恋情,有时发泄苦痛,但平时最爱说故事。"又说:"故事诗的精神全在于说故事:只要怎样把故事说的津津有味,娓娓动听,不管故事的内容与教训。这种条件是当日的文人阶级所不能承认的。所以纯粹故事诗的产生不在于文人阶级而在于爱听故事又爱说故事的民间。'田家作苦,岁时伏腊,烹羊炰羔,斗酒自劳……酒后耳热,仰天拊缶歌乌乌',这才是说故事的环境,这才是弹唱故事诗的环境,这才是产生故事诗的环境。"① 胡适先生认为,乐府诗歌的叙事意识源于民间的说故事,是颇有见地的。如前文所述,现代学者从音乐演奏形式、汉画像石和有关文献材料、乐府机关职能、乐府诗歌叙事艺术的戏剧性等多方面论证了乐府诗与说唱表演有着密切的联系。

其实不仅乐府叙事诗,《诗经》从某种程度上说也具有这种民间故事的传奇意识。艺术产生之初,恐怕很难出现什么单纯的文学作品,大约诗、乐、舞是一体的。《吕氏春秋·古乐篇》就有"昔葛天氏之乐,三人操牛尾,投足以歌八阕"② 的记载。《诗经》最初大约也是可以入乐的,司马迁曰:"三百五篇,孔子皆弦歌之。"③ 现代学者认为,诗在春秋时代是"可以观看、可以观赏、可以观察的综合艺术效果的文学形式"④。《诗》是否真的"可以观"姑且不论,但《诗经》与音乐表演有一定联系却很有道理的。《诗经》中的叙事诗也隐含着某种民间说故事的传奇意味。如前文所述,民间歌事类叙事诗就显示出与"征实"、"纪史"的史官唱事类叙事诗不同的世俗化、生活化、命运化的故事性。

民间说故事的传奇意识对中国叙事诗的影响是深远的,这不仅因为中国叙事诗多起源于民间,而且因为具有说故事性质的乐府诗后来被奉为文人叙事诗的典范。而且,中国文人叙事诗也不断从日益发展的民间说唱传奇中吸取养料。唐代"长庆体"歌行的叙事意识受到唐传奇的影响。如前文所述,陈寅恪先生认为《长恨歌》《传》实为一体,它们共同组成兼备众体的唐代小说。关于《长恨歌》的主题,现代学者众说纷纭。白居

---

① 胡适:《白话文学史》,百花文艺出版社 2001 年版,第 47 页。
② 《吕氏春秋》卷 5,《四部丛刊》初编子部,上海书店 1984 年版。
③ 司马迁:《史记·孔子世家》,中华书局 2002 年版,第 1936 页。
④ 傅道彬:《诗可以观》,《文学评论》2004 年第 5 期。

易自言"一曲长恨有风情,十首秦吟近正声","风情"二字,不免透露着传奇之意。明清时代,随着小说、戏曲等叙事文学的流行,人们更关注叙事诗与传奇故事之间的相通之处。清人王闿运谈乐府歌行时说:"七言之兴,在汉则乐府,在后为歌行。乐府亦可以文法行之,亦可以弹词代之。如卢仝、顾况是骚赋之流,居易、仲初是《焦》《冯》之体,并李、杜分三派,而李东川能兼之。"① 王氏认为,乐府歌行"可以弹词代之",实际上指出了弹词与乐府歌行的同源性,可谓发前人之覆,是极有眼光的见解。而清人贺贻孙评《孔雀东南飞》《悲愤诗》及《木兰诗》等时指出"叙事长篇动人啼笑处,全在点缀生活,如一本杂剧,插科打诨,皆在净丑"②,实已强调叙事诗的传奇性。钱仲联先生也多次指出吴伟业的传奇与其梅村体诗是两位一体。③ 传奇意识对中国叙事诗的贡献是巨大的。正是在它的影响和指导下,中国才出现了《孔雀东南飞》《长恨歌》等艺术性较高或者说更接近于现代文论意义的叙事诗。但也正因为"传奇"意识中天然的通俗性,它受到正统"雅"文学观念的排挤压制,如王夫之斥《孔雀东南飞》为"里巷所唱盲词白话"④,张邦基指责《长恨歌》"止于荒淫之语,终篇无所规正"⑤ 等。因而,传奇意识也始终没能成为中国诗歌的主流叙事意识,实不无遗憾。

此外,还有其他一些创作意识也促进了中国诗歌叙事意识的发展。如应酬唱酢的交际实用意识,一些题赠唱和的诗歌记录了诗人与朋友的交游、宴饮以及朋友的功绩、逸事等。这类诗歌创作意识和中国古代赠序文颇有相通之处。其实,赠序文或寿序文最初就是赠诗或寿诗的诗序,形式上和书序类似,因而也称为"序"。赠序之作,晋代已经出现,后来随着唐宋古文运动的发展才逐渐成为一种独立的文体。清人姚鼐认为,它是"君子赠人以言"的遗意。褚斌杰先生认为:"古代文人在亲朋师友离别之际,常设宴饯别,在别宴上又往往饮酒赋诗,诗成,则由在场的某人为之作序。后来发展到虽无饯别聚会或赠诗,而送别者也写一篇表示惜别、

---

① 王闿运:《说诗》卷6,《湘绮楼诗文集》,岳麓书社1996年版,第2273页。
② 贺贻孙:《诗筏》,郭绍虞:《清诗话续编》,上海古籍出版社1983年版,第149页。
③ 参阅《钱仲联讲论清诗》,苏州大学出版社2004年版。
④ 王夫之:《古诗评选》卷1,北京文化艺术出版社1997年版。
⑤ 张邦基:《墨庄漫录》,程毅中:《宋人诗话外编》,国际文化出版公司1996年版,第527页。

祝愿与劝勉之词相赠，这样，赠序就割断了与序跋之序的关系。"① 可见赠诗与赠序之间的密切关系，可惜，这方面还没引起研究者的关注。大体而言，赠诗与赠序的关系和唐传奇歌与传的关系比较相似，唐传奇歌传并行的形式大概还受到诗序并行风气的影响。陈寅恪先生认为《长恨歌》与《传》实为一体，也绝非凿空乱道，实有其深刻的社会风俗、文化背景根源。再如，古文中有一类"杂记文"，其创作意识与诗歌也颇有相通之处。"杂记文"内容复杂，明代徐师曾《文体明辨》说："记者，所以备不忘也。"大体而言，可分为台阁名胜记、山水游记、书画杂物记和人事杂记几类。这几类杂记文与诗歌都颇有相通之处，典型的就是《桃花源记》和《桃花源诗》，充分显示了诗文的同源性。就叙事诗而言，人事杂记类影响最大，杜甫描写生活琐事的叙事诗与这类散文颇有相通之处。"记"类散文，少数也标明为"志"，著名的就是《项脊轩志》。如前文所述，此类散文对近代亲情类叙事诗产生重要影响绝非偶然，二者的创作意识实大同小异。其实，唐代以前，诗文之间是没有多少严格界限的，当时没有诗文并称，只有"文""笔"相对。而且"文"与"笔"的区别也主要在形式方面，而非内容方面。韩愈等人倡导"古文运动"，把"笔"类散文也变为"文"。"文""笔"的对立就失去了意义，于是产生了"诗"、"文"的对立。人们开始注意诗、文的区别，所以宋人才有"以文为诗"的说法。② 也正因为古文由"笔"变为"文"，赠序才得以独立，杂记文才能高度发展，但二者的创作意识却与诗相通，而且随着诗文的独立发展，赠序、杂记文等文与叙事诗的创作意识也发生了相互影响。

第二节　汉魏六朝诗派的诗歌叙事意识

现代学者所谓的近代汉魏六朝诗派，通常指晚清诗坛以王闿运为首的、主张恢复汉魏六朝诗风的诗歌流派，又称为"湖湘派"或"《文选》派"。③ 而本书所谓的"汉魏六朝诗派"却不限于此，它指近代诗歌创作

---

① 褚斌杰：《中国古代文体概论》，北京大学出版社1990年版，第383页。
② 参阅《朱自清说诗》，上海古籍出版社1998年版。
③ 参阅汪辟疆《近代诗派与地域》、马卫中《光宣诗坛流派发展史论》、马亚中《中国近代诗歌史》等书。

中宗学汉魏六朝的主要诗人，包括道、咸时期的《文选》派诗人和光、宣时期的湖湘派诗人。笔者这样划分绝无标新立异之意，仅是为了叙述方便而已，而且前后两期宗学汉魏六朝的诗人之间也确有渊源，不可不察。这派诗人虽共有宗学汉魏六朝诗歌的倾向，但就诗歌叙事意识而言，却不尽相同，颇为复杂。故愚拟以本派的著名诗人或代表作家为线索，对这一派诗歌叙事意识作一鸟瞰。

龚自珍学诗是不名一家的，有学习汉魏六朝的倾向，又不为其所限。就诗歌叙事意识而言，龚自珍主张"心史纵横自一家"①，进一步发展完善了中国的"诗史"理论，其自言曰："安得上言依汉制，诗成侍史佐评论。"② 要真正理解龚自珍"心史纵横自一家"的内涵，就要了解其学术思想。龚自珍的思想成分是驳杂不纯的，有经学思想，还有佛学思想；有今文经学的成分，也有古文经学的成分。第一种观点是把龚自珍归入今文经学的阵营。魏源认为，龚自珍"于经通《公羊春秋》"③。梁启超高度评价龚自珍"引《公羊》义讥切时政"对于晚清思想解放的贡献，并以此论断清代今文经学之开拓"实自龚氏"。第二种观点认为，龚自珍虽然一度信奉常州公羊学派，但最终还是转向段玉裁和高邮王氏父子之古文经学。持这一观点的代表人物是钱穆。他说："定庵之为学，其先主治史通今，其卒不免于治经媚古……此则定庵之学也。"④ 第三种观点实际上是一种折衷之论。周予同说，龚自珍治经，"主今文，但不甚纯，时杂以古文家说"⑤。田汉云认为，对于龚自珍的经学思想，"毋须勉强归类，承认他不名一派，自成一家，或许最为合适"⑥。田先生的说法较为公允，但"自成一家"似乎未尽是。龚自珍自言"一事平生无龁龂，但开风气不为师"⑦。其实，龚自珍学术精神的实质在于一种具有个性的独立自主的批判精神。这种精神既关乎经学本身，又与其对现实政治、文化人生的批判

---

① 龚自珍：《逆旅题壁，次周伯恬原韵》，王佩诤校点：《龚自珍全集》，上海人民出版社1975年版，第449页。
② 龚自珍：《夜直》，王佩诤校点：《龚自珍全集》，上海人民出版社1975年版，第455页。
③ 魏源：《定庵文录序》，《魏源集》，中华书局1976年版，第239页。
④ 钱穆：《中国近三百年学术史》，商务印书馆1997年版，第621页。
⑤ 周予同注，皮锡瑞：《经学历史》，中华书局1981年版，第40页。
⑥ 田汉云：《中国近代经学史》，三秦出版社1996年版，第93页。
⑦ 龚自珍：《乙亥杂诗》，王佩诤校点：《龚自珍全集》，上海人民出版社1975年版，第519页。

融为一体。龚自珍对既存的经学研究格局整体上持批判态度,他用今文经学讥切古文经学;用古文经学纠正今文经学;反对汉学与宋学的对峙;推崇"非汉非宋"①之学。他的经学思想存在着明显的反经学倾向,有时还用佛陀思想消解经学思想。诸如此类的思想和行为都充分显示了他不合时俗的自主的独具个性的批判精神。而经学是研究儒家经典的学问,也就是"经邦济世"之学。龚自珍对既存的经学研究格局的批判,实际上是对当时社会政治的批判,隐含一个具有独立个性的知识分子对危亡时局的思索,而其思想中的佛学成分又显示了其对自我存在、人生际遇的感悟。然而由于时代的局限,龚自珍突破不了传统思想文化的樊篱,他不得不从经学传统中寻找反对现行经学的思想资源,但在其自主的独具个性的批判精神指引下,龚自珍的学术思想也确实开了一代风气,具有启蒙主义性质。

　　了解龚自珍学术思想中自主的独具个性的认识、批判精神后,我们才能理解龚自珍的"诗史"思想。龚自珍继承了古文经学家们的"六经皆史"之说,认为"史之外无有言语焉,史之外无有文字焉,史之外无有人伦品目焉"②。他把诗、文也归入史之列,"诗人之指,有謦欬曲之意,本群史之支流"③,提倡"尊史"。至于如何"尊史",龚自珍认为关键在于"尊心",做到"善入"和"善出"。即不仅要求创作者深入社会人生,熟悉各种现象,真实地纪录历史,而且要求创作者在更高层次上认识现象之间的联系和意义,形成自己独立的感情倾向和理性判断,做到"自尊"。而要做好"尊心"和"自尊",龚自珍又提出了"尊情"说:"情之为物也,亦尝有意乎锄之矣;锄之不能,而反宥之;宥之不已,而反尊之。"④可见,龚自珍的"史"不仅具有历史真实,而且真我独立,具有自主的独具个性的感情倾向和理性批判。龚自珍认识到绝对客观的"史"是不存在的,即使存在,恐怕也没有什么现实意义和价值,因而他既强调"尊史",又强调"尊情";既要求"善入",又要求"善出"。

　　当然,龚自珍强调"史外无文",主要是强调文学家的历史责任,把一切语言文字都看作史官文化的组成部分或其支流,要求各种语言文字都

---

① 龚自珍:《与江子屏笺》,王佩诤校点:《龚自珍全集》,上海人民出版社 1975 年版,第 347 页。
② 王佩诤校点:《龚自珍全集》,上海人民出版社 1975 年版,第 21 页。
③ 同上书,第 9 页。
④ 同上书,第 232 页。

从不同方面和以不同形式纪录或反映历史真实。他并非要把文学与史学混同，所以他说："诗与史，合有说焉，分有说焉。"① 对于"诗史"，龚自珍似乎更强调性情和个性。他认为："民饮食，则生其情也，情则生其文也。"② 有无个人的真性情，成为他评价诗歌成就的一个重要标准，他评《梅村集》云："莫从文体问高卑，生就灯前儿女诗。"③ "我论文章恕中晚，略工感慨是名家。"④ 他强调诗歌要充分显示诗人性情和个性，提出诗与人合的观点："人以诗名，诗尤以人名。唐大家若李、杜、韩及昌谷、玉溪及宋儿眉山、涪陵、遗山，当代吴娄东，皆诗与人为一，人外无诗，诗外无人，其面目也完。"⑤ 龚自珍还指出，由于想象、寄托等因素，诗歌与史应有不同的表现方式和风格："又诗者，讽刺恢怪，连炸杂糅，旁寄高吟，未可为典正。"⑥ 正是出于这种认识，龚自珍的诗歌具有"隐文谲喻"的特点。当然，这种诗风的形成也可能与"避席畏闻文字狱"⑦的文化氛围有关，龚自珍曾不无自嘲和讽刺地说："守默守雌容努力，毋劳上相损宵眠。"⑧

可见，龚自珍的"诗史"既要求诗人以史学家的学识和责任，认识客观现实、分析社会现象，真实、独立地反映历史和现实，又要求诗人以诗的独特方式描绘生活、表现情感，真实地展现自我性情和个性，两者统一于诗人自身的自主独立的精神和个性中。要做到这一点，诗歌创作主体必须具有相当高的文化素养，龚自珍认为，诗当"放之乎三千年古史氏之言，放之乎八儒、三墨、兵、刑、星、气、五行，以及古人不欲明言，不忍卒言，而姑猖狂恢诡以言之言，乃亦摭证之以并世见闻，当代故实，官牍地志，计薄客籍之言，合而以昌其诗，而诗境乃极。则其如岭之表、

---

① 王佩诤校点：《龚自珍全集》，上海人民出版社1975年版，第207页。
② 同上书，第41页。
③ 龚自珍：《三别好诗》，王佩诤校点：《龚自珍全集》，上海人民出版社1975年版，第460页。
④ 龚自珍：《歌筵有乞书扇者》，王佩诤校点：《龚自珍全集》，上海人民出版社1975年版，第490页。
⑤ 龚自珍：《书汤海秋诗集后》，王佩诤校点：《龚自珍全集》，上海人民出版社1975年版，第241页。
⑥ 王佩诤校点：《龚自珍全集》，上海人民出版社1975年版，第9页。
⑦ 同上书，第471页。
⑧ 同上书，第482页。

海之浒，磅礴浩汹，以受天下之瑰丽而洩天下之拗怒也亦自然。"① 可见，龚自珍对"诗史"要求与"诗人之诗和学人之诗合一"的主张有相通之处，所以钱仲联先生说"同光体"诗派魁杰沈曾植之诗，"其实出于自珍"②，是独具慧眼的。与前人相比，吴伟业的"史外传心之史"侧重于诗人的心灵感受，浦起龙的"诗家直显出一时气运"侧重于历史的整体风貌，而龚自珍的"诗史"观侧重强调学者的独立个性和理性精神，进一步丰富、完善和发展了中国的"诗史"理论。而且龚自珍以其广博的知识、犀利的思想和独特的言说方式，"不是无端悲怨深，直将阅历写成吟"③，留下了许多生动反映当时社会生活的"隐文谲喻"式的"诗史"之作，基本上实现其"心史纵横自一家"④ 的理想和诺言，虽然这些诗歌只有一部分算得上叙事诗或准叙事诗。

魏源与龚自珍齐名，时称"龚、魏"。两人同为近代经世思潮中的重要人物，但各自的思想取径却有所不同。魏源既尊奉今文经学，又兼擅理学。龚自珍以开风气自期，魏源则以经世致用自任，其文论也具有浓厚的通经致用的性质。就诗学门径而言，二人又有相似之处，那就是不名一家，不拘一派。林昌彝认为，魏诗"雄豪奔轶而复坚苍遒劲，直入唐贤之室"⑤。陈衍论道、咸诗坛时说："何子贞、祁春圃、魏默深、曾涤生、欧阳磵东、郑子尹、莫子偲诸老，始言宋诗。"⑥ 以学汉魏六朝而闻名于世的王闿运说："不失古格，而出新意，其魏源、邓辅纶乎！两君并出邵阳……三百年来，前有船山，后有魏邓，鄙人资之，殆兼其长。"⑦ 王夫之、邓辅纶都推重汉魏六朝诗歌，王闿运此论显然是将魏源视为同派中人。可见，魏源诗歌也具有宗学汉魏六朝的倾向。就诗歌叙事意识而言，魏源继承了白居易的讽谏精神和汉儒"采诗观风"说，又有所发展，其

---

① 王佩诤校点：《龚自珍全集》，上海人民出版社1975年版，第166页。
② 钱仲联：《光宣诗坛流派发展史论·序》，马卫中：《光宣诗坛流派发展史》，苏州大学出版社2000年版。
③ 王佩诤校点：《龚自珍全集》，上海人民出版社1975年版，第470页。
④ 龚自珍：《逆旅题壁，次周伯恬原韵》，王佩诤校点：《龚自珍全集》，上海人民出版社1975年版，第449页。
⑤ 林昌彝：《射鹰楼诗话》卷2，上海古籍出版社1988年版，第36页。
⑥ 陈衍：《石遗室诗话》卷1，张寅彭：《民国诗话丛编》第1册，上海书店出版社2004年版，第8页。
⑦ 王闿运：《论作诗之法》，《湘绮楼诗文集》，岳麓书社1996年版，第367页。

自言曰:"作歌志哀,以备采风。"①

魏源的文学思想是其经学思想在文学领域里的延伸,其文学观念与学术思想有密切的关系。魏源的学术精神是通经致用,"以经术为治术"。但他认为,上古之"经"即是"文","文"之"辰极"亦即"经","然则整齐文字之学,自夫子之纂《六经》始。后世尊之为经,在当日夫子自视,则亦一代诗文之汇选,本朝前之文献而已。故曰:'文不在兹乎?'是则古今文字之辰极也"②。《六经》为上古"诗文之汇选",经术、政事和文章自然合一。但及至中古,经术、政事和文章便开始分家:"宋、景、枚、马以后,不知约《六经》之旨成文,而文始不贯于道;萧统、徐陵以后,选文者不知祖《诗》、《书》文献之谊,瓜区豆剖,上不足考治,下不足辨学,而总集始不秉乎经。"③ 如此每况愈下,至"末世"时,便出现了"以农桑为俗务","托玄虚之理,以政事为粗才",以"浮藻饾饤"为"圣学"的局面。④ 要纠正这种局面,只有通过复古,贯经术、政事、文章与一,才能通经致用,达于大道:"今日复古之要,由诂训声音以进于东京典章制度,此齐一变至鲁也;由典章制度以进于西汉微言大义,贯经术、政事、文章与一,此鲁一变至道也。"⑤ 既然魏源提倡"贯经术、政事、文章与一"之文,他强调文学的社会政治功能也是情理之中的事了。他认为,"文"之"用"委于"政","政"之行亦赖于"文","文之用,源于道德而委于政事","文之外无道,文之外无治也","文之外无学,文之外无教也"⑥。出于这种"以经术为治术"的思想,魏源很自然地继承了白居易以来的讽谏精神,"以三百篇当谏书"⑦。

然而,事物往往并不那么简单。魏源复古是为了求"道",所以其复古并不泥古,而且隐含着变古的倾向。他指出:"三代以上,天皆不同今日之天,地皆不同今日之地,人皆不同今日之人,物皆不同今日之物。……气化无一息不变者也……势则日变而不可复者也。""其不变者

---

① 魏源:《致陈松心信》,《魏源全集》第12册,岳麓书社2004年版,第756页。
② 《魏源集》,中华书局1983年版,第228页。
③ 同上。
④ 黄保真:《中国文学理论史》第5册,北京出版社1987年版,第37—38页。
⑤ 魏源:《刘礼部遗书序》,《魏源集》,中华书局1983年版,第242页。
⑥ 《魏源集》,中华书局1983年版,第8页。
⑦ 魏源:《默觚上·学篇九》,《魏源集》,中华书局1976年版,第24页。

道而已。"① 出于这种认识，他高度评价了龚自珍诗文"常主于逆"的思想个性："其道常主于逆，小者逆谣俗，逆风土，大者逆运会，所逆愈甚，则所复愈大。大则复于古，古则复于本。若君之学，谓能复于本乎？所不敢知，要其复于古也决矣。"② 魏源治经学也有类似的特点。他著《诗古微》以今文经学治诗，提出"甚者！美刺固《毛诗》一家之例，而说者又多歧之，以与三家燕越也。夫《诗》有作《诗》者之心，而又有采《诗》、编诗者之心焉；有说《诗》者之义而以有赋《诗》、引《诗》者之义焉。作《诗》者自道其情，情达而止，不计闻者之如何也；即事而咏，不求致此者之何自也；讽上而作，但蕲上悟，不为他人之劝惩也"。"作《诗》者自道其情，情达而止，不计闻者之如何也"，在一定程度上突破了儒家诗教观； "夫《诗》有作《诗》者之心，而又有采《诗》、编诗者之心焉"，也在一定程度上解构了其"贯经术、政事、文章与一"的经术思想。

但魏源著《诗古微》的目的并非要否定古文经学，他只是反对当时一些学者不视《诗》的实际情况而一味挖掘其美刺内涵的说诗倾向。其目的只是要借此打破古文经学独尊的局面，使三家《诗》取得与《毛诗》并列的地位而已。魏源认为，四家诗各有优劣，完全可以"会通"："三家之得者，在原诗人之本旨，其失者兼美刺之旁义；《毛诗》之得者，在传与序各不相谋，失者在《卫序》、《郑笺》，专泥序以为传，是故执采诗者之意为作诗者之意。"③ 魏源诗学的主要倾向还是在于通经致用，他在陈沆《诗比兴笺》中就大力倡导诗教精神："自昭明《文选》专取藻翰，李善选注专话名象，不问诗人所言何志，而诗教一敝；自钟嵘、司空图、严沧浪有诗品、诗话之学，专揣于音节风调，不问诗人所言何志，而诗教再敝。"④ 魏源继承汉儒"采诗观风"思想也是很自然的事。

就诗学门径和创作而言，魏源自然也是主张复古的，但非一味地机械地榜古，而是既要"复古"又要"变古"。"古人如陶、阮、杜皆抒胸臆，独有千古。太白、青田乐府，一时借古题以述时事；东坡和陶，借古韵以

---

① 《魏源集》，中华书局1983年版，第47—48页。
② 魏源：《定庵文录序》，《魏源集》，中华书局1983年版，第238—239页。
③ 魏源：《齐鲁韩毛异同论中》，《诗古微》卷1，《清经解续编》第5册，上海书店1988年版，第656页。
④ 《魏源集》，中华书局1983年版，第231页。

寄性情，字字皆自己之诗，与明七子优孟学语，有天壤之别。"① 但如何做到"独有千古"呢，他认为，要避免模拟和形式主义创作倾向，就必须投身到大自然和社会现实中去，在广阔的现实领域中吸取诗情，即所谓"亲历诸身"。他指出："天地间形形色色，莫非诗也。"② 现实为诗人提供了取之不尽、用之不竭的诗的源泉。他写信给友人说："蜀山之高，沧海之阔，以至桂林、阳朔，秀奇甲天下，一叶扁舟，溯洄其间，何患清妙之气，不勃勃腕下？又如乡俗之淳漓，年荒钱荒之得失，近来楚粤兵事之琐尾。作歌志哀，以备采风，何患律诗不与杜陵媲美。"③ 因此，魏源的诗歌叙事意识可概括为"作歌志哀，以备采风"，既注重诗歌的政教目的，又兼顾诗人性情，对汉儒"采诗观风"之说作了补充。出于这种创作意识，魏源写下了很多"梦中疏草苍生泪，诗里莺花稗史情"④ 的诗歌，描写记录了民生疾苦和鸦片战争时事。正因为魏源诗学思想的复杂性，其诗作也呈现出丰富性，所以诗评者见仁见智。魏源力主诗教，强调诗歌要"重"；认为"经天纬地之文，由勤学好问之文而入"，要求诗歌要"厚"。这些观点与宋诗特征相近，因而其诗被学宋者推崇。魏源主张诗歌"自道其情，情达而止"，强调诗歌要"真"。这又与汉魏六朝诗歌及唐诗相通，特别是魏源"作《诗》者之心"的理论和复古主张，更被王闿运窃为瑰宝，大力推崇。

近代著名诗人汤鹏和魏源颇为相似，二人倡言经世之学，又同为湖南人。汤鹏与许多湖南人一样，也同样爱好汉魏和初盛唐之诗，但汤鹏并不愿奴于汉魏、初唐，志在"变化汉魏驱齐梁"⑤，"指挥徐庾沈宋如儿童"。他要独树一帜，将自己"历落欹奇"之概，"尽入惨淡经营中"⑥，主张学古而能自出变化。汤鹏的文学观点也和魏源有某些相似之处，他认为，文学的文辞和义理、时务应当相称，"汉以后作者，或专工文辞，而义理、时务不足；或精义理、明时务，而辞陋弱。兼之者惟唐陆宣公，宋朱子耳"，并自称"欲奄有古人而以二公为归"⑦，反对当时一些人将为

---

① 魏源：《致陈松心信》，《魏源全集》第12册，岳麓书社2004年版，第756页。
② 魏源：《诗比兴笺序》，上海古籍出版社1981年版。
③ 魏源：《致陈松心信》，《魏源全集》第12册，岳麓书社2004年版，第756页。
④ 《魏源集》，中华书局1983年版，第228页。
⑤ 汤鹏：《山阳诗叟行》，《海秋诗集》卷12，道光十八年（1838）刻本。
⑥ 汤鹏：《嘲海翁》，《海秋诗集》卷15，道光十八年（1838）刻本。
⑦ 姚莹：《汤海秋传》，《浮丘子》附，岳麓书社1987年版。

政与修身分而为二，又将修身与文章分而为二的做法，认为三者应贯而一之。对于诗歌，他强调"本乎性情而应乎气运"①，故其诗歌多关注社会现实和朝廷政治。熊少牧为其诗集作序说："其于时政得失，海内人材之进退，私居恒为之忧喜。使非浮湛郎署，得所凭以竟志，必矫然有以自见者。"汤鹏身居卑位，不能实现其志向，则通过诗歌表达其对国家民族倾危的关注和忧虑。他不仅写作了一些直接反映现实的叙事诗，还通过诗歌歌颂、赞扬志行贞正、德节卓特的人物，抨击、揭露社会上一些不堪的人或事。

王闿运是近代后期汉魏六朝诗派的魁首。他是一个颇为复杂的人物，既卓然自立，不合时俗，又笃信旧学，雅好古法；既留心实务，倡言经世致用，又抱残守缺，反对洋务维新。其学既是熔铸百家，贯穿古今，变化传统旧学之范例，又是以不变应万变，笃信传统，据中斥西之典型。他是风云变幻、中西交流的近代社会所孕育出的典型人物。王闿运的复杂性与其经历个性、学术思想有密切的关系，而其文学观念又受其学术思想的影响。就诗歌叙事意识而言，王闿运主要得力于汉乐府的"风"诗精神，并兼受"诗史"思想的影响。

王闿运的学术思想和文学观念主要是针对时俗的一种反拨。徐世昌《晚晴簃诗汇》卷155曰："自曾文正公提倡文学，海内靡然从风。经学尊乾嘉，诗法江西，文章宗桐城。壬秋后起，别树一帜。解经则主简括大义，不务繁征博引；文尚建安典午，意在骈散未分；诗拟六代，兼涉初唐。湘、蜀之士多宗之，壁垒几为一变。"可见王氏有意于学术、文章等方面在正统道学派之外别立坛坫。就学术而言，王闿运无所不涉，但以经学为主。其自言："为学但当治经，读子、史者，失学之人也。"② 王闿运的经学自成体系，其思想用一句话概括就是：杂采古今，厌弃宋学。就杂采古今而言，王闿运与魏源相近，但魏源经学兼取宋学，而王闿运排斥宋学；就文学而言，魏源主张"贯经术、政事、文章与一"，与宋儒倡言的"文以载道"相通。王闿运虽认为文章通于经术，"今世所云经学、词章，既史家儒林、文苑，皆士人之一艺，入世之羔雁，曾非学也。圣人词无不章，学则垂经，虽自天生，亦由人力。用以应世，沛乎涣乎！后世学废，

---

① 刘伯埙：《海秋诗集序》，《汤海诗集》，道光戊戌年（1838）刻本。
② 王闿运：《论为学当治经》，《湘绮楼诗文集》，岳麓书社1996年版，第523页。

士思自见，笃诚者则传章句，颖慧者则炫文华，聊寄聪明，无关德性。然或因文见道，养性怡情，就其所成，亦能变化。通经者未有不文，能文者未有无学。文学之士未有无德"①，但却认为"通经"与"能文"之间有本末之别，作家"当依经以立本，托艺以适情"②。王闿运坚决反对宋儒"文以载道"的理论。他认为"闻道犹易，成文甚难"，如果过分强调载道，势必"文成俳优"。他认为，应用之文务求通俗，当以通行语言撰写，不可盲目仿古，否则会不伦不类，至于词赋、哀诔、论议、铭记等文体则愈古愈工，愈古愈雅。③这一观点与章太炎的文学观有些相近。王闿运倡言复古，主要是基于对"今"之俳优之文的鄙视，旨在追求一种淳雅的美学理想。④可见，王闿运文学之复古，有摆脱文学功利性，追求纯文学或文学独立的倾向。

　　王闿运虽以学人自诩，不以文人自命，但却以文学而知名，特别是他力主诗宗汉魏六朝，在近代诗坛上影响甚大。就其诗论而言，他主要是对道、咸以来形成的宗宋诗风颇为不满，夏敬观曰"文襄不喜人言汉魏，王先生不许人有宋，皆甚隘也"⑤，可见王氏的诗学旨趣了。王氏以溯源逐流的方式，指出当今诗歌与乐同源，属于兴体，试图使诗歌与风、雅分途，摆脱经史的附属地位而独立。他说："诗不论理，亦非载道，历代不误，故去之弥远。"⑥"近人论作诗，皆托源《三百篇》，此巨谬也。《诗》有六义，今之诗乃兴体耳，与风、雅分途，亦不同貌……绝无词意通风、雅。盖风雅国政，兴则己情；风雅反覆咏叹，恐意不显；兴则无端感触，患词之不隐。若其温柔言诗者，动引《三百篇》，此大误也。诗有六义，谓六体也。风、雅陈诗之正，颂者陈诗之变。风（雅）如今章疏告示，颂即赞耳。今之诗仍古之兴，虞庭《喜起》，箕子《麦秀》，各从其志，托之讴吟，所以自持，无于人事，闲以示人，实则自陈耳。若用以代章疏告示，则嫌其隐情廋词，无从捉摸。輶车制废，谁为搜采？而论者欲以比

---

① 王闿运：《王志》卷1，《湘绮楼诗文集》，岳麓书社1996年版，第512页。
② 王闿运：《论经学词章人品之异·答陈齐七问》，《湘绮楼诗文集》，岳麓书社1996年版，第513页。
③ 参阅王闿运《湘绮楼诗文集》，岳麓书社1996年版，第539—540页。
④ 参阅王闿运《八代文粹序》，《湘绮楼诗文集》，岳麓书社1996年版，第97页。
⑤ 夏敬观：《袌碧斋集序》，陈锐：《袌碧斋集》，1929年排印本。
⑥ 王闿运：《湘绮老人论诗册子》，《湘绮楼诗文集》，岳麓书社1996年版，第2377页。

古经,岂不谬哉?"① 又说:"古之诗,今之会典奏议之类;今之诗歌,古之乐也。四言如琴,五言如笙箫,歌行七言如羌笛琵琶,繁弦杂管,故太白以为靡。"② "古之诗以正得失,今之诗以养性情,虽仍诗名,其用异矣。故余尝以汉后至今诗即乐也,亦足以感人动天,而其本不同。古以教谏为本,专为人作,今以托兴为本,乃为己作。史迁论诗,以为贤人君子不得志所焉,即汉以后诗。"③

因为王闿运在风、雅之外,独树一帜,倡言"兴"诗,诗歌的源流发展和整个评价系统也随之发生了变化。王氏认为,兴诗"苏李之前,则《卿云》、《麦秀》、《暇豫》、《猗兰》是其先行;至汉则法门大开"④,又说:"自周以降,分为五七言,皆贤人君子不得意之所作。晋人浮靡,用为谈资,故入以玄理。宋、齐游宴,藻绘山川。梁、陈巧思,寓言闺闼,皆言情之作。情不可放,言不可肆,婉而多思,寓情于文。虽理不充周,犹可称诵。唐人好变,以骚为雅,直指时事,多在歌行,览之无余,文犹足艳。韩、白不达,放驰其词。下逮宋人,遂成俳曲。"⑤ 既然兴诗"至汉则法门大开",至唐始变,王闿运学诗强调宗法汉魏六朝也就是很自然的事了。而且,王闿运认为,兴诗与乐同源,"乐必依声,诗必法古,自然之理也。"王闿运标举"兴"诗,主要是反对以宋诗为代表的"雅"诗倾向。他对"雅"诗颇有微词:"诗者,持其志无暴其气,掩其情无露其词。直书己意,始于唐人,宋贤继之,遂成倾泻。"⑥ "诗主性情,必有格律,不容驰骋放肆,雕饰更无论矣。"⑦ 认为诗"非可快意骋词,自状其偏颇,以供世人之喜怒也";"韩、白不达,放驰其词。下逮宋人,遂成俳曲"⑧。而王闿运倡言的"兴"诗有什么特点呢?王氏解释曰:"兴者因事发端,托物寓意,随时成咏"⑨,"诗,承也,持也,承人

---

① 王闿运:《湘绮老人论诗册子》,《湘绮楼诗文集》,岳麓书社1996年版,第2376页。据上下文和其他资料,括号处当省一雅字。
② 王闿运:《王志卷二·论七言歌行流品》,《湘绮楼诗文集》,岳麓书社1996年版,第537页。
③ 王闿运:《论诗法答唐凤廷问》,《湘绮楼诗文集》,岳麓书社1996年版,第551页。
④ 王闿运:《湘绮老人论诗册子》,《湘绮楼诗文集》,岳麓书社1996年版,第2376页。
⑤ 王闿运:《论文体式答陈复心问》,《湘绮楼诗文集》,岳麓书社1996年版,第544页。
⑥ 王闿运:《论作诗之法》,《湘绮楼诗文集》,岳麓书社1996年版,第368页。
⑦ 王闿运:《论诗法答唐凤廷问》,《湘绮楼诗文集》,岳麓书社1996年版,第551页。
⑧ 王闿运:《论文体式答陈复心问》,《湘绮楼诗文集》,岳麓书社1996年版,第544页。
⑨ 王闿运:《论作诗之法答》,《湘绮楼诗文集》,岳麓书社1996年版,第366页。

心性而持之。风上化下，使感于无形，动于自然。贵以词掩意，托物寄兴。使吾志曲而自达，闻者激昂而思赴，其所不见设施，而可见施行。幽窈旷朗、抗心远俗之致，亦于是达焉。"又说："情不可放，言不可肆，婉而多思，寓情于文。"① 正是基于对"兴"诗"以词掩意"，"寓情于文"等审美特点的体认，王氏也就不废六朝的绮靡文风，认为其为缘情之语，"山水雕绘，未若宫体，故自宋以后散为有句无章之作，虽似极靡，而实兴体，是古之式也"②，"近代儒生，深讳绮靡，乃区分奇偶，轻诋六朝，不解缘情之言，疑为淫哇之语，其原出于毛、郑，其后成于里巷，故风雅之道息焉"③。繁复和藻饰固然是抒情的方式，但片面地强调则容易走向形式主义道路。

王氏倡导"兴"诗，也认识到"兴"诗不能完全独立存在。他认为，兴诗"至汉则法门大开，演其章句，参以比、赋之体，乃成一篇"。可见"兴"诗可用比、赋手法。又说："风之用神。颂是诗一体耳。雅出于风，而意必显。雅、颂可无，风不可无。汉后诸诗虽是兴，亦有风之用。"④ 且王闿运认为，"兴"诗是"因事发端，托物寓意，随时成咏"⑤。可见，王闿运反对的主要是"意必显"的雅诗，认为"兴"诗也可以运用赋法，"因事发端"，兼有"风"诗之用，并不排斥写实和叙事。就王闿运的诗歌叙事意识而言，王闿运是有意追求汉乐府的创作特征和境界的。所以王闿运的诗歌叙事意识用班固的"感于哀乐，缘事而发，亦可以观风俗，知厚薄云"概括较为准确。王闿运还是出名的史学家，对史笔也颇有心得，撰有著名史书《湘军志》。他虽然反对"诗史"之体，但仍偶为诗史之作。王闿运曾作《武昌行寄怀陈督部》一诗送人，于诗末作注曰："诗史非诗格也，元、白弹词类耳！重子姻世弟索书，适成此篇，因作一笑。闿运。"⑥ 而其《独行谣》序曰："盖明于得失之迹，达于事变，怀其旧俗，国史之志也。故综述时贤，详记大政，俟后世贤人君子。"⑦ 此外，值得注意的是王湘绮的《七夕词》61首，作者自15岁始，每逢七夕必作

---

① 王闿运：《论文体式答陈复心问》，《湘绮楼诗文集》，岳麓书社1996年版，第544页。
② 王闿运：《论作诗之法答》，《湘绮楼诗文集》，岳麓书社1996年版，第367页。
③ 王闿运：《湘绮楼说诗》卷4，《湘绮楼诗文集》，岳麓书社1996年版，第2220页。
④ 王闿运：《答陈完夫问》，《湘绮楼诗文集》，岳麓书社1996年版，第552页。
⑤ 王闿运：《论作诗之法》，《湘绮楼诗文集》，岳麓书社1996年版，第366页。
⑥ 杨钧：《草堂之灵》卷15，岳麓书社1985年版，第290页。
⑦ 王闿运：《答陈完夫问》，《湘绮楼诗文集》，岳麓书社1996年版，第1420页。

绝句一首，诗后附作者自注。王闿运丙辰年补作并手录的《周甲七夕词》所附题记中有"余《七夕诗》兼年谱史表之用"的说法，《年谱》也称湘绮《七夕词》有"家国兴衰之感，平生游处之迹"。王闿运认为"诗史非诗格也"，但仍然从事诗史创作，也可见"诗史"对传统知识分子的特有魅力。王闿运治学注重经世致用，其诗歌"于时事有关系者甚多"①，也有不少叙事诗。且王氏论诗主情，他创作了不少爱情叙事诗。

综上所述，王闿运对汉魏六朝"兴"诗的提倡，固然有对湖湘宗汉魏六朝传统的继承，也是对当时诗坛流行的以意为主的宋诗的反动。其倡汉魏诗歌自然古拙表现方法以矫宋诗刻意锤炼之弊，不废六朝绮靡之文则有意于矫宋诗生涩奥衍之偏，力主"兴"诗则欲致力于淳雅美学理想的追求，以反"雅"诗的放驰显露、论理载道。这种诗学思想的形成与其学术思想有密切的关系，而其学术思想又受其身世经历和个性特征的影响。王闿运个性狂傲，成名甚早，曾投身于肃顺门下，被称为"肃门五君子"，显赫一时。"五君子中，篁仙居郑亲王府，壬秋居法源寺，声势为最大。肃顺事败，废弃亦最惨。李、王虽于湘帅有恩，始终不敢引用者，此耳。而壬秋对于曾、左之倨傲如故也。"② 狂傲的个性，使他秉承传统知识分子特立独行的品格，不肯屈居人下，敢于放言高论，独抒己见。早年的不幸遭遇又酝酿了其反慈禧，反清的情绪。王闿运力主汉学，排斥宋学，实隐含力振大汉天声之义。汉、唐皆阳儒阴法，强调法制，国力强盛，成为中华民族的象征；而宋代倡导理学，精神内敛，国势积贫积弱。王氏倡导汉学，隐含着激荡国魂和民族精神之义。这与章太炎及南社诸人有相似性。章太炎曾从俞樾学经学，而俞樾与王闿运颇有交往，治经也有古今兼采的倾向。章太炎的诗学主张与王闿运颇为相似，其间的关系颇耐人寻味。正因为王氏倡导汉学有激荡民族精神之义，其力排西学也就不难理解了。谭嗣同认为，王闿运之诗"能自达所学"③，其意就在此。王闿运的得意门生杨度于光绪二十九年（1903）作《湖南少年歌》说："更有湘潭王先生，少年击剑学纵横；游说诸侯成割据，东南带甲为连衡。曾、胡愕顾咸相谢，先生笑起披衣下。北入燕京肃顺家，自谓轮船探

---

① 陈衍：《近代诗钞述评》，《陈衍诗论合集》，福建人民出版社1999年版，第886页。
② 刘禺生：《世载堂杂忆》，山西古籍出版社1995年版，第47页。
③ 谭嗣同：《论艺绝句六篇》，《谭嗣同全集》上册，中华书局1981年版，第77页。

欧亚。事变谋空返湘渚，专注《春秋》说民主。廖（平）康（有为）诸氏更推波，学界张皇树旗鼓；呜呼吾师志不平，强收豪杰作才人。"① 王闿运曾劝曾国藩反清，又与彭玉麟、俞樾合建船山书院于衡阳，启迪湖南维新人物及革命巨子甚多。《花随人圣庵摭忆》曰："使湘绮稍后数十年生，必一革命党无疑。"② 对于这样一位人物，恐怕不能简单以"保守"目之。

邓辅纶是汉魏六朝诗派中的另一位重要人物。邓辅纶一生可分为前后两期，前期锐意进取，试图建立功业，曾帮助父亲镇守南昌城，反击太平军，有过"壮岁旌旗拥万夫"的经历。后期绝意仕进，不问世事，过着"阖门著书"③ 的隐居生活。就为学而言，邓辅纶与王闿运不同，"湘绮遍研群学，辅纶唯及文史"④，大概与其早年贫困、亲历战争的生活经历和深厚的史学修养有关，邓辅纶创作了许多描写民生疾苦和时事的叙事诗。就诗学主张而言，邓辅纶崇尚汉魏六朝诗，钱仲联先生《近百年诗坛点将录》言"湘中《选》体，导自白香亭"⑤，陈衍《石遗室诗话》称"弥之诗全学选体"⑥，但其诗学主张与王闿运也不尽相同。邓辅纶没有留下任何诗学言论，其诗歌叙事意识只能从他诗歌创作和亲友的言论中推知一二。邓辅纶在《鸿雁篇》序中自言："以闻以见，述为诗篇。"⑦ 可见，邓辅纶的诗歌叙事意识有封建正统知识分子陈风颂雅的倾向。邓辅纶和王闿运的一个显著差别表现在对待杜诗的态度上。邓辅纶诗歌特别是早期的叙事诗歌多瓣香杜甫，人称邓诗"守杜法，语多忧愤沉郁"⑧，王闿运评曰："诗学杜甫，体则谢、颜，至其东道难、鸿雁篇，古人无此制也。"⑨

---

① 杨度：《湖南少年歌》，《杨度集》，湖南人民出版社1986年版，第94页。
② 黄濬：《花随人圣庵摭忆》，上海古籍出版社1983年版，第193页。
③ 朱克敬：《邓辅纶事略》，《湖湘访学集》，光绪三年长沙刻本。
④ 费行简：《近代名人小传·邓辅纶》，沈云龙主编：《近代中国史料丛刊》，（台北）文海出版社1970年版，第385页。
⑤ 钱仲联：《近百年诗坛点将录》，舒位、汪国垣、钱仲联、郑方坤、张维屏著，程千帆、杨杨整理，杨杨辑校：《三百年来诗坛人物评点小传汇录》，中州古籍出版社1986年版，第164页。
⑥ 陈衍：《近代诗钞述评》，《陈衍诗论合集》，福建人民出版社1999年版，第885页。
⑦ 邓辅纶：《鸿雁篇·序》，《白香亭诗》卷1，光绪十九年河东督署刻本。
⑧ 许振袆：《白香亭诗集序》，《白香亭诗》，光绪十九年河东督署刻本。
⑨ 王闿运：《湘绮楼说诗》卷2，《湘绮楼诗文集》，岳麓书社1996年版，第2160页。

钱仲联先生也称邓辅纶的《鸿雁篇》三章"少陵下笔，不能过也"①。而王闿运对杜甫却颇有微词，认为"杜子美诗圣，乃其宗旨在以死惊人，岂诗义哉"②，还说"李犹有词采，杜乃纯露筋骨，故非正格"③。杜诗历来被评为"诗史"，王闿运认为"诗史非诗格也"。而邓辅纶学兼文史，与杜甫颇为相似，杜诗的"诗史"精神对邓辅纶必然会产生影响。这一点我们可以从其弟邓绎的诗论中加以印证。邓绎少时与家兄相依为命，诗名并称湖湘，他们的诗学也必当相近。邓绎认为："唐虞三代之有史学备于尚书，商周以来诗教大备，诗亦史也。"④ 由此可见，邓辅纶诗歌叙事意识中当有"诗史"之意。和王闿运相似，邓辅纶论诗也主情，有反映亲情的叙事诗，如《述哀篇》。

大体而言，近代汉魏六朝诗派的诗歌叙事意识多源于"诗史"观念和"观风"思想。这些诗人存在颇多相似之处，就思想学术而言，他们多有古今兼采的倾向，主张经世致用，倡言社会变革。就诗学理论而言，他们都倡言复古，有宗学汉魏六朝的倾向，只是前期诗人门径较宽，后期诗人门径稍窄。正因为这种相似性，我们把这些诗人归为一派自有道理。但近代历史仅仅几十年，前后两期汉魏六朝派诗人却得到完全不同的评价。前期诗人倡言复古，被称为思想启蒙者；后期诗人倡言复古，却被目为顽固保守。关于近代文坛的复古现象，袁进先生的一段论述较为到位："在十九世纪前期的文坛上笼罩着一片'复古'的气氛，不仅开风气的龚自珍、魏源主张'复古'，桐城派主张'复古'，宋诗派主张'复古'，骈文家阮元提倡'文笔之辨'，主张'复古'，常州词派用'微言大义'、'比兴寄托'解释词也是'复古'。各家所复之'古'大不相同，倒是维护现状的人只讲'本朝'。以后复古思潮连绵不断，因为在'西学'的权威没有建立之前，只有'古'才有权威，要改变文坛现状，就必须'复古'。"可见，复古实际上是致力于革新，后期汉魏六朝诗人特别是王闿运也有这种意识。但光、宣时期，"西学"已成为"新学"，改良革新的社会风潮自然被援采西学改造经学的诗界革命派所引领，立意革新、情绪

---

① 钱仲联：《梦苕庵诗话》，齐鲁书社1986年版，第130页。
② 王闿运：《湘绮楼说诗》卷3，《湘绮楼诗文集》，岳麓书社1996年版。
③ 王闿运：《湘绮老人论诗册子》，《湘绮楼诗文集》，岳麓书社1996年版，第2377页。
④ 邓绎：《藻川堂谭艺·三代篇》，《中国诗话珍藏本丛书》第19册，北京图书馆出版社2004年版。

激进的王闿运反而因倡言复古、排斥西学而被目为守旧保守。可见是历史给湘绮老人开了个玩笑，就当时的历史情况而言，称王闿运顽固守旧也不为过。我们只能感慨近代历史时间虽短，却风云变幻、天翻地覆。即使是诗界革命派也好景不长，这一点在康有为、梁启超身上都有生动的体现。但作为研究者，我们对前人应采取"了解之同情"的态度，简单地把汉魏六朝诗派目为守旧保守，恐怕不妥。

第三节　学宋诗派的诗歌叙事意识

近代学宋诗派也可分为前后两期，前期包括道、咸时期的桐城派和宋诗派，后期指光、宣诗坛的同光体。这两期学宋诗人虽略有不同，但基本上一脉相承，诗歌理论也多有相通之处，因此我们将其放在一起论述。就诗歌叙事意识而言，本派诗人也不尽相同，故也拟以著名诗人或代表作家为线索，对这一派诗歌的叙事意识作一鸟瞰。

朱琦属近代前期学宋诗派中受桐城诗派影响的一支。所以桐城诗派的姚莹说他的诗"天赋本高，兼以学古之锐，敛才啬气，渊味邈音，乃神与古会"[①]。梅曾亮称其"学韩而自开异境，其下笔老重，乃天禀所独得"[②]。朱琦亦自言其诗学门径曰："早年取径香山，及与伯言梅郎中游，始改师杜、韩及北宋诸家。"[③] 可见其与桐城诗派的关系。就诗歌叙事意识而言，朱琦也主要得力于杜甫、白居易的诗学精神，这与其身世经历和个性特征有关。朱琦（1803—1861），字伯韩，号廉甫，广西临桂人。幼时的朱琦生活十分艰苦，但勤奋好学。道光十五年（1835）中进士。初官翰林院编修，后升给事中，官至监察御史，"性刚毅，有风裁。在谏垣建言时，事多见施行"。当时，"上下复习萎靡，言路多容默"，朱琦却能"侃侃言天下事，直声振一时"，而且每慷慨言事，切论时务，与陈庆镛、苏廷魁有"谏垣三直"之称。朱琦"气节鲠亮"，在朝廷上直言不讳，因而与当局者不合，许多条陈都不被采纳。朱琦自认为既然意见都听不进，才识不能施展，白说也无益，遂愤而亟请告归。家居数年，锐志潜修，著

[①] 林昌彝：《射鹰楼诗话》卷1，上海古籍出版社1988年版，第5页。
[②] 陈衍：《近代诗钞·石遗室诗话》第1册，1923年商务印书馆铅印本。
[③] 宗鉴成：《怡志堂诗集书后》，《怡志堂诗集》，民国二十四年（1935）桂林排印《岭西五家诗文集》本。

书立说。友人龙启瑞称赞他："多君有才号国器，经济博通世无比。"（《送朱伯韩前辈》）朱琦为学颇重经世致用，"夫不考于古，则无学以充其才，不达于今，则虽多读古之书，多见前之善，考其论则高矣，而施于用则舛"①。他甚至把有无"用"作为衡量人才的标准，认为"世之贪者、矫者、肆者往往其才可用。今人貌为不贪、不矫、不肆而讫无用"②，所以，不贪、不矫、不肆的反不如贪者、矫者、肆者。

在其正直品格、经世致用思想的影响下，朱琦对杜甫写实诗风颇为推崇。其诗歌创作比较关注现实，积极反映社会错综复杂的矛盾，关心人民的疾苦，反对为诗而诗的无病呻吟的庸俗、恶劣诗风。"杜陵有遗老，乃是稷契人。致君必尧舜，风俗可再淳。广厦拘万间，所谋非一身。望帝托杜鹃，感愤悲填膺。煌煌三大礼，郊庙实式凭。惜哉老布衣，仅以诗人称。"由于和白居易同为谏官的经历，朱琦对白居易的新乐府颇为欣赏："少时学为诗，酷嗜秦中吟。乐府百余篇，梦寐相追寻。风骚义少劣，汉魏实浸淫。元相昔并称，筝琶异青琴。"③ 诗人对当时诗坛的萎靡不振，诗歌脱离现实越来越远予以了抨击："古人旷不见，来者谁与偶？欲溯正始音，惜生千载后。风骚已去远，六义病杂糅。后生猎浮名，持论不忠厚。往往据坛坫，抗颜肆击掊。江河势日下，那能障罅漏！斯道惧中绝，穿石引微溜。"④ 在这种创作思想的影响，朱琦创作了很多反映社会现实的诗歌。杨传第称其诗"若夫缘事有作，燃于民生之疾苦，慨然于时事之安危，情动于中而形于言，其诗有益而贵"。黄文琛评曰："诗人作卷，根抵忠孝，出入风骚，言志纪事等篇，卓然为一代杰作。"⑤

朱琦之友鲁一同也是一位古文家兼诗人。其诗歌叙事意识受杜甫诗歌精神和诗本事思想的影响，强调"外阂中实"，"纬以实事"。鲁一同出身农家，生而颖悟过人。他6岁通五音，稍长，工为古文辞，道光十五年中举，后屡试不第，转为研究经世之学，史称鲁一同"益精研于学，凡田赋、兵戎诸大政及河道变迁、地形险要，悉得其机牙"，赋诗撰文，"务

---

① 朱琦：《世忠堂文集序》，《怡志堂文集》卷3，民国二十四年（1935）桂林排印《岭西五家诗文集》本。
② 朱琦：《名实说》，《怡志堂文集》，民国二十四年（1935）桂林排印《岭西五家诗文集》本。
③ 朱琦：《咏古十首》卷2，民国二十四年（1935）桂林排印《岭西五家诗文集》本。
④ 朱琦：《答陈东桥》卷2，民国二十四年（1935）桂林排印《岭西五家诗文集》本。
⑤ 《怡志堂诗集序》，民国二十四年（1935）桂林排印《岭西五家诗文集》本。

切世情，古茂峻厉，有杜牧、尹洙之风"①。鲁一同诗学受杜甫诗歌的影响，他对杜诗颇有研究，著有《通甫评杜》。加之本人"长于史例，旁及诸子百家之言"。故其诗作"亦多涉时事，传之将来，足当诗史"②。鲁一同诗学还受诗歌研究"诗本事"思想的影响，鲁一同论诗强调"外闳中实"，周韶音在《通甫诗存跋》中说："先生之言曰，'凡文章之道，贵外闳中实。中实由于积理，理充而纬以实事，则光彩日新。文无实事，斯为徒作，穷工极丽，犹虚车也'。"③ 其《孔宥函诗序》说："忆君之师潘丈四农尝以诗就正，余拱手曰：'君诗不患不高，不患不深，但当纬以实事耳'。"④ 鲁一同强调这种"外闳中实"，"纬以实事"的诗风，其目的在于"欲救乾嘉诸家之俳谐卑弱"⑤。鲁一同精通绘画，对其叙事诗创作也有影响。

　　道、咸学宋诗派除桐城诗派外，还有宋诗派。两派诗学理论和创作思想比较相近，但也有区别，这与两派诗人的诗学门径及学术渊源有关。大体而言，与汉魏六朝诗派治学多重古今兼采不同，道、咸学宋诗派多重调和汉宋。但桐城派和宋诗派又略有不同。简单地说，清代经学的汉、宋之争发展到近代基本达成共识，那就是汉、宋兼容。但桐城派多重以宋融汉，而宋诗派多是以汉融宋，两派看上去基本相似，但各有偏重。桐城派方苞论文主张"义法"说，就是在学术思想上自觉传承程朱理学的衣钵，文学上努力延续韩、柳特别是明归有光以来的古文传统，企图在道统和文统方面扮演时代的领袖角色。这样做的动机，既是他们经学信仰的真实流露，又是极力抬高古文地位的需要，也有迎合清代统治者以程朱理学作为治国之术的媚俗意味。至姚鼐，论文开始标举"义理、考据、辞章"，其中的考据就是汉家的考据之学，显示出了汉、宋调和的趋向。桐城派的文论思想自然也影响了其诗学理论。而宋诗派的诗人基本上都是朴学家兼诗人。宋诗派的发轫者程恩泽就是嘉、道年间极负盛名的汉学家。宋诗派的代表人物何、郑、莫也都是朴学大家。他们治经基本上都主张汉、宋调

---

① 赵尔巽等：《清史稿》卷486，《列传第二七三·文苑传三》，中华书局1977年版，第13431页。
② 李慈铭：《越缦堂读书记》，上海书店出版社2000年版，第1164页。
③ 周韶音：《通甫诗存跋》，《通甫诗存》，咸丰九年（1859）山阳鲁氏刊本。
④ 鲁一同：《孔有函诗序》，《通甫类稿》卷3，咸丰九年（1859）山阳鲁氏刊本。
⑤ 李慈铭《越缦堂读书记》，上海书店出版社2000年版，第1164页。

和,以汉学兼容宋学。就学术精神而言,汉学重"真",从某种程度上说,与诗学中的"性情"有相通之处;而宋学重"善",在诗学中表现为对"理"、"道"、"道德"方面内容的强调。这样,桐城派的诗歌往往有褒扬忠烈的内容,而宋诗派的诗歌多有对个性的表达;桐城派往往以文法创作诗歌,而宋诗派往往以考据学问入诗。这是两派的大体区别,当然,这种区别大体而言则有,具体而言则无,毕竟嘉、道时期两派诗人的诗歌创作和诗学主张非常相近,很难严格区分。

何绍基的诗歌叙事意识基本上没出传统的诗教范围,其叙事的创作大体出于观风的目的,但已出现了个体写作的创作倾向。何绍基论诗主张"人与文一",认为诗文要成家,首先是学为"人",其次才是学作文。"诗文不成家,不如其已也;然家之所以成,非可于诗文求也,先学为人而已。""人之无成,浮务文藻,镂脂剪楮,何益之有!"但究竟做什么样的人才算是"人成"呢,"规行矩步,儒言儒服,人其成乎?曰:非也。孝弟谨出,出入有节,不惑于中,亦酬应而已矣!立成不欺,虽世故周旋,何非笃行!至于刚柔阴阳,禀赋各殊,或狂或狷,就我性情,充以古籍,阅历事物,绝去摹拟,大小偏正,不枉厥材,人可成矣"①。何氏认为,并不是符合儒家的礼仪规范和道德标准就是人成,而是要"立诚不欺","真我自立",具有真诚和独立的个性才是人成。各人的个性不管其阴阳刚柔,或狂或狷,"或大成,或小成,为儒,为侠,为和,为峭,为淡,为绚烂,为洁,为拉逻,为娟静,为纵恣"②,无一不可,只要"就吾性情",绝假纯真,即可称成人。出于"立诚不欺","真我自立"的强调,何绍基认为作诗"非必尽要庄重正大题也。"何绍基曰:"昔人云:'诗必有为而作,方为不苟'。此语不易解……此之谓有为而作,非必尽要庄重正大题也"。这就使其诗作呈现出个体写作的创作倾向。

注重诗人的个性与真诚,何绍基与袁枚"性灵"说有相通之处,但何绍基的诗论是针对袁枚的"性灵"说轻儇浮滑之弊而发的,所以他在强调诗人性情的同时,强调积理养气,以求性情之正。"凡学诗者,无不知要有真性情,却不知真性情者,非到作诗时方去打算也。平日明理养

---

① 何绍基:《使黔草自序》,《东洲草堂文钞》卷3,沈云龙:《近代中国史料丛刊》0885,(台北)文海出版社1973年版,第124页。

② 何绍基:《题冯鲁川小像册论诗》,《东洲草堂文钞》卷5,第190页。

气,于孝悌忠信大节,从日用起居及外间应务,平平实实,自家体贴得真性情;时时培护,字字持守,不为外物摇夺,久之,则真性情方才固结到身心上,即一言语一文字,这个真性情时刻流露出来。"① 所以,何绍基的"真我自立"并没像袁宏道、袁枚那样走向异端,而是步入了正统的范围。可见何绍基所成之人是大节不亏而又真我自立的封建士大夫而已,其诗歌创作意识仍在"温柔敦厚"的诗教之内也就不难理解了。何绍基认为:"温柔敦厚,诗教也。此语将三百篇根抵说明,将千古作诗人用心之法道尽。"② 强调诗歌的教化作用:"盖喜读诗者,可化气质之偏,而反情性之正;善作者,亦当然。"③ 所以何绍基出于封建士大夫的正直之心,基于采诗观风的政教目的,创作了一些反映民生疾苦的叙事诗歌,以表示对人民悲惨生活的同情,但其也不排斥生活琐事、自我经历的抒写。其诗歌叙事意识可用其诗歌加以概括:"我虽藉嘉荫,诗心如岛郊。疮痍塞两眼,感叹在中宵。"④

就诗歌叙事意识而言,郑珍和何绍基相近,但郑珍发展了何绍基的个体写作倾向。与何绍基相比,郑珍论诗更注重个人真性情的抒发。他自言道:"我吟率性真,不自谓能诗,赤手骑祖马,纵行无鞍荐"⑤,莫友芝在《巢经巢诗钞序》中写道:"当其兴到,顷刻千言。无所感触,或经时不作一字。"⑥ 强调真性情的抒发,郑珍的诗论并没有什么新鲜之处,但关于真性情的形成,郑珍却有自己独到的见解。

就主观方面而言,郑珍认为,性情之正还需要学问来扶植,"固宜多读书,尤贵养其气。气正斯有我,学赡乃相济"⑦。读书可以养气,气正才有独立不二的品格和性情,所以郑珍提倡读书养气以培养性情。"养气"之说始于孟轲,《孟子·公孙丑上》记载"吾善养吾浩然之气",即

---

① 何绍基:《与汪菊士论诗》,《东洲草堂文钞》卷5,第198、194页。
② 何绍基:《题冯鲁川小像册论诗》,《东洲草堂文钞》卷5,第191页。
③ 何绍基:《宗迪甫躬耻斋诗集叙》,《东洲草堂文钞》卷3,第118页。
④ 何绍基:《答余芰香》,《东洲草堂诗钞》卷22,清同治六年(1867)刊光绪间补刊本。
⑤ 郑珍:《次韵奉答吕茗香》,《巢经巢诗钞前集》卷2,民国二十九年(1940)贵州省政府印行《巢经巢全集》本。
⑥ 莫友芝:《巢经巢诗钞序》,《巢经巢诗钞前集》卷1,民国二十九年(1940)贵州省政府印行《巢经巢全集》本。
⑦ 郑珍:《论诗示诸生时代者将至》,《巢经巢诗钞前集》卷7,民国二十九年(1940)贵州省政府印行《巢经巢全集》本。

重视主观道德的修养。故郑珍注重人品的养成,认为学诗当自学人始:"余谓作者先非待诗而传。杜、韩诸公苟无诗,其高风峻节,照耀百世,自若也;而复有诗,而复莫逾其美,非其人之为耶?故窃以为古人之诗,非学而能也;学其诗,当自学其人始。试似其人之所学所志,则性情、抱负、才识、气象皆其人,所语言者独奚为而不似?即不似犹似也。"① 人品道德的砥砺,特别是杜、韩等先贤的影响,培养了郑珍士人的济世情怀和忧患意识,为其叙事诗的创作提供了情感基础。

更为难能可贵的是,在客观上,郑珍以为必须深入生活增加阅历,才能陶冶性情,启发诗思。郑珍在《追寄莫五北上》中说:"子今偕计趋春官,历炼骏骨阅山川,河声岳色浩漫漫,吞纳胸中同郁盘。"② 在《送黎莼斋表弟之武昌序》中,郑珍建议黎氏历经三峡、洞庭、庐岳以及徐、兖等州,"瞻光日下",于此"水陆万里,帆樯轮辙之间",去"想望""屈、宋、李、杜、欧、苏之所以发为文章,必有相遇于心目间者"③。而他本人的诗歌也正是其生活阅历感发而成的结果。唐炯评郑珍诗曰:"凡所遭际,山川之险阻,跋涉之窘艰,友朋之聚散,室家之流离,与夫盗贼纵横,官吏割剥,人民之涂炭,一见之于诗。可骇可愕,可歌可泣,而波澜壮阔,旨趣深厚。"④ 而且郑珍善言生活中的所历所感,"常情至理,琐事俗态,人不能言,而彼独能言之,读之使人嚏喜交作,富生活气息"⑤。可见,郑珍的诗歌叙事意识多源于杜、韩诗学精神的熏陶,为此,他写下了很多具有现实主义倾向的叙事诗歌;而且着力发展了杜甫个体写作的创作倾向,写下了很多亲情诗和表现生活琐事的诗歌。故黎汝谦《巢经巢诗后集引》曾言:"吾观先生晚岁之诗,质而不理,淡而弥真,有老杜晚年境界。"⑥ 但郑珍的诗歌叙事意识从整体上而言没有超出传统的诗教

---

① 郑珍:《郘亭诗钞序》,《巢经巢文钞》卷 2,民国二十九年(1940)贵州省政府印行《巢经巢全集》本。

② 郑珍:《追寄莫五北上》,《巢经巢诗钞前集》卷 3,民国二十九年(1940)贵州省政府印行《巢经巢全集》本。

③ 郑珍:《送黎莼斋表弟之武昌序》,《巢经巢文钞》卷 2,民国二十九年(1940)贵州省政府印行《巢经巢全集》本。

④ 唐炯:《巢经巢遗稿序》,《巢经巢诗钞后集》,民国二十九年(1940)贵州省政府印行《巢经巢全集》本。

⑤ 陈声聪:《兼于阁诗话》,上海古籍出版社 1985 年版,第 359 页。

⑥ 黎汝谦:《巢经巢诗后集引》,民国二十九年(1940)贵州省政府印行《巢经巢全集》本。

范围。

江湜的诗歌叙事意识与郑珍类似，但侧重于个体写作的一面。江湜一生穷困潦倒，沉沦下僚，"官不过七品，寿不越五旬"。在经世宏愿不能实现的情况下，诗歌创作成为他重要的精神寄托。其《元日》诗曰："纵然天地虚生我，岂合文章再让人？一树梅花篱外落，冲寒须信有精神。"① 与其同时诗人许辛木称江湜"饥寒出诗骨，烽火爨琴材"②。江湜论诗主真情，不避浅易。其《小湖以诗见问戏答一首》云："一切文字皆贵真，真情作诗感得人。后人有情亦被感，我情那不传千春？君诗恐是情不深，真气隔塞劳苦吟。何如学我作浅语，一使老妪皆知音。读上句时下句晓，读到全篇全了了。却仍百读不生厌，使人唯学方见宝。"③ 他主张有感而发，反对无病呻吟，为文造情。"我要寻诗定是痴，诗要寻我却难辞。今朝又被诗寻着，满眼溪山独去时。"④ 江湜也认为诗人真情实感源于生活经历，"将诗酬造物，不意却惊人。此实无他巧，我惟自写真"⑤。他在《录近诗因书四绝句》之三中更明确地说明了这一点："自写亲身新离乱，杜陵应怪不相师。数篇脱手凭人看，如此遭逢如此诗。"⑥ 这种从自身遭遇中汲取真情实感的文学思想比较接近我们现在所说的"艺术源于生活"的文学观念，而"自写亲身新离乱"、"我惟自写真"的创作思想也成为江湜主要的诗歌叙事意识。江湜叙事诗的创作正是为了抒发自己的生活感受，记录自己的人生经历。

光、宣诗坛的"同光体"诗人继承并总结了道、咸宋诗派的诗歌理论，其代表人物就是陈衍。陈衍也是"同光体"乃至晚清诗歌重要的理论家，其诗论具有中国传统诗学的总结性意义。就诗歌的继承与发展而言，他针对明清以来论诗者"强分唐诗宋诗"之习，认为"宋人皆推本唐人诗法，力破余地耳"⑦，提出了自己的诗学建构"三元"说，在总结

---

① 江湜：《元日》，《伏敔堂诗录》卷3，同治元年至二年（1862—1863）刻本。
② 徐世昌：《晚晴簃诗汇》卷137，中华书局1990年版。
③ 江湜：《伏敔堂诗录》卷3，同治元年至二年（1862—1863）刻本。
④ 江湜：《由常山至开化……》，《伏敔堂诗录》卷14，同治元年至二年（1862—1863）刻本。
⑤ 江湜：《自题诗卷》，《伏敔堂诗录》，同治元年至二年（1862—1863）刻本。
⑥ 江湜：《伏敔堂诗录续》卷1，同治元年至二年（1862—1863）刻本。
⑦ 陈衍：《石遗室诗话》卷1，《陈衍诗论合集》（上），福建人民出版社1999年版，第7—9页。

唐宋诗学的基础上确立了宋诗的特征及其创变精神。就诗歌的创作而言，他主张"合学人诗人之诗二而一之"①，融经、史、子等传统文化于诗道，为诗歌开辟新的境界，创作融道德意识、历史经验、诗书教养以及情意美感于一炉的诗歌。就诗歌的功用而言，他主张经世致用，倡导变风变雅的诗歌创作，强调诗歌的真实性，主张"以诗存史"的诗史观。就风格而言，他力戒浅俗，"诗最患浅俗。何为浅？人人能道语是也。何为俗，人人所喜语是也"②，追求"己所自得"的"清而有味，寒而有神，瘦而有筋力"③之诗。

在诗歌叙事意识方面，陈衍的诗学理论是以"变风变雅"精神的体认为基础的。其评"今日之为诗"曰："诗至晚清同光以来，承道咸诸老，蕲向杜韩，为变风变雅之后，变本加厉。言情感事，往往以突兀凌厉之笔，抒哀痛逼切之辞。甚切嬉笑怒骂，无所于恤。矫之者则为钩章棘句，僻涩聱牙，以至于志微噍杀，使读者悄然而不怡。然皆豪杰贤知之子乃能之，而非愚不肖者所及之也。道咸以前，则慑于文字之祸，吟咏所寄，大半模山范水，流连光景。即有感触，决不敢显然露其愤懑，间借咏物咏史，以比附于比兴之体，盖先辈之矩矱类然也。自今日视之，则以为古处之衣冠而已。"④可见，陈衍把清诗学分成两个阶段，时限断自道、咸之际。前期，文人志士慑于文字之祸不敢直抒胸臆，"露其愤懑"，只能借"比兴"手法间接隐晦地抒发个人的时事关怀；后期，蕲向杜韩诗风，为"变风变雅"，"以突兀凌厉之笔，抒哀痛逼切之辞"。陈衍还指出前期诗歌多"为古处之衣冠而已"，后期诗歌虽多"钩章棘句，僻涩聱牙，以至于志微噍杀，使读者悄然而不怡"，但却"皆豪杰贤知之子乃能之，而非愚不肖者所及之也。"这充分显示出陈衍诗学的价值评判和浓厚的现实人生关怀。在此基础上，陈衍是认可"诗史"观的，其编著的《辽诗纪事》《金诗纪事》《元诗纪事》《近代诗钞》《石遗室诗话》就贯彻了"以诗存史"的思想。1936年，他在《辽金元诗纪事总叙》中对

---

① 陈衍：《近代诗钞述评》，《陈衍诗论合集》（上），福建人民出版社1999年版，第879页。

② 陈衍：《石遗室诗话》卷23，《陈衍诗论合集》（上），福建人民出版社1999年版，第317页。

③ 陈衍：《何心与诗序》，《陈石遗集》（上），福建人民出版社2001年版，第520页。

④ 陈衍：《小草堂诗集叙》，《石遗室诗话》，人民文学出版社2004年版，第827页。

"诗史"观作了清晰、完整的理论阐述。所谓,"诗纪事之体,专采一代有本事之诗,殆古人所谓诗史也。国可亡,史不可亡,即诗不可亡。有事之诗,尤不可亡。然或以为异族而主中国,则其国之诗可听其亡,于是宋之计有功氏,清之厉鹗氏、陈田氏,有《唐诗纪事》、《宋诗纪事》、《明诗纪事》,而辽、金、元阙如。"① 陈衍认为,诗可以通史,"有事之诗,尤不可亡",可见陈衍对有事之诗的重视。陈衍选诗实有意于搜集关注社会动乱、民情风俗的诗歌,汇成一代诗史,反映并弥补历史记载之不足。陈衍自言:"身丁变风变雅以迨于将废将亡,上下数十年间,其近代文献得失之林乎。"②

与唐、宋诗人称杜甫诗歌为"诗史"不同,陈衍的"诗史"观更强调诗歌的史料文献性,因而陈衍在诗歌创作中更强调"真"。而陈衍的"真"与古代文论中的"真"不太相同,更接近现代的内涵意义。中国古代文论中的"真"多半在自然情性意义层面生发,而陈衍的"真"更强调客观真实:"作诗文要有真实怀抱,真实道理,真实本领,非靠着一二灵活虚实字可此可彼者,斡旋其间,便自诧能事也。……非谓此数诸字不可用,有实在理想实在景物,自然无故不常犯笔端耳。"③ 出于这种观点,陈衍反对"王文简之模糊惝恍欺人之谈",要求写景要求真实、逼肖,"任是如何景象,写的字字逼真者,惟有老杜"④;写情要自然真实,他评侯学农诗《秋日寄严夫子京师》曰:"侯学农,诗不必深意,而真情自见。"⑤ 他要求诗歌表现要真实,提出"称"、"恰"、"合"、"切"等评价标准。陈衍要求诗文做到"称","称"是时间、地点、人物身份的确定性问题,是写事写景符合特定时间、地点之称,是诗语对应人物身份性格之称,是诗人表达生活的准确性。"咸、同以降……其弊也,蓄积贫薄,翻覆只此数意数言,或作色张之,非其人而为是言,非其时而为是言……

---

① 陈衍:《辽金元诗纪事总叙》,《元诗纪事》,上海古籍出版社1987年版,第940页。
② 陈衍:《近代诗钞述评》,《陈衍诗论合集》(上),福建人民出版社1999年版,第873页。
③ 陈衍:《石遗室诗话》卷8,《陈衍诗论合集》(上),福建人民出版社1999年版,第105页。
④ 陈衍:《石遗室诗话》卷1,《陈衍诗论合集》(上),福建人民出版社1999年版,第22页。
⑤ 陈衍:《石遗室诗话》卷15,《陈衍诗论合集》(上),福建人民出版社1999年版,第216页。

能诗者不必至其地,至者不能诗,能之亦才力不称其景物之壮远。余于诗文,无所偏好,以为惟其能与称耳。"① "语言文字,各人有各人身份,惟其称而已。所以寻常妇女、难得伟词,穷老书生,耻言抱负。至于身厕戎行,躬擐甲胄,则辛稼轩之金戈铁马岳武穆之收拾山河,固不能绳以京兆之推敲、饭颗之苦吟矣。"② 出于这种观点,陈衍反对不真实的大言。"书生好作大言,自以为器识远大,此结习牢不可破。"③ 陈衍曾云:"时既非天宝,位复非拾遗,所以少感事,但作游览诗。"故当林纾"忽发愤大作诗,自命杜陵诗史,写数十首寄示"时,他"劝其淘汰",认为其都门游集诗写得比所谓的"诗史"好④,这实际上还是称的问题,不是杜甫时代,没有杜甫身份,而欲写杜甫诗史,其结果是大言不称。这样,陈衍自然要求诗与人合一,迎合其对文人"不俗"的本能追求,其诗歌创作也就走向了"荒寒之路"。陈衍这种"真实"观受乾、嘉朴学精神的影响,是"学人之诗"的自然要求,但却在一定程度上影响了诗歌对生活的艺术反映,与"诗人之诗"有一定的冲突,从而又在一定程度上解构了传统的"诗史"理论。因而陈衍虽倡言"诗史"精神,其创作多为"言情感事"之作,没有出现规模较为宏大的"诗史"。

　　陈三立是"同光体"的著名诗人,但其诗论却不多,更难看到其关于诗歌叙事意识方面的表达。不过,我们可以根据其相关言论、诗歌创作以及别人的评论推知一二。郑孝胥称陈三立的诗为"诗史"、"春秋",其言曰:"处乱世而有重名,则其言论予夺,将为天下视听之所系。昔孔子作《春秋》,而乱臣贼子惧。孔子无尺寸之柄,彼乱臣贼子何惧于孔子?亦惧其名而已。今之天下,是乱臣贼子而非孔子之天下也。为孔子之徒者,其将以廋词自晦,置天下之是非而不顾与?抑将体《春秋》之微旨,以天下之是非自任欤?孟子曰:'王者之迹熄《诗》亡,《诗》亡而后春秋作。'盖《诗》之义婉而《春秋》之义严,此难于强通者也。散原使余

---

① 陈衍:《石遗室诗话》卷14,《陈衍诗论合集》(上),福建人民出版社1999年版,第201页。

② 陈衍:《石遗室诗话》卷32,《陈衍诗论合集》(上),福建人民出版社1999年版,第459页。

③ 陈衍:《石遗室诗话》卷18,《陈衍诗论合集》(上),福建人民出版社1999年版,第P257页。

④ 陈衍:《石遗室诗话》卷5,《陈衍诗论合集》(上),福建人民出版社1999年版,第73页。

删其诗，余谓散原：'既有重名于天下，七十老翁何所畏惧？岂能以山川风月之辞与后生小子争轻重哉？'使天下议散原之诗非诗而类于《春秋》，乃余之所乐闻也。郑孝胥书，壬戌八月。"① 可见散原诗歌并非是"山川风月之辞"，关于时事甚多。但散原集中多一些叙事短篇，其长篇多为"真血、真泪"的"真诗"②，情感真挚浓郁，真正称得上标准的叙事长篇的作品并不是很多。陈三立曾自道其写诗动机："吾辈保余年，履劫运，遂比丛燕集苇苕之表，姑及未堕折漂浮，惆啾相诉而已。其在《诗》曰：'心之忧矣，云如之何。'诗者，写忧之具也。故欧阳公推言穷而后工，诚信而有征者。"③ 由此可见，陈三立继承了诗史精神和"缘事而发"的创作方法，但他把诗歌视作"写忧之具"，多作写忧之诗，其诗歌叙事意识大体没出陈衍所谓的"言情感事"范围。

综上所述，近代学宋诗派的诗歌叙事意识大体也出于传统的"观风"理论和"诗史"思想。但与汉魏六朝诗派相比，对个人生活的记叙和描写是学宋诗派的一大特色。这与学宋诗派"诗与人合一"的理论和真性情的追求和表现有关。而且前期的宋诗派和后期"同光体"还是略有不同的。前期的宋诗派多为著名的经学家，且多是台阁重臣，所以诗歌中仍多显示出兼济天下的情怀，反映民生疾苦的叙事诗较多。而后期"同光体"诗人多是名卿公子或失意文人，诗歌内容进一步发展了前人个体化的写作倾向，而且抒情性更为浓郁，诗歌创作也更注重艺术上的追求。特别是陈衍关于"历史"真实的追求，对传统的诗史理论做了一定程度的解构。这种变化反映了近代后期社会进一步分崩离析，知识分子身份、地位进一步边缘化，其信仰和价值在西学的冲击下也发生了动摇和变化。故其诗歌内容更多地呈现出"独善"的倾向，多吟咏个人迷惘的心态、孤独悲伤的心境。不过，道、咸宋诗派和光、宣"同光体"的诗学主张和诗歌创作在整体上是一脉相承的，在近代诗坛上掀起了一股宋诗热潮，并成为近代诗坛的主流，这是不容否认的。

近代学宋诗风的兴起，固然有反拨轻儇浮滑性灵诗风的内因，也受其深层的社会思想因素的影响。清王朝至乾隆晚年就走向衰落，到了嘉、道

---

① 郑孝胥：《散原精舍诗集序》，《散原精舍诗文集》，上海古籍出版社2003年版，第1217页。

② 龚鹏程：《近代思想史散论》，（台北）东大图书出版社1991年版，第181—182页。

③ 陈三立：《余尧衢诗集序》，《散原精舍诗文集》，上海古籍出版社2003年版，第957页。

时期，各种社会矛盾开始激化，清王朝已经走向"衰世"。龚自珍尖锐地指出了"自乾隆末年以来，官吏士民，狼艰狈蹶"和"各省大局，岌岌乎不可以支月日"的社会状况，而且这种社会中"左无才相，右无才吏，阃无才将，庠序无才士，陇无才民，廛无才工，衢无才商"，甚至连"才偷"、"才驵"、"才盗"都没有。而当时的士大夫皆"思全躯保家室，不复有所作为"，工于诏媚、尸位素餐、不思进取、冥心息虑、不知羞耻、甘受牵制，其"能忧心、能愤心、能思虑心、能作为心、能有廉耻心、能无渣滓心"已被"戮"之殆尽。① 在这种情况下，宋诗派选择特别强调"廉悍坚卓"之气的宋诗加以提倡，津津乐道胸襟磊落、大义凛然的黄庭坚的人品和诗品，以求振兴士风或维持"出淤泥而不染"的独立人格，就不难理解了。

其实，近代学宋诗派诗歌理论的意义还不限于此，他们的诗论还蕴含着深沉的文化救亡意识，是诗人运用传统诗学应对亘古未有的千年变局的一种策略。宋诗派诗人试图利用传统文化的新视野扩展诗歌内容，开拓诗歌境界，提高诗歌品质，从而挺立诗人的主体精神。这种诗歌不仅是传统文化集大成的一种体现，而且更是对诗歌创作主体人文品格的一种高度期望。他们试图通过对这种士人精神的弘扬和提倡，发挥诗歌的教化作用，改变近代道丧文弊、世风浇漓的社会状况，从而达到救世的目的。以我们今天的视角来看，这种观念和做法显得迂腐可笑，但对在传统文化氛围内成长并笃信儒学的知识分子来说，这可能是一种必然并且是最佳的选择。因为以传统文化的视角看，社会治乱发展的根源不仅在于政治制度，更在于"人才风俗"。陈三立认为："是故本不立而俗不长厚。即果变今之法，矫今之习，欲以诱进天下之人才，弭外侮而匡世难，吾知其扰不可必焉。"② 可见他对人才风俗的重视，他又曰："救国之贫弱，孰有捷且大于兴学者，特兴学以化民成俗为主，而非仅造士成材也。"③ 其父陈宝箴曰："为学必先立志，天下事有有志而不成，未有无志而能成者也。志何以

---

① 见《古史钩沉论》一、《乙丙之际箸议第九》《西域置行省议》《明良论》四篇、《乙丙之际箸议第七》《对策》等文。
② 陈三立：《廖笙陔诗序》，《散原精舍诗文集》，上海古籍出版社2003年版，第832页。
③ 陈三立：《刘古愚先生传》，《散原精舍诗文集》，上海古籍出版社2003年版，第1016页。

立?必先有耻。"① 从早期的龚自珍关于社会风俗的批判,到陈氏父子关于社会变革的认识,都可以看出传统知识分子对"人才风俗"在社会变革发展中作用的重视。陈三立曾曰:"天下之变既亟矣,人材窳下,风俗之流失,浸以益甚,察其所由,自一人一家子弟之失职始也。天下之族,令皆如黄氏,有以善以教。……天人之运未熄,而三代之犹有可复,其不可验诸此与?"② 通过陈三立对黄氏一族的称赞,我们可以看出其文化立场和处世方式。从这一角度理解宋诗派诗学的意义和价值,就不会把它简单目为保守和反动了。毕竟,它也是传统的爱国的正直知识分子探求保种救国之道的体现之一。从这一角度出发,我们也不难理解陈氏父子为何对同倡变法的康、梁之学颇为不满了。陈三立曰:"窃谓国家兴废存亡之数,有其渐焉,非一朝夕之故也;有其几焉,谨而持之,慎而操纵之,犹可转危而为安,销祸萌而维国是也。吾国自光绪甲午之战毕,始稍言变法,当时昧于天下之大势,怙其私臆激荡驰骤,爱憎反覆,迄于无效,且召大聋,穷无复之。遂益采嚣陵之说,用矫诬之术,以涂饰海内外耳目。于人才风俗之本,先后缓急之程,一不关其虑。而节钺重臣号为负时望预国闻者,亦复奋舌摩掌,扬其澜而张其焰,曲狥下上狂逞之人心,翘然以自异,于是人纪之防堕,滔天之象成,而大命随之矣。是故今日祸变之极,笔端虽不一辙。而由于高位厚禄士大夫不遏其渐,不审其几,揣摩求合无特立之节,盖十有六七也。岂不痛哉?"③

但历史发展往往在意料之外,情理之中。就对社会发展的影响而言,稳健改革派的影响远没有激进维新派的影响大,他们被目为反动、保守,也就不难理解了。而且就宋诗派的诗歌理论而言,也有其自身的缺陷。这种理论对诗歌的社会功能寄予了太多的希望,对诗人创作主体提出了过高的要求,注重从学问培养性情,忽视对社会生活的观察体验,最终使诗歌艺术成为曲高和寡的阳春白雪。宋诗派出于对诗歌"不俗"的审美境界的追求,诗歌创作由诗人之诗滑向学人之诗,艺术风格也由"骨重神寒"滑向了生涩险僻,从而创作主体也走向了荒寒之路。不过,陈寅恪先生认为:"盖古人著书立说,皆有所为而发。故其所处之环境,所受之背景,

---

① 陈宝箴:《陈右铭大中丞讲义》,《湘报》第1号,中华书局影印本,第2—3页。
② 陈三立:《菱溪精舍记》,《散原精舍诗文集》,上海古籍出版社2003年版,第783页。
③ 陈三立:《庸庵尚书奏议序》,《散原精舍诗文集》,上海古籍出版社2003年版,第885页。

非完全明了，则其学说不易评论。"我们对宋诗派的认识还是应具"了解之同情"态度的。

第四节　诗界革命派的诗歌叙事意识

本书所谓诗界革命派的内涵和外延与现在学界流行和公认的概念大体一致。这一派诗歌理论的共同点是关注诗歌的社会功用，要求"以旧风格含新意境"①。但就具体的诗学门径和创作倾向而言，这派诗人其实差别很大。故也拟以著名诗人或代表作家为线索，对这一派诗歌的叙事意识作一鸟瞰。

黄遵宪论诗主兴、观、群、怨之旨，强调"诗之外有事，诗之中有人"②。他在《与梁任公书》中写道："诗可言志，其体宜于文，其音通于乐，其感人也深。晋宋以后，词人浅薄狭隘，失比兴之义，无兴观群怨之旨，均不足学。意欲扫去词章家一切陈陈相因之语，用今人所见之理，所用之器，所遭之时势，一寓之于诗。务使诗中有人，诗外有事，不能施之于他日，移之于他人，而其用以感人为主。"③ 黄遵宪对"诗外有事"及诗可以"观"的强调，促进了其以诗叙事意识的形成。在此基础上，黄遵宪接受了传统"诗史"观的影响，认为诗、史相通。其自言曰："余于丁丑之冬，奉使随搓。既居东二年，稍与其士大夫游，读其书，习其事，拟草《日本国志》一书，网罗旧闻，参考新政，辄取其杂事，衍为小注，弗之以诗，即今所行《杂事诗》是也。"④ 在作者心目中，《日本国志》与《日本杂事诗》的写作完全是一回事："海外偏留文字缘，新诗脱日每争传。草完明治维新史，吟到中华以外天。"⑤ 在读者的眼里，也认为《日本杂事诗》是"史诗"（梁启超语）。

而且黄遵宪还强调扩大诗歌的叙事范围："其述事也，举今日之官书、会典、方言、俗谚，以及古人未有之物，未辟之境，耳目所历，皆笔

---

① 梁启超：《饮冰室诗话》63，人民文学出版社1959年版，第51页。
② 黄遵宪：《人境庐诗草自序》，钱仲联：《人境庐诗草笺注》，上海古籍出版社1981年版。
③ 黄遵宪：《与梁任公书》，《黄遵宪集》，天津人民出版社2003年版，第490页。
④ 黄遵宪：《日本杂事诗·自序》，钱仲联：《人境庐诗草笺注》，上海古籍出版社1981年版，第1095页。
⑤ 黄遵宪：《人境庐诗草》卷4，钱仲联：《人境庐诗草笺注》，上海古籍出版社1981年版，第340页。

而书之"。并指出叙事的方法和门径则是取乐府之神理,以文法入诗,"一曰以单行之神,运排偶之体;一曰取《离骚》乐府之神理,而不袭其貌;一曰用古文家伸缩离合之法以入诗"①。正因为黄遵宪对诗歌的叙事功能有明确的认识,并指出了可行的门径和方法,黄遵宪才留下了很多叙事诗,被后人称作"诗史"。

康有为的诗学观念受到杜甫的影响,自觉继承了"诗史"传统。其《避地槟榔屿不出,日诵杜诗消遣》写道:"乱离日已甚,忧思日已多。我欲托诗史,郁结弥山河。每读杜陵诗,感叹更摩挲。上念君国危,下忧黎民痾。中间痛身世,慷慨伤蹉跎。……奔走世伤乱,辛苦道辗轲。我遇与之合,流寓同一科。我官步后尘,工部冠闽峨。便道子美诗,可作明夷歌。"可见,他自觉以杜诗为学习榜样,并希望自己的诗也能成为"诗史"。梁启超称其"能诵全杜集,一字不遗,故其诗虽非刻意有所学,然一见殆与杜集乱楮叶"②。康有为认为,诗歌是"情志"与"境遇"交迫而成的,"凡人情志郁于中,境遇交于外,境遇之交压也瑰异,则情志之郁积也深厚。情者阴也,境者阳也;情幽幽而相袭,境娓娓而相发。阴阳愈交迫,则愈变化而旁薄"③。可见其论诗强调社会生活对诗人情志的感发作用,继承了"感于哀乐,缘事而发"的精神。所以称赞黄遵宪诗歌,"上感国变,中伤种族,下哀生民,博以环球之游历,浩渺肆恣,感激豪宕,情深而意远,益动于自然,而华严随现矣"④。他自言其诗歌"抑以写身世,发幽情,哀乐无端,咏叹淫佚,穷者达情,劳者歌事,《小雅》国风之所不弃也。后之诵其诗论其世者,其亦无罪耶!"⑤

梁启超诗歌的叙事意识主要还是源于传统诗学。梁启超是康有为的学生,其诗学思想也受其影响。梁启超的诗歌也深受杜甫诗歌精神的影响。康有为曾评其诗为"以杜韩之骨髓,写小雅之哀怨,遂觉家父、凡伯今在人间,唯其有之,是其似之"。梁启超晚年还对杜诗作了专门研究,有《情圣杜甫》一文。所以杜诗的写实性和"诗史"精神对梁启超有所影响。梁启超在诗话中多次称赞黄遵宪的诗为"诗史"。梁启超

---

① 黄遵宪:《人境庐诗草自序》,钱仲联:《人境庐诗笺注》,上海古籍出版社1981年版。
② 梁启超:《饮冰室诗话》,人民文学出版社1959年版,第19页。
③ 康有为:《诗集自序》,《万木草堂诗集》,上海人民出版社1996年版。
④ 康有为:《人境庐诗草序》,钱仲联:《人境庐诗笺注》,上海古籍出版社1981年版。
⑤ 康有为:《诗集自序》,《万木草堂诗集》,上海人民出版社1996年版。

倡言诗界革命，注重文学的社会功能，这一点与白居易的诗学精神相通。白居易的新乐府也对他产生了重要的影响，其诗集中有一些模仿白居易新乐府而创作的诗歌，其自言道："吾旬日来刿心怵目，无泪挥拟。仿白香山秦中吟，为诗数十章记之。"但是梁启超过于强调诗歌的社会功能，在诗界革命者眼里，诗歌被看作是表达新思想、实现其功利目的的工具。而叙事诗，特别是长篇古诗，内容较为深沉含蓄、格调较为舒纡缓慢，不太适合他们的革命斗争的需要。诗界革命者的诗歌往往强调尚武精神，格调激越高昂，杨香池《偷闲庐诗话》如此论梁启超："欲借诗歌鼓吹民气，尊崇尚武，好为雄壮之词，对于杜子美之《兵车行》及伤乱诸作，亟力痛诋。至谓我国数千年来民志卑弱，皆由是类诗歌之厉阶也。"梁启超认为"诗界千年靡靡风"导致了"兵魂消尽国魂空"。梁氏倡言激人奋进的革命诗歌，冲击、消解了温柔敦厚的传统诗风，也在一定程度上影响了其诗歌的叙事意识。这种倾向在继承和发展了诗界革命精神的南社诗人那里更为明显。南社诗人的诗歌多激情昂扬，宣扬革命精神，流风所致，甚至出现革命口号的倾向，叙事诗的创作并不突出，原因大致就在于此。大体而言，梁启超诗歌叙事意识主要来源于杜甫、白居易以来的诗歌写实精神，就诗歌叙事手法而言，梁启超大体也是运用杜、韩以来的"以文为诗"的技法，这一点可从其诗歌创作中得到印证。所以，现在很多学者认为梁启超的诗歌晚年学宋，是不无道理的。而梁启超过于强调诗歌的功利性作用，也在一定程度上消解了传统的诗歌叙事意识。

金天羽认为，文学是社会生活的写照，同时具有改造社会的作用。其《心声》一文认为，文学作品乃表达了"士"之心声，反映了国家的面貌，所谓"听其声，知其士；观其士，知其治乱兴废之效"；同时文学也有改造世界的巨大作用，"警旦之士，唤大魔而使之觉，撼血泪，茹古愤，引吭长叹，一啸百应"，就有可能使"国力之转，四万万人之沈瘵有瘳"。金天羽论诗标举"诗人之心"，注意到其与社会生活紧密相联，并具有一定的互动作用，"诗人之心因时而变……诗人之心因世而变，治世之心广博而愉夷，乱世之心郁勃而拗怒。其或拨乱世反之正，则必以弘伟平直之心发为音声以震动天下"。并且强调"诗人之心"不仅要具有其特质，还要具有高尚的道德、宽阔的胸怀和深沉的史意，"自肖者，非特肖其诗人之为也，必有贤圣悲悯之心，豪服天下之量，而隐文谲义，又往往得之春秋"①。对文学社会功能的强调和对文学与生活互动关系的关注，增强了金天羽文学创作的写实性，促进了其诗歌叙事意识的发展。金天羽的叙事诗创作还受到乐府诗歌的影响，其自言"我诗有汉魏，有李、杜、韩、苏，有张、王小乐府，有长吉，有杨铁崖，有元、白，有皮、陆，有遗山、青丘，而皆遗貌取神，不袭形似。自幼学义山，人不知也，学明远、嘉州，人不知也；学山谷，人不知也。然于此数家功最深，而不知者动言似昌黎，似半山，犹皮相也"②。金天羽叙事诗多用乐府形式写成，足见汉魏乐府，张、王小乐府对其的影响了。金天羽创作了很多叙事诗歌，这与其对叙事文学的研究和创作有关。金天羽对小说很有研究，曾发表《论写情小说与新社会之关系》。而且金氏还从事过小说创作，有《孽海花》前六回问世。与梁启似是而非的政治小说不同，金氏的小说创作是比较成功的。金天羽生活在中西文学大碰撞的时代，他对叙事文学的关注和实践自然也受到西方叙事文学的启发。所有这些对金天羽诗歌叙事意识的形成都有着重要的影响。

综上所述，诗界革命派诗人的诗歌叙事意识大体上还没有突破传统范围。诗界革命倡导者多是一批深颐穷变的思想家和热衷改良的政治家，大多有着丰富的生活经历和变革现实的政治热情。在西学东渐的晚清社会，他们能够自觉地化西学为新学，用诗歌鼓吹西方文明，阐发新学理，宣传政治改革。与传统诗派或摹古诗派相比，诗界革命派的诗歌把眼界扩展到域外，内容融入了新学，而且出于激荡民气的需要，其诗歌创作呈现出通俗化倾向。这是诗界革命派诗歌或诗学的主要特征，也正因为此，他们才成为"诗界之哥伦布、玛赛郎"，做到"意境几于无李杜，目中何处着元明"③，为中国诗歌开辟了一个新境界。也正因为此，诗界革命派的诗学精神与后来新文化运动所提倡的民主、科学及平民文学相适应，其以文学启发民众的思想也与后者一脉相承，因而，就光、宣诗坛诗歌流派对后世的影响和意义而言，首推诗界革命派。

但是诗界革命派诗人仍多以传统文化为根基，他们"以旧风格含新

---

① 金天羽：《心声》，《国粹学报》1907年第28期。
② 金天羽：《天放楼文言》，《近代中国史料丛刊》310，（台湾）文海出版社1969年版，第656页。
③ 康有为：《与菽园论诗，兼寄任公、孺博、曼宣》，《万木草堂诗集》，上海人民出版社1996年版，第288页。

意境"的诗歌理论存在着天然的缺陷，他们仍没有魄力、勇气和条件创制"新风格"的诗歌。当政治热情消退以后，他们有向传统回归的倾向，其典型代表就是梁启超先生。陈声聪诗曰"新词新意乍离披，梁夏新提革命师。曾几何时看倒退，纷纷望古树降旗"①，不无讥讽之意。梁启超先生一生逐学术风气之先，敢于以今日之我否定昨日之我，以其之才力和与时俱进的精神尚不能避免"保守"之嫌，使我们对那风云激变的近代社会产生几分幻想和神往。因而于时夏说："说起来真可笑，'戊戌'前后，梁任公太新；'辛亥'前后，梁任公又旧了；'五四'前后，梁任公跟着后生跑，还赶不上。这个伟大的时代真有点捉弄人。"② 美国学者李文荪（J. R. Levenson）这样解释这种现象："每个人对历史均有情感上之认同，对于价值均有思想上之认同，并欲合并此两种认同。"而西学东渐的晚清，"中国之历史和价值在许多人心中崩溃"。梁启超生活在这个特定的时代，"他于理智上反对传统，遂在他处寻求价值；但在感情上仍依赖传统，固守历史"③。其实，不止梁启超，生活在那个时代的知识分子如王闿运、康有为、陈三立、章太炎、王国维等都有不同程度类似的尴尬处境，只是由于不同的文化修养、身世遭遇、政治倾向、个性才情等因素，对那个时代作出了不同的反应和文化选择而已。而这种矛盾现象在梁启超身上表现得较为突出。这种情感与价值认同的矛盾典型地体现在梁启超"以旧风格含新意境"的诗歌理论主张方面。在梁启超心目中，诗歌恐怕还是传统雅文学的真正代表，而且又是文人的抒情之具，所以梁氏对其投入了更多的情感认同。梁启超之所以文章号称"新文体"，小说号称"新小说"，唯有诗歌自言是"诗半旧"④，一部分原因恐怕也在于此。

第五节　学唐诗派及其他诗人的诗歌叙事意识

本书所谈的学唐诗派大致与钱基博先生所谓的"中晚唐诗"派一致，

---

① 陈声聪：《庚桑君近为诗渐不满于旧之作者，毅然有革新之意，此事言者近百年矣，作此示之》，转引自马亚中《中国近代诗歌史》，（台北）学生书局1992年版。

② 《梁任公在湖南》；转引自周去病《饮冰室文集全编序》，《分类饮冰室文集》第1册，上海大达图书供应出版社1935年版。

③ 《梁启超》（Liang Ch'i-ch'ao and the Mind of Modern China），张力译，台湾长河出版社1978年版，第1—2、11—12页。

④ 梁启超：《赠别郑秋蕃兼谢惠画》，《饮冰室合集》第5册，中华书局1989年版。

大体包括马卫中先生所谈的唐诗派和晚唐诗派，或者马亚中先生所称的唐宋调和派和西昆派，与汪国垣所划分的河北派和江左派有很大的重合。①学者们的指称虽各异，但共同指出近代诗坛还有一批"颇究心于中晚唐"②，时出入于北宋诸家，力图调和唐宋的诗人。本书也拟以著名诗人或代表作家为线索，对这一派诗歌的叙事意识作一简述。

张之洞论诗重理、情、事，认为诗须"有理有情有事，三者俱备，乃臻极品"③。张之洞把抒情言志与尚理有事融合在一起，意欲调和唐宋之诗，做到"平生诗才尤殊绝，能将宋意入唐格"④。"所谓宋意，当是指宋人以诗歌描写广阔的社会内容，并议论时政，发抒感慨。宋意是'内忧外患，水深火热的情况愈来愈甚'（钱锺书《〈宋诗选注〉序》）的特定时代的产物。晚清时局与宋代十分相似，这正是张之洞不废宋意的客观基础。然而，诗歌要反映昏暗的现实，抨击时弊，宣泄不平之气，还应该避免庸俗不庄、生涩纤秾、尖刻叫嚣等诗病"⑤，就必须以唐格出之，才能做到"时局益变，诗境日高"⑥。因此他提倡"清、真、雅、正"的诗风，诗学取径也多在中晚唐之间。

张之洞提倡"清切"之音，讲究诗歌要贴切真实。其论诗"忌虚造情事景物将无作有"，"忌大言不惭"⑦。钱基博评张氏诗曰："写景不造虚语，叙事无溢辞。"⑧ 基于传统儒家入世报国、忠君爱主的思想，张之洞还特别推尊杜甫、白居易等唐诗人，提倡风雅之正，将杜、白之诗作为师学的楷模。其《忆蜀游·浣花溪》论杜甫云："文章小技胡能尔，颠倒百代笼三唐。此老落笔与众异，忧国爱主出肝肠。"他于白居易似更有灵犀相通之处，其《连珠诗》曰："吾闻白太傅，华声讽乐工。"其《读史

---

① 参阅钱基博《现代中国文学史》，马卫中《光宣诗坛流派发展史论》《中国近代诗歌史》，汪国垣《近代诗派与地域》等书。
② 钱基博：《现代中国文学史》，中国人民大学出版社2004年版，第178页。
③ 张之洞：《輶轩语·语文第三》，《张之洞全集》，河北人民出版社1998年版，第9808页。
④ 张之洞：《四生哀·蕲水范昌棣》，《张之洞全集》，河北人民出版社1998年版，第10477页。
⑤ 马卫中：《光宣诗坛流派发展史论》，苏州大学出版社2000年版，第288页。
⑥ 张之洞：《与樊增祥书》，《张之洞全集》，河北人民出版社1998年版，第10275页。
⑦ 张之洞：《輶轩语·语文第三》，《张之洞全集》，河北人民出版社1998年版，第9808页。
⑧ 钱基博：《现代中国文学史》，中国人民大学出版社2004年版，第213页。

绝句》亦曰:"亦有刑天精卫句,千秋独诵白家诗。"而其被人视为绝笔诗的《读白乐天以心感人人心归乐府句》就是借诵读白居易的讽喻诗以表达"清社亡矣"① 内心感叹的。由于张之洞论诗主真而不避事,诗歌学杜而取白,因而创作了不少叙事之作,王赓称其"中年以后之作,多有本事"②。

樊增祥论诗主"本之性情,达之政事"③,推重诗歌的教化作用。学诗以沈博艳丽为佳,"初取径于中晚唐,晚年亦为宋诗"。樊增祥主张转益多师,资以阅历,自成一家。"向来诗家率墨守一先生之集。如学韩杜者必轻长庆,学黄陈者即屏西昆;讲性灵者,则明之前之事不知;尊选体者,则唐以后之书不读,不知诗至能传。无论何家,必皆有独到之处。少陵所谓转益多师是我师也,人所处之境,有台阁,有山林,有愉乐,有幽愤。古人千百家之作,浓淡平奇,洪纤华朴,庄谐敛肆,夷险巧拙,一一兼收并蓄,以待天地人物形形色色之相需相感。吾即因以付之,此即所谓八面受乱,人不足而我有余也。所蓄既富,加以虚衷求益。旬煅季炼,而又行路多,更事多,见名人长德多,经历世变多,合千百古人之诗以成吾一家之诗。此则,樊山诗法也。"④ 以上是樊增祥作诗经验的总结。可见,樊增祥诗歌既重视博采众取,学古而力求新变,又注重社会阅历和生活的感应激发,因而也创作了一些反映社会现实的叙事诗歌。

近代学唐诗派还有一个重要特征就是强调用典属对。胡先骕先生认为,张之洞好用故实,这一点受到白居易长庆体"喜用典以铺叙其事"⑤的影响。陈衍称"古今诗家用事切当者,当前推东坡,后有亭林",唯有张之洞"用事精切","可以方驾坡公、亭林"⑥。与张之洞并称的张佩纶也精于用典,陈衍谓其"诗才富有,用事稳切,与张文襄并驱中原,未知鹿死谁手"⑦。樊增祥也善于隶事裁对,王赓谓"近代诗人其隶事之精,

---

① 王逸塘:《今传是楼诗话》。
② 王赓:《今传是楼诗话》,辽宁教育出版社2003年版,第363页。
③ 樊增祥:《泲上录跋》,《樊山集》卷24文乙,沈云龙:《近代中国史料丛刊续集》606,(台北)文海出版社1977年版,第975页。
④ 钱基博:《现代中国文学史》,中国人民大学出版社2004年版,第189页。
⑤ 胡先骕:《读张文襄〈广雅堂诗〉》,《学衡》1923年第14期。
⑥ 陈衍:《近代诗钞述评》,《陈衍诗论合集》(上),福建人民出版社1999年版,第889—890页。
⑦ 同上书,第892页。

致力之久，益以过人之天才，盖无逾于樊山者。"① 樊增祥自言"文章自古珍偶俪"，认为"玉盒精求必可逢"，并自注说："唐人谓作诗如掘得玉盒子，有底必有盖，精求之可得也。"② 可见其"工于裁对"的审美追求。易顺鼎更为强调工对，钱基博称其"尤工裁对，与樊增祥称两雄。惟增祥不喜用眼前故实，而顺鼎必用人人所知之典"。其自言曰："诗以对为工，乃作诗之正宗。凡开国盛世之诗，无不讲对属者，如唐之初、盛，宋之西昆，时之高、刘皆然。自作诗者不讲对属而诗衰，诗衰而其世亦衰矣。"③ 由此可见，此派诗人提倡唐诗，有生于末世，憧憬盛世元音之意。张之洞所谓"时局益变，诗境日高"亦是此意，据《抱冰堂弟子记》载：张之洞"最恶六朝文字，谓南北朝乃兵戈分裂、道丧文敝之世，效之何为？"可见张之洞的诗学观点。其实身处衰世的诗人多变风、变雅之作，但也有反倡盛世元音的，如明代前后七子就力倡唐音以振世风。可见社会的兴衰与诗风的变化没有绝对必然的联系，其间的微妙差异实耐人寻味。不过，学唐诗派关于用典属对的强调却影响了他们的叙事诗创作，他们多作"长庆体"诗歌，善用典故叙事，实与这种审美追求有关。

近代学唐的著名诗人还有杨圻。杨圻少年时颇有经世理想，自言"我少年时，闻有诗人我者，则色然怒"④，但其身经清末民初的社会离乱，不能有所作为。晚年却以诗人自喜，其诗歌自觉继承了"诗史"精神。杨圻论诗的言论并不多，现存的主要资料见于民国二十六年（1937）刊于《学术世界》第2卷第5期的《与钱仲联教授论诗书》，其中谈到当时诗坛的弊端曰："康南海目近代作风为珠钿美人，殊无真色。又目为死诗，为事类韵编。仆则短于才干而学不足。二十年来，戎马倥偬，此事遂废。今且老而多忧，殊无进境。但生平不喜伪字。诗既不美，尤恶珠钿。尚不能作事类韵编。我行我素，不计工拙，存一真我耳。"可见，杨圻提倡真诗，反对当时宋诗末流的雕章琢句、刻意锤炼的"珠钿美人"和缺乏情韵风神的"事类韵编"。而且其诗论深受康有为的影响，不仅杨圻论

---

① 钱基博：《现代中国文学史》，中国人民大学出版社2004年版，第188页。
② 樊增祥：《儿辈初学属对……》，《樊樊山诗续集》卷18，《樊樊山诗集》，上海古籍出版社2004年版，第1059页。
③ 引自钱基博《现代中国文学史》，中国人民大学出版社2004年版，第195—196页。
④ 杨圻：《江山万里楼诗词钞自序》，《江山万里楼诗词钞》，上海社会科学院出版社2004年版。

诗直接引用康有为的言论,康有为在《江山万里楼诗词钞》序中亦称杨圻为"吾门人"。如前文所述,康有为论诗尊崇杜甫,自觉继承其"诗史"精神。杨圻的诗歌创作也当是继承了杜甫的"诗史"精神。不仅康有为对杨圻诗歌多有赞誉,"逢人誉我称诗史"①,论诗者也多称"云史诗如少陵"②。杨圻诗歌中对杜甫也多有推崇,其《书工部集》云:"此老盖忠孝,神交宁在诗。哀歌答君国,异代不同时。宇宙何多难,风流我所师,晚年下三峡,怀古动余悲。"又《谒杜子美墓》云:"邈矣开天事,悲哉契稷臣。艰难生乱世,忠厚作诗人。得意洗兵马,输公见及身。壮年夸献父,今古一伤神。"此外,杨圻对唐代另一位叙事诗大家白居易也极为推崇:"九老香山尚有堂,风流儒雅总堪伤。诗人际遇今何世,断肠江东杨野王。"③ 他还以白居易比拟称赞康有为的诗歌:"一自香山人散后,中原寂寞已千秋。"④ 俨然把康有为视作白居易后第一诗人。可见,杨圻继承了中国古典诗歌的写实传统和"诗史"精神,因而写下了很多优秀的叙事诗歌。

王国维也是近代学唐派诗人。他是运用西方文艺理论研究中国古典文学的著名学者,其诗歌叙事意识也受到西方文学理论的影响。如前文所述,王国维当是提出具有现代意义叙事诗概念的第一人。王国维还指出:"客观之诗人不可不多阅世,阅世愈深,则材料愈丰富,愈变化,《水浒》、《红楼梦》之作者是也。主观之诗人不必多阅世,阅世愈浅,则性情愈真,李后主是也。"指出叙事文学和抒情文学作者认识世界、反映世界的不同之处,颇为精当。但就诗歌宗趣和创作而言,王国维恐怕还是以传统为主。王国维比较推崇唐诗,认为:"凡一代有一代之文学,楚之骚、汉之赋、六朝之骈语、唐之诗、宋之词、元之曲,皆所谓一代之文学,而后世莫能继。"⑤ 但在实际学习创作中,王国维并不局限于唐,也

---

① 杨圻:《南海招饮游存》,《江山万里楼诗词钞》,上海社会科学院出版社2004年版,第255页。
② 杨圻:《江山万里楼诗词钞自序》,《江山万里楼诗词钞》,上海社会科学院出版社2004年版。
③ 杨圻:《香山吊太傅墓》,《江山万里楼诗词钞》,上海社会科学院出版社2004年版,第235页。
④ 杨圻:《送南海先生》,《江山万里楼诗词钞》,上海社会科学院出版社2004年版,第249页。
⑤ 王国维:《宋元戏曲考·序》,《王国维戏曲论文集》,中国戏曲出版社1957年版,第3页。

能涉足宋人。王国维在《古雅之在美学上的位置》一文中提出"一切之美皆形式之美也",并高度推崇古雅之美的价值和作用。可见,王国维特别注重诗歌形式的精美和典雅,对古雅之美充满了迷恋,表现出复古倾向。因而王国维选择了风神绝代的"长庆体"和格律精严的排律来创作叙事诗歌,以排遣清季陆沉之悲情,寄托文化崩溃之反思。对此,王国维也颇为自许,认为"平生所为诗,惟《颐和园词》、《蜀道难》、《隆裕皇太后挽歌辞九十韵》,差可自喜"①。

学唐诗派中还有专宗李商隐的西昆一支,钱仲联先生曾说:"清末诗歌有西昆一派,瓣香李商隐,湘中以李希圣、曾广钧为旗帜,吴中以(曹)元忠为巨擘,汪荣宝继之。常熟张鸿羽翼元忠,其弟子孙景贤继之,蔚然称盛。"② 西昆派诗人的论诗著作并不多,其中最有代表性的就是汪荣宝的《〈西砖酬唱集〉序》,钱仲联先生称其为"清末晚唐诗派的宣言"。汪荣宝在序言中写道:"宾既骏发,主亦淡雅。咸以诗歌之道,主乎微讽,比兴之旨,不辞隐约。若其情随词暴,味共篇终,斯管孟之立言,非《三百》之为教也。"可见,晚唐诗派强调诗歌特有的华文谲喻的表现方式,表现出与宋诗派不同的旨趣。而且汪荣宝还强调晚清西昆派与前修之不同,"而今之所赋,有异前修,何则?高邱无女,放臣之所流涕,周道如砥,大夫故其潜焉。非曰情迁,良缘景改。故以流连既往,慷慨我辰;综彼离忧,形诸咏叹。虽复宫商繁会,文采相宣,主宛转之吟客,计飘飘之气。而桃华绿水,不出于告哀;杂佩名珰,宁哄乎欲色。此则将坠之泣,无假雍门之弹,欲哭不忍,有同微开之志者也。磋乎沧海横流,怨航人之无楫,风雨如晦,惧胶嗒之寡俦。于是撰录某篇,都为一集。侧身天地,庶以写其隐忧,万古江河,非所希于囊轨。"③ 可见晚唐派诗人还强调社会生活对诗人的激发作用,并不仅仅是学习李商隐的华文缛彩,还注意用诗歌反映现实生活,抒写离乱哀世之隐忧。冯飞跋汪荣宝《思玄堂诗》称汪荣宝诗歌"不规规酬唱,直抉李精髓以入杜堂奥"④,即是此意。因此晚唐派诗人也创作了许多述写时事的叙事诗,但多华文谲

---

① 萧艾:《王国维诗词笺注》,湖南人民出版社1984年版,第44页。
② 钱仲联:《中国近代文学大系·诗词集》,上海书店1991年版。
③ 汪荣宝:《〈西砖酬唱集〉序》,转引自马亚中《中国近代诗歌史》,(台北)学生书局1992年版,第422页。
④ 冯飞:《思玄堂诗序》,《思玄堂诗》,1937年排印1983年复印本。

喻，比较隐讳。这种诗风的形成固然受到吴下诗歌传统的影响，也与诗人们的身世遭遇、政治处境有密切的关系。晚清西昆派以吴下诗人为主要成员，而吴下诗人宗学西昆是颇有传统的。自清初钱谦益、冯氏兄弟等人开创虞山诗派后，吴下宗温李、学西昆的诗风一直源远流长。而且当时张鸿、汪荣宝等人不过是无足轻重的小京官，但却不能置身于清末动荡的政局之外，所谓"位卑未敢忘忧国"。特别是他们视做靠山和主心骨的翁同苏被迫退出政坛之后，他们的愤怒和绝望只有通过隐语般的诗歌得以宣泄。而李商隐那种借美人香草之辞，曲折隐晦地记录社会历史、宣泄不满情绪的诗歌正适合了他们的这种需要。

除了上述几派诗人外，还有一些诗人不易归属，但其诗歌叙事意识也颇有特点，下面简单介绍一下。

张维屏诗论并没有多少创见，大体是对乾、嘉诗坛流弊的一个总结。张维屏重视学古，诗学取径比较广，推尊《诗》《骚》、汉魏，于两晋南北朝取陶潜、左思、鲍照、谢灵运、谢朓，而于唐、宋、元则取李白、杜甫、韩愈、白居易、苏轼、陆游、元好问，称他们为"万古骚坛七大家"①。就诗歌叙事意识而言，张维屏大体继承了《诗经》、乐府以来的"风"诗传统，并在诗可以"观"的认识上，接受了"诗史"思想的影响。张维屏是一位深受正统儒家思想影响的封建知识分子，在学术方面主张经世致用，在政治方面希望成为一个有补于苍生的良臣、循吏。但张维屏一生屡试不售，仕途经历较为坎坷。他只做过县令之类的下层官吏，较为了解下层人民的生活。经世致用的学术理念，物与民胞的济世情怀，正统儒学的士人操守，自然影响了其诗学观念。张维屏注重诗歌的社会作用，自觉继承了诗歌的"风雅"精神。他还认为诗可知人，有兴、观之助。他在《国朝诗人征略》的序言中谈到自己编书的目的是"思于纂述之余，用兴观之助"，"意在知人，本非选诗"②。而龚自珍认为《国朝诗人征略》是"诗与史"之结合，"是职不得作史，隐之乎选诗，又兼通乎选诗者也"，故"其门庭也远，其意思也谲，其体裁也赅"③。张维屏的这

---

① 张维屏：《论诗绝句二十四首》，《花甲闲谈》卷6，道光十九年刻本。
② 张维屏：《国朝诗人征略·自序二》，中山大学出版社2004年版。
③ 龚自珍：《张南山国朝诗人征略序》，《国朝诗人征略》，中山大学出版社2004年版。

些理念自然影响了其诗歌创作，他不仅继承了关注现实的"风雅"精神，写了很多反映民生疾苦、表扬忠臣烈士的诗歌；而且具有明确地以诗歌记录自己人生经历的意识。他不仅精心地按照时间先后编辑自己的诗作，而且其诗歌创作也往往有很明确的时、地、人、事等记叙要素，他常常采用长题和加序的方法，交代创作背景，增强诗歌的记叙性。在这种理念的支配下，他还写了许多记录自己经历旨趣和亲友交游的叙事诗。

张际亮的诗歌叙事意识多源于以诗著议的"雅"诗精神，也受到"诗史"思想的影响。嘉、道年间，政治腐败，经济萧条，清王朝面临内忧外患，整个统治大厦处于"旧之将夕，悲风骤至"①的将倾状态。一些以济世救民为己任的有识之士开始不满于现状，他们积极关注政治时局，力图革新以富国强民。诗人张际亮就试图发掘诗歌最初表现出来的"兴、观、群、怨"的功能以达到参与政治、拯救世运的目的。张际亮认为，诗歌具有"讽喻"功能，其创作与政治的兴衰有着密切的关系。"三百篇之作，半出士大夫。成康宣王之世，周之承平也，于是召康公、尹吉甫诸贤讽喻陈焉，又不独三代后为然矣。"②他在《松廖山人诗集自序》中又作了进一步解释："人心之动为言，言永之而成声，先王采其声节之于礼乐，一天下动于温柔敦厚之正，则诗教彰焉。……王迹既衰，诗因以亡。非无诗也，礼乐不修于上，天下人心之动不于正，于是谤诽匪僻之言兴焉，淫靡噍杀之声作焉，而其教亡矣。"基于这种观点，他对杜甫诗歌作出了很高的评价，提出诗"通于诗者乃通于政"的观点，"学者贵会通，通于诗者乃通于政。观杜诗，彼其所讽切陈述，可谓深通政体矣。……执事诗之所以工者，亦以通于政体也。"③在此基础上，张际亮批判乾、嘉以来脱离现实的浮靡诗风，高举"风雅之旨"，倡导"志士之诗"。可见，张际亮自觉继承并发扬了白居易以来的"文章合为时而著，歌诗合为事而作"的风雅精神，强调诗歌的社会功能，要求"诗通于政"。王飚先生认为，"志士之诗"与乾、嘉各诗派判然不同，它把创作目光转向了疮痍遍体的社会，标志着清代诗风的一个新变，也标志着近代诗歌

---

① 王佩诤校点：《龚自珍全集》第1辑《尊隐》，上海人民出版社1975年版，第87页。
② 张际亮：《仙屏书屋诗序》，王飚：《思伯子堂诗文集·文集》卷2，上海古籍出版社2007年版。
③ 张际亮：《松廖山人诗集自序》，王飚：《思伯子堂诗文集·文集》，上海古籍出版社2007年版。

的开端。① 但怎样创作这种富有现实精神的"志士之诗"呢,张际亮除了要求"多读书多穷理"外,还要求诗人扩展自己的阅历,关注时事。他在《纪二十三夜梦》中谈到诗歌创作主体的修养:"勉汝性清厚,积其理道粹。怀抱必深通,阅历资宏备。心潜有博约,经史贯时事。咏言失从容,风谕富开济。诗情遍宇宙,即目寓隐费。咏言失从容,呈才待吾试。"② 张际亮常用诗歌记录自己的见闻和生活经历:"凡余心有所幽忧愤怏,劳思慷慨,告于诗发之;身之所历山川、风土、人情,事物万变皆以诗著之。"③ "亮窃念非其时也,故目之所见,耳之所闻,身之所阅历,心之所喜、怒、哀、乐,口之所戏笑诃骂,一皆托诸诗。"④ 张际亮自言:"习檄交驰日,东南惯往来。诗从征信史,世亦练吾才。"⑤ 可见其诗歌创作还有存史之意。

姚燮论诗主性情,倡导写哀乐之声,反映民生疾苦。"昔以道性情,今且竞门户。其才虽足欣,其息已非古。""未闻雪羽鸥,染采效鸾舞。本原苟不亡,蚓窍亦钟虡。哀乐流至声,足为元籁辅。夜中嫠妇啼,能令盗心怃。"姚燮反对性灵派吟风弄月的浮滑轻僞诗风,主张恢复古诗描写哀乐民生的写实精神。他的另一首诗也表达了类似的观点:"后来草窃辈,乃有袁赵俦。譬如东迁降,于时为春秋。"诗人以西周东周的时代变迁来比拟当今诗歌与古诗的差异,主张复古以恢复"王道"和诗歌的政教精神。"岂真王道微,竟无鲁与邹","日月在人心,当于万古求。奈何舍庄步,蹋体甘桔囚"⑥。可见,姚燮的诗歌叙事意识继承了《诗经》、乐府以来"风"诗的写实传统。

姚燮的诗歌叙事意识还受到杜甫诗歌精神的影响。姚燮的生活经历与杜甫颇有类似之处。姚燮早年家境较富裕,但约到他二十来岁的时候,家道中落,此后几乎一直过着艰辛的生活。《镇海县志》也说,他"家贫,不能里居,终岁旅游。近则瀚洲、彭姥、武林、禾中,以暨沪江、姑苏、

---

① 王飙:《鸦片战争前后的"志士之诗"及其诗风新变》,《文学遗产》1984年第2期。
② 张际亮:《思伯子堂诗集》卷25,同治八年姚濬昌刻本。
③ 张际亮:《南来诗录自叙》,《张亨甫文集》卷2,同治六年建宁庆衢寄吾校刊本。
④ 张际亮:《答潘彦辅书》,《张亨甫文集》卷3,同治六年建宁庆衢寄吾校刊本。
⑤ 张际亮:《思伯子堂诗集》卷31,同治八年姚濬昌刻本。
⑥ 姚燮:《论诗四章与张培基》,《复庄诗问》卷29,道光十七年(1838)《大梅山馆集》刻本。

广睦、燕京"①。诗人到处奔波,收获往往甚微,根本无法摆脱贫困。姚燮一生中最惊险艰危的,莫过于在鸦片战争中的经历了。"三年遘兵劫,匿与魍魉邻"②,定海首次失陷,他正应试在京。闻讯后,火速回家,移家宁波。英军再陷定海,继陷镇海、宁波。诗人举家逃难,流寓于山区乡村,备尝艰辛。直到道光二十二年冬英军撤出宁波后,诗人一家才回乡。姚燮穷困潦倒的生活与身逢战乱的际遇与杜甫多有相似。其《游南池记》云:"仆也蓄千古思,供一瓣香。"面对日非的国事,苦难的人民,黑暗的社会,暗淡的前途,诗人更加深了对杜诗的理解和体会。"九县已芜,三川竞塞。新安石壕,哀痛若闻,涪水夔州,穷征此继。"他对杜诗作了极高的评价:"铿锵五字,后有作者何人?泛滥三唐,公独特其正轨。"吊杜伤己,满怀伤感之情,仰慕之思,追踪之意:"游斯地也,则鸣邑嘘唏,不能自已于凭吊者。遂乃借茗代奠,赋北征诗以侑之。倘有桂旌自天而下,愿执羔币,奉公作师。"③ 这些感情并不是当时才产生的,只是借游南池抒发罢了。这些异代相通之感促使姚燮也像杜甫一样写下了大量反映民生疾苦、记录战争离乱的叙事诗歌。

姚燮精于绘事的艺术成就还和他渊博的知识和高深的艺术修养有很大的关系。姚燮的治学范围极为深广,于经史、地理、佛道、戏曲、小说、骈文之研究,都有专著。而戏曲和小说的研究,对他叙事诗歌创作的影响最为显著。姚燮是一个前无古人的戏曲研究家,他在这方面取得了巨大的成就,他的二部姊妹名篇《今乐考证》和《今乐府选》就是明证。《今乐考证》"结元明清三代剧曲之总账,规模之大,远在钟(嗣成)贾(仲名)涂(谓)三家之上,这真是空前的杰作"(北人影印本,赵万里跋)。与《今乐考证》配套的,有洋洋大观的《今乐府选》500卷。郑振铎评曰:"当举世不为之时,梅伯独埋头于戏曲的探讨……而象他那样的有网罗古今来一切戏曲于一书(《今乐府选》)的豪气的人,恐怕自古到今日还不曾有过第二个人!"④ 姚燮还十分喜爱《红楼梦》,他在读《红

---

① 俞樾:《人物传》,《镇海县志》卷27,光绪五年刻本。
② 姚燮:《清河晤孔司马继荣话旧即赠九章》,《复庄诗问》卷28,道光十七年(1838)《大梅山馆集》刻本。
③ 姚燮:《游南池记》,《复庄骈俪文榷二编》卷4,咸丰四年刻六年增修本。
④ 郑振铎:《姚梅伯的〈今乐府选〉》,《痀偻集》,生活书店出版社1934年版,第684—685页。

楼梦》时，常在书眉、回间加以批点。对这些批点，后人极为重视，把它和小说一起排印。姚燮不但在《红楼梦》书上加评点，而且试图建立一个系统，著有《读红楼梦纲领》，对《红楼梦》作了全面的考察。《读红楼梦纲领》全书共有3卷，卷1为"人索"，卷2为"事索"，卷3为"余索"。《读红楼梦纲领》现在看来，虽有不少肤浅之处，但从旧"红学"的历史发展进程去考察，它毕竟是把《红楼梦》当作一门学问来研究的第一本专著，有重要的历史价值和文献价值。姚燮不仅对戏曲、小说很有研究，而且还从事戏曲、小说的创作。陆玑《玉枢经钥序》称姚燮"弱冠即有才子之目，喜为艳词，曾著小说"①。阮亨在《瀛舟笔淡》里也说道："（燮）诗骨雄健，文笔清新，尤精绘事。在日下谱《香山愿》、《退红衫》传奇，优伶争演习之，名重一时。"② 戏曲、小说等方面的艺术修养对姚燮的叙事诗创作产生了重要影响。戏曲、小说所反映的社会生活十分丰富多彩，这对拓宽姚燮的眼界，引导他观察社会并把丰富多彩的社会现实引入诗歌创作中，是有一定作用的。如戏曲、小说中对商人的表现，远比诗文中多，这就有助于姚燮对商人生活的认识，把握他们的性格，从而写出了像《双鸩篇》那样的不朽名作。与诗、文相比，戏曲、小说中表现的下层社会人物较多，而姚诗中反映下层社会生活并以下层社会人物为主人公的诗也很多。姚诗追求个性解放、婚姻自由、反对礼教、揭露社会黑暗等内容，也明显受到戏曲、小说的影响。对于《红楼梦》在艺术上的造诣，姚燮是推崇备至的，有些评语即涉及小说的人物描写、结构、语言等方面。对小说结构严谨、前后呼应、埋笔伏线、虚实相间、空插映带之佳，姚燮尤其注意，并多次指出。这些评点虽然是作者晚年完成的，但他对小说叙事艺术的领悟和独到体会却是早已有之的，这都为其叙事诗的创作提供了参照和准备。

　　著名的诗人金和也创作了很多叙事诗。金和性情耿介，"抵掌谈天下事，声觥觥如巨霆，得失利病，珠贯烛照，不毫发差忒。镌呵侯卿，有不称意者，涕唾之若腥腐，闻苕舌拼不得下"③，一生仕途不得志。金和诗歌的创作受其耿介性格影响，秉笔直书，不以温柔敦厚为旨归。他常把自

---

① 陆玑：《玉枢经钥序》，姚燮：《玉枢经钥》，民国十一年铅印本。
② 阮亨：《复庄诗问诗评》，道光十七年（1838）《大梅山馆集》刻本。
③ 冯煦：《重刊〈秋蟪吟馆诗钞〉序》，《秋蟪吟馆诗钞》民国五年（1916）上元金氏刻本。

己所见、所闻、所感像写日记一样，用诗歌形式记录下来，其《椒雨集》自跋充分体现了这种创作心态："是卷半同日记，不足言诗，如以诗论之，则军中诸作语宗痛快，已失古人敦厚之风，犹非近贤排调之旨。其在今日诸公有是韬钤，斯吾辈有此翰墨，尘秽略相等，殆亦气数使然邪。若传之后人，其疑焉者将谓丑诋不堪，殆难传信，即或总其前后读而谅之，亦觉申申詈人大伤雅道"①。正是这种"大伤雅道"的"半同日记"之作，在某种程度上突破了温柔敦厚的诗教传统，为中国叙事诗的发展开辟了道路。梁启超在《秋蟪吟馆诗钞序》中云："余尝怪前清一代，历康、雍、乾、嘉百余岁之承平，蕴蓄深厚，中更滔天大难，波诡云谲，一治一乱，皆极有史之大观。宜于其间有文学界之健者，异军特起，以与一时之事功相辉映。然求诸当时之作者，未敢或许也。及读金亚匏先生集，而所以移我情者，乃无涯畔。"②还说："元气淋漓，卓然称大家。"③胡适进而认为金和"确可以算是代表时代的诗人"，"他的纪事诗不但很感动人，还有历史的价值"④。金和的叙事诗创作还受到小说，特别是《儒林外史》的影响。金和对《儒林外史》颇有研究，并为之作跋。胡适先生认为，金和叙事诗的讽刺艺术得力于《儒林外史》。⑤

综上所述，近代诗人的诗歌叙事意识大体没有超出传统范围，但也并非传统思想的简单重复，而是在继承传统的基础上作了进一步开拓和发展。大致而言，近代诗歌叙事意识仍以传统的"诗史"、"观风"等写实思想为主流。而汉魏六朝诗人似乎偏重于"风诗"，从龚自珍"心史一家自纵横"到魏源"作歌志哀，以备采风"，再到王闿运"风诗"思想，显示出其在"诗史"与"风"诗之间滑动的轨迹，其诗作也多反映时事或社会问题；学宋诗人则倾向于在坚持"诗教"、"诗史"思想的基础上提倡"真"诗，并呈现出一种解构传统"诗史"的动向，从何绍基的"人与文一"、"真我自立"到陈衍的"诗史"观念、"荒寒之路"展示出这一趋向，其诗歌创作也具有个体化写作的倾向；学唐派诗人的诗歌叙事意识更近于传统思想；诗界革命派的诗歌叙事意识也大体源于传统诗学，只

---

① 金和：《秋蟪吟馆诗钞》卷2《椒雨集》，民国五年（1916）上元金氏刻本。
② 梁启超：《饮冰室合集·文集》第12册，上海中华书局1932年版，第76页。
③ 梁启超：《清代学术概论》31，中国人民大学出版社2004年版，第221页。
④ 胡适：《五十年来中国之文学》，《胡适文存二集》卷2，第107页。
⑤ 同上书，第109页。

是其"以旧风格含新意境"的诗学理想,"更搜欧亚造新声"的开拓气魄把近代叙事诗视野引向了域外,进一步开拓了叙事诗的表现功能。此外,魏源、张际亮等对传统"讽谏"精神的开拓,鲁一同、张之洞等关于诗中之"事"的思考,黄遵宪、金和等"以文为诗"叙事创作的论述,姚燮、金和等关于传奇意识的借鉴都彰显出近代诗人在传统意识基础上力辟新境的努力。

结　　语

　　就叙事诗而言，传统诗歌在汉魏、唐代、清初和近代等时期出现过几次高潮。各个时期往往大家名作辈出，因此独具面貌，并形成特有的风格特征和表现方式。汉魏乐府诗歌标志着中国叙事诗的成熟，成为历代叙事诗创作的典范。唐代杜甫的乐府歌行和五古叙事诗被后世尊为"诗史"；白居易等人的新乐府确立了文人乐府的讽谏精神；"长庆"歌行风神绝代、光照千古。清初吴伟业融元白体格、四杰藻采和传奇特色于一炉，变"长庆体"而成"梅村体"，为中国叙事诗园圃里又增添一株奇葩。与前代相比，近代叙事诗尽管没有新体制的出现，但它承前启后，推陈出新，无论在作品的数量和还是质量方面，丝毫不逊于前人。其流光溢彩、绚烂多姿，足以光照一代，无愧于古典诗歌的"结穴"之誉。

　　近代叙事诗对前代叙事诗的各种体制和风格作了全面的总结和继承，并在此基础上力破余地，推陈出新，佳篇络绎，名家辈出，形成了中国古代叙事诗创作的最后一次高峰。就乐府叙事诗而言，鲁一同《荒年谣》刻画细腻，"惊心动魄"；郑珍"一行一叟九哀"，"质而不俚，淡而弥真，有老杜晚年景界"；邓辅纶《鸿雁篇》"沉痛入骨，少陵下笔，不能过也"；金天羽《虫天乐府》借寓言笔法叙国际史实，"极尽用旧形式写新内容之能事"。金和的讽刺乐府"才气横溢，言辞犀利"，突破了传统诗歌的"温柔敦厚"之教。这些诗人都承习传统，力辟新境，其成就丝毫不逊于前人。就五言叙事诗而言，近代诗人运用白描细刻、"以文为诗"等手段将其向客观化、社会化和生活化、细腻化方向发展。朱琦《感事》和《王刚节公家传书后》有"马、班以还仅见之奇"；郑珍《避乱纪事九十韵》、江湜《重入闽中至江山县述怀》等诗颇有杜甫《北征》之风；郑珍《题新昌俞秋农汝本先生〈书声刀尺图〉》、黄遵宪《拜曾祖母李太夫人墓》等诗感情真挚，颇有归有光散文之风；江湜、范当世的五古"所写穷苦情况,多东野后山所未言";康有为、黄遵宪的域外见闻诗,更是"吟到中华以外天",为五古叙事诗开一新境。就叙事歌行而言,近代诗人运用意象和用典叙事,借鉴小说、戏曲手法,力辟新境,成绩更为卓然可喜。王闿运、樊增祥、杨圻、王国维等人的"长庆"歌行,鸿篇巨制,音调流转,风神不亚于元白、梅村;姚燮《双鸠篇》、金和《兰陵女儿行》等诗歌故事生动,人物形象鲜明,都是传世奇作;近代英雄颂歌的大量创作,也是歌行叙事诗之一大贡献。就叙事组诗而言,近代诗人运用意象典故、神话寓言等技法,以散点透视的形式,绘制了一幅幅历史和时事的长幅画卷。朱琦的咏史乐府融郊祭歌词与咏史乐府为一体,开辟了咏史乐府的新领域;贝青乔《咄咄吟》将诗注一体的叙事组诗形式发挥到了极致,堪称我国古代叙事组诗的奇作;吴士鉴、魏程搏等以宫词组诗形式展现历史、描绘时事;而刘成禺《洪宪纪事诗》更被喻为一代诗史,将纪事类叙事组诗的创作推向了一个高潮,而且,近代纪事类叙事组诗还开拓了新的表现领域,出现了以叶昌炽《藏书纪事诗》为代表的一系列展现藏书历史和逸事的七绝组诗;此外,近代还有许多诗人以"游仙诗"形式叙写历史时事,这也是近代叙事组诗的一种创制。所有这些都充分见证了近代叙事诗所取得的成就,彰显出近代诗人推陈出新,力辟新境的努力。

不仅如此,近代叙事诗还为现代诗歌的形成和发展提供了重要的传统资源,是传统诗歌向现代转变的过渡桥梁,在其转变过程中发挥了不可替代的作用。胡适白话诗创作关于"以文为诗"技法的学习与借鉴;吸收传奇类民间文学之养分、乐府歌谣创作之经验对40年谣曲叙事诗创作的影响;宋诗派的个性化、生活化写作与五四文学精神之相通;"诗史"传统对30年代"民族史诗"的创作推动等,都充分显示了传统与现代的内在联系。

所以,近代叙事诗不仅是古代叙事诗创作的最后一次高潮,而且是中国古代叙事诗的全面总结和现代叙事诗的本土滥觞,具有很高的不容忽视的文学艺术和社会文化价值。本书也仅对其作了宏观的、概述性的考察和思索,进一步深入的研究还有待来者。

参考文献

《松心诗集》，张维屏撰，嘉庆二十五（1821）年本。
《林则徐全集》，林则徐撰，海峡文艺出版社2002年版。
《龚自珍全集》，龚自珍撰，上海人民出版社1975年版。
《魏源集》，魏源撰，中华书局1976年版。
《思伯子堂诗集》，张际亮撰，同治八年姚濬昌刻本。
《思伯子诗文集》，张际亮撰，王飚标点，上海古籍出版社2007年版。
《东洲草堂诗集》，何绍基撰，上海古籍出版社2006年版。
《东洲草堂文集》，何绍基撰，沈云龙：《近代中国史料丛刊》0885，（台北）文海出版社1973年版。
《海秋诗集》，汤鹏撰，道光戊戌年（1838）本。
《怡志堂诗文集》，朱琦撰，民国二十四年（1935）桂林排印《岭西五家诗文集》本。
《通甫诗存》，鲁一同撰，咸丰九年（1859）山阳鲁氏刊本。
《通甫类稿》，鲁一同撰，咸丰九年（1859）山阳鲁氏刊本。
《复庄诗问》，姚燮撰，道光十七年（1838）《大梅山馆集》刻本。
《巢经巢全集》，郑珍撰，民国二十九年（1940）贵州省政府印行本。
《半行庵诗存稿》，贝青乔撰，同治五年叶延馆等刻本。
《邵亭诗集》，莫友芝撰，同治五年江宁三山客舍修补本。
《曾国藩全集》，曾国藩撰，岳麓书社1987年版。
《伏敌堂诗录》，江湜撰，同治元年至二年（1862—1863）刻本。
《秋蟪吟馆诗钞》，金和撰，民国五年（1916）上元金氏刻本。
《春在堂诗编》，俞樾撰，清光绪二十五（1899）增修本。
《湘绮楼诗文集》，王闿运撰，岳麓书社1996年版。
《高陶堂遗集》，高心夔撰，光绪八年平湖朱氏刻本。

《张之洞全集》，张之洞撰，河北人民出版社1998年版。
《渐西村人初集》，袁昶撰，民国二十五年（1936）商务印书馆排印本。
《樊樊山诗集》，樊增祥著，涂小马、陈宇俊校点，上海古籍出版社2004年版。
《人境庐诗草笺注》，黄遵宪著，钱仲联笺注，上海古籍出版社1981年版。
《沧趣楼诗集》，陈宝琛撰，沈云龙主编：《近代中国史料丛刊》，台北：文海出版社1970年版。
《沈曾植集校注》，沈曾植撰，钱仲联校注，中华书局2002年版。
《散原精舍诗文集》，陈三立撰，上海古籍出版社2003年版。
《严复集》，严复撰，中华书局1986年版。
《范伯子先生全集》，范当世撰，沈云龙：《近代中国史料丛刊续集》，（台北）文海出版社1975年版。
《陈石遗集》，陈衍撰，福建人民出版社2001年版。
《琴志楼诗集》，易顺鼎著，王飙标点，上海古籍出版社2004年版。
《康有为全集》，康有为撰，姜义华、吴根樑编校，上海古籍出版社1987年版。
《刘光第集》，刘光第撰，中华书局1986年版。
《岭云海日楼诗钞》，丘逢甲撰，上海古籍出版社1982年版。
《石陶梨烟室遗稿》，黄人撰，《明清诗文研究资料集》第一、二辑，上海古籍出版社1986年版。
《环天室诗集》，曾广韵撰，清宣统元年刻本。
《蛮巢诗词稿》，张鸿撰，民国二十八年铅印本。
《章太炎全集》，章炳麟著，上海人民出版社1985年版。
《梁任公诗稿手迹》，梁启超撰，（台北）文海出版社1967年版。
《蒹葭楼诗》，黄节撰，民国间铅印本。
《浩歌堂诗钞》，陈去病撰，《百尺楼丛书》本，1924年版。
《疑庵诗》，许承尧撰，黄山书社1990年版。
《天放楼诗集》，金天羽撰，民国十六年（1927）排印本。
《秋瑾集》，秋瑾著，上海古籍出版社1960年版。
《大至阁诗》，诸宗元撰，《爰居阁丛书》本，民国三十三年（1944）。
《江山万里楼诗词钞》，杨圻撰，上海社会科学院出版社2004年版。

《忍古楼诗》，夏敬观撰，中华书局民国二十六年（1937）排印本。
《王国维诗词笺校》，王国维著，萧艾笺校，湖南人民出版社1984年版。
《苍虬阁诗》，陈曾寿撰，民国二十九年（1940）刻本。
《龙吟草》，孙景贤撰，民国九年（1920）虹隐楼校刊本。
《天梅遗集》，高旭撰，民国二十三年（1934）刊本。
《文选》，萧统编、李善注，上海古籍出版社1986年版。
《乐府诗集》，郭茂倩编，中华书局1979年版。
《先秦汉魏晋南北朝诗》，逯钦立校辑，中华书局1983年版。
《全唐诗》，彭定求等编纂，中华书局1960年版。
《宋诗选注》，钱锺书著，三联书店2002年版。
《清诗铎》，张应昌辑，中华书局1960年版。
《晚晴簃诗汇》，徐世昌辑，天津徐氏退耕堂1931年刊本。
《近代中国史料丛刊》，沈云龙主编，（台北）文海出版社1967年版。
《续修四库全书》集部，顾廷龙主编，上海古籍出版社1994—2002年版。
《近代诗钞》，陈衍编，商务印书馆1923年版。
《近代诗钞》，钱仲联编，江苏古籍出版社2001年版。
《中国近代文学大系·诗词集》，钱仲联主编，上海书店1991年版。
《四库全书总目》，纪昀等撰，中华书局1965年版。
《清人诗集叙录》，袁行云著，文化艺术出版社1994年版。
《鸦片战争文学集》，阿英编，古籍出版社1957年版。
《中法战争文学集》，阿英编，中华书局1958年版。
《甲午中日战争文学集》，阿英编，中华书局1958年版。
《庚子事变文学集》，阿英编，中华书局1959年版。
《唐人故事诗》，陈登元编注，南京书店1931年版。
《叙事诗》，朱剑芒、陈蔼麓编辑，世界书局1933年版。
《中国历代故事诗》，邱燮友著，（台北）三民书局股份有限公司2006年版。
《历代叙事诗选译》，治芳、楚葵合编，江苏教育出版社1984年版。
《中国历代著名叙事诗选》，彭智功编，黄河文艺出版社1985年版。
《中国历代叙事诗歌·先秦两汉魏晋南北朝编》，路南孚编，山东文艺出版社1987年版。
《历代叙事诗赏析》，吴庆峰编，明天出版社1990年版。

《历代叙事诗赏析》，刘学楷、赵其钧、周啸天著，安徽文艺出版社 2001
　　年版。

《诗品集注》，钟嵘著，曹旭集注，上海古籍出版社 1994 年版。
《文心雕龙》，刘勰著，范文澜注，人民文学出版社 1996 年版。
《历代诗话》，何文焕辑，中华书局 1981 年版。
《历代诗话续编》，丁福保辑，中华书局 1983 年版。
《清诗话》，丁福保辑，上海古籍出版社 1999 年版。
《清诗话续编》，郭绍虞编选，富寿荪校点，上海古籍出版社 1983 年版。
《清诗话访佚初编》，杜松柏主编，（台北）新文丰出版公司 1987 年版。
《民国诗话丛编》，张寅彭主编，上海书店出版社 2002 年版。
《诗源辨体》，许学夷著，人民文学出版社 1987 年版。
《静志居诗话》，朱彝尊著，人民文学出版社 1990 年版。
《带经堂诗话》，王士禛著，人民文学出版社 1963 年版。
《北江诗话》，洪亮吉著，人民文学出版社 1983 年版。
《瓯北诗话》，赵翼著，人民文学出版社 1963 年版。
《随园诗话》，袁枚著，人民文学出版社 1960 年版。
《诗比兴笺》，陈沆撰，上海古籍出版社 1981 年版。
《艺概》，刘熙载撰，上海古籍出版社 1978 年版。
《射鹰楼诗话》，林昌彝著，王镇远、林虞生标点，上海古籍出版社 1988
　　年版。
《陈衍诗论合集》，钱仲联编校，福建人民出版社 1999 年版。
《饮冰室诗话》，梁启超著，舒芜校点，人民文学出版社 1998 年版。
《人间词话》，王国维著，人民文学出版社 1960 年版。
《石语》，钱锺书著，中国社会科学出版社 1996 年版。
《谈艺录》，钱锺书著，中华书局 1984 年版。
《梦苕庵诗话》，钱仲联著，齐鲁书社 1986 年版。
《兼于阁诗话》，陈声聪著，上海古籍出版社 1985 年版。
《胡适诗话》，吴奔星、李兴华选编，四川文艺出版社 1991 年版。
《清诗纪事》，钱仲联主编，凤凰出版社 2004 年版。
《清诗纪事初编》，邓之诚编，上海古籍出版社 1984 年版。
《中国历代文论选》，郭绍虞编，上海古籍出版社 1979 年版。

《中国文论选·近代卷》，邬国平、黄霖编著，江苏文艺出版社 1996
　　年版。
《中国文论选·现代卷》，沙似鹏编著，江苏文艺出版社 1996 年版。
《文论要诠》，程会昌（千帆）编撰，开明书店 1948 年版。
《清代文学批评史》，王镇远、邱国平著，上海古籍出版社 1995 年版。
《清代文学评论史》，[日] 青木正儿著，中国社会科学出版社 1998 年版。
《中国诗歌思想史》，萧华荣著，华东师范大学出版社 1996 年版。
《中国诗学批评史》，陈良运著，江西人民出版社 2007 年版。
《中国诗学》，叶维廉著，三联书店 1992 年版。
《清代诗学研究》，张健著，北京大学出版社 1999 年版。
《近代文学批评史》，黄霖著，上海古籍出版社 1993 年版。
《近代诗学》，程亚林著，湖南人民出版社 2000 年版。
《近四百年中国文学思潮史》，陈伯海主编，东方出版中心 1997 年版。
《中国诗学之精神》，胡晓明撰，江西人民出版社 1991 年版。
《古典诗学的现代诠释》，蒋寅撰，中华书局 2003 年版。
《西方文论史》，马新国著，高等教育出版社 2008 年版。
《二十世纪西方文论述评》，张隆溪著，三联书店 1986 年版。
《西方文论专题十讲》，童庆炳著，高等教育出版社 2005 年版。
《二十世纪西方文论选》，朱立元、李钧著，高等教育出版社 2002 年版。
《文学理论》，[美] 勒内·韦勒克、[美] 奥斯汀·沃伦著，刘象愚
　　[等] 译，江苏教育出版社 2005 年版。
《西方文艺思潮与二十世纪中国文学》，乐黛云、王宁主编，中国社会科
　　学出版社 1990 年版。
《当代叙事理论指南》，[美] James Phelan，[美] Peter J. Rabinowitz 主
　　编，申丹等译，北京大学出版社 2007 年版。
《当代叙事学》，[美] 马丁著，北京大学出版社 2005 年版。
《叙事话语·新叙事话语》，[法] 热拉尔·热奈特著，王文融译，中国社
　　会科学出版社 1990 年版。
《叙述学》，董小英著，社会科学文献出版社 2001 年版。
《叙事学》，胡亚敏著，华中师范大学出版社 1994 年版。
《中国叙事学》，杨义著，人民出版社 1997 年版。
《中国叙事学》，[美] 浦安迪著，北京大学出版社 1995 年版。

《先秦叙事研究》，傅延修著，东方出版社1999年版。
《中国古典小说史论》，杨义著，中国社会科学出版社1993年版。
《中国小说叙事模式的转变》，陈平原著，上海人民出版社1989年版。
《叙述学与小说文体学研究》，申丹著，北京大学出版社1998年版。
《文章辨体序·文体明辨序说》，吴讷著，人民文学出版社1962年版。
《中国古代文体概论》，褚斌杰，北京大学出版社1990年版。
《中国古代文体概论》，姜涛著，北京大学出版社1990年版。
《文体与文体的创造》，童庆炳著，云南人民出版社1994年版。
《诗歌分类学》，古远清著，复文图书出版社1991年版。
《中国诗体流变》，程毅中著，中华书局1992年版。
《中国古代诗体简论》，杨仲义著，中华书局1997年版。
《汉学诗体学》，杨仲义、梁葆莉著，学苑出版社2000年版。

《四书五经》，宋、元人注，中国书店1985年版。
《十三经注疏附校勘记》，阮元校刻，中华书局1980年版。
《清史稿》，赵尔巽等撰，中华书局1977年版。
《清史列传》，王钟翰点校，中华书局1987年版。
《清代史》，萧一山著，辽宁教育出版社1997年版。
《剑桥中国晚清史》，[美]费正清等编，中国科学院历史研究所译，中国社会科学出版社1993年版。
《清代碑传全集》，陈金林、齐德生、郭曼曼编，上海古籍出版社1987年版。
《广清碑传集》，钱仲联主编，苏州大学出版社1999年版。
《清代七百名人传》，蔡冠洛编撰，（台北）明文书局1985年版。
《近代名人小传》，费行简编撰，《近代中国史料丛刊》本。
《中国近代史》上编，范文澜编著，新中国书局1949年版。
《中国近代史》，蒋廷黻著，海南出版社1994年版。
《吕著中国近代史》，吕思勉著，华东师范大学出版社1997年版。
《近代中国史纲》，郭廷以著，中国社会科学出版社1999年版。
《明清之际党社运动考》，谢国桢著，中华书局1982年版。
《中国近三百年学术史》，梁启超著，东方出版社2003年版。
《中国近三百年学术史》，钱穆著，商务印书馆1997年版。

《欧化东渐史》，张星烺著，商务印书馆2000年版。
《清代公羊学》，陈其泰著，东方出版社1997年版。
《探索真文明》，朱维铮著，上海古籍出版社1997年版。
《中国经学史十讲》，朱维铮著，复旦大学出版社2002年版。
《中国古代思想史论》，李泽厚撰，人民文学出版社1985年版。
《中国近代思想史论》，李泽厚撰，天津社会科学院出版社2003年版。
《近百年湖南学风》，钱基博著，中国人民大学出版社2004年版。
《清代学术思想的变迁与文学》，马积高著，湖南出版社1994年版。
《近代经学与文学》，刘再华著，东方出版社2004年版。

《中国诗史》，陆侃如、冯沅君著，人民文学出版社1983年版。
《中国诗史》，［日］吉川幸次郎著，章培恒等译，复旦大学出版社2001年版。
《清诗史》，朱则杰著，江苏古籍出版社1992年版。
《清诗史》，严迪昌著，浙江古籍出版社2002年版。
《清诗流派史》，刘世南著，人民文学出版社2004年版。
《现代中国文学史》，钱基博著，傅道彬点校，中国人民大学出版社2004年版。
《中国近代文学之变迁·最近三十年中国文学》，陈子展著，上海古籍出版社2000年版。
《中国新文学的源流》，周作人著，北平人文书店1932年印行。
《中国近代文学史》，任访秋著，河南大学出版社1988年版。
《中国近代文学发展史》，郭延礼著，山东教育出版社1990年版。
《中国近代文学发展史》，管林、钟贤培主编，中国文联出版公司1991年版。
《中国近代诗歌史》，马亚中著，（台北）学生书局1991年版。
《中国近代诗歌史论》，李继凯、史志谨著，吉林教育出版社1995年版。
《光宣诗坛流派发展史论》，马卫中著，苏州大学出版社2000年版。
《上海近代文学史》，陈伯海、袁进编，上海人民出版社1993年版。
《广东近代文学史》，钟贤培、汪松涛主编，广东人民出版社1996年版。
《湖南近代文学史》，孙海洋著，东方出版社2005年版。
《中国现代叙事诗史》，王荣著，中国社会科学出版社2004年版。

《中国古代叙事诗研究》，程相占著，桂林：广西师范大学出版社2002年版。
《中国叙事诗研究》，高永年著，江苏教育出版社2002年版。
《史诗·叙事诗与民族精神》，陈来生著，上海社会科学院出版社1990年版。
《论叙事诗》，安旗著，作家出版社1962年版。
《江南民间叙事诗及故事》，钱舜娟著，上海文艺出版社1997年版。
《吴语叙事山歌演唱传统研究》，郑士有著，上海辞书出版社2005年版。
《抒情与叙事》，洪顺隆著，（台北）黎明文化公司印行，1998年版。
《诗史本色与妙悟》，龚鹏程著，（台北）学生书局1993年版。
《汉魏六朝乐府文学史》，萧涤非著，人民文学出版社1984年版。
《乐府文学史》，罗根泽著，东方出版社1996年版。
《白话文学史》，胡适著，上海古籍出版社1999年版。
《中国俗学史》，郑振铎著，商务印书馆2005年版。
《郑振铎全集》，郑振铎著，花山文艺出版社1998年版。
《章太炎全集》，章太炎著，上海人民出版社1982—1985年版。
《闻一多全集》，闻一多著，三联书店1982年版。
《朱自清古典文学论文集》，朱自清著，上海古籍出版社1981年版。
《朱自清说诗》，朱自清著，上海古籍出版社1998年版。
《汪辟疆文集》，汪辟疆著，上海古籍出版社1988年版。
《汪辟疆说近代诗》，汪辟疆著，上海古籍出版社2001年版。
《梦苕庵论集》，钱仲联著，中华书局1993年版。
《钱仲联讲论清诗》，钱仲联著，魏中林整理，苏州大学出版社2004年版。
《近代文学的历史轨迹》，上海书店编，上海书店出版社1999年版。
《中西文化撞碰与近代文学》，郭延礼著，山东教育出版社1999年版。
《近代文学的突围》，袁进著，上海人民出版社2001年版。
《诗界革命与文学转型》，张永芳著，中国社会科学出版社2004年版。
《近代诗论丛》，马卫中、张修龄著，安徽文艺出版社1995年版。
《觉世与传世》，夏晓虹著，上海人民出版社1991年版。
《岭南晚清文学研究》，管林著，广东人民出版社2003年版。
《清代嘉道时期江南寒士诗群与闺阁诗侣研究》，陈玉兰著，人民文学出版社2004年版。
《南社研究》，孙之梅撰，人民文学出版社2003年版。
《近代中外文学关系》，徐志啸撰，华东师范大学出版社2000年版。
《汉唐文学的嬗变》，葛晓音撰，北京大学出版社1990年版。
《唐代的七言古诗》，王锡九撰，江苏教育出版社1991年版。
《唐代歌行论》，薛天纬著，人民文学出版社2006年版。
《近古诗歌研究》，张仲谋撰，中国社会科学出版社2002年版。
《晚明诗歌研究》，李圣华著，人民文学出版社2002年版。
《性灵派研究》，王英志著，辽宁大学出版社1998年版。
《清代诗坛第一家——吴梅村研究》，叶君远著，中华书局2002年版。
《王渔洋与康熙诗坛》，蒋寅著，中国社会科学出版社2001年版。
《乾嘉代表诗人研究》，赵杏根著，（首尔）新星出版社2001年版。
《论新诗现代化》，袁可嘉著，三联书店1988年版。
《复古与复元古：中国古代复古文学理论的美学探源》，刘绍瑾著，中国社会科学出版社2001年版。
《明代文学复古运动研究》，廖可斌撰，上海古籍出版社1994年版。
《中国韵文史》，龙榆生著，上海古籍出版社2002年版。
《中国古典诗歌接受史研究》，陈文忠著，安徽大学出版社1998年版。

李开先：《叙事诗之在中国》，《民国日报·文学旬刊》1923年8月16—26日第5—6期。
石君：《金和的〈兰陵女儿行〉》，《民国日报·文艺旬刊》1923年8月16日第5期。
钟琦：《中国叙事诗》，《南开双周》1929年4月第3卷第3期。
［日］铃木雄虎：《论唐代叙事诗》，邵青译，《北平晨报学园》1931年4月14—15日第66、67期。
阮善芳：《中国历代叙事诗概观》，《交大平院季刊》1935年6月第1期。
谷凤田：《中国叙事诗通论》，《进德月刊》1937年3月第2卷第7期。
梁荣源：《唐代叙事诗研究》，台湾大学中文所1972年硕士论文。
吴国荣：《中国叙事诗研究》，中国文化大学中文所1985年硕士论文。
林明珠：《白居易叙事诗研究》，东吴大学中文所1990年硕士论文。
陈少松：《清初叙事诗及其理论初探》，《南京师范大学学报》（社会科学